Kyra Dittmann

Schneefeuer

MIX
Papier aus verantwortungsvollen Quellen
FSC® C083411
FSC
www.fsc.org

5 4 3 2 1

ISBN 978-3-649-62709-8

Text: Kyra Dittmann
Covergestaltung: Frauke Maydorn, unter Verwendung
von Motiven von © Alina_Stock/www.shutterstock.com,
© Nazarenko LLC/www.shutterstock.com,
© liyasov/www.stock.adobe.com
Lektorat: Frauke Reitze
Satz: Sabine Conrad
Printed in Germany

www.coppenrath.de

Das ebook erscheint unter der ISBN 978-3-649-63110-1.

Kyra Dittmann

Schneefeuer

COPPENRATH

Das Feuer in deinem Herzen
ebnet deinen Träumen den Weg zum Ziel.
Lass dir niemals weismachen,
es könne in Mädchen nicht genauso heiß brennen
wie in jedem anderen.

Proklamation

Alle gesunden jungen Männer, die das siebzehnte
Lebensjahr vollendet haben, werden aufgerufen,
sich zum großen Eispferde-Rennen zu melden.
Die zwanzig besten Bewerber von ihnen erhalten eine
Startlizenz. Ziel ist es, das Schneefeuer aus dem Tal
des Frühlings zu bergen. Demjenigen, der es sicher
in das Land des ewigen Schnees zurückträgt,
wird der Dank unseres Volk sicher sein.
Zugelassen sind ausschließlich reinweiße Pferde.
Die Nennungsscheine werden am ersten Montag
im März im Prinzenchalet ausgegeben.

Kapitel 1

Eine Frage der Ehre

Die Kälte brannte auf meinen Wangen und der Wind blies mir erbarmungslos ins Gesicht. Aber das Wetter würde mich garantiert nicht davon abhalten, zur Lichtung zu reiten! Ich war es nicht anders gewohnt – immerhin war ich im Land des ewigen Schnees geboren. Was mich beunruhigte, waren vielmehr die fünf Reiter, die ich am Ende der weiten Ebene erblickte. Sie bewegten sich direkt in meine Richtung.

»Ho«, flüsterte ich und zog sanft an den Zügeln. Es waren nur noch wenige Meter bis zum Waldrand, und die Chancen standen gut, dass mich noch niemand entdeckt hatte.

Ich glitt aus dem Sattel und stapfte geduckt neben Dalibor durch den Schnee. Das weiße Fell des Hengstes hob sich kaum von der Landschaft ab und der Sattel war mit einem hellen Schaffell überzogen. Nur sein schwarzes Ohr konnte uns verraten. Dalibor schnaubte und schüttelte den Kopf. Ich wusste, dass er viel lieber weiter über die Schneefelder galoppiert wäre. Genau wie ich. Doch die Angst, dass uns jemand erwischen könnte, saß mir beständig im Nacken.

Ich führte mein Pferd hinter eine Reihe dicht gewachsener Tannen und hob die Hand. »Ruhig!«, flüsterte ich, während ich vorsichtig zwischen den Zweigen hindurchspähte.

In der Nacht waren bestimmt zehn Zentimeter Neuschnee gefallen, was das Vergnügen beim Ausreiten nur noch steigerte. Allerdings wuchs dadurch leider auch die Gefahr: Die pudrige

Schicht verbarg tückische Felsspitzen und tiefe Mulden, die erst allmählich wieder zum Vorschein kommen würden, wenn die Sonne lange genug vom Himmel schien und Millimeter für Millimeter etwas von dem Land unter dem Schnee zum Vorschein brachte. Abgesehen davon ließen sich die verräterischen Hufspuren natürlich bis in den hintersten Winkel des Waldes verfolgen.

Ich würde meinen Ausflug trotz aller Vorsichtsmaßnahmen also vermutlich auch diesmal nicht vor Novak verheimlichen können.

Vorerst aber war ich wohl gerade noch mal davongekommen. Der kleine Reitertrupp hielt sich zum Glück weiter westlich – auf den sicheren Wegen. Mein einziger Vorteil bei diesem Versteckspiel war, dass sich kaum jemand so gut im Wald und an den Klippen auskannte wie ich. Meistens nutzte ich den Schutz der Dunkelheit zum Reiten, und gerade dann erwies es sich als lebensnotwendig, jeden Stolperstein in der Umgebung auch blind zu finden.

Die Spitze der Reiter führte mein Bruder Jiri an. Er musste immer der Erste sein. Genau genommen war er mein Stiefbruder, aber das Geheimnis meiner Herkunft blieb für den Rest der Welt ebenso sicher hinter den Mauern unseres Hofes verborgen wie die Tatsache, dass ich mich kaum wie ein vollwertiges Familienmitglied fühlte.

Die anderen vier Reiter kannte ich nur vom Sehen. Jiri wechselte seine Freunde so oft, dass ich mir unmöglich alle Namen merken konnte. Unter lautem Gejohle trieben die Jungen ihre Pferde durch den Pulverschnee, der von den Hufen aufgewirbelt durch die Luft stob und die kleine Gruppe in eine glitzernde Wolke aus Schneekristallen hüllte. Der Lärm, den sie dabei veranstalteten, war jedoch weniger beschaulich und übertönte jedes andere Geräusch der Natur. Sonst hätten sie vielleicht den Ruf der Schneeeule gehört, die am Rande des Wäldchens auf einer Tannenspitze saß und mich begrüßte.

Ich drehte den Angebern den Rücken zu und seufzte leise. Wie gerne wäre ich ebenso unbeschwert mit ein paar Freundinnen über die Ebene galoppiert! Aber dazu würde es vermutlich niemals kommen. Ma hatte mich entgegen den strengen Traditionen zwar reiten gelehrt – sie war sogar überzeugt gewesen, dass es nur eine Frage der Zeit sein konnte, bis auch Mädchen die Teilnahme am legendären Eispferde-Rennen erlaubt werden würde. Und bis zu ihrem Tod hatte ich diese Hoffnung auch voller Optimismus geteilt. Aber danach hatte sich alles geändert ... Trotzdem hätte mich kein Gesetz der Welt davon abgehalten, heute, an Mas Geburtstag, zur Lichtung zu kommen.

Ich ließ Dalibor zurück und bückte mich unter den Ästen der Nadelbäume hindurch, die ein majestätisches kleines Tor bildeten. Der schmale Trampelpfad führte mich tiefer in den Wald hinein, bis die hohen Tannen kaum noch Licht hindurchließen. Erst als ich mich meinem Ziel näherte, blitzte wieder vereinzelt Helligkeit durch das Grün. Die kleine Lichtung lag wie ein verwunschener Fleck mitten im dichten Wald. Hierhin verirrte sich nie jemand. Mein auserkorener Lieblingsplatz war ebenso einsam wie magisch, weil ich mich Ma nirgendwo so verbunden fühlte wie an diesem Ort.

Ehrfurchtsvoll betrat ich die unberührte Schneefläche und ging hinüber zu dem alten Eschenbaum. Solange ich denken konnte, hatte er nur wenige Monate im Jahr grüne Blätter getragen. Die meiste Zeit über waren seine tief hängenden Äste kahl geblieben, hatten mir aber immer Schutz und Trost gespendet und warteten darauf, im Frühling wieder zu ergrünen. Ich bückte mich und legte den kleinen Kranz, den ich aus Federn und Tannenzapfen gebunden hatte, am Fuß der Esche ab. Ma hatte diesen Ort genauso geliebt wie ich. Wenn es ihre Entscheidung gewesen wäre, würde sie genau hier begraben liegen, und ihre letzte Ruhestätte wäre nicht nur ein unscheinbarer Stein auf dem Dorffriedhof.

Beinahe glaubte ich, ihre Stimme zu hören, so oft hatte sie mir von dem glücklichsten Moment in ihrem Leben erzählt: An einem Frühlingsmorgen im März, vor fast siebzehn Jahren, als die Sonne durch die Zweige der alten Esche brach und die Schneeeule ihren leisen Ruf ausstieß, wurde ich genau hier geboren. Ma war sofort klar, dass ich Ašleah heißen musste – was so viel wie Eschenlichtung bedeutet. Sie glaubte, dass ich mit diesem großartigen Namen bestimmt auch Großes vollbringen würde. Vielleicht ahnte sie aber auch damals schon, dass ihr nicht mehr viel Zeit bleiben würde, meinen Lebensweg zu begleiten, und sie wollte mir einfach nur Mut machen – woher auch immer sie wusste, dass ich ihn brauchen konnte. Mittlerweile dachte niemand mehr an die Eschenlichtung, wenn er meinen Namen rief. Ich hieß für jeden einfach Ash – passend zu der Asche, zu der mein Leben seit Mas Tod zerfallen war.

Die Sonne blinzelte mir ins Gesicht und ich verdrängte die trüben Gedanken. Ich erinnerte mich an Mas lachendes Gesicht und musste selbst lächeln. So oft hatte sie mich hier vor sich aufs Pferd gehoben. Sie ritt wie der Teufel und strahlte wie ein Engel, wenn der Gegenwind ihr die Haare aus dem Gesicht blies, und es hatte sie nie jemand zurückgehalten – selbst Novak nicht.

Die Schneeeule stieß einen gurrenden Ruf aus, der mich daran erinnerte, dass ich nicht ewig Zeit zum Träumen hatte. Ich wandte mich ab und verließ die Lichtung.

Dalibor wartete geduldig am Waldrand auf mich. Die Reiter waren bereits hinter dem großen Schneewall verschwunden, der das Dorf gegen den Nordwind schützte, und ich würde mich beeilen müssen, wenn ich vor Jiri zu Hause auf dem Sturmhof eintreffen wollte. Vielleicht hatte ich Glück und er machte noch einen Abstecher ins Dorf.

Ich pfiff leise durch die Zähne und Dalibor hob sofort den Kopf. Ein warmes Gefühl der Zuneigung durchflutete mich. Der Hengst war mein bester Freund. Ma hatte ihn mir zu meinem fünften Geburtstag geschenkt, weil er genau in der Nacht zuvor geboren worden war. Ihre Stute Juliška hatte ihn zur Welt gebracht, und Ma vermutete, dass sie im Jahr davor mit einem wilden Eishengst zusammen gewesen war. Vielleicht war Dalibor also ebenfalls ein echtes Eispferd. Ich hatte keinerlei Zweifel, dass er beim großen Rennen ganz sicher eines der schnellsten und ausdauerndsten Pferde sein würde. Doch er hatte diesen kleinen, aber entscheidenden Makel: sein schwarzes Ohr. Nur die reinweißen Eispferde durften am Rennen teilnehmen – keiner von uns beiden würde also jemals eine Zulassung zum Start erhalten.

Mit einem Satz schwang ich mich auf Dalibors Rücken und ritt, tief über seinen Hals gebeugt, unter den Zweigen hindurch ins Freie. Die Sonne erhob sich eben hinter den Bergen und tauchte die Schneefläche in sanftes Gold. Ein kurzes Schnalzen und Dalibor verfiel in ruhigen Trab. Erst als die Ebene hinter uns lag, trieb ich ihn an. Der Sturmhof befand sich außerhalb des Ortes. Das letzte Stück zwischen den hohen Hecken, gut geschützt vor den Augen der Dorfbewohner, war ein Teil unserer heimlichen Sprintstrecke. Der Schnee hatte sich bereits festgetreten und bot einen guten Untergrund. Die kleinen Stifte unter Dalibors Hufeisen gruben sich in die Eisschicht und er fegte im Galopp bis zum Stall.

Erhitzt sprang ich aus dem Sattel. Obwohl die Schneekristalle auf meinen Wangen brannten und meine Fingerspitzen in den dünnen Lederhandschuhen vor Kälte taub geworden waren, zählten diese Momente am Morgen zu den schönsten des Tages für mich. Und um nichts auf der Welt hätte ich Mas Reithandschuhe gegen warme Fäustlinge getauscht, wie sie die anderen Mädchen trugen.

Ich führte Dalibor in seine Box, sattelte ihn ab und warf ihm einen Arm voll Heu hin. »Bis heute Abend«, sagte ich zu ihm, »ich habe noch jede Menge zu tun. Es wird bestimmt spät.« Ich klopfte auf sein flauschig weißes Hinterteil und verließ mit einem Lächeln im Gesicht den Stall.

In der Waschkammer zog ich meine Stiefel aus und stellte sie zum Trocknen an den Heizkessel. Jacke und Mütze hängte ich über die Leine daneben. Als ich die Tür zur Küche öffnete, fand ich meine Familie bereits um den Frühstückstisch versammelt.

»Ash!« Trotz des prasselnden Feuers im Kamin umfing mich schlagartig Kälte, als Novaks Stimme ertönte. »Wo warst du?«

Innerlich wappnete ich mich gegen die nun mit Gewissheit folgenden Vorwürfe meines Stiefvaters. »Reiten«, entgegnete ich kurz. Lügen konnte ich nicht ausstehen, obwohl es mir das Leben oft einfacher gemacht hätte.

»Sie lernt es nie.« Jiri fläzte lässig in einem Sessel am Ofen. Er hielt die aufgeschlagene Zeitung vor sich und warf mir einen herablassenden Blick zu. »In drei Wochen finden die Nominierungen für das diesjährige Eispferde-Rennen statt«, las er vor. »Nach alter Tradition erhalten nur die besten Reiter des Landes eine Lizenz zum Start. Bevorzugt werden dabei Empfehlungen namhafter Züchter und Familien.«

Er grinste selbstsicher. Novak war Richter im Dorf, ebenso wie schon sein Vater und Großvater es gewesen waren. Der Name Valenta besaß daher eine fast ebenso lange Tradition wie das legendäre Rennen. Dass auch ich diesen Nachnamen trug, zählte nicht. Ich war nur auf dem Papier eine Valenta.

»Der Prinzenball zu Ehren der jungen *Männer*«, las Jiri weiter, wobei er das letzte Wort besonders betonte, »die das siebzehnte Lebensjahr vollendet haben, findet wie immer im großen Saal des Rathauses statt …«

»Oh, ich bin schon so aufgeregt«, fiel ihm Julie ins Wort. Sie warf ihr hellblondes Haar schwungvoll zurück und klatschte in die Hände. »Ich kann es kaum erwarten, mit einem der Prinzen zu tanzen.«

Novak lächelte sie nachsichtig an. Als er den Kopf hob und mich ansah, änderte sich sein Ausdruck jedoch abrupt. »Du solltest dir ein Beispiel an deiner Schwester nehmen. Sie verhält sich genau so, wie es ein Mädchen in ihrem Alter tun sollte.«

»Du fändest es besser, wenn ich Jungs hinterherstarren würde?«, fragte ich kühl.

»Ich erwarte, dass du dich an die Regeln hältst, nicht reitest und nicht dauernd im Pferdestall bei diesem Bastard von Gaul rumhängst.«

Jiri grinste breit.

Ich presste die Lippen aufeinander. Unabhängig davon, dass ich die Einzige in unserer Pseudofamilie war, die ganz sicher nicht *rumhing*, hatte Novak kein Recht dazu, Dalibor zu beleidigen. Keines der anderen Pferde in unserem Stall – Jiris reinrassiges Eispferd Moc eingeschlossen – hatte Dalibors Klasse. Seine Eleganz und Ausdauer waren einzigartig.

»Eine edle Abstammung ist leider keine Garantie für einen edlen Charakter«, sagte ich, mühsam beherrscht. »Weder bei Pferden noch bei Menschen.« Ich drehte mich um und stürmte aus der Küche. Die Tür fiel etwas zu laut hinter mir ins Schloss, und obwohl ich wusste, dass es Ärger geben würde, bereute ich kein einziges Wort. Ich rannte die Treppe hinauf in mein kleines Dachzimmer und verschloss die Tür hinter mir.

Es dauerte nicht lange und ich hörte schwere Schritte auf den

Stufen. Meine Familie kam selten zu mir hoch, niemand hatte Lust, sich die schmale Treppe hinauf ins Dachgeschoss zu zwängen, nur um mich zu besuchen. Umso wichtiger musste der Grund diesmal sein.

Jemand rüttelte an der Klinke. Ich rutschte aus dem alten Hängesessel, den ich so vor dem Fenster unter der Dachschräge befestigt hatte, dass ich einen einmaligen Ausblick auf das schneebedeckte Land hatte. Bei gutem Wetter konnte ich bis zum Ende der weiten Ebene sehen, hinter der die Klippen steil in den Abgrund stürzten.

»Mach die Tür auf, Ash!« Novaks Stimme klang ärgerlich.

Ich drehte den Schlüssel im Schloss herum und öffnete einen Spaltbreit. Doch mein Stiefvater schob sich mit grimmigem Brummen ins Zimmer.

»Wir waren noch nicht fertig mit unserer Unterhaltung.«

»Nein? Ich wusste nicht, dass es etwas zu besprechen gab ...«

»Dann hör mir zu. Die Ernte ist in den letzten beiden Jahren mager ausgefallen. Wie du weißt, gab es keinen Sieger bei den letzten Rennen, und wir müssen auf die Reserven der Gewächshäuser zurückgreifen.«

Ich runzelte die Stirn. Was sollte das? Jeder wusste, dass die Rennen in den letzten Jahren nicht erfolgreich gewesen waren. Denn erst wenn der Sieger mit einer Blüte des Schneefeuers zurückkehrte, entfaltete sich die Magie der seltenen Blume, die nur an der Grenze zum Tal des Frühlings wuchs und den Schnee in unserem Land zum Schmelzen brachte, sodass der Boden zu fruchtbarem Leben erwachte. Nach der Ernte setzten die Stürme wieder ein und Eis und Frost umschlossen die Dörfer und Höfe. Nach und nach versank das Land des ewigen Schnees wieder unter der weißen Decke, die ihm seinen Namen verliehen hatte.

»Auch die Heupreise sind teurer geworden. Wenn du nichts

dazuverdienst, kann ich Dalibor nicht länger mit durchfüttern«, fuhr Novak fort.

»Wie meinst du das?«, stotterte ich, obwohl es eigentlich sonnenklar war.

Novak straffte seine Schultern, wodurch er ein wenig zu wachsen schien – was unter den niedrigen Dachschrägen natürlich kaum möglich war. »Wenn du nicht ab sofort jeden Monat für seine Ration bezahlst, werde ich Dalibor verkaufen.«

Seine Worte schlugen mir wie eine Ohrfeige ins Gesicht. Meine Wangen brannten, obwohl er mich nicht berührt hatte, und mein Hals war so eng, dass keine Worte hindurch kamen. Er wusste genau, dass mir die anfallenden Arbeiten auf unserem Hof keine Zeit ließen, einen bezahlten Job anzunehmen. Da Jiri und Julie nicht mithalfen und Novak sein Amt als Richter ausübte, musste ich alles allein erledigen. Hilflos schüttelte ich den Kopf.

Doch Novak zuckte nur mit den Schultern. »Vielleicht hast du ja Glück und findest unter den Anzeigen eine Putzstelle im Dorf.« Er warf die Tageszeitung auf mein Bett.

Erst als er sich abgewandt hatte und schon halb wieder auf der Treppe war, löste sich meine Schockstarre. »Das kannst du nicht machen!«, stieß ich hervor. »Du hast Ma versprochen, dass ich Dalibor behalten darf.«

Novak hielt inne. Es dauerte einen Moment, bis er sich wieder zu mir umdrehte, doch die Kälte, die in seinem Blick lag, sagte alles. »Die Zeiten ändern sich«, erwiderte er nur und stieg die schmalen Stufen hinunter.

Ich starrte ihm hinterher, auch als er längst verschwunden war. Immer noch konnte ich nicht glauben, was er gerade angedroht hatte. Er wusste, wie viel mir Dalibor bedeutete – und dass die Putzstellen im Dorf sehr begehrt bei den ärmeren Familien und dementsprechend rar waren. Nicht, dass ich mir zu fein dafür gewesen wäre, aber seine Forderung war ebenso gehässig wie aussichtslos. Mit Tränen in den Augen schloss ich meine Zimmertür wieder und ließ mich aufs Bett fallen. Meine Hände zitterten, als ich die Zeitung aufschlug und die Stellenanzeigen überflog. Die meisten Jobs erforderten eine Ausbildung, die Novak niemals bezahlen würde. Eine Putzfrau suchte natürlich keiner. Mein Blick fiel auf den Artikel über das große Rennen.

»Eine Frage der Ehre«, lautete die Überschrift. Und obwohl ich wusste, dass ich danach nur noch trauriger sein würde, konnte ich nicht anders und las weiter.

»Als größter Favorit des Rennens wird in diesem Jahr Jakub Kral gehandelt. Der älteste Sohn des Kralshofs kann hervorragende Trainingszeiten vorweisen, und die reinrassigen Eispferde, die die Familie in langer Tradition züchtet, haben bereits in früheren Jahren mehrere Siege errungen.« Diesen Teil hatte Jiri natürlich nicht vorgelesen. »Da in den beiden vergangenen Jahren keiner der Prinzen das Schneefeuer heimgebracht hat, legt die gesamte Bevölkerung ihre Hoffnung in das diesjährige Rennen.«

Darunter war ein Foto von einem grauhaarigen Mann zu sehen, der etwa in Novaks Alter sein musste. Im Hintergrund war ein hübsches weißes Haus mit rotem Ziegeldach zu erkennen. Neben dem Bild stand klein gedruckt: »Die Reserven sind langsam aufgebraucht, unsere Ressourcen werden knapper. Ein Sieg ist in diesem März so wertvoll wie noch nie, und wir bauen darauf, dass Jakub unserer Familie Ehre bringen wird.« Der Mann musste Herr Kral sein. Ich hatte schon viel von ihm gehört, weil er ein bekannter Pferdezüchter war, doch begegnet war ich ihm nie.

Plötzlich fiel mein Blick auf einen kleinen Kasten unter dem Artikel: »Der Kralshof sucht vor dem Eispferde-Rennen einen tatkräftigen Stallburschen zur Unterstützung.« Es folgte die Adresse des Hofes.

Frustriert warf ich die Zeitung zu Boden und betrachtete das Foto auf meinem Nachttisch, das Mas lachendes Gesicht zeigte. Es wäre die perfekte Stelle für mich gewesen. Wenn die Sache nicht einen Haken gehabt hätte: Der Kralshof suchte einen Stallburschen – aber ich war nun mal ein Mädchen.

Kapitel 2

Nichts für Mädchen

Ich legte Lancelot das Schlittengeschirr um den Hals und verspannte die Riemen. Der alte Wallach war ein dunkelbrauner Kaltblut-Mix, mit Sicherheit das geduldigste Kutschpferd der Welt und neben Dalibor das einzige Pferd auf dem Sturmhof, das keine reine Abstammungslinie vorzuweisen hatte. Sein freudiges Schnauben, als ich das Tor öffnete und frischer Wind in den Stall hineinwehte, entlockte mir trotz meines Kummers ein Lächeln. Lancelot liebte seinen Job und konnte enorme Kräfte aufbringen. Selbst wenn die langen Behänge an seinen Beinen mit dicken Eiszapfen verzottelt waren, zog er den kleinen Einspänner noch im Trab den Berg hinauf.

»Ich weiß, Dalibor, ich wünschte auch, es wäre anders. Aber immerhin sind wir heute Morgen schon gemeinsam unterwegs gewesen.« Ich kitzelte mein Pferd zur Aufmunterung an den Nüstern, weil es mich wie immer etwas beleidigt ansah, wenn ich es nicht mitnahm. Doch mein Ausflug führte mich ins Dorf und ich konnte mich schlecht vor den Leuten auf einem Pferderücken zeigen. Kutschieren wurde für Frauen gerade noch so geduldet.

Ich hatte Novak gesagt, dass ich zum Markt fahren würde, woraufhin ich prompt diverse Aufträge erhalten hatte, die erledigt werden mussten. Plötzlich flog die Tür auf, die vom Waschraum in den Stall führte. »Warte, ich komme mit!«, rief Julie.

»Du willst mit zum Einkaufen?«, fragte ich überrascht. Ich war ziemlich sicher, dass ihr Vorschlag kein Hilfsangebot sein sollte, und machte mir prompt Sorgen, dass sie meine Pläne durchkreuzen könnte.

»Die Schneiderin stellt heute ihre neuen Stoffe für den Prinzenball vor, und ich werde nicht warten, bis mir eines der anderen Mädchen den schönsten weggeschnappt hat.« Julie ignorierte meinen genervten Blick. Ihre Wangen leuchteten rosa unter der gleichfarbigen Pudelmütze hervor. Sie trug eine ebenfalls rosa glitzernde Wolljacke und silberne Schneeboots. Bestimmt hatte sie Novak um Geld für ein Kleid angebettelt, und ich würde wetten, dass er ihr, ohne zu murren, etwas gegeben hatte. Julie bekam immer, was sie wollte.

Ergeben nickte ich. Mir blieb sowieso nichts anderes übrig. »In Ordnung.«

Hoffentlich würde ich sie im Dorf möglichst schnell wieder loswerden, damit ich all meine Vorhaben umsetzen konnte! Ich kletterte auf den Kutschbock und half ihr hoch, um mir wenigstens ihre Nörgeleien zu ersparen.

Doch kaum war sie oben, ging es auch schon los: »Uff, ist das unbequem!« Sie verdrehte die Augen, als sie neben mir auf die Sitzbank plumpste. *Unbequem* war eines ihrer Lieblingswörter. In Julies Welt war so ziemlich alles unbequem, jegliche Art von Arbeit ebenso wie die kleinste körperliche Anstrengung, die nichts mit Posieren für ein Foto zu tun hatte.

Ich schnalzte mit der Zunge und Lancelot trabte los. Der Weg ins Dorf dauerte eine knappe Viertelstunde, in der ich gerne vor mich hinträumte und die Ruhe der verschneiten Felder um mich her genoss. Das Land des ewigen Schnees hatte einen seltsamen Charme. Einerseits liebte ich die trotzige Kälte, das Knistern der Eisflächen und die Stille, in der man jeden noch so leisen Schritt wahrnahm; andererseits wusste ich genau, welche Gefahren sich dahinter verbargen. Der Schnee war ein gefährlicher Freund, der sich jederzeit gegen einen wenden konnte. Man durfte ihm niemals vertrauen.

»Wie hältst du das nur aus?«, fragte Julie nach wenigen Minuten gereizt.

»Was denn?«, erwiderte ich irritiert.

»Na, dieses öde Geschaukel.« Sie rieb ihre dicken Fäustlinge aneinander, obwohl ich mir kaum vorstellen konnte, dass sie darin fror. Meine Fingerspitzen kribbelten bereits von der Kälte, aber öde war diese Fahrt allenfalls wegen Julie.

»Ich komme jede Woche zweimal hier entlang«, klärte ich sie auf. »Ich bin es also nicht anders gewohnt.« Offenbar hatte sie bisher nicht bemerkt, wie oft ich ins Dorf fuhr und vor allem für sie Einkäufe und Besorgungen erledigte.

»Wenigstens ein Polster hätte ich mir mitnehmen sollen. Ich bekomme bestimmt blaue Flecken von den Schlaglöchern auf dieser holprigen Strecke.«

Verwundert suchte ich die glatte Schneedecke nach Bodendellen ab.

»Jiri hat erzählt, dass heute ein Treffen im Prinzenchalet stattfindet. Bestimmt sind dort eine Menge gut aussehender Jungs!«, plapperte Julie weiter. Ich warf ihr einen Seitenblick zu. Sie konnte innerhalb von Sekunden das Thema wechseln, ohne auch nur einen Gedanken an den vorherigen Satz zu verschwenden. »Würdest du nicht auch gerne mal mit einem Prinzen tanzen?«

Ich schnaubte und schüttelte den Kopf. »Nein, wirklich nicht.« Mir reichten Julies ausführliche Berichte über Probleme mit Jungs völlig aus. Ich war mir sicher, dass ich nichts weniger in meinem Leben brauchte als Liebeskummer. Und die Prinzenanwärter fand ich sowieso durchweg unsympathisch.

»Du bist echt seltsam«, kommentierte meine Stiefschwester. In ihren Augen war ein Leben ohne Jungs vermutlich noch öder als eine Schlittenfahrt.

Ich zuckte mit den Schultern. Sollte sie denken, was sie wollte. Julie hatte zwar alles, was sie brauchte, aber sie wusste dennoch nicht, was ihr fehlte. Um nichts auf der Welt hätte ich einen Ausritt mit Dalibor gegen eines ihrer Kleider getauscht. Und der Tanz mit einem der »Prinzen«, wie die arroganten Typen genannt wurden, die für das Eispferde-Rennen nominiert waren, rangierte noch weiter unten auf meiner Wunschliste.

Als ich die ersten Dächer der Häuser hinter dem Schneewall auftauchen sah, atmete ich erleichtert auf. »Soll ich dich direkt bei der Schneiderin absetzen?«, fragte ich hoffnungsvoll.

»Nein, ich komme erst mit zum Markt. Vielleicht finde ich dort ein paar schicke Accessoires, bevor ich mich unter die Konkurrenz mische.« Sie kicherte.

Ich unterdrückte ein Stöhnen und lenkte Lancelot in Richtung Kutschplatz.

»Wo willst du hin?«, rief Julie aufgebracht. »Du glaubst doch nicht, dass ich den ganzen Weg bis zum Marktplatz laufe! Wenn die Pailletten an meinen Boots schmutzig werden, sind die Schuhe komplett ruiniert.«

Ich warf einen Blick auf ihre lächerlich unpraktischen Stiefel. »Also, mitten auf dem Markt kann ich nicht stehen bleiben.«

»Was?« Julie sah mich verständnislos an. »Hey, da sind Krystina und Zuzana. Warte mal!«

Julie rief lauthals nach ihren Freundinnen. Dann sprang sie eilig vom Wagen und ich musste Lancelot abrupt zum Stehen bringen, sonst wäre sie vermutlich der Länge nach hingefallen. Ihre Schuhproblematik hatte sie offenbar schon wieder vergessen. Die beiden anderen Mädchen kreischten erfreut auf, als sie sie erblickten, was – angesichts ihrer Konkurrenz um die Gunst der Prinzenanwärter – in meinen Augen die reinste Ironie war. Trotzdem fiel Julie ihnen unter quietschenden Begeisterungsrufen um den Hals, als sie die beiden erreichte. Mich hingegen würdigte sie keines Blickes mehr. Aber alles war mir lieber als ihr ständiges Geplapper. Außerdem musste ich mich beeilen, immerhin wusste ich nicht genau, wie lange sie bleiben wollte. Und selbstverständlich würde sie erwarten, dass ich sie später bei der Schneiderin wieder abholte.

»Tschüss, Julie«, murmelte ich leise, während ich Lancelot antrieb. Schnaubend setzte sich der Wallach in Bewegung, schüttelte seine lange Mähne und trabte fröhlich zum Kutschplatz. Bestimmt war er genauso erleichtert wie ich, dass wir sie endlich los waren.

Ich lockerte die Riemen und stellte Lancelot einen kleinen Eimer mit Hafer hin. Dann machte ich mich auf den Weg zum Markt.

Die große Turmuhr neben der Kapelle zeigte bereits kurz vor elf und das halbe Dorf war auf den Beinen. Heute war Markttag, das bedeutete eifriges Rangeln und Feilschen um die frische Ware. Wegen der schlechten Ernte waren die Preise gestiegen – Novak hatte leider recht – und die Händler nutzten die Not der Menschen schamlos aus.

Am ersten Stand kostete ein Winterapfel so viel wie sonst ein ganzes Kilo, obwohl die rote Schale bereits einige braune Stellen zeigte. Sie eigneten sich mehr als Futteräpfel, aber ich hatte leider nicht genug Geld, um den Pferden welche zu kaufen. Ich seufzte. Dalibor würde in Zukunft auf seine Leckereien verzichten müssen. Ich musste froh sein, wenn ich das Heu bezahlen konnte.

Ich hielt nach günstigeren Angeboten Ausschau. Ein paar Stände weiter gab es noch etwas schrumpeligere Äpfel – dafür zum halben Preis. Ich kramte meine letzten Ersparnisse hervor und kaufte zwei. Als ich die kostbare Errungenschaft in meinem Korb verstauen wollte, rempelte mich jemand so heftig von hinten an, dass einer der beiden Äpfel zu Boden fiel und zwischen den Füßen der anderen Marktbesucher davonkullerte. Ich bückte mich und versuchte, ihn einzuholen, doch er wurde immer wieder ein Stück weiter getreten, bis er gegen eine Hauswand prallte. Als ich ihn endlich aufhob, sah er äußerst unappetitlich aus – selbst für ein Pferd.

»Mist!«, murmelte ich und fast kamen mir die Tränen. Ich schluckte, hob den Kopf und ... schaute in zwei strahlend grüne Augen. Irritiert blinzelte ich.

Ich stand direkt vor einem Fenster, von der anderen Seite der Scheibe aus blickte mich ein Junge an. Er hatte ohne Zweifel die schönsten Augen, die ich je gesehen hatte. Das kräftige Grün erinnerte mich an den Frühling. Etwas Rastloses lag in seinem Blick. Er lächelte nicht, aber er wandte sich auch nicht ab, sondern starrte mich genauso neugierig an wie ich ihn.

Erst als ihn jemand anstieß, brach unser Blickkontakt ab. Er drehte sich um, und ich hätte ihn am liebsten zurückgehalten. Doch dann bemerkte ich die anderen Jungs hinter ihm, und mir dämmerte, dass ich genau vor dem Prinzenchalet stand – eine Art Jugendclub, in dem sich die Prinzenanwärter trafen. Die Mädchen zog es automatisch ebenfalls dorthin, denn jede wollte sich in der Nähe der umschwärmten Jungs aufhalten, mit ihnen reden oder wenigstens einen Blick auf sie werfen, um von einem Tanz im Ballsaal zu träumen. Ganz besonders Julie, Krystina und Zuzana.

Mir wurde ganz flau im Bauch bei dem Gedanken, dass ich womöglich einem der zukünftigen Prinzen in die Augen gesehen hatte. Allerdings weniger, weil ich diese Tatsache so aufregend fand, sondern vielmehr, weil ich eine innere Abneigung gegen

Jungs wie Jiri hegte. Da konnte dieser Typ noch so grüne Augen haben! So sehr ich immer schon von der Teilnahme am großen Rennen geträumt hatte, so wenig wollte ich etwas mit einem der Prinzenanwärter zu tun haben. Ich drehte mich abrupt weg und beeilte mich, meine Einkäufe zu erledigen. Ich hatte wirklich genug zu tun.

Als ich mit vollen Körben zurück zum Kutschplatz ging, sah ich Julie und die anderen Mädchen gerade in Terezas Schneiderei verschwinden. Schnell verstaute ich die Einkäufe auf der Ladefläche und zurrte die Riemen fest.

»Pass gut auf unsere Sachen auf, Lancelot!« Ich klopfte dem alten Wallach auf sein etwas zu knochiges Hinterteil. »Vielleicht habe ich Glück und finde einen Job, von dem ich auch dir ein bisschen extra Heu kaufen kann.«

Lancelot schnaufte leise und ich machte mich auf den Weg zur Vermittlungsstelle. Fast alle Stellenangebote liefen über diese Zentrale. Das kleine Büro am Rande des Dorfes war brechend voll. Ich konnte kaum die Tür öffnen, ohne gegen einen der Wartenden zu stoßen. Bei der Bandbreite an unterschiedlichen Menschen, die hier vor dem großen Tresen an der gegenüberliegenden Seite des Raumes anstanden, musste doch eigentlich für jeden das Richtige dabei sein, dachte ich. Große, kräftige Kerle waren ebenso vertreten wie kleine, schmächtige Männchen, die schon auf den ersten Blick nach Büroarbeit aussahen. Auch Frauen jeden Alters waren darunter: strenge Hauswirtschafterinnen, mollige Köchinnen, zarte Näherinnen, Hebammen, die ordentlich zupacken konnten, und Putzfrauen, die ihre Haare mit einem Tuch zurückgebunden hatten. Ich musste beinahe schmunzeln, so treffsicher hätte ich sagen können, wer welche Art Job suchte.

Auf der anderen Seite des Tresens saßen drei Frauen mittleren

Alters, die die Schlange der Reihe nach abarbeiteten. Es dauerte eine ganze Weile, bis ich so weit vorgerückt war, dass ich mitbekam, wie der Ablauf war. Nach eingehender Befragung, endlosem Kopfschütteln und grimmigen Blicken händigten die Frauen jedem Arbeitssuchenden einen Bogen mit einer Liste weiterer Fragen aus.

Meine Nervosität stieg. Was, wenn ich den Anforderungen nicht gerecht wurde? Jeder, der seinen Zettel ausgefüllt hatte, steckte ihn in einen kleinen grünen Kasten mitten auf dem Tresen. Die Menschen verließen die Vermittlungsstelle ohne Ausnahme mit deprimiertem Gesichtausdruck.

Als ich an der Reihe war, lächelte ich höflich. »Guten Tag, ich suche dringend …«

»Das tun sie alle«, unterbrach mich die Frau auf der anderen Seite des Tisches. Mit der riesigen Brille, die ihre Augen stark vergrößerte, wirkte sie wie ein großes Insekt. »In den fünf Jahren, die ich hier arbeite, hat noch nie jemand auf Anhieb eine Stelle gefunden.«

»Oh, mir ist es ganz egal, *was* ich mache«, sagte ich schnell. »Hauptsache …«

»Natürlich, Schätzchen, aber den Arbeitgebern ist es nicht egal, *wer* bei ihnen anfängt. Jeder eignet sich für etwas Bestimmtes. Die Kunst liegt darin, zwei zu finden, die zusammenpassen.«

Ich sah sie erwartungsvoll an, doch sie drückte mir nur ein Blatt Papier in die Hand.

»Sie haben mich noch gar nichts gefragt«, erinnerte ich sie.

Die Frau lächelte milde. »Zu jung, zu unerfahren und vor allem zu zart gebaut. Die Chancen stehen ehrlich gesagt nicht besonders gut.«

»Oh …« Ich nickte niedergeschlagen und nahm den Bogen entgegen.

Als ich etwa eine halbe Stunde später meinen Fragebogen in die grüne Kiste steckte, hatte sich mein Mut verflüchtigt wie eine Schneeflocke im Frühling. Die Frau hatte vermutlich recht, die Aussichten, dass ich hier einen Job finden würde, waren unterirdisch. Mit hängendem Kopf schlich ich die Straße entlang. Ich hatte so große Erwartungen in die Vermittlungsstelle gesetzt. Und ich hatte keinen Plan, was ich jetzt machen sollte.

Neben mir flog eine Tür auf und dröhnendes Gelächter drang mitsamt einer Qualmwolke aus dem Haus. Ich hustete und wollte mich gerade abwenden, als ich Kalle zwischen den Männern in der Kneipe ausmachte. Der Schmied war ein Raubein erster Güte, aber ein Mann mit Herz. Er war mein Freund, seit ich als kleines Mädchen schon die Hufe angehoben hatte, wenn er zum Beschlagen auf den Sturmhof gekommen war. Ich musste daran denken, wie er mich immer gelobt hatte für mein Fingerspitzengefühl im Umgang mit den Pferden.

Und da hatte ich eine Eingebung.

Ich änderte die Richtung und steuerte auf den Eingang zu. Die verwunderten Blicke der Männer ignorierte ich ebenso wie die dummen Bemerkungen.

»Na, suchst du deinen Papa?«

Ich bahnte mir einen Weg durch die Menge zu Kalle und tippte ihm auf den Arm. »Hey, Kalle, du könntest doch bestimmt jemanden gebrauchen, der dir beim Beschlagen hilft, oder?«, fragte ich voller Hoffnung. »Einen, der die Pferde festhält oder das Werkzeug säubert …?«

Kalle sah mich fragend an. »Sag bloß, dein Bruder sucht Arbeit.«

Ich schüttelte energisch den Kopf. »Nein! *Ich* wollte …«

Schallendes Gelächter ertönte um mich herum.

»Der Pimpf hat ja noch nicht mal den Stimmbruch hinter sich.«

Der Dicke hielt mich offenbar für einen Jungen. Zwar sah ich in meinen einfachen Klamotten sicher nicht aus wie die anderen Mädchen, aber meine langen, zum Zopf gebundenen Haare hätten zumindest ein eindeutiger Hinweis sein müssen. Vielleicht waren sie auch unter meinen Schal gerutscht, aber es ärgerte mich trotzdem.

Ich atmete einmal tief durch und wollte zu einem weiteren Versuch ansetzen, doch ein kräftiger Schlag auf den Rücken ließ mir die Worte im Hals stecken bleiben.

»Vielleicht findest du ja eine Stelle auf einem Gutshof. Bestimmt wird irgendwo jemand gesucht, der als Windstopper zwischen die Ritzen passt.« Die Männer lachten erneut.

Ich kniff die Augen zusammen und fixierte den Kerl, dessen ledrige Haut an einen alten Stiefel erinnerte.

»Lass sie in Ruhe, Kremp! Ašleah ist ein Mädchen und sie sucht ganz bestimmt keine Arbeit im Stall. Und bei mir in der Schmiede …« Kalle lächelte mich bedauernd an und mein Herz sackte ab. »… tut mir leid, aber das geht wirklich nicht. Frag doch mal bei Magda in der Küche.«

Ich warf einen letzten Blick in die grinsenden Gesichter um mich herum und nickte langsam.

Zögerlich drückte ich mich zwischen den Stühlen hindurch und wollte gerade an die Küchentür klopfen, als sie von innen aufgestoßen wurde.

»Verschwinde, Betty! Ich habe ohnehin zu viele Leute in der Küche, die ich nicht bezahlen kann!«

Die Tür fiel scheppernd wieder ins Schloss und eine hagere junge Frau drehte sich zu mir um. Sie wischte sich den Schweiß von der Stirn.

»Drecksladen!«, sagte sie zu mir. »Ich habe sowieso keine Lust mehr, noch drei weitere Monate auf mein Geld zu warten.«

Sie stapfte zur Tür hinaus, ohne sich noch einmal umzuwenden. Und vermutlich war das auch das Beste, was ich tun konnte.

❄

Dalibors Schnauben begrüßte mich. Ich hatte Lancelot ausgespannt und in seine Box gebracht, Julie war mit ihren Schätzen im Wohnzimmer verschwunden. Leise öffnete ich den Riegel und schlüpfte in Dalibors Box. Novak musste nicht alles mitbekommen. Ein Pferd war seiner Meinung nach zum Arbeiten da und Reiten erfüllte auch nur den Zweck der Fortbewegung – mehr nicht. Dass ich Dalibor als meinen Freund betrachtete, dafür fehlte ihm jedes Verständnis. Ich schlang meine Arme um den Pferdehals. Der Geruch allein vertrieb normalerweise schon meine Sorgen – aber nun war genau dieses Glück in Gefahr. Wenn ich keinen Job fand, würde ich Dalibor verlieren!

Ich wischte meine Tränen an seinem dichten Fell ab. Jeder Versuch, im Dorf eine Stelle zu finden, war eine Katastrophe gewesen. Besonders die Idee, bei Kalle nachzufragen – Schmied war natürlich genauso ein Männerjob wie Stallbursche. Ich schüttelte über mich selbst den Kopf. Wie dumm von mir, dass ich gedacht hatte, Kalle würde mich einstellen!

Ein richtiges Mädchen war ich aber offenbar auch nicht, sonst hätten die Männer mich wohl kaum mit einem Jungen verwechselt. Ich musste an den Witz des Dicken denken, mich als Windstopper auf einem Gutshof zu bewerben. Aber zum Lachen war mir nicht zumute. Mir fiel die Zeitungsannonce vom Kralshof wieder ein. Stallburschen wurden auf den Zuchthöfen jetzt überall gesucht, so kurz vor dem großen Rennen. Was hätte ich dafür gegeben, ein Junge zu sein und einfach das zu tun, wozu ich Lust hatte!

Gedankenverloren ließ ich ein paar Strähnen meiner Locken durch meine Finger gleiten. Musste man nicht größere Opfer bringen, wenn einem etwas wichtig erschien? Ma hatte immer zu mir gesagt: »Manche Chancen im Leben ergeben sich nur ein einziges Mal. Aber du wirst es fühlen, ob der richtige Zeitpunkt gekommen ist, um sie zu ergreifen.«

Vielleicht war dieser Zeitpunkt ja nun gekommen? Ich hob den Kopf. Mein Blick streifte das kleine Fenster über Dalibors Box, in dem sich mein Gesicht im schwachen Schein der Stallbeleuchtung spiegelte. Nachdenklich schaute ich in Dalibors dunkle Augen. Und plötzlich wusste ich, was ich tun musste.

Ich huschte durch den Stall zu dem Schrank, in dem ich das Werkzeug aufbewahrte. Nach kurzer Suche fand ich die Schere und flitzte zurück in Dalibors Box, schob mein Pferd etwas beiseite und stellte mich auf die Zehenspitzen. Ungeachtet des erschrockenen Blicks, den mir mein Spiegelbild im Stallfenster entgegenwarf, umfasste ich mit der freien Hand meinen Zopf.

Und schnitt ihn einfach ab.

Kapitel 3

Immergrün

Vorsichtig öffnete ich Jiris Zimmertür und schlich zu seinem Schrank. Zum Glück wusste ich genau, dass das linke Scharnier beim Öffnen quietschte und an welcher Stelle die Dielen knarzten – das war der Vorteil davon, dass ich die gesamte Hausarbeit allein erledigte. Aber den regelmäßigen Atemzügen nach zu urteilen, schlief mein Stiefbruder ohnehin tief und fest. Ganz behutsam zog ich an dem Griff und öffnete so langsam wie möglich den Kleiderschrank. Ich suchte mir einen dunkelgrünen Thermopullover und eine schwarze Mütze heraus, die Jiri von Novak bekommen hatte, aber nie trug.

Nicht, dass meine übliche Kleidung besonders mädchenhaft gewesen wäre, aber ich wollte sichergehen, dass ich kein Detail übersehen hatte und man mich an meinem Outfit nicht erkennen konnte. Meine alten Hosen würden mich ebenfalls nicht verraten, und in der Waschkammer hatte ich ein paar ausrangierte Stiefel und eine Winterjacke von Jiri gefunden, die ihm längst zu klein geworden waren.

Mit klopfendem Herzen schloss ich die Schranktür und verließ auf Zehenspitzen das Zimmer. Die Sonne war gerade hinter den Bergen aufgegangen, aber ich brauchte nicht zu befürchten, dass Novak mir über den Weg laufen würde. Er wusste, dass ich mich um die Pferde kümmerte und es für ihn keinen Grund gab, früh aufzustehen. Er würde sich erst wundern, wenn er in die Küche kam. Ich hatte meine Arbeiten für diesen Tag bereits in aller Frühe erledigt, damit mir niemand etwas vorwerfen konnte, falls ich später als geplant nach Hause kam.

Ich zog Jiris Sachen über, steckte Mas Reithandschuhe ein und ein Stück Brot vom Vortag als Proviant und verließ so leise wie möglich das Haus.

Im Stall schlug mir der vertraute Geruch nach Heu und Pferden entgegen. Ich verteilte die morgendlichen Rationen und sah zu, wie Dalibor auf seinem Frühstück kaute.

»Es hört sich zwar verrückt an«, murmelte ich, während ich mit den Fingern durch sein Fell fuhr, »aber weißt du, jede ungenutzte Möglichkeit ist ein Schritt in die falsche Richtung.« Das hätte Ma zumindest behauptet.

Ich erinnerte mich an den Tag, als ich sie gefragt hatte, wann ich endlich mit Dalibor beim großen Rennen starten dürfte. Er war drei Jahre alt gewesen und ich gerade mal acht. Jiri hatte mich später ausgelacht und erklärt, dass Mädchen gar nicht zum Rennen zugelassen würden. Ma aber hatte gelächelt und mein Gesicht in beide Hände genommen.

»Glaube nur fest daran, dass sich Träume erfüllen können«, hatte sie gesagt. »Wenn das Feuer in deinem Herzen heiß genug brennt, wird es dir jeden Weg ebnen, den du gehen willst.« Sie tippte mir gegen die Brust. »Genau diese Kraft hat auch das Schneefeuer, und deshalb brechen die Prinzen jedes Jahr auf, um die lange Reise bis ins Tal des Frühlings anzutreten.« Eine Träne glitzerte in ihrem Augenwinkel. »So beschwerlich sie auch ist, versuchen sie es immer wieder aufs Neue – so wie dein Vater es vorhatte. Es ist ein tragisches Unglück, wenn man schon auf dem Weg zur Erfüllung seiner Träume ums Leben kommt. Aber ohne Träume fängt man gar nicht erst an zu leben.« Sie hatte mich fest in den Arm genommen, und ich wusste, dass Pa stolz auf sie gewesen wäre.

Wieder fiel mein Blick auf das kleine Stallfenster über Dalibors Box. Mein Spiegelbild sah mich neugierig an, obwohl ich mich eigentlich kaum verändert hatte. Unter Jiris Mütze kam ein Stück von meinem Zopf zum Vorschein. Der einzige Unterschied war, dass ich ihn mit einem Clip befestigt hatte – für den Fall, dass mich unterwegs jemand erkannte. Sicherheitshalber tastete ich noch einmal nach dem gefalteten Zeitungsausschnitt in meiner Hosentasche. Er war noch da. Ich musste mich gar nicht erst kneifen, um mich zu vergewissern, dass ich nicht träumte.

❄

Schon von Weitem erkannte ich das Haus von dem Foto. Die weiße Farbe fügte sich harmonisch in die Landschaft. Feine Schneewehen zogen sich über das Dach und ließen nur vereinzelt rote Ziegel durchblitzen. Das Gebäude war beeindruckend groß, und ich fragte mich, wie viele Angestellte dort wohnen mochten.

Der Kralshof lag wie der Sturmhof abseits des Dorfes, was mit Sicherheit die einzige Gemeinsamkeit war. Die hohen Fenster erinnerten eher an den Saal des Rathauses, in dem der jährliche Prinzenball stattfand, und die großzügigen Stallungen waren mit nichts zu vergleichen, das ich bisher gesehen hatte. Die Pferde mussten sich hier so wohlfühlen, dass sie sich vermutlich sogar freiwillig einquartiert hätten.

Ich hielt den Schlitten an und versank in ehrfurchtsvollem Staunen. Neben dem Hauptgebäude gehörten zwei kleinere Anbauten zu dem Gutshof der Krals. Das Anwesen war noch viel imposanter, als ich es mir vorgestellt hatte. Am schönsten allerdings fand ich die vielen liebevollen Details: Kleine Sprossenfenster in derselben karminroten Farbe wie das Dach ermöglichten den Ausblick aus dem Stall. Eine schmiedeeiserne Darstellung eines

Schlittengespanns zierte das Stalltor. Und über dem Eingangsportal des Haupthauses war eine riesige Uhr in der Wand eingelassen, deren Zeiger ebenfalls aus kleinen Pferden bestanden. Ich hatte noch nie einen hübscheren Hof gesehen. Ich war geradezu verliebt – vom ersten Augenblick an.

Mit einer Hand schob ich mir die Mütze vom Kopf und löste mit der anderen den Clip. Ich ließ den Zopf in meiner Jackentasche verschwinden. Dann strubbelte ich mir einmal durch die Haare, bevor ich die Mütze wieder aufsetzte und tief in die Stirn zog. Ma hatte mir immer versichert, wie besonders schön meine langen Haare waren, und ich hätte nie gedacht, dass ich sie jemals abschneiden würde. Aber in diesem Moment bereute ich gar nichts. Ich *musste* diese Stelle haben. Um jeden Preis der Welt.

Sachte schwang ich die Zügel und schnalzte Lancelot zu. Der Rest des Weges verging beinahe zu schnell. Zu gerne wäre ich noch einmal in Gedanken durchgegangen, was ich sagen wollte, um mich vorzustellen, da stand ich schon vor dem Haupteingang. Als ich den schweren Messingring umfasste und an der Tür klopfte, zitterten meine Finger ein wenig. Es dauerte nicht lange, bis die Tür aufschwang und eine rundliche kleine Frau erschien. »Ja, bitte?«

Ich räusperte mich, um meine Stimme etwas tiefer klingen zu lassen. »Ähem, ich möchte mich auf die Stallburschenstelle bewerben.« Meine Worte erschienen mir besonders piepsig und ich wäre vor Scham am liebsten im Boden versunken.

Die Frau runzelte kurz die Stirn, lächelte aber freundlich. »Soso«, sagte sie und sah mich interessiert an.

Ich glaubte meine Tarnung schon verloren, doch sie öffnete die Tür weiter und bat mich herein. Sie trug eine weiße Schürze, die mit etlichen kleinen Flecken übersät war. Die Hausherrin – falls es überhaupt eine gab – war sie garantiert nicht.

»Ich werde Herrn Kral Bescheid geben. Warte hier!« Sie drehte sich um, ging den Flur hinunter und verschwand hinter einer der Türen.

Ich trat nervös von einem Fuß auf den anderen, während ich mich umsah. Der alte Holzboden war an einigen Stellen bereits abgewetzt, aber die hohen Decken ließen den langen Flur dennoch herrschaftlich wirken. Ölgemälde von Pferden in unterschiedlichen Jahreszeiten hingen an den Wänden. Fasziniert schaute ich mir die Bilder an. Im Sommer hatte der Maler die Bäume und Sträucher mit saftigen grünen Blättern gefüllt, sodass man keinen Ast mehr erkennen konnte, und das Gewicht der reifen Erntefrüchte zog die Zweige bis zum Boden. Der Herbst hingegen erstrahlte in allen Gold- und Rottönen, die die Farbpalette zu bieten hatte. Mit der Realität, die ich kannte, hatten diese Darstellungen nichts gemein. Solange ich zurückdenken konnte, war schon der Frühling ein Ereignis. Der Sommer hielt kaum Einzug, dann fielen die ersten Blätter bereits zu Boden. Und noch bevor der Wald in bunten Farben erstrahlen konnte, bedeckte der Schnee wieder die Bäume.

»Herr Kral möchte dich sehen«, riss mich die Stimme der Frau aus meinen Betrachtungen.

Ihre Worte hallten wie ein Echo in meinen Ohren, während ich in ihre Richtung ging. Obwohl sie mich aufmunternd anlächelte, sackte mein Mut mit jedem Schritt eine Etage tiefer.

»Keine Angst. Er knurrt manchmal, aber er beißt nicht«, sagte sie leise, als ich an ihr vorbei ins Zimmer trat. Ich lächelte dankbar und sie zwinkerte mir zu.

Hinter einem wuchtigen dunklen Eichenschreibtisch saß ein grauhaariger Mann mit kurz geschorenem Bart. Ich erkannte ihn sofort von dem Foto aus der Zeitung wieder. Seine eindrucksvolle Erscheinung vereinnahmte den ganzen Raum.

»Na, mein Junge«, sagte er in etwas barschem Ton, doch um seine Augen herum konnte ich winzige Fältchen entdecken, die darauf hindeuteten, dass er in seinem bisherigen Leben das ein oder andere Mal gelacht hatte. Ich versuchte, mir meine Angst nicht anmerken zu lassen. »Du willst also als Stallbursche arbeiten?« Seine Frage klang belustigt.

»Ja, Herr Kral.« Ich bemühte mich, eine gerade Haltung einzunehmen, damit ich etwas größer wirkte. Mir war klar, dass ich nicht durch meine Statur punkten würde. Seinem Blick nach zu urteilen, konnte Herr Kral sich nicht einmal vorstellen, dass ich überhaupt eine Heugabel halten konnte.

Einen endlosen Moment lang schaute er mich nur an. Seine Augen hatten eine unergründliche dunkelbraune Farbe. Doch ich hielt seinem prüfenden Blick stand. Diese Masche hatte Novak schon etliche Male angewendet, mit reinem Niederstarren konnte mich niemand einschüchtern.

»Ich kann zur Probe arbeiten«, schlug ich vor.

Seine dichten Brauen zogen sich kaum merklich zusammen, es entging mir dennoch nicht. Er strich sich mit dem Zeigefinger über den Bart, als müsste er über meinen Vorschlag nachdenken. »Es ist so«, sagte er schließlich. »Außer dir haben sich noch ein paar andere Bewerber gemeldet ...« Mein Herz klopfte gespannt. »... ihre Gehaltsvorstellungen hatten allerdings wenig mit ihrer Arbeitsleistung gemein. Probe arbeiten wollte keiner von ihnen.« Er kreuzte die Arme vor der Brust und lehnte sich zurück. »Wie hoch ist dein Gehaltswunsch?«, fragte er.

Hervorragend, dachte ich – denn darüber hatte ich mir in meiner Aufregung keine Gedanken gemacht. Ich rief mich zur Ruhe. Ma hatte mir immer geraten, ehrlich zu sein, und wenn ich mein Arbeitsverhältnis schon mit der größten Lüge aller Zeiten begann, sollte der Rest wenigstens der Wahrheit entsprechen, fand ich.

»Ich brauche pro Monat so viel, wie ein Ballen Heu kostet«, antwortete ich mit fester Stimme. So sehr ich diesen Job brauchte, daran gab es nichts zu verhandeln.

Herr Kral sah mich aufmerksam an.

»Nicht mehr und nicht weniger«, fügte ich etwas leiser hinzu.

Herr Kral erhob sich abrupt und ging zur Tür. Mein Herz sackte mir in die Hose. Jetzt hatte ich verloren!

Mit unbewegter Miene drehte sich der Gutsherr zu mir um und hielt mir die Tür auf. »Morgen früh um sieben Uhr zum Probearbeiten.«

Ich starrte ihn einen Augenblick lang ungläubig an, bevor der Sinn seiner Worte zu mir durchdrang. Dann nickte ich schnell. »Vielen Dank!«

Obwohl ich mich enorm bremsen musste, um nicht laut aufzujauchzen, ließ ich mir nichts anmerken. Lange würde ich mich jedoch nicht zurückhalten können. Ich hatte es geschafft! Zumindest den ersten Schritt. Natürlich war es ein Test, aber ich würde alles daransetzen, um ihn zu bestehen!

Meine Füße kribbelten, während ich den langen Gang hinunterging. Als ich hörte, wie sich die Tür hinter mir schloss, begann ich zu laufen. Ich konnte es kaum erwarten, ins Freie zu kommen. Schwungvoll riss ich die Eingangstür auf – und wäre fast mit jemandem zusammengestoßen. Nur wenige Zentimeter vor dem Gesicht meines Gegenübers bremste ich ab und blickte in zwei seltsam vertraute grüne Augen.

Kapitel 4

Falsch gedacht!

Ich hatte meinen Wecker auf fünf Uhr dreißig gestellt, doch ich wachte sogar noch vor dem ersten Klingeln auf. Wie ein gespitzter Pfeil schoss mir der Gedanke durch den Kopf, dass heute der entscheidende Tag war. Die erste Prüfung hatte ich bestanden. Was auch immer Herr Kral für einen Eindruck von mir gehabt hatte – mein Rollenspiel musste ihn überzeugt haben. Er hatte mich nicht rausgeworfen und ich durfte zur Probe arbeiten. Ich konnte es kaum erwarten! Eilig sprang ich aus dem Bett. Ich hatte genau eineinhalb Stunden Zeit, um mir die Zähne zu putzen, mich anzuziehen, die Stallarbeit zu erledigen und zum Kralshof zu reiten.

So leise wie möglich schlich ich die Treppe hinunter. Trotz aller Vorsicht knarrte die vorletzte Stufe, sodass ich kurz innehielt und einen Wunsch zu den Sternen hinauf schickte: Hoffentlich wachte Novak nicht auf! Schließlich hatte ich niemandem gesagt, was ich vorhatte ... Doch alles blieb still.

Ich tastete mich im Dunkeln in die Küche und nahm genau wie gestern das übrig gebliebene Stück Brot vom Vortag mit. Das musste als Proviant ausreichen. Erst im Stall zündete ich eine kleine Lampe an. Dalibor hob erstaunt den Kopf und schnaubte leise. Normalerweise gab es die morgendliche Heuration erst eine Stunde später. Aber wenn alles gut ging, würde dieser Zeitplan ab sofort der Vergangenheit angehören. Ich mistete die Boxen aus, während die Pferde ihr Heu malmten, fegte die

Stallgasse und fütterte die Schneehühner. Die restlichen Hausarbeiten würde ich in Zukunft am Abend erledigen müssen. Doch wenn ich Glück hatte und die Stelle bekam, konnte ich noch früh genug mit Novak darüber reden.

Als ich Dalibors Fell gebürstet hatte und den Sattel auflegte, war es genau sechs Uhr dreißig. Blieb noch eine halbe Stunde für den Weg bis zum Kralshof – für den ich gestern mit dem Schlitten über eine Dreiviertelstunde gebraucht hatte. Aber Dalibor war schnell und ich hoffte, dass mich so früh am Morgen niemand beobachten würde. Ich führte mein Pferd ins Freie und schloss das Stalltor hinter mir. Am Horizont zeigte sich ein erster heller Streifen, der den Himmel sanft von der Erde trennte. In weniger als einer halben Stunde musste ich mein Ziel erreicht haben, lange bevor die Sonne ihre Strahlen über die Berge schicken würde.

Ich streifte meine Reithandschuhe über und zog mich in den Sattel. Dalibor spitzte die Ohren und begann zu tänzeln. »Hey, langsam.« Ich klopfte ihm beruhigend den Hals. »Warte noch, bis wir vom Hof runter sind. Ich will nicht, dass uns jemand hört.«

Dalibor schüttelte unwillig den Kopf, aber er lief brav im Schritt weiter. Vielleicht spürte er, dass heute ein besonderer Tag war. Als wir unsere Sprintstrecke erreichten, verfiel er von selbst in einen flotten Trab. Nun gab ich endlich nach und ließ ihn laufen. Dalibor galoppierte los.

Es gab kein schöneres Gefühl, als die unter mir trommelnden Hufe und den eisigen Wind zu spüren, der mir ins Gesicht fegte. Die verschneite Landschaft zog an mir vorbei und ich vergaß beinahe den eigentlichen Grund unseres Ritts. Wenn Dalibor galoppierte, glaubte ich, jeden Moment abheben zu können, als ob ihm unsichtbare Flügel wüchsen, die uns in den Himmel trügen. Diese Träume erlaubte ich mir allerdings nur für Sekunden. Im echten Leben war mir der schneebedeckte Boden unter den Füßen – oder Hufen – dann doch lieber.

Auch als wir den großen Schneewall erreichten, war Dalibor noch nicht außer Atem. Als wir am Dorf vorbeiritten, drosselte ich dennoch das Tempo. Ich musste vorsichtig sein, damit niemand auf mich aufmerksam wurde. So früh sah man allerdings tatsächlich selten jemanden unterwegs. Die Tage im Land des ewigen Schnees waren kurz, und bis die Sonne nicht am Himmel stand, herrschte die Kälte noch strenger als sonst.

Mit zusammengekniffenen Augen suchte ich die weite Landschaft vor mir nach anderen Reitern oder Fußgängern ab. Doch der Schnee auf den Feldern war unberührt. Der Weg vor mir erstreckte sich schnurgerade und menschenleer am Dorf vorbei, bevor er sich in etlichen Windungen durch die Hügellandschaft bis hin zum Kralshof zog.

Ich spornte Dalibor an, das letzte Stück des Weges noch ein bisschen zuzulegen. Die Turmuhr zeigte noch zehn Minuten bis zur vollen Stunde. Ich beugte mich vor und strich mit den Fingern aufmunternd über seinen Mähnenkamm. Manchmal stellte ich mir vor, wie es wäre, meine Hand an Dalibors schwarzes Ohr zu legen und die magischen Worte zu flüstern, die Ma mir verraten hatte. Die magischen Worte, die das Geheimnis der Eispferde waren. Doch dann rief ich mir jedes Mal in Erinnerung, was sie mir eingetrichtert hatte: Du darfst es nicht ausnutzen! Ich liebte die alte Legende, die Ma mir wieder und wieder erzählt hatte. Es sei kein Zufall gewesen, dass die Eispferde den verheerenden Schneesturm überlebt hatten, der unser Land vor langer Zeit in einen Kälteschock versetzt hatte. Vielmehr hätte es an der besonderen Kraft gelegen, die in ihnen schlummerte. Ich hörte Mas Worte so deutlich, als ob sie mich noch immer vor sich auf dem Pferderücken im Arm halten würde: »Vergiss nie, Ašleah, nur wenn zwei Herzen im Gleichtakt schlagen, kann sich der Zauber der Eispferde entfalten. Wenn du wirklich in Not bist und deinem Pferd die magischen Worte zurufst, dann wird es sein eigenes Leben riskieren, um deines zu retten.«

Ich spürte jetzt noch das Kribbeln, das mir bei ihrer Erzählung über den Nacken gehuscht war. Die Worte, die Ma mir beigebracht hatte, kannte ich auswendig. Aber ich wagte nicht einmal, sie zu flüstern, aus Angst, ich könnte versehentlich den Zauber heraufbeschwören.

Ich vergrub meine Hände in der Mähne. »Los, Dalibor! Ich weiß, dass du auch so der Schnellste bist.«

Der Hengst spitzte die Ohren, streckte seinen Körper und schoss nach vorn. Ich stellte mich in den Steigbügeln auf, um seinen Beinen mehr Bewegungsfreiheit zu geben. Seine Muskeln arbeiteten unter mir mit einer unermüdlichen Kraft. Dichte Atemwolken stiegen stoßweise aus seinen Nüstern, und er galoppierte so schnell wie der raue Wind, der über die Klippen fegte. Ich hatte mich lange nicht mehr so lebendig gefühlt.

Um genau eine Minute vor sieben trafen wir auf dem Kralshof ein. Der große Zeiger der Uhr über dem Eingangsportal bewegte sich in dem Augenblick auf die Zwölf, als ich den Türklopfer betätigte. Und fast zeitgleich öffnete Herr Kral selbst, als ob er schon auf mich gewartet hätte. Ich war nicht sicher, ob das ein gutes Zeichen war.

Doch ein feines Lächeln umspielte seine ernsten Züge. »Es ist sieben Uhr.« Unnötig, das zu erwähnen, fand ich. »Ich bringe dich in den Stall und zeige dir, was deine heutige Aufgabe sein wird.«

Ich nickte, noch ganz außer Atem von dem schnellen Ritt.

Als er auf den Hof trat, runzelte Herr Kral die Stirn. »Ist das dein Pferd?«

»Ja«, antwortete ich stolz.

»Du solltest es versorgen, bevor du an die Arbeit gehst.«

»Nicht nötig. Es wird sich nicht von der Stelle rühren, bis ich wiederkomme«, erklärte ich.

Herr Kral blieb stehen und sah mich an. Sein Gesichtsausdruck zeigte Verärgerung, und ich bereute sofort, dass ich Dalibor hierhergebracht hatte. Ich hätte ihn besser im nahen Wald gelassen.

»Ein Pferd, das seinen Reiter treu ans Ziel gebracht hat, sollte immer zuerst versorgt werden, bevor man sich einer anderen Arbeit zuwendet. Diese Zeit muss sich jeder Reiter nehmen.« Sein Tonfall war streng.

Ich wusste nicht so recht, was ich darauf erwidern sollte, weil ich nicht meinen Job riskieren wollte. Ein Tadel zum Thema Pferdefürsorge war garantiert nicht der richtige Einstieg in meinen Probearbeitstag als Stallbursche.

»Das war keine Frage«, bemerkte Herr Kral, dem mein Zögern offenbar nicht entgangen war.

Ich schluckte. »Sie meinen, ich soll mein Pferd in Ihren Stall bringen?«

»Ich meine das nicht nur, sondern du wirst es auch tun. Und zwar jeden Morgen vor der Arbeit. Du wirst dir entsprechend mehr Zeit einplanen oder abends länger bleiben.«

»Na... natürlich«, stammelte ich.

Das fing ja gut an. Wahrscheinlich hatte ich mir jetzt schon seine Sympathie verscherzt.

Ich pfiff leise durch die Zähne. Dalibor hob den Kopf und schritt auf mich zu, während mich seine dunklen Augen aufmerksam beobachteten. Herr Kral betrachtete mein Pferd dabei eingehend, obwohl er sich sein Interesse nicht so deutlich anmerken ließ wie Dalibor. Mit klammen Fingern ergriff ich die Zügel und folgte dem Gutsherrn in den Stall.

Meine Augen weiteten sich vor Staunen, als ich durch das Tor trat. Bestimmt dreißig Boxen – dreimal so groß wie Dalibors auf dem Sturmhof – reihten sich auf beiden Seiten der Stallgasse aneinander. Es gab sogar eine richtige Deckenbeleuchtung, was die Arbeit am frühen Morgen oder an düsteren, schneeverhangenen Tagen deutlich erleichtern würde. Der Stall sah sehr aufgeräumt und sauber aus. Auch zu Hause versuchte ich, immer alles in Ordnung zu halten, aber Novak gab nicht gerne Geld für Neuerungen aus. Alles, was ich reparierte, musste ich aufwendig zusammenbasteln, weshalb ich mit der Arbeit nie hinterher kam. Der Stall auf dem Sturmhof wirkte trotz meiner Mühen alt und heruntergekommen. Auf dem Kralshof hingegen erschienen mir die Boxen fast gemütlicher als unser Wohnzimmer.

Jedes Pferd, an dem wir vorbeigingen, hatte schneeweißes Fell, sehnige Beine und einen muskulösen, schlanken Körper – na ja, bis auf die Zuchtstuten, die man an ihren dicken Bäuchen erkannte. Bald war Fohlzeit. Jeder Züchter achtete penibel darauf, dass die Fohlen möglichst Mitte März zur Welt kamen, wenn das Schneefeuer den Frühling brachte, damit die ersten Lebensmonate von Wärme und grünem Gras begleitet wurden. Die Überlebenschancen waren dann deutlich höher. Den Fohlen, die später geboren wurden, fehlte oft genug die Kraft, um die langen und harten Wintermonate zu überstehen.

Mir fiel sofort auf, dass die Boxenbelegung nicht dem Zufall überlassen war. Links standen die Stuten und rechts die Hengste und Wallache. Natürlich eignete sich nicht jedes Pferd zur Zucht, und die Tiere verhielten sich viel verträglicher in einer gemischten Herde, wenn sie kastriert waren. Allerdings konnten sich nicht alle Pferdehalter die hohen Kosten der Kastration leisten. Das war auch der Grund, warum Dalibor noch immer ein Hengst war. Novak sah es nicht ein, dass er für mein Pferd zusätzlich

Geld ausgeben sollte. Zwangsläufig hatte Dalibor gelernt, sich eher wie ein Wallach zu verhalten. Er war so lieb und folgsam, dass man ihm das Hengstsein absolut nicht anmerkte. Selbst in Gegenwart von Stuten verhielt er sich normalerweise anständig und ruhig. Hier in diesem neuen Stall allerdings spürte ich seine Nervosität wachsen. Die fremden Gerüche blähten seine Nüstern und sein Schritt auf dem gepflasterten Boden klang unruhiger als sonst.

»Heeey!«, flüsterte ich und strich ihm sanft über die Nüstern.

Herr Kral warf mir einen kurzen Seitenblick zu. »Du kannst ihn in diese Box stellen.« Er deutete auf ein freies Luxuswohnzimmer der Extraklasse. Der Begriff Box traf es nicht annähernd.

Ich nickte überwältigt. Gleichzeitig fragte ich mich, ob das ein Trick sein sollte. Vielleicht verlangte er Geld für das Unterstellen? Was war mit den Heu- und Strohkosten? Ich konnte doch nichts dafür von meinem Lohn abzweigen! Zögerlich blieb ich mit der Hand am Riegel stehen. Als ich mich zu dem Gutsherrn umdrehte, stand mein Entschluss dennoch fest.

»Ich kann mir das nicht leisten«, sagte ich. »Wenn Sie mich einstellen wollen, arbeite ich für den Preis von einem Ballen Heu im Monat, davon kann ich nichts abziehen. Ein warmer Stellplatz ist meinem Pferd nicht so wichtig wie das Raufutter.«

Herr Kral lächelte nicht, aber in seinem Blick lag eine seltsame Regung, die ich nicht deuten konnte. »Für heute ist dieser Stellplatz umsonst. Alles Weitere werden wir nach deinem Probetag sehen.«

Ich hätte gern weiter nachgefragt, aber ich wollte seine Geduld nicht herausfordern. »In Ordnung«, erwiderte ich leise, obwohl ich wusste, dass es das nicht war.

Nachdem ich Dalibor abgesattelt hatte, stellte mich Herr Kral dem eigentlichen Stallburschen vor, zu dessen Unterstützung ich – hoffentlich – eingestellt werden sollte. Bruno war ein kräftiger kleiner Mann, bestimmt doppelt so breit wie ich, mit einem kantigen Gesicht. Seine Bartstoppeln ließen ihn verwegen wirken. Ich schätzte ihn auf beinahe siebzig und war mir sicher, dass sein Erfahrungsschatz mein Wissen über Pferde komplett in den Schatten stellte. Seinem skeptischen Blick nach traute er mir ebenso wenig zu wie Herr Kral. Wenn sie geahnt hätten, dass ich ein Mädchen war, wäre ihr Urteil noch vernichtender ausgefallen. Ich schluckte meinen Frust herunter.

»Bruno wird dir weitere Anweisungen geben, wenn du mit dem Stallausmisten fertig bist. Wir sehen uns zum Mittagessen.«

Zum Mittagessen? Ich verstand nicht so recht, was er damit meinte, aber der Gutsherr nickte mir noch einmal zu und verschwand, bevor ich fragen konnte. Na, dann … Ich schnappte mir eine Mistgabel samt Schubkarre und betrat die erste Box. Das Pferd sah mich neugierig an und verfolgte jede meiner Bewegungen mit größtem Interesse. Als ich fast fertig war, hatte es so weit Vertrauen zu mir gefasst, dass es geradezu übermütig an meiner Jacke knabberte. Ich straffte die Schultern, drehte mich zu ihm um und sagte laut und deutlich: »Nein!«

Erst jetzt bemerkte ich Bruno, der vor der Box stand und sich offenbar köstlich amüsierte. Verunsichert sah ich ihn an. Als ein tiefes Lachen aus seiner Kehle kam, musste ich jedoch unwillkürlich mitgrinsen. »Was denn?«, fragte ich.

»Du könntest ihn draußen anbinden, dann hättest du mehr Platz«, entgegnete er. »Hast du denn keine Angst, dass er dich tritt?«

»Dass er mich tritt?«, wiederholte ich. »Wieso sollte er das tun?«

Brunos Blick wurde ernster. Es schien, als überraschte ihn meine Frage. Dann nickte er, obwohl das wirklich keine passende Antwort war. »Es sind nicht alle hier so friedlich wie er, aber mach es, wie du willst.« Ein Lächeln huschte über seine Lippen, bevor er sich abwandte und mich wieder meiner Arbeit überließ.

Während ich überlegte, ob er mich gerade ausgelacht hatte und sich vielleicht sogar freuen würde, wenn ich diesen Job nicht bekam, oder ob er nur nett sein wollte, sah ich mir den Schimmel genauer an. Mir war noch nie ein Pferd begegnet, das grundsätzlich böse war. Sicher konnte das Verhalten der Menschen auch aus einem zahmen Tier ein Monster machen. Jiris Moc zum Beispiel legte grundsätzlich die Ohren an, wenn man die Box betrat, aber er ließ sich auch ebenso schnell besänftigen, wenn er registrierte, dass nur ich es war. Die Hand, die einen füttert, beißt man nicht, hatte Ma immer gesagt. Deshalb brachte ich jedem Pferd Vertrauen ohne Vorurteile entgegen. Ma hatte mich zudem gelehrt, dass fast alle Tiere diesen Vertrauensvorschuss zurückgaben.

Ganz in Erinnerungen versunken, setzte ich meine Arbeit fort, bis auch die letzte Box ausgemistet war. Keines der Pferde hatte mich getreten. Warum auch?

»Mittagspause«, brummte Bruno.

Ich sah überrascht auf, als ich die Schubkarre beiseitestellte. War es schon so spät? Meinem knurrenden Magen nach zu urteilen, lautete die Antwort ganz klar: ja. Das trockene Stück Brot in meiner Satteltasche würde nur leider gegen meinen Hunger nicht viel helfen.

Ich wollte gerade zu Dalibor in die Box gehen, als Bruno mir mit einem tadelnden Schnalzen auf die Schulter tippte. »Der Chef mag es nicht besonders, wenn man mit dreckigen Fingern am Tisch sitzt. Also wasch dir die Hände.«

Ich sah ihn misstrauisch an. »Am Tisch?«

»Wo sonst?«, erwiderte Bruno. »Oder willst du deine Suppe im Stall löffeln?«

Ich hätte gerne gefragt, was er damit meinte, entschied mich aber dagegen. Weder Bruno noch Herr Kral schienen viele Worte zu mögen.

Eilig schrubbte ich stattdessen meine Finger an dem kleinen Waschbecken in der Stallgasse mit Kernseife und trocknete die Hände an meiner Hose ab. Mit einem verlegenen Blick auf meine schmutzigen Sachen folgte ich Bruno bis zum Eingang des Gutshofes.

Die Frau, die mich gestern empfangen hatte, hielt uns die Tür auf und verfolgte mit Argusaugen, wie Bruno seine Schuhe auszog. Ich tat es ihm schweigend nach. Auf dem Weg den Flur entlang – in Socken! – konnte ich mir eine Frage aber dennoch nicht verkneifen. »Wer ist sie eigentlich?«, flüsterte ich Bruno zu.

»Mani, die Köchin«, antwortete er so laut, dass meine Neugier nicht geheim blieb. Als ich mich erschrocken umdrehte, lag ein Schmunzeln in Manis Gesicht.

Ich fühlte meine Wangen erröten, obwohl ich nicht wusste, warum ich mich schämte. Vielleicht, weil Mani aussah wie eine Großmutter, die sich jedes Kind wünschte, und ich Sorge hatte, dass sie mir diesen Wunsch ansehen könnte. Ihre etwas zu üppigen Rundungen waren perfekt für eine tröstende Umarmung und in ihren Augen lag eine unergründliche Zuversicht.

Ich hätte so gern eine Großmutter oder einen Großvater gehabt. Aber Mas Vater und Mutter waren lange vor meiner Geburt gestorben und auch Novak hatte keine Eltern mehr. Vielleicht war das ein Grund mehr gewesen, der Ma und meinen Stiefvater zu ihrer seltsamen Zweckgemeinschaft veranlasst hatte: Ma wollte nicht riskieren, ein uneheliches Kind zur Welt zu bringen, nachdem mein Vater tödlich verunglückt war, bevor sie heiraten konnten. Novaks erste Frau dagegen hatte die Geburt von Jiri und Julie nicht überlebt. Es war keine Liebe im Spiel gewesen, und das hatte sich auch in den fünfzehn Jahren, die sie zusammen verbracht hatten, nicht geändert. Doch solange Ma gelebt hatte, gab es so etwas wie einen Zusammenhalt unter uns. Erst nach ihrem Tod hatten sich Novak und meine Stiefgeschwister von mir abgewandt und ließen mich bei jeder Gelegenheit spüren, dass ich kein echtes Familienmitglied war.

Ich setzte mich an den Tisch neben Bruno und verfolgte das Geschehen, unsicher, ob ich hierhergehörte. Aßen die Arbeiter immer im Haupthaus gemeinsam zu Mittag? Und – das Wichtigste – wie viel würde ich von meinem Lohn abgeben müssen, um diese Mahlzeit zu bezahlen? Ich rutschte unruhig auf dem Stuhl herum.

»Sitz still!«, schalt mich Bruno. »Oder willst du das Kissen durchscheuern?«

Ich schüttelte schnell den Kopf. Da fiel mir etwas – oder besser gesagt, jemand – auf: Genau gegenüber von mir saß der Junge, vor dem ich gestern nach unserm Beinahe-Zusammenstoß an der Haustür überstürzt geflohen war. Der Junge mit den grünen Augen! Hoffentlich konnte er sich nicht an unsere erste Begegnung am Prinzenchalet erinnern, wo ich ihn sekundenlang durch die Scheibe angestarrt hatte. Oder zumindest nicht an meinen langen Zopf … Mit unverhohlener Neugier sah er mich an. Sein Blick war mir unangenehm, weil ich bei jeder genaueren Betrachtung befürchtete, jemand könnte meine weiblichen Züge entdecken. Obwohl meine Figur sehr jungenhaft wirkte, hatte ich mir vorsorglich einen Verband um die Brust gewickelt, der mögliche Rundungen verbergen sollte.

Ich schaute nervös zwischen meiner Schüssel, die Mani, die Köchin, gerade mit dampfender Suppe füllte, und dem Jungen auf der anderen Seite hin und her. Seine Kleidung ließ, soweit ich es erkennen konnte, keine Rückschlüsse auf die Art seiner

Anstellung zu – er trug einen dunkelblauen Strickpullover, der so weich aussah, dass ich am liebsten mit den Fingern über die Wolle gestrichen hätte. Bruno stieß mich von der Seite an, dass mir beinahe der Löffel in die Suppe gefallen wäre. Sein mahnender Gesichtsausdruck verriet, dass ich den Jungen zu lange angestarrt hatte. Du lieber Himmel, ich musste wirklich vorsichtiger sein!

Mit gesenktem Kopf versuchte ich den Rest der Mahlzeit über einfach nur, die heiße Brühe zu schlürfen. Es tat unheimlich gut, bei der Kälte draußen etwas Warmes in den Bauch zu bekommen. Hühnersuppe gab es bei uns zu Hause eher selten. Ich schlachtete grundsätzlich nur die alten Schneehennen, die zu schwach waren, um den Winter zu überstehen, und die schmeckten lange nicht so gut, weil sie nicht fett genug waren.

Noch einmal stieß Bruno mich an, aber diesmal schob er ein Brett mit einem dunklen Brotlaib zu mir herüber. Das Messer ließ die Kruste knacken, bevor es in dem weichen Brot versank. Mir lief das Wasser im Mund zusammen, und ich konnte es einfach nicht ablehnen, obwohl ich bei jedem Bissen daran dachte, was ich dafür würde zahlen müssen.

Nur heute, beschloss ich. Ausnahmsweise.

Trotz meiner Vorsätze wanderte mein Blick immer wieder zu dem Jungen gegenüber, der sich so locker mit den anderen unterhielt, als würde er schon sein ganzes Leben lang hier arbeiten.

»Hey, Kuba, reitest du Laska heute Nachmittag noch?«, fragte ihn plötzlich ein dünner, langer Kerl, den ich aufgrund seiner weißen Kleidung eindeutig als Küchenjungen einsortierte. »Ich würde sie zu gerne noch mal rennen sehen.«

Mani, die neben ihm saß, stieß den Langen ebenso vorwurfsvoll an, wie Bruno es zuvor bei mir getan hatte. Er errötete, grinste aber. »Nach der Arbeit natürlich.«

»Ach, komm schon, Mani«, warf der Gefragte ein. »Ich helfe dir auch nachher noch beim Kartoffelnschälen, dann kannst du Patrik eine halbe Stunde Auszeit gönnen.« Sein Lächeln war entwaffnend.

Mani schmunzelte, aber Herr Kral am anderen Ende des Tisches räusperte sich. Sein strenger Blick war auf den Jungen mit den grünen Augen gerichtet und ich hielt gespannt die Luft an.

»Kuba, du weißt, was ich dir gesagt habe.« Die Stimme des Gutsherrn klang trotz der mahnenden Worte unerwartet weich.

»Sicher, Vater.« Ein Zwinkern stahl sich in die grünen Augen meines Gegenübers, und so langsam sickerte die Erkenntnis zu mir durch, dass er weder Stallbursche noch Küchenjunge sein konnte ...

Kapitel 5

Vorurteile

Jakub Kral, genannt Kuba – ältester Sohn des Hofes, Anwärter auf den Prinzentitel und der höchstgehandelte Favorit des diesjährigen Eispferde-Rennens. Wieso war mir diese Verbindung nicht gleich aufgefallen? Ich musste den Löffel ablegen, um ein weiteres Mal zu verhindern, dass er in die Schüssel fiel.

Meine Gefühle hätten nicht widersprüchlicher sein können.

Einerseits hegte ich eine tiefe Abneigung gegen aufgeblasene Prinzenanwärter wie Jiri. Andererseits empfand ich so etwas wie Verehrung für Jakub Kral – er musste ein verdammt guter Reiter sein, wenn er als Favorit angepriesen wurde. Den Rest des Gesprächs bekam ich nicht mehr mit. Ich knabberte an meiner Brotkruste und versuchte, mich so unauffällig wie möglich zu verhalten. Was mir jedoch nur mäßig gelang.

»Kein Wunder, dass du keine Muckis hast, wenn du wie ein Kaninchen an dem Brot herumnagst.«

Als ich ertappt aufsah, grinste Bruno. Doch zum Glück erhob sich Herr Kral in diesem Moment und verabschiedete sich. Wie auf ein Zeichen verstummten alle und stellten ihre Schüsseln zusammen. Es war ein seltsamer Ablauf auf dem Kralshof. Das Verhältnis zwischen dem Gutsherrn und seinen Leuten schien besonders zu sein, denn das Mittagessen hatte mich eher an die Tischrunde einer Großfamilie erinnert. Auch wenn Herr Kral auf den ersten Blick etwas mürrisch und streng wirkte, hatte ich soeben vielleicht seine gütige Seite kennengelernt – je nachdem, wie viel mich dieses Essen kosten würde. Das musste ich unbedingt in Erfahrung bringen.

Ich beeilte mich, noch vor Bruno zurück in den Stall zu kommen. Ein näheres Zusammentreffen mit Jakub Kral wollte ich vermeiden, obwohl ich meine Angst, dass er mich erkennen könnte, selbst lächerlich fand. Jemand wie er würde sich garantiert nicht an einen kurzen Augenblick am Fenster des Prinzenchalets erinnern! Der Sohn des Kralshofes hatte bestimmt jede Menge Verehrerinnen. In wenigen Wochen würde er mit an Sicherheit grenzender Wahrscheinlichkeit den Prinzentitel verliehen bekommen, sein Name genoss ohnehin ein hohes Ansehen im Dorf, und er hatte genug Geld, um sich alles kaufen zu können, wovon er träumte. Ich war mir sicher, dass er wunschlos glücklich war und nicht über das Gesicht einer Unbekannten nachgrübelte.

Um nicht tatenlos herumzustehen, bis ich neue Anweisungen bekam, griff ich nach einem Besen und fegte die Heureste zusammen, die von der morgendlichen Fütterung zurückgeblieben waren. Als Bruno endlich auftauchte, hatte ich die Hälfte schon geschafft.

»Wenn du hier fertig bist, kannst du dir die Kammer ganz hinten links vornehmen. Das Sattelzeug muss geputzt werden. Ich stelle dir Seife und Lederfett bereit.«

Ich nickte. »In Ordnung.«

Insgeheim machte ich mir jedoch Sorgen. Wenn mein Job nur aus Misten, Fegen und Sättelputzen bestand, würde ich wohl nicht lange etwas zu tun haben und früher oder später wieder gefeuert werden – falls Herr Kral mich überhaupt einstellte. Denn obwohl niemand behaupten konnte, dass ich an meinem Probearbeitstag faul gewesen wäre, hatte ich doch Angst, dass sowohl Bruno als auch Herr Kral mir keine anderen Aufgaben zutrauten. Nur weil ich nicht so kräftig aussah, hieß das ja noch lange nicht, dass ich keine schwere Arbeit verrichten konnte. Ich musste dafür sorgen, dass ich es ihnen beweisen konnte!

Während ich gedankenverloren die Stallgasse fegte, sah ich, wie Jakub Kral eine der Boxen betrat. Schnell wandte ich mich ab und arbeitete mich in die entgegengesetzte Richtung bis zu Dalibor vor. Mein Pferd stand dösend in einer Ecke der Box und blinzelte mir entgegen. Ganz ohne Frage genoss er die Vorzüge des Kralshofes.

»Na, du Schlafmütze?« Ich grinste. »Gewöhn dich besser noch nicht zu schnell dran!«

»Ist er neu hier?«, fragte eine Stimme neben mir.

Ich drehte mich um und erschrak, als ich in zwei leuchtend grüne Augen blickte. Doch dann fiel mir auf, dass es gar nicht Jakub sein konnte, weil der Junge, der vor mir stand, mindestens zwei Köpfe kleiner als ich war. Ich hatte ihn vorhin beim Mittagessen nicht bemerkt. Er sah Jakub allerdings zum Verwechseln ähnlich und konnte demnach nur sein Bruder sein – obwohl seine Haare viel heller waren und in feinen Löckchen fast bis zu den Schultern fielen.

»Ja, Dalibor ist genauso neu hier wie ich«, antwortete ich.

»Ein sehr schönes Pferd.« Der Junge sah Dalibor prüfend an. »Endlich mal eines, das nicht bloß langweilig weiß ist.«

Ich lächelte. Die Augen eines Kindes kannten noch keine Vorurteile.

»Wie heißt du denn?«, fragte der Kleine weiter.

Erst jetzt fiel mir auf, dass sich bisher nicht einmal Herr Kral dafür interessiert hatte. Seltsam! Ich zögerte mit der Antwort. Konnte ich mich durch meinen wahren Namen verraten?

»Ash«, sagte ich schließlich. »Und du?« Mit klopfendem Herzen hielt ich ihm meine Faust entgegen – wie es die Jungs in der Schule immer gemacht hatten.

Ein breites Zahnlücken-Grinsen zeigte sich in dem kindlichen Gesicht, als der Kleine seine Faust gegen meine schlug. »Milan.« Er strahlte mich an. »Sind wir jetzt Freunde?«

Ich lächelte geheimnisvoll. »Wir mögen uns erst mal. Ob wir echte Freunde werden, die auch in schwierigen Situationen zusammenhalten, wird sich zeigen.«

Milan nickte nachdenklich.

»Jetzt muss ich aber meine Arbeit erledigen.« Ich boxte ihm sachte gegen die Schulter, bevor ich den Besen abstellte und mich auf den Weg in die Sattelkammer machte.

Auf einem kleinen Tisch stand ein Tiegel Seife, daneben lagen ein Schwamm und ein altes Küchenhandtuch. Ein Eimer mit frischem Wasser und eine Dose mit Lederfett waren auch da, außerdem jede Menge Lappen zum Abreiben.

Ich ließ meinen Blick durch den Raum wandern, der erfüllt von dem Geruch nach Leder und Pferden war. Mehrere teure Sättel hingen auf speziellen Vorrichtungen an den Wänden. Vorsichtig nahm ich den ersten herunter und legte ihn auf den Holzbock vor mir. Ich feuchtete eine Ecke des Küchenhandtuchs an und rieb damit über die harte Seife, bis kleine Schaumbläschen entstanden. Dann seifte ich das mattschwarze Leder ein, bis es feucht glänzte. Der Trick, damit das Leder schön weich blieb, war, die Seife nicht abzuspülen, sondern eintrocknen zu lassen.

Als ich den Sattel behutsam zurückhängte, fiel mein Blick durch ein schmales Fenster, das auf die Reitbahn hinaus zeigte. Mehrere Leute standen am Zaun, der die Strecke eingrenzte. Es war eher eine Rennbahn als ein Reitplatz – was ziemlich ungewöhnlich in unserer Gegend war. Das große Rennen war zwar eines der wichtigsten Ereignisse des Landes, aber nur wenige Gestüte verfügten über den Besitz und die finanziellen Möglichkeiten, das Training auf einer eigens dafür angelegten Bahn durchzuführen. Überhaupt gingen die Meinungen zum Training der Pferde stark auseinander, weil es im Grunde ja nicht auf reine Geschwindigkeit ankam. Ich selbst war der festen Überzeugung, dass nur die Kombination von Schnelligkeit und Ausdauer den Weg zum Ziel ebnete. Deshalb trainierte ich mit Dalibor nicht nur auf unserer Sprintstrecke, sondern auch in unwegsamem Gelände – im Bewusstsein, dass weder er noch ich je die Chance auf eine Teilnahme am Rennen haben würde. Trotzdem war ich heimlich stolz darauf, dass er womöglich eines der am besten trainierten Pferde des Landes war. Was für eine Ironie! Aber wer keine Träume hat, stirbt noch zu Lebzeiten, hatte Ma schließlich immer gesagt.

Ich hätte weiterarbeiten sollen, doch meine Neugier hielt mich zurück. Nur ganz kurz wollte ich sehen, worauf alle so gebannt warteten. Denn *dass* dort draußen gleich etwas Spannendes passieren würde, stand außer Frage. Sogar Bruno lehnte mit verschränkten Armen am Zaun und hatte offenbar jeglichen Arbeitseifer vergessen. Milan hockte auf einem der Zaunpfosten und auch Herr Kral stand in einiger Entfernung und beobachtete aufmerksam das Geschehen. Die anderen Leute kannte ich nicht, vielleicht irgendwelche Trainer, Bedienstete oder sogar Freunde der Familie.

Ich stellte mich auf die Zehenspitzen, um besser sehen zu können. Das Fenster war im oberen Drittel der Wand eingelassen, sodass gerade genug Licht in die Sattelkammer fiel – es war definitiv nicht wegen der guten Aussicht gebaut worden. Vorsichtig stützte ich mich an einer der Sattelhalterungen ab, um einen sicheren Stand zu haben. Und dann entdeckte ich ihn: Jakub Kral … beziehungsweise sein Pferd: eine wunderschöne reinweiße Schimmelstute, eines der schönsten Eispferde, die ich je gesehen hatte. Mit tänzelndem Schritt betrat es die Bahn.

Ich hatte keine Ahnung, ob die Bewunderung der Umstehenden mehr dem Pferd oder mehr seinem Reiter galt. Ich jedenfalls konnte mich nicht entscheiden, wen ich in diesem Moment beeindruckender fand.

Ja, ich musste es vor mir selbst zugeben: Allein die Art, wie Jakub Kral im Sattel saß, gefiel mir. Er klebte förmlich auf dem Rücken der Stute und schwang bei jedem noch so ungestümen Sprung lässig mit. Seine Bewegungen gingen fließend in die Schritte des Pferdes über. Es war unverkennbar, dass sie gut zusammenpassten. Obwohl die Stute offenbar Temperament besaß, hielt Jakub die Zügel locker in den Händen. Immer wieder strich er ihr beruhigend über die Mähne, genau so, wie ich es bei Dalibor tat, wenn er mit seinen Gedanken wieder mal den Hufen drei Sprünge voraus war. Bruno schloss das Gatter der Rennbahn hinter der Stute und hob den Arm. In der anderen Hand hielt er eine Stoppuhr, wartete aber offenbar noch, bis der Reiter seine Startposition eingenommen hatte. Dann ließ er seinen Arm nach unten sausen, und ich konnte das Ticken des Zeigers förmlich hören, als die Stute ihren Körper streckte und pfeilschnell vorschoss. Kuba stand mit angewinkelten Knien in den Steigbügeln und hatte die Hände über dem Mähnenkamm vorgeschoben. Sein Körper schwebte perfekt ausbalanciert über dem Rücken der Stute, deren klar definierte Muskeln gleichmäßig arbeiteten. Mit aufgestellten Ohren flog sie über die Rennbahn, dass die feine Schneeschicht wie bei einem Wirbelsturm aufstob.

Ich musste an die Reiter von vorgestern Morgen denken, an Jiri und seine Angeberfreunde. Obwohl sich das Bild ähnelte, war das Zusammenspiel zwischen Pferd und Mensch völlig verschieden. Jakub Kral liebte seine Stute, das konnte ich sofort sehen. An diesem Ritt war nichts Dominantes oder Forderndes. Sie legten die Strecke gemeinsam zurück, vielleicht sogar – ich musste unwillkürlich lächeln – im Gleichtakt ihrer Herzen. Ganz anders als Jiri und seine Freunde.

Nach drei Runden schnellte Brunos Arm nach unten, er schrie Jakub etwas zu und alle applaudierten. Ich musste nicht hören, welche Zeit er genannt hatte, um zu wissen, dass sie gut war. Dieser Junge galt nicht umsonst als Favorit. Am langen Zügel ließ er die Stute noch eine Runde im Schritt gehen, während er ihr immer wieder lobend den Hals klopfte. Ich konnte meinen Blick nicht von den beiden losreißen.

Als ich hinter mir ein Geräusch hörte, fühlte ich mich ertappt und fuhr erschrocken herum. Dabei stieß ich gegen den Sattel neben mir, der bedrohlich zu schwanken begann. Mein verzweifelter Versuch, das teure Stück vor dem Absturz zu bewahren, scheiterte jedoch, und der Sattel landete auf der Erde. Als ich sah, wer mich so erschreckt hatte, wollte ich am liebsten selbst im Boden versinken: Niemand anders als Herr Kral. Ich spürte das Blut aus meinen Wangen weichen. Oh nein! Ausgerechnet die Bewunderung für seinen Sohn würde mich jetzt den Job kosten. Ich machte mich auf das Schlimmste gefasst.

Herr Kral schwieg jedoch, bis ich mich zusammenriss und ihm ins Gesicht sah. Ich schluckte schwer und holte tief Luft. »Es tut mir leid«, sagte ich mit leiser Stimme. »Ich werde die Zeit heute Abend nachholen, genauso wie die Viertelstunde, die ich benötigt habe, um mein Pferd zu versorgen.« Nun senkte ich doch den Blick, weil ich fürchtete, die Verachtung in seinen Augen nicht ertragen zu können. »Ich … ich konnte mich von dem Anblick dieses Ritts einfach nicht losreißen.«

»Niemand kann das«, erwiderte Herr Kral knapp. Ich sah vorsichtig auf. Er lächelte nicht, aber sein Gesichtsausdruck wirkte auch nicht so finster, wie ich erwartet hatte. »Außerdem ist noch genug zu tun.« Er drehte sich um und ließ mich stehen – ziemlich verunsichert, was genau er mir hatte sagen wollen. War das nun gut oder schlecht?

Ich hob den Sattel auf und strich mit den Fingern über die Stelle, an der er den Boden gestreift hatte. Das Leder war ein winziges bisschen aufgeraut. Nicht viel, aber mit Sicherheit genug, um den Job gar nicht erst zu bekommen. Seufzend tunkte ich einen anderen Lappen in das Lederfett und rieb die raue Stelle dick ein. Ich wiederholte diesen Vorgang immer wieder und gefühlt hundert Mal, während ich die restlichen Sättel samt Gurten reinigte, die Satteldecken abbürstete, alles trocknen ließ und anschließend einfettete. Als ich mit allem fertig war, sah man zum Glück kaum noch etwas von der Abschürfung. Dass es draußen bereits zu dämmern begann, fiel mir erst auf, als ich den Lappen versehentlich wieder in die Seife tunkte.

»Ach, Mist«, murmelte ich und rieb mit meinem Ärmel den Schaum ab.

»Willst du dir noch ein Abendessen erschleichen oder hast du kein Zuhause?«, fragte Bruno hinter mir belustigt.

Ich wollte am liebsten beides mit Ja beantworten, schüttelte aber nur den Kopf. »Ich arbeite etwas länger, um die verlorene Zeit für die Versorgung meines Pferdes heute Morgen wieder aufzuholen, und …« Ich geriet ins Stottern. »… und als Ausgleich für das üppige Mittagessen, das ich mir nicht leisten kann«, endete ich leise. Dass Herr Kral mich dabei erwischt hatte, wie ich Jakub zugesehen hatte, statt zu arbeiten, verschwieg ich lieber.

Bruno sah mich erst lange an und ließ seinen Blick dann aufmerksam durch die Sattelkammer gleiten. »Hast du alle Sättel geputzt?« Seine Frage klang etwas misstrauisch.

Schon wieder wusste ich nicht, woran ich war. Empfand er die benötigte Zeit als zu lang, oder glaubte er mir schlichtweg nicht, dass ich es geschafft hatte, wirklich *alle* Sättel zu putzen?

»Ich bin gleich fertig«, sagte ich.

Bruno fixierte mich noch einen Moment. »Das Mittagessen auf dem Kralshof solltest du nicht ausschlagen.« Mit diesen Worten verließ er die Sattelkammer, ohne meine Arbeit weiter zu kommentieren.

Vor lauter Verwirrung hätte ich heulen können. Durfte ich morgen nun überhaupt wiederkommen?

Als wenig später erneut die Tür aufging, hätte ich am liebsten kapituliert, meine Sachen weggeräumt und Hals über Kopf den Hof verlassen. Stattdessen heftete ich meinen Blick verbissen auf die letzte Satteldecke, ließ mich nicht ablenken und bürstete energisch die Haare ab.

Ein leises Lachen erklang.

Ich sah überrascht auf. Jakub Kral stand vor mir und er schien irgendetwas sehr amüsant zu finden.

»Ich habe noch nie jemanden gesehen, der so ernst bei der Sache ist.« In seinen Mundwinkeln zuckte es.

Ich sah ihn mit zusammengezogenen Augenbrauen an. Wie meinte er das? »Ich nehme meinen Job ernst, das ist alles«, erwiderte ich zögerlich.

Er nickte. »Gute Einstellung, aber ein bisschen Spaß bei der Arbeit ist auch nicht verkehrt, oder?«

Langsam lehnte ich mich zurück, ohne ihn aus den Augen zu lassen. »Die Arbeit im Stall und bei den Pferden macht mir Spaß, aber deshalb muss ich doch nicht dauernd grinsen.« Zu spät bemerkte ich den frechen Unterton in meiner Stimme und hätte mir am liebsten in den Hintern gekniffen, um mich daran zu erinnern, dass der Sohn des Chefs vor mir stand.

Trotz des kleinen Seitenhiebs lachte er jetzt ganz offen. Er zog sich ebenfalls einen Holzbock heran und legte seinen Sattel ab. Ohne eine weitere Erklärung griff er sich einen der Lappen, tunkte ihn erst in Wasser, rieb dann über die Seife und begann, den Sattel zu putzen.

Ich wusste nicht so recht, was ich davon halten sollte. Arbeitete er immer zusammen mit den Stallburschen? Seine Nähe irritierte mich ebenso wie seine lockere Art. Erneut musste ich mir ins Bewusstsein rufen, dass er mich für einen Jungen hielt. Es war gar nicht nötig, ihm zu zeigen, dass ich mich nicht einschüchtern ließ – er hatte es offensichtlich gar nicht vor.

Eine Zeit lang arbeiteten wir schweigend vor uns hin. Mir fiel auch leider nichts ein, worüber ich mich mit Jakub Kral unterhalten sollte. Ich kannte mich weder mit typischen Jungsthemen aus, noch hatten wir irgendeine Gemeinsamkeit. Oder?

Unvermittelt sah er auf, sodass ich für einen Augenblick glaubte, die Frage laut gestellt zu haben. »Ich bin Kuba«, sagte er. »Und wie heißt du?«

Ich starrte ihn an.

»Du hast doch einen Namen, oder?«

Ich räusperte mich. »Ash.«

Jetzt grinste er wieder. »Stimmbruch ist echt scheiße.«

Sofort fühlte ich, wie mir die Hitze in die Wangen schoss. *Stimmbruch?* Jakub Kral hielt mich für einen Jungen im Stimmbruch? Was für eine grauenhafte Vorstellung!

»Mach dir nichts draus, der verschwindet genauso schnell, wie er gekommen ist. Wie alt bist du denn?«

Angestrengt versuchte ich, mich zu konzentrieren. Wie alt waren Jungs, wenn sie im Stimmbruch waren? Jünger als ich, nahm ich an. Zu jung durfte ich mich jedoch auch nicht geben, am Ende bekam ich die Stelle dann deshalb nicht. Wie immer, wenn ich ratlos war, drängte die Wahrheit an die Oberfläche.

»Sechzehn«, antwortete ich leise.

»Oh! Hast du noch vor dem großen Rennen Geburtstag?«

Verdattert nickte ich. Kuba grinste noch mehr. »Kein Grund, sich zu schämen, oder?«

Ich murmelte etwas Unverständliches und wandte mich wieder meinem Sattel zu.

Doch Kuba ließ nicht locker. »Kommst du jeden Morgen mit deinem Pferd?«, fragte er mich weiter aus.

»Falls ich in Zukunft jeden Morgen kommen sollte, werde ich immer hierher reiten, ja«, erwiderte ich leicht gereizt. »Du bist ja ziemlich neugierig.« Schon wieder konnte ich mir einen frechen Kommentar nicht verkneifen.

Er lachte. »Apropos: Wo wohnst du denn?«

»Auf dem Sturmhof.«

Beinahe hätte ich mir die Hand vor den Mund geschlagen, aber die Antwort war heraus, bevor ich darüber nachdenken konnte. Kannte er Jiri näher? Wenn er ihn nach mir fragte, würde meine Lüge in kürzester Zeit auffliegen.

»Ist das weit?«

An meiner Antwort schien Kuba zum Glück nichts aufgefallen zu sein. Trotzdem musste ich eine Möglichkeit finden, diesem Verhör zu entgehen. Wenn er mich weiter so ausquetschte, würde es extrem anstrengend werden.

Die Tür ging auf. »Der Chef will dich sehen.« Bruno stand mit verschränkten Armen in der Sattelkammer.

»Mach ihm doch nicht solche Angst!« Kuba warf einen Lappen nach dem Stallburschen, der ihn geschickt auffing und mit einem Grinsen wieder zurückschleuderte.

Ich legte ordentlich meine Sachen beiseite und folgte Bruno hinaus.

»Du weißt ja, wo es langgeht.«

Er ließ mich stehen, ohne nähere Erklärungen abzugeben. Mit hängendem Kopf wanderte ich hinüber zum Haupthaus. Mani öffnete mir wieder die Tür, und ihr prüfender Blick trug nicht gerade dazu bei, dass ich mich besser fühlte.

»Herr Kral wartet schon.«

Ich nickte stumm und ging den Flur hinunter. Je näher ich Herrn Krals Arbeitszimmer kam, desto schlechter fühlte ich mich. Es hing so viel daran, ob ich diesen Job bekommen würde oder nicht. Und seltsamerweise kam mir dabei nicht nur die Notwendigkeit des Geldverdienens in den Sinn. Die Art von Gemeinsamkeit, Zusammenhalt und Familienleben, die mir hier begegnet war, hatte ich seit Mas Tod nicht mehr erlebt. Mir war bis heute nicht bewusst gewesen, wie sehr mir all das gefehlt hatte. Der Tag auf dem Kralshof hatte ungeahnte Wünsche geweckt. Und ganz nebenbei hätte ich zu gern mehr Zeit gehabt, um Kuba näher kennenzulernen ... Mit zusammengebissenen Zähnen klopfte ich an die Tür. Ich musste mich zusammenreißen, falls Herr Kral mich rausschmiss. Auf gar keinen Fall durfte ich anfangen zu weinen – das würde wirklich zu sehr nach Mädchen aussehen.

»Herein«, dröhnte es von der anderen Seite der Tür.

Meine Hand lag zittrig auf der Türklinke, und ich wagte nicht, sie herunterzudrücken. Ein Feigling zu sein war allerdings noch erbärmlicher als ein Versager. Also trat ich ein. Herr Kral erhob sich und kam auf mich zu. Meine Knie fühlten sich an wie Pudding, und alles, woran ich denken konnte, war, dass ich Dalibor verlieren würde, wenn ich diesen Job nicht bekam.

»Wie schätzt du deine Arbeit ein?«, fragte Herr Kral zu meiner Überraschung.

Ich zögerte. Das war eine Fangfrage.

In Gedanken sah ich Mas strengen Gesichtsausdruck vor mir, wenn ich meine Leistung nicht ehrlich beurteilte. »Ich habe zu spät angefangen, weil ich noch mein Pferd versorgen musste, und mir ist ein Sattel heruntergefallen.« Ich schluckte. »Aber ich habe die Zeit nachgearbeitet. Ich bin fleißig und bereit, Überstunden zu machen. Es gibt sicher größere und kräftigere Stallburschen, aber niemanden, der seine Arbeit so ernst nimmt wie ich. Außerdem brauche ich diesen Job und ich kann gut mit Pferden umgehen ... deshalb werden Sie niemand Besseren finden als mich.« Ich holte tief Luft. »Ich verzichte auch auf das Mittagessen, weil ich mir das nicht leisten kann.«

Nur die kleinen Lachfältchen um die Augen des Gutsherrn zeigten eine winzige Regung, ansonsten blieb sein Gesicht nahezu ausdruckslos. Er sah mich einen endlos langen Moment an, und ich glaubte schon, dass er meine Täuschung entlarvt hätte; doch dann nickte er.

»Wie ist dein Name?«

»Ash Valenta.«

»Ich kann Selbstüberschätzung nicht ausstehen, Ash«, sagte er kühl.

Mein Herz sackte ab.

»Aber ich stimme dir in fast allen Punkten zu. Ab morgen erwarte ich dich jeden Tag pünktlich um sieben. Die Zeit, um dein Pferd zu versorgen, hängst du abends dran, und am Ende des Monats erhältst du deinen Lohn im Wert von einem Ballen Heu. Auf das Mittagessen verzichtet allerdings keiner meiner Angestellten. *Ich* kann es mir nämlich nicht leisten, dass jemand bei der Arbeit umfällt, und deshalb gehört es für alle mit zum Lohn.« Er streckte seine Hand aus und wartete, dass ich einschlug.

Mir blieb vor Staunen der Mund offen stehen. Ich wusste nicht, was ich sagen sollte.

Aber ich schlug ein.

Als ich endlich meine Sprache wiederfand, klang mein leises »Danke« wie das Piepsen eines verschreckten Vogels. Herr Kral nickte und wandte sich ab, doch ich konnte noch sehen, wie ein Lächeln um seine Mundwinkel huschte. Vermutlich aus Mitleid, weil auch er annahm, dass ich im Stimmbruch war – offenbar ein Punkt, der unter Männern für Sympathie sorgte. Vielleicht hatte mir mein Dasein als Mädchen insofern ausnahmsweise einmal Glück gebracht …

Kapitel 6

Etwas Besonderes

Als ich eine gute halbe Stunde später das Stalltor des Sturmhofs öffnete und Dalibor in seine Box führte, hatte sich das Glücksgefühl in meinem Bauch endlich eingenistet. Ich war Stallbursche auf dem Kralshof! Ich konnte immer noch nicht glauben, was ich erreicht hatte. Aber es fühlte sich verdammt gut an. Novak würde mir Dalibor nicht wegnehmen können, in Zukunft konnte ich selbst für seine Heurationen aufkommen. Das war alles, was ich zum Glücklichsein brauchte.

Lächelnd strich ich über Dalibors weiche Nüstern. Er schnaubte leise und rieb seinen Kopf an mir. Für einen Augenblick schloss ich die Augen und wünschte mir, Ma könnte sehen, was ich geschafft hatte. Sie wäre bestimmt stolz auf mich gewesen – trotz meiner Lüge. In diesem Fall fand ich den Begriff Notlüge ausnahmsweise gerechtfertigt. Ich konnte mir keine größere Not vorstellen, als mein Pferd zu verlieren! Der Himmel würde mir diesen Schwindel verzeihen.

Ich schmiegte mich an Dalibor und musste kurz an Jakub Kral denken. »Du hast die Stelle, oder?«, hatte er neugierig gefragt, als ich zurück in die Sattelkammer gekommen war. Und als ich strahlend genickt hatte, grinste er: »Dann werden wir uns öfter sehen. Bruno kann etwas Unterstützung gut gebrauchen. Manchmal tun ihm die alten Knochen weh, aber er jammert nie.« Er sagte das weder abwertend noch lästernd. Es schien, als machte er sich ehrlich Sorgen um den alten Stallburschen.

»Und ich brauche diesen Job«, hatte ich leise geantwortet.

Kuba hatte verständnisvoll genickt. Ich wusste nicht, warum ich nach so kurzer Zeit bereits so vertrauliche Gespräche mit diesem Jungen geführt hatte. Vielleicht war es einfach unmöglich, Jakub Kral *nicht* zu mögen? Ich lächelte Dalibor an und tätschelte ihm noch einmal den Hals.

Nachdem ich die Pferde versorgt hatte, verließ ich den Stall durch die Waschkammer, hängte meine Sachen auf und näherte mich der Küchentür. Als ich sie öffnete, verstummten die Stimmen dahinter. Novak, Julie und Jiri blickten mich feindselig an. Mich fröstelte. Wieso hatte ich so oft das Gefühl, dass sie über mich redeten?

»Wo warst du?«, blaffte Novak.

Ich atmete einmal tief durch. »Arbeiten.«

»Arbeiten? Gibt es hier nicht genug Arbeit?«

Ich musste mich wirklich zurückhalten. Nur meine Augen verengten sich vor Wut und ich starrte ihn wortlos an.

»Die Wäsche ist nicht gemacht, das Haus steht vor Dreck und die Pferde sind noch nicht versorgt.«

So viel also zu meinem Plan, mit meinem Stiefvater in Ruhe über die geänderten Arbeitszeiten zu sprechen!

»Ich habe die Pferde gerade gefüttert und werde jetzt das Haus putzen. Es gibt keinen Grund, sich aufzuregen. *Du* hast schließlich gesagt, ich müsse mir einen Job suchen, um Dalibors Futter zu bezahlen. Und wenn ich tagsüber arbeiten gehe, kann ich den Haushalt ja wohl nur abends erledigen.« Ich sah ihn herausfordernd an.

Novak starrte wütend zurück, aber er schwieg.

Jiri hingegen grinste frech. »Was arbeitest du denn? Krümel fegen beim Bäcker? Oder den Dreck von der alten Frau Orlov wegputzen?«

Ich schluckte gegen meinen Ärger an. Stumm wandte ich mich ab und begann, das schmutzige Geschirr zusammenzuräumen. Ich traute mich nicht, ihnen ihre benutzten Teller um die Ohren zu werfen, doch es juckte mich jedes Mal in den Fingern. Nur Mas Andenken zuliebe versuchte ich, wenigstens oberflächlich den Frieden zu wahren. Auf keinen Fall würde ich jedoch ein Wort über den Kralshof verlieren. Ich hätte Novak oder Jiri zugetraut, dass sie zu Herrn Kral persönlich gingen, um mich dort schlechtzumachen.

Das Klappern des Geschirrs übertönte die Gespräche in meinem Rücken nicht. »Moc war einer der Schnellsten beim Probelauf heute«, prahlte Jiri.

Ich schnaubte. Schade, dass er Kuba nicht gesehen hatte! Sein Selbstbewusstsein hätte einen ordentlichen Kratzer bekommen.

»Du meinst, du hast gute Chancen auf den Sieg?«, fragte Julie, die absolut keine Ahnung vom Pferderennen hatte.

»Er *wird* gewinnen«, verbesserte Novak sie.

Ich warf einen vorsichtigen Blick über die Schulter. Jiri war ziemlich in sich zusammengesunken. Druck war etwas, womit er schlecht umgehen konnte. Und irgendwie tat er mir in diesem Augenblick fast leid. Er würde das große Rennen niemals gewinnen, zumindest nicht auf ehrliche Weise – dazu fehlte es ihm an Ausdauer und Einfühlungsvermögen. Wenn Jiri das Schneefeuer mit nach Hause bringen wollte, würde er dafür alle Tricks anwenden müssen, die es gab, um die anderen Teilnehmer auszuschalten. Wie gut, dass ich bei so einem Rennen nicht dabei sein würde. Allein der Gedanke daran verursachte mir Übelkeit.

»Ich werde das Training in den nächsten Wochen verstärken müssen«, sagte Jiri jetzt. »Moc braucht dann mehr Hafer.«

Ich lauschte aufmerksam. Es wunderte mich, dass er an sein Pferd dachte.

»Natürlich, das ist kein Problem«, antwortete Novak ruhig, als hätte er mir nicht gestern erst verkündet, dass unser Heu knapp würde. Es fiel mir schwer, diese Ungerechtigkeit auszuhalten. Jiri leistete immerhin gar keinen Beitrag zur Versorgung der Pferde und verrichtete auch sonst keinerlei nützliche Arbeit im Haus.

Vorsichtig trocknete ich das letzte Glas ab und stellte es zurück in den Schrank. Stumm nahm ich anschließend den Staubwedel und reinigte die Vitrine, in der Novak die einzige Schneefeuerblüte aufbewahrte, die jemals auf das Konto eines Familienmitglieds gegangen war. Novaks älterer Bruder hatte sie gefunden. Er war jedoch kurz vor dem Ziel tödlich verunglückt und mit der Blume in der Hand gefunden worden. In der Hoffnung, den Wandel der Jahreszeiten aufhalten zu können und vielleicht auch zu Ehren des Toten, hatte man die seltene Blüte damals in Harz gegossen. Doch natürlich hatte es nichts genutzt. Auch wenn die Blätter nicht verwelkten, war der Winter kurz darauf wieder eingezogen. Trotzdem war dieses Relikt für Novak geradezu heilig. Er legte besonderen Wert darauf, dass die Vitrine mitsamt dem Andenken immer in einem tadellosen Zustand war.

»Hast du die Wäsche gemacht?«, fragte Jiri, als ich fertig war. »Ich brauche morgen meine Trainingsjacke zum Reiten.« Er sah mich abwartend an.

»Ich wasche jetzt«, erwiderte ich, sammelte die Handtücher ein und legte sie zu dem Wäscheberg, der vor der Kellertür lag.

»Seit wann trägst du eigentlich dieses schicke Kopftuch?«, rief Jiri mir hinterher. »Gehört das zu deinem neuen Arbeitsoutfit?« Er lachte abfällig. »Aber ist ja eigentlich auch egal – sind wir doch mal ehrlich, aus dir wird sowieso nie was Besonderes.«

Ohne mich noch einmal umzudrehen, marschierte ich an ihm vorbei und verschwand in der Waschkammer. Erst als die Tür hinter mir zufiel, fasste ich mir an den angeclipsten Zopf, um mich zu vergewissern, dass er noch da war. Ich blinzelte die Tränen weg. Wenn Jiri geahnt hätte, *wie* besonders mein neuer Job war, hätte dieses Wort eine ganz neue Definition für ihn bekommen!

❄

Mit einem Käsebrot zwischen den Zähnen huschte ich am nächsten Morgen die Treppe hinunter. Im Vorbeigehen schnappte ich mir meine Jacke und die Stiefel und flitzte in den Stall. Die Pferde hoben fast gleichzeitig ihre Köpfe und warfen mir empörte Blicke zu. Sie hatten ein feines Zeitempfinden und hielten die Ruhestörung wohl für unangebracht.

»Ich weiß!« Ich kitzelte Dalibors weiche Nüstern. »Aber früh aufstehen ist wirklich nur ein kleines Opfer. Immerhin musstest *du* dich nicht von deiner langen Mähne trennen.« Ich grinste bei dem Gedanken an einen kahl geschorenen Dalibor. »Lass uns also froh sein, dass ich diesen Job habe und Novak dich nicht verkauft.«

Lancelot reckte seinen Hals, der auf unnatürliche Art zu wachsen schien, wenn es darum ging, ein Stück Brotkruste zu ergattern. Ich strubbelte durch seine lange Mähne und schob ihm und auch Moc eine Leckerei zu. Jiris Hengst legte misstrauisch die Ohren an, als ich ihm meine Hand hinhielt. Obwohl er längst meine Stimme erkannt hatte, blieb er bis zur letzten Sekunde skeptisch.

»Du bist ein liebes Pferd!«, lobte ich ihn überschwänglich, als er vorsichtig die Ohren nach vorn richtete und seine Nase endlich näher kam. »Du weißt es nur noch nicht.«

Moc klaute die Brotecke von meiner ausgestreckten Hand und verzog sich schleunigst wieder in den hintersten Winkel der Box. Er tat mir leid. Ich wollte nicht wissen, wie Jiris Renntraining aussah, aber es fiel mir leider nicht schwer, es mir vorzustellen. Jiris Pferd zu sein war ein echter Schicksalsschlag.

Außer den dreien standen noch Novaks Wallach Branko im Stall, eine Gaststute zum Decken sowie ein Junghengst, den mein Stiefbruder neulich erstanden hatte. Moc war als Zuchthengst nach und nach unbeliebt geworden, weil niemand ein Pferd mit einem verschlagenen Charakter wollte. Seine edle Abstammungslinie hatte ihm leider nicht genug Persönlichkeit verliehen, um sich gegen seinen Besitzer zur Wehr zu setzen, Jiri hatte ihn schlichtweg verdorben. Und nun hatte er als Ersatz diesen vielversprechenden jungen Hengst gekauft, der noch keinerlei Manieren hatte und sie unter Jiris Führung vermutlich auch nie erlernen würde. Der arme Kerl hatte noch nicht mal einen Namen, deshalb nannte ich ihn heimlich Novy, den Neuen. Ich schob mir den Rest meines Käsebrots in den Mund und begann kauend, die Boxen auszumisten. Wenigstens die Pferdeäpfel mussten raus, den Rest würde ich heute Abend erledigen. In Rekordzeit erledigte ich meine Arbeit, bürstete Dalibors dichtes Winterfell und kratzte sorgfältig seine Hufe aus. Ma hatte mir eingeschärft, dass ein Blick unter die Hufe vor jedem Ritt Pflicht war. »Auch wenn das Pferd vier Hufe hat, kein einziger davon darf vernachlässigt sein. Sonst hat ein Reiter nichts auf seinem Pferd verloren.« Ich musste unwillkürlich schmunzeln, als ich an ihren strengen Blick dachte, den sie nie lange beibehalten konnte. Ma war nicht nachtragend gewesen und hatte jedem immer wieder aufs Neue eine Chance gegeben. Sogar Jiri.

Ich kontrollierte auch den festen Sitz der Stifte unter Dalibors Eisen, die seine (und meine!) Lebensversicherung sein konnten, falls er auf Glatteis geriet. Novak hielt diese Vorsichtsmaßnahme für übertrieben, aber ich wusste, wie tückisch die versteckten Eisflächen unter der pudrigen Schneedecke sein konnten.

Deshalb hatte Kalle mich gelehrt, die Stifte aus alten Hufnägeln selbst herzustellen, die er mir kostenlos überließ. Als Dankeschön schrieb ich für ihn Liebesbriefe an seine Freundin, die nicht mit ihm zusammen sein durfte, weil der Vater sich einen reichen Mann für sie wünschte und nicht bloß einen Schmied. Dabei war Kalle einer der nettesten Kerle diesseits der Berge, und dass er weder lesen noch schreiben konnte, wusste nur ich. Bei dem Gedanken an ihn seufzte ich. Aber ich war nicht mehr traurig, dass er mich nicht eingestellt hatte. Mein neuer Job gefiel mir – trotz meiner Lüge – noch besser.

Ich zog Dalibors Sattelgurt fest und öffnete das Stalltor. Der helle Streifen am Horizont war schmaler als gestern, ein Zeichen, dass ich gut in der Zeit lag. Ich hatte mir fest vorgenommen, heute rechtzeitig auf dem Kralshof einzutreffen.

❄

Unschlüssig, ob ich mich morgens anmelden oder direkt mit der Arbeit beginnen sollte, klopfte ich eine halbe Stunde später vorsichtshalber an die Tür des Gutshauses.

Herr Kral öffnete mit leicht hochgezogenen Augenbrauen. »Du bist pünktlich.«

Ich nickte. »Das bin ich.«

»Wenn du dein Pferd versorgt hast, kannst du mit der Arbeit beginnen. Bruno wird dir sagen, was zu tun ist.« Er sah mir noch einmal mit prüfendem Blick in die Augen und schloss dann die Tür wieder.

Als wir den Stall betraten, steuerte Dalibor schon wie selbstverständlich auf die Box zu, in der er auch gestern gestanden hatte. Es war mir fast ein bisschen unangenehm, dass er sich gleich wie zu Hause fühlte, aber verübeln konnte ich es ihm nicht.

»Morgen«, schmetterte mir Bruno entgegen.

Ich lächelte ihn an.

»Du wirst erst die Pferde füttern und dann wieder ausmisten.« Er warf einen Blick auf meine Arme und grinste. »Oder hast du schon Muskelkater?«

»Was? Nein!«, wehrte ich ab. »Ich miste auch zu Hause aus.«

»Soso.« Bruno runzelte die Stirn. »Gibt es sonst nur alte Leute auf eurem Hof?«

»Nein!« Ich musste lachen. »Ich mach das gern. Und ich breche auch nie bei der Arbeit zusammen, keine Sorge.«

Der alte Stallbursche schüttelte nur den Kopf und wandte sich ab. »Ich hoffe es«, murmelte er.

Während ich die morgendliche Ration Heu verteilte, beobachtete ich, wie Jakub Kral den Stall betrat. Er ging zielstrebig auf eine der Boxen zu und wurde mit einem leisen Wiehern begrüßt. Ich wusste sofort, dass es seine Stute war. Die beiden hatten einfach zu vertraut gewirkt gestern, ich konnte mir nicht vorstellen, dass er noch andere Pferde hier im Stall hatte, die er trainierte. Neugierig näherte ich mich mit der Heukarre und tat so, als wäre ich in meine Arbeit vertieft.

»Hey, Laska, meine Hübsche.« Kubas Worte klangen weich und schmeichelnd. Ein Kribbeln lief mir über die Haut. »Heute werden wir noch mal einen Versuch wagen, bist du bereit?«

Ich hielt inne und sah zu, wie er der Stute mit einer Hand über die Flanke strich. Ihre Ohren zuckten in kurzen Abständen hin und her. Sie war noch jung, schätzungsweise vier oder fünf. Das konnte ich an der Art erkennen, wie sie ihre Umgebung im Blick hatte – voller ängstlicher Neugier, als fürchtete sie, etwas Ungewohntes zu entdecken.

Ein kräftiger Schubs von der Seite ließ mich zusammenfahren. Erschrocken sah ich Bruno hinterher, der mahnend den Finger hob, ohne sich jedoch zu mir umzudrehen. Schon wieder hatte er mich dabei ertappt, dass ich Kuba anstarrte!

Schnell schob ich die Heukarre zur nächsten Box und verteilte den Inhalt an zwei tragende Stuten, die sich sofort angifteten, wer zuerst in den Genuss des Frühstücks kommen sollte.

Ich tippte der einen auf die Nase. »Hey, sei freundlich zu deiner Boxennachbarin! Es ist doch genug für euch beide da.«

Die Stute schüttelte schnaubend den Kopf und trat ungeduldig mit dem Huf gegen die Bretter.

Als Nächstes hielt ich vor der Box, in der Kuba stand, und räusperte mich, bevor ich ein »Hallo« herausbrachte.

Sofort hob Kuba den Kopf, und seine Mimik hellte sich auf, als er mich erkannte. »Hey, Ash, alles klar?«

Ich musste mich schon wieder räuspern. »Ja ...« Ich brach ab. Die Stimme war mein größtes Problem, sie klang einfach viel zu hell für einen Jungen. Bei den älteren Männern wie Herrn Kral und Bruno störte es mich nicht so sehr, wenn sie annahmen, dass ich im Stimmbruch war. Aber vor Kuba war es mir peinlich.

»Träumst du?« Er grinste.

»Ich?«, entgegnete ich erschrocken. »Nein!«

Schnell lud ich die Heuration für seine Stute ab und beeilte mich davonzukommen. Ich musste unbedingt aufpassen, dass ich mich nicht noch einmal dabei erwischen ließ, wie ich herumstand und irgendjemanden – bevorzugt Jakub Kral – beobachtete. Faulheit sollte man mir wirklich nicht nachsagen!

Der Vormittag verging so schnell wie ein Vogelzwitschern, wenn der Falke seine Beute bereits in den Fängen hält. Und ebenso aufmerksam wie ein gejagter Spatz beäugte ich meine Umgebung, immer in der Sorge, dass ich alles richtig machte und niemand etwas an meiner Arbeit aussetzen konnte. Als Bruno mich zum Mittagessen rief, war ich jedoch sogar selbst ganz zufrieden mit meiner Leistung. Die Boxen waren fertig und die Stallgasse gefegt. Ich hatte meine Zeit gut eingeteilt und war gespannt, welche Aufgaben mich nach dem Essen erwarteten.

An dem großen Holztisch hatte offenbar jeder seinen festen Platz. Es gab kein Gerangel oder Geschubse, alle ließen sich friedlich nieder und warteten, bis Mani die Suppe verteilt hatte. Der Linseneintopf dampfte, und ich roch die Würstchen bereits, bevor ich sie sah. Mani konnte richtig gut kochen.

»Es schmeckt hervorragend«, schwärmte ich in die genussvolle Stille hinein. »Bei mir wird die Linsensuppe immer zu fad.«

Alle Augen sahen mich gleichzeitig an, und ich fühlte sofort, wie mir die Hitze in die Wangen schoss. »Oder nicht?«, fragte ich verlegen in die Runde.

»Ich gebe dir gerne das Rezept weiter«, freute sich Mani, ohne die Reaktion der anderen zu beachten.

»Ja, das wäre toll«, nickte ich und hielt meine Nase noch ein Stück tiefer über den Suppenteller, um den herrlichen Duft in vollen Zügen aufzusaugen.

Jemand kicherte. Überrascht sah ich auf. Ein junges Mädchen, das etwa in meinem Alter sein musste, grinste hinter vorgehaltener Hand. Sie trug eine dunkle Bluse mit einer weißen Schürze darüber und hatte ihr bestimmt hüftlanges dunkles Haar zu akkuraten Zöpfen geflochten. Ich tippte auf Zimmermädchen, die Arbeitskleidung war eindeutig.

»Schmeckt es dir nicht?«, fragte ich verwundert, weil ich immer noch nicht verstand, was an meinem Lob so witzig war.

Patrik, der Küchenjunge, stieß sie tadelnd in die Seite. »Lass das, Nancy. Ich arbeite auch in der Küche.«

»Jaaa, du *arbeitest*«, betonte sie. »Aber welcher Kerl kocht denn in seiner *Freizeit?*« Sie kicherte wieder.

Während ich sie noch fragend anstarrte, sickerte langsam die

Erkenntnis in mein Bewusstsein: In ihren Augen war ich ein sechzehnjähriger Junge, der im Stall arbeitete. Jiri wäre an meiner Stelle explodiert, wenn jemand behaupten würde, dass er gern am Herd stünde. Ich hätte mir vor den Kopf schlagen können. Ich musste viel besser aufpassen, was ich sagte!

»Also, *ich* helfe Mani gern in der Küche aus«, meldete sich Kuba nun zu Wort. Er schaffte es, die gesamte Aufmerksamkeit der Angestellten auf sich zu ziehen, ohne sich dabei aus der Ruhe bringen zu lassen. »Man kommt damit übrigens auch viel besser bei den Mädchen an.« Er zwinkerte mir verschwörerisch zu.

Meine Wangen fühlten sich noch etwas heißer an als zuvor. Doch ich musste unwillkürlich lächeln.

»Meine Frau hat mich auch vor allem deshalb geheiratet, weil niemand so gutes Szegediner Gulasch zubereiten kann wie ich«, verkündete Bruno stolz.

Ich grinste hinter meinem Löffel.

»Das trifft sich hervorragend, Bruno! Da du ja jetzt Unterstützung bei der Stallarbeit hast, kannst du mir demnächst mal in der Küche helfen. Szegediner Gulasch war nämlich eine Spezialität meiner Urgroßmutter, die ihr Rezept jedoch leider nie verraten hat.«

Bruno sah mich erschrocken an, aber ich zuckte mit den Schultern. »Ist doch toll, ich freu mich schon auf das Ergebnis!«

Mani lachte und sogar Herr Kral konnte sich ein Schmunzeln nicht verkneifen. Die Stimmung war so locker, dass ich wieder fast glaubte, am Tisch einer Großfamilie zu sitzen.

»Wie sieht dein Trainingsplan aus?«, wandte Herr Kral sich an Kuba. »Habt ihr etwas ausgearbeitet?«

Kubas Gesicht blieb nahezu reglos, und der leichte Schatten, der durch seine Augen huschte, konnte auch bloß eine optische Täuschung gewesen sein.

Trotzdem hatte ich das Gefühl, dass dieses Thema wesentlich heikler war als ein kochender Stallbursche.

»Ja«, beantwortete er die Frage seines Vaters, »ich gehe nachher wieder mit Begleitung auf die Bahn. Pawel soll Tonda reiten, er stand mit Laska im Fohlenpaddock. Ich hoffe, dadurch ist sie etwas ruhiger.« Seine Stimme klang ernst.

Ich verstand nicht so ganz, wo das Problem lag, wollte aber nicht schon wieder die Aufmerksamkeit auf mich ziehen. Das Pferdetraining ging mich schließlich nichts an.

»Du hast nur noch knapp drei Wochen bis zur Nominierung. Bis dahin musst du dich entschieden haben.« Herr Kral erhob sich und beendete damit die Mittagspause.

»Ich weiß«, murmelte Kuba leise und senkte den Blick.

Ich sah zu Bruno in der Hoffnung auf mehr Informationen. Aber der alte Stallbursche kehrte unbeirrt zu seiner Arbeit zurück. Ich stapfte hinter ihm her zum Stall. Dort drückte Bruno mir einen Hammer und eine Packung Nägel in die Hand und wies zur Rennbahn, die ich gestern von der Sattelkammer aus beobachtet hatte. »Geh die Bahn ab und kontrolliere die Umzäunung. Beim letzten Mal hat Laska sich verletzt, als sie gemeinsam mit einem anderen Pferd gelaufen ist. Das können wir uns so kurz vor der Nominierung nicht leisten.«

Brunos Erklärung erschien mir seltsam. Ich hätte zu gerne gefragt, was genau er damit meinte. Aber ich hielt mich zurück und machte mich stillschweigend an die Arbeit.

Die Rennbahn war noch größer, als ich sie von meinem heimlichen Beobachtungsposten aus eingeschätzt hatte. Der Bodenbelag, der auch heute unter einer feinen Schneeschicht verborgen lag, fühlte sich fest und ebenmäßig an. Der Bau der Anlage musste sowohl Zeit als auch jede Menge Geld gekostet haben. Keine besonders lohnenswerte Investition, wie ich fand, denn beim

Training erzielten die Pferde auf einer solchen Strecke zwar hervorragende Zeiten, aber im echten Rennen würde der unebene Untergrund sie wohl verunsichern. Dennoch war ich ein bisschen neidisch auf diese makellose Strecke. Zu gerne wäre ich mit Dalibor einmal nur zum Spaß darüber hinweggaloppiert. Er würde noch schneller laufen als sonst und ich konnte den Geschwindigkeitsrausch schon bei der Vorstellung spüren.

Die Umzäunung bestand aus soliden Holzpfosten, die tief in die Erde geschlagen waren. Eine Leistung, die ich ehrlich bewunderte. Der Boden war im Land des ewigen Schnees an mindestens sechs Monaten im Jahr so fest gefroren, dass man noch nicht mal einen Nagel einschlagen konnte. Im März, wenn der Schnee zu tauen begann, dauerte es eine Weile, bis die Sonne auch die unteren Erdschichten erreichte, die Zeit für Baumaßnahmen war daher stets knapp bemessen. Ich rüttelte an einem Holzpfosten, der ziemliche Schlagseite hatte. Das Loch im Boden war größer als der Pfahl und hielt ihn deshalb nicht gerade. Irgendetwas musste mit enormer Wucht dagegen geprallt sein. Ich sah mich nach geeigneten Materialien um, mit denen ich das Loch füllen und dem Pfosten Halt geben könnte. Aber auf dem Kralshof lag – anders als bei uns zu Hause – leider rein gar nichts sinnlos herum, alles stand ordentlich an seinem Platz. Ich würde Bruno fragen müssen. Ich merkte mir die Stelle und wanderte den Rest der Strecke ab. Hier und da befestigte ich eine der Querlatten neu oder schlug einen zusätzlichen Nagel zur Stabilisierung ein. Aber alles in allem war die Anlage top in Schuss.

Als ich zurück zum Eingang kam, stand Kuba bereits mit seiner Stute etwas abseits der Bahn und redete beruhigend auf sie ein. Laska trug den Kopf hoch erhoben und beobachtete aufgeregt ihre Umgebung. Nichts war anders als gestern, aber dennoch wirkte sie nervös und unruhig.

»Einer der Pfosten sitzt nicht fest«, berichtete ich Bruno. »Mit etwas Kies oder Sand könnte man ihn notdürftig befestigen. Besser wäre es allerdings, den Schacht auszugießen.«

Brunos rechter Mundwinkel verzog sich zu einem Lächeln. »Du bist wohl ein Bauexperte.«

Ich legte den Kopf schief. »Nein, ich muss zu Hause nur sehr viele Dinge mit einfachen Mitteln flicken und Übung macht den Meister, hat meine Ma immer gesagt.«

Bruno klopfte mir auf die Schulter. »Zum Ausgießen müssen wir auf den Frühling warten, der hoffentlich in diesem Jahr nicht ausbleiben wird. Etwas feinen Kies findest du in dem Raum links neben der Sattelkammer. Du kannst die Schubkarre nehmen, aber beeil dich. Wenn Pawel mit Tonda kommt, wird Kuba das Mädchen nicht mehr lange ruhig halten können.«

Ich nickte und verfiel in Laufschritt. Die seltsame Aufregung, die alle ergriffen hatte, begann sich auch auf mich zu übertragen. Wieso machten alle so ein Aufheben um dieses Rennen? Kubas Stute war gestern ohne Frage Bestleistung gelaufen. Ich konnte mir nicht vorstellen, warum sie heute ein Problem haben sollte. Trotzdem flitzte ich in Windeseile durch die Stallgasse und riss die Tür zu der Kammer auf. In verschiedenen kleineren Containern befanden sich Baumaterialien wie Sand, Kies und Zementschlämme. Diese Ordnung war wirklich beeindruckend! Ich füllte einen Eimer mit einem Kies-Sand-Gemisch und lud ihn auf die Karre. Auf dem Rückweg sah ich einen schlanken, älteren Mann mit einem jungen Hengst durch das Stalltor ins Freie treten – das musste Pawel sein, der der Bereiter auf dem Kralshof war, wie ich gehört hatte, und der Hengst war sicher Tonda. Schnell schob ich die Schubkarre durch den Seitenausgang und beschleunigte meine Schritte, während ich mich darauf konzentrierte, die Balance zu halten und die schwere Karre nicht umzukippen.

Bruno winkte mir schon hektisch und öffnete das Tor, damit ich direkt weiterrennen konnte. Ich steuerte den losen Pfosten an, füllte das Loch mit der Kiesmischung und stampfte alles mit dem Schaufelstiel fest. Bruno gab mir mit Handzeichen zu verstehen, dass ich die Bahn nun möglichst schnell wieder verlassen sollte; ich schob die Karre im Laufschritt zurück und stellte mich an den Rand.

Der Stallbursche klopfte mir anerkennend auf die Schulter. »Bringst du das noch zurück in die Kammer?« Er deutete auf die übrig gebliebenen Baumaterialien.

Ich warf ihm einen flehentlichen Blick zu. »Bitte, darf ich erst noch das Rennen sehen? Ich werde danach alles erledigen, was für heute geplant war, egal, wie lange es dauert!«

Bruno verzog das Gesicht. »So sieht mich meine kleine Enkeltochter an, wenn sie mich dazu rumkriegen will, dass ich ihr etwas vorlese. Wo hast du denn diesen Augenaufschlag her?«

Ich starrte ihn erschrocken an.

»Keine Sorge, ich hätte es dir ohnehin erlaubt. Im Moment habe ich sowieso keine Zeit, dir eine andere Aufgabe zu geben, weil ich das Rennen nämlich selbst sehen will.«

Ich hätte beinahe laut aufgestöhnt. Das war knapp!

Erleichtert wischte ich mir mit dem Handrücken den Schweiß von der Stirn, während Bruno sich kopfschüttelnd umdrehte.

Kapitel 7

Gefährliches Duell

Bislang war mir nicht klar gewesen, wie viele unbewusste Gesten oder Verhaltensweisen einen Menschen bereits in eine bestimmte Schublade einsortierten. Von wegen, der Charakter ist alles, was zählt … Das hatte Ma immer behauptet, aber mich beschlich der Verdacht, dass es noch nicht mal für Pferde generell galt. Wenn ich nicht besser aufpasste, würden die kurzen Beine meiner Lüge mich jedenfalls schon bald nicht mehr tragen!

Glücklicherweise hatte Bruno nur noch Augen für das Geschehen auf der Rennbahn und meine Panne gar nicht bemerkt. Und in der Tat fesselte auch mich der Anblick von Pferd und Reiter so sehr, dass ich keine Zeit mehr hatte, länger über mögliche Stolperstricke meiner Geschichte nachzudenken. Kuba hatte Laska in die Bahn geführt. Die Stute tänzelte nervös. Anders als gestern lag eine greifbare Anspannung in der Luft. Dichte Atemwolken drangen stoßweise aus ihren weit geblähten Nüstern. Ein hochgewachsener Mann in Lederreitstiefeln, der mir gestern schon aufgefallen war, hielt Laska an den Zügeln. Die Art, wie er mit den Armen vor ihr herumfuchtelte, trug aber verständlicherweise nicht dazu bei, das verunsicherte Pferd zu beruhigen. Ich wäre am liebsten hingelaufen und hätte ihn weggeschubst!

Auch in Kubas Gesicht lag deutlich Nervosität, und aus eigener leidvoller Erfahrung wusste ich, dass sich die Stimmung des Reiters meist nahtlos auf das Pferd übertrug. Ma hatte etwas scherzhaft gesagt: »Regel Nummer eins beim Reiten ist Lächeln. Das

Pferd spürt all deine Empfindungen.« Und sie war eine Meisterin darin gewesen, ihre Freude am Reiten auf das Pferd zu übertragen.

Der Lederstiefel-Mann – ich vermutete, dass er ein Trainer war – ruckte hart am Zügel, um das unruhige Tier zur Vernunft zu bringen. Natürlich war das Gegenteil der Fall: Die Vorderhufe der Stute hoben sich vom Boden ab und nur der eiserne Griff des Mannes hinderte sie am Steigen. Das andere Pferd in der Bahn war ebenfalls ein Prachtexemplar von einem Eispferd. Noch nicht mal eine leichte Grauschattierung um die Nüstern unterbrach das reine Weiß seines Fells. Als es sich zu mir umdrehte, sah ich seine leuchtend blauen Augen, die auch unter den schneeweißen Pferden eine Seltenheit waren.

Mit stolzem Schritt bezog der Hengst seine Startposition. Und auch Pawel strahlte unerschütterliche Ruhe aus. Es war ein seltsames Bild, wie unterschiedlich die Stimmungen der beiden Teams wirkten. Aber so offensichtlich die Problematik dieses bevorstehenden Duells für mich auch war, schien sie doch niemandem aufzufallen. Ich konnte mir kaum vorstellen, dass der Eishengst Tonda ein noch besserer Sprinter war als Kubas Stute – im Augenblick befand er sich mit Pawel zusammen allerdings unbestreitbar in der besseren Ausgangslage.

Die böse Vorahnung stand Kuba so deutlich ins Gesicht geschrieben, dass ich nicht verstand, warum niemand die Sache abblies. Mit einem unguten Gefühl im Bauch trat ich näher an die Umzäunung. Mir fiel auf, dass auch Bruno diese Unruhe verspürte, denn seine Hände krampften sich um den Zaun, dass an seinen Knöcheln das Weiße hervortrat. Doch ich wagte nichts zu sagen. Ich war nur ein Stallbursche an seinem ersten Arbeitstag, dem man eh nichts zutraute.

Ein Helfer zog eine Startlinie in den Schnee auf der Bahn und überreichte Bruno die Stoppuhr. Der Lederstiefel-Mann hatte Mühe, sich vor Laskas tänzelnden Hufen in Sicherheit zu bringen. Als Brunos Arm nach unten schnellte, ließ er sie los.

Laska schoss nach vorn. Sie war, wie ich mir schon gedacht hatte, definitiv schneller als der Hengst – von der ersten Sekunde an. Mit ihrem lang gestreckten Körper und den sehnigen schlanken Beinen brachte sie die perfekten Voraussetzungen für ein erstklassiges Rennpferd mit. Aber ihre Nervosität wirkte sich auf ihre Geradlinigkeit aus. Immer wieder scherte sie unkontrolliert zur Seite aus und warf nervöse Blicke zu ihrem Gegner, der stetig aufholte. Sie lief nicht halb so gut wie gestern. Kuba hatte es wohl schon vor dem Start gewusst. Der verzweifelte Ausdruck in seinen grünen Augen war unübersehbar gewesen. Dennoch versuchte er, beruhigend auf seine Stute einzuwirken und sie gleichzeitig vorwärtszutreiben.

Der Schnee stob zu beiden Seiten auf, sodass eine feine Nebelschicht den Boden zu bedecken schien. Bis auf das Trommeln der Hufe herrschte angespannte Stille. Von der Magie des gestrigen Ritts war nichts mehr zu spüren. Obwohl der Hengst ein guter Läufer war! Ihm fehlte nur Laskas Esprit. Trotzdem hatte er die Stute plötzlich eingeholt. Sie wurde noch nervöser, als er ihr näher kam, verlor immer mehr die Balance und drängte gefährlich nah an die innere Bande. Ich merkte erst, dass ich mir beide Hände vor den Mund hielt, als ich mir vor Schreck fast in die Handfläche biss.

Tonda lief auf der Außenbahn und schob sich immer näher an Laska heran, bis die beiden Reiter sich fast mit den Steigbügeln berührten. Pawel hätte ohne Weiteres nach Kubas Hand greifen können. Laskas Augen waren vor Schreck geweitet. Eingeengt wie ein gefangenes wildes Tier, bleckte sie die Zähne und schnappte nach Tondas Hals. Ich hielt den Atem an. Der Hengst jedoch ließ sich nicht beirren und galoppierte weiter, sein Körper eine gerade Linie, den Blick stur nach vorn gerichtet. Ich spürte Laskas Panik geradezu wachsen, als sie sich zwischen dem Hengst und der Bande mehr und mehr eingezwängt fühlte. Ich ballte die Hände zu Fäusten und hoffte, dass sie durchhalten würde. Nur noch ein bisschen! Es waren keine hundert Meter mehr bis zur Ziellinie.

Aber Laska hielt dem Druck nicht stand. Wieder versuchte sie, Tonda wegzubeißen. Ihre Zähne schnappten nach seiner Schulter und diesmal biss sie zu. Erschrocken versuchte Tonda, die Stute abzuschütteln. Er warf den Kopf zurück, doch Laska gab nicht nach. Beide Pferde gerieten ins Straucheln. Tonda verlor das Gleichgewicht und driftete noch mehr nach innen. Er drückte Laska mit seiner ganzen Körperbreite gegen die Bande. Ich wollte schreien, aber meine Kehle fühlte sich wie ausgetrocknet an. Im selben Moment brach der Zaun unter Laskas Gewicht und die Stute krachte mit voller Wucht durch die Absperrung.

Holz barst, Bretter flogen quer über die Bahn. Tonda ging wenige Zentimeter neben der Stute zu Boden. Jemand schrie, der Aufprall dröhnte in meinen Ohren – und dann, ganz plötzlich, war es totenstill.

Ein paar unendlich lange Sekunden war meine Umgebung in eine Erstarrung verfallen, bis sich das aufgewirbelte Schneegestöber legte und ich das Ausmaß der Tragödie erkennen konnte. Laska lag auf der Seite. Ihre Atmung ging schwer. Die Bande war komplett zerbrochen und das geborstene Ende einer Holzlatte hatte eine Wunde in ihre Brust gerissen. Kuba schien zum Glück nichts passiert zu sein, er rappelte sich als Erster wieder auf, stürzte zu seiner Stute und kniete neben ihrem Kopf nieder. Und dann brach der Tumult los: Alle rannten zur Unglücksstelle und riefen und gestikulierten wild durcheinander – nur ich stand wie angewurzelt da und konnte mich keinen Millimeter bewegen.

Ich fühlte, wie der Albtraum eines Sturzes, den jeder kennt, der sein Pferd liebt, von mir Besitz ergriff. Hoffentlich, dachte ich, hoffentlich war sie nicht lebensbedrohlich verletzt ...

Während Tonda offenbar unversehrt wieder auf die Beine kam, versuchte Kuba vergebens, seine Stute zum Aufstehen zu bewegen. Ich verlor die beiden aus den Augen, weil das Gedränge um sie herum so groß war. Erst als Pawel, zum Glück ebenfalls unverletzt, mit dem Hengst die Bahn verließ, folgten der Trainer und die meisten anderen mit hängenden Köpfen. Ich entdeckte Herrn Kral, der noch am Unfallort stand und eine Hand auf die Schulter seines Sohnes gelegt hatte.

Auch Bruno beugte sich über die Stute.

»Ash!«, rief er plötzlich.

Ich zuckte zusammen. Ganz automatisch setzten sich meine Beine in Bewegung. Mein Mitgefühl für Kuba war so stark, dass es sich beinahe anfühlte, als ob Dalibor dort am Boden liegen würde.

»Beeil dich, Ash, bring mir die Schnapsflasche aus meinem Spind! Die Tür ist offen!«, rief Bruno mir zu, noch bevor ich die Unfallstelle erreicht hatte.

Ich nickte, drehte wieder um und rannte in die Stallgasse. Am Ende des Ganges, kurz vor der Sattelkammer, standen die Spinde mit den persönlichen Sachen der Angestellten. Am Morgen hatte ich mir noch gewünscht, dass auch ich bald richtig dazugehören und einen dieser schmalen Schränke zugeteilt bekommen würde. Ich riss wahllos an den Türen auf der Suche nach dem unverschlossenen Schrank. An der fünften Tür drehte sich endlich der Knopf und der Spind sprang auf. Zum Glück entdeckte ich die Schnapsflasche sofort und brauchte nicht lange in den fremden Sachen herumwühlen. Ich beeilte mich, zurück zu Bruno zu kommen.

Atemlos reichte ich ihm die Flasche, woraufhin Bruno der Stute mit der einen Hand unters Kinn griff und mit dem Daumen ihr Maul öffnete. Mit der anderen Hand kippte er beherzt einen großen Schluck der klaren Flüssigkeit aus der Flasche hinein. Ich war nicht sicher, ob das eine geeignete Methode war, um Laska wieder aufzurichten. Gebannt beobachtete ich das Pferd, dem der Schnaps offenbar gar nicht schmeckte. Es zuckte immerhin und versuchte tatsächlich kurz darauf, auf die Vorderbeine zu kommen. Das war ein gutes Zeichen. Ich atmete vorsichtig durch. Mir fiel auf, dass die Verletzung an Laskas Brust nicht besonders groß war, es hatte von Weitem schlimmer ausgesehen. Hoffentlich hatte sie noch mal Glück gehabt …

Kubas Gesicht hatte eine ähnlich leblose Farbe angenommen wie der Himmel, der von dichten Schneewolken verhangen war. Seine beinahe gräulichen Wangen wirkten so angespannt, als würde er fest die Zähne zusammenbeißen.

»Vielleicht … möchtest du auch einen Schnaps?«, fragte ich so taktvoll wie möglich.

Überrascht sah er mich an. Es schien, als hätte er gar nicht registriert, dass außer ihm noch jemand auf der Bahn stand. Seine Augen waren groß und leer. Ich erwartete fast, dass er mir einen Vogel zeigen würde, doch schließlich nickte er.

Bruno hielt die Stute am Zügel und reichte Kuba die Flasche. »Ash hat recht, du kannst auch einen brauchen.«

Kuba nahm einen großen Schluck, dann noch einen und hätte wahrscheinlich noch mehr getrunken, wenn ich ihm die Flasche nicht eilig wieder aus der Hand genommen hätte.

»Hey, langsam!«

Kubas Gesichtsfarbe kehrte immerhin ein wenig zurück, er trat an Brunos Seite und zusammen mit ihnen schritt Laska – wenn auch zittrig – zum Stall zurück. Herr Kral klopfte Kuba noch einmal auf die Schulter, bevor er sich umdrehte und etwas mit dem Trainer besprach. Offenbar schlug der Lederstiefel-Mann irgendetwas vor, das dem Gutsherrn nicht passte. Das freute mich, denn ich hielt ohnehin nichts von dem Kerl, nachdem ich gesehen hatte, wie unsensibel er mit der Stute umgegangen war. Ob das unsinnige Duell auch auf seinem Mist gewachsen war? Ich traute es ihm zu.

Wir brachten Laska in die Box und Bruno holte einen kleinen Verbandskasten aus der Sattelkammer. »Zuerst reinigst du die Wunde«, wies er Kuba an. »Ash, gib ihm die Schnapsflasche.«

Ich warf einen skeptischen Blick auf die Flasche.

»Na los, mach schon! Das wird ein bisschen brennen, also macht er es besser, solange sie noch unter Schock steht. Alkohol hilft immer.«

Ich nickte, obwohl ich das anders sah. Bruno drückte Kuba einen Wattebausch in die Hand. Kommentarlos begann er, die offene Wunde abzutupfen, und ich fragte mich, womit Bruno sie verschließen wollte.

Ma hatte eine ganze Reihe von Heilmitteln besessen, die sie aus einfachsten Dingen hergestellt hatte. Sobald der Frühling den Schnee zum Schmelzen brachte, hatte sie Kräuter und Pflanzen gesammelt und getrocknet, um daraus irgendwelche Pulver herzustellen. Ich hatte mich nie sonderlich dafür interessiert, aber nach ihrem Tod alles aufgehoben, denn mir war jede noch so winzige Kleinigkeit, die mich an sie erinnerte, als wertvoll erschienen. In diesem Moment hätte ich viel darum gegeben, wenn ich etwas von ihrer Kräuterkunde verstanden hätte. Ich war mir sicher, dass Schnaps nicht ausreichen würde, um Laskas Wunden zu heilen – weder die inneren noch die äußeren.

»Hol ihr etwas Kraftfutter, Kuba. Sie braucht Ablenkung.« Kuba nickte mechanisch, er wirkte immer noch abwesend. Kaum war er außer Hörweite, stieß Bruno mich an. »Egal, was du siehst oder denkst – erwähne niemals, dass sie es nicht schaffen könnte, verstanden?« Sein Blick war eindringlich.

»Nein, natürlich nicht.« Ich schüttelte den Kopf. »Nur ein Idiot würde ihm so etwas ins Gesicht sagen.«

Bruno betrachtete mich einen Augenblick forschend, dann nickte er. »Ich wollte nur sichergehen, dass du nicht zu den Idioten gehörst.«

Ich wusste nicht, ob ich das als Kritik oder verspätetes Lob auffassen sollte, aber immerhin waren wir uns einig. »Womit soll die Wunde abgedeckt werden?«, fragte ich.

»Ich bin nur der Stallbursche und kein Arzt«, erwiderte Bruno, sichtlich geknickt. Vielleicht stand es ihm nicht zu, solche Entscheidungen zu treffen, oder er traute sich selbst nicht, eine Beurteilung abzugeben. »Wichtig ist, dass sich die Stute nicht aufregt. Und da sie sehr sensibel ist, wie du gesehen hast, sollte auch Kuba nicht in Panik verfallen.«

Ich konnte nichts dazu sagen, weil dieser im selben Moment mit einem Eimer Hafer zurückkehrte. Er schüttete das Futter in Laskas Trog, doch sie rührte nichts davon an. Die Besorgnis hatte sich in Kubas sonst so fröhlichem Gesicht niedergeschlagen. Erst jetzt fiel mir auf, dass er trotz der dichten Brauen, die ihn verwegen aussehen ließen, einen weichen Ausdruck in den Augen hatte. Vielleicht war dieser Blick aber auch nur für diejenigen bestimmt, die er besonders mochte. Sein Pferd jedenfalls, das war überdeutlich, liebte Jakub Kral sehr. Und zwar mehr, als ich es je bei einem anderen gesehen hatte.

Es dauerte nicht lange, bis der Tierarzt kam. Doktor Cerny war ein großer, breitschultriger Mann, der allein durch sein Äußeres beeindruckte. Seine prankenartigen Hände gingen erstaunlich sanft mit der Stute um, was ich ihm gar nicht zugetraut hätte.

»Die Wunde muss sauber gehalten werden«, sagte er und gab Laska eine Spritze. »Einen Verband kann man an dieser Stelle schlecht anlegen, deshalb sollte dort besser eine Salbe aufgetragen werden. Ich schreibe dir etwas auf, das du in der Apotheke besorgen kannst.«

Er wollte Bruno einen Zettel in die Hand drücken. Doch Kuba riss das Blatt an sich. »Ich mache das!«

Der Arzt nickte und tastete sorgfältig Laskas Beine und Gelenke ab. Obwohl ich keine Schwellungen oder andere Verletzungen erkennen konnte, schüttelte er immer wieder den Kopf. Als er sich erneut an Kuba wandte, lag ein unerklärlicher Ausdruck in seinem kantigen Gesicht. »Wir müssen abwarten, ob sich später noch Verletzungen durch Lahmheit oder Blutergüsse zeigen«, sagte er ernst. »Im Großen und Ganzen hat sie wohl Glück gehabt. Aber wenn ihr meine ehrliche Meinung hören wollt: Dieses Pferd ist einfach nicht für das Rennen geeignet. Es gibt Tiere, die dem psychischen Druck nicht standhalten. Daran lässt sich schlichtweg nichts ändern. Immerhin ist es bereits das zweite Mal, dass Laska so etwas passiert. Wenn du mich fragst: Du solltest dein Pferd nicht weiter mit dieser Belastung quälen.«

Ich sah, wie Kuba schluckte.

Der Arzt nickte ihm zu und verließ die Box. »Ich schaue in zwei Tagen wieder nach ihr.«

Kuba blieb stumm. Er schien den Tränen nahe zu sein.

Bruno schob Kuba und mich mit Nachdruck hinaus in die Stallgasse. »Geh und besorg die Medizin. Laska braucht jetzt Ruhe und in deiner Verfassung bist du gerade sowieso keine Stütze für sie.«

Widerwillig wandte sich Kuba zum Gehen.

»Und nimm Ash mit! Ich muss mich um so vieles kümmern, dass ich keine Zeit für den Jungen habe.«

Ich sah Kuba fragend an. Er wirkte nicht gerade, als ob er sich Begleitung wünschte. Doch zu meiner Überraschung nickte er. Schweigend half ich ihm, zwei Wallache einzuspannen, und nahm neben Kuba auf dem Kutschbock Platz. Gegen den alten Einspänner zu Hause auf dem Sturmhof wirkte dieser Schlitten geradezu edel. Das dunkle Holz wies keinerlei Makel oder Schrammen auf und strotzte nur so vor Sauberkeit. Es war ein komisches Gefühl, neben dem Sohn des Gutsherrn zu sitzen und einen Abstecher ins Dorf zu machen.

Ganz zu schweigen von dem Risiko! Zu viele Leute kannten mich dort. Ich hatte nie darüber nachgedacht, dass mein Arbeitsplatz ein anderer als der Stall sein könnte. Ein Fehler, wie ich nun nervös bemerkte. Ich zog meine Mütze tiefer in die Stirn.

»Ist dir kalt?«, fragte Kuba.

»Nein.« Ich schüttelte energisch den Kopf, obwohl ein Ja vermutlich schlauer gewesen wäre.

Auf dem Kralshof kannte man mich bloß als Junge, dort hatte man mir meine Maskerade abgenommen. Aber würden die Dorfbewohner mich nicht erkennen? Im Stall war mir das Mädchensein bis auf ein paar Ausrutscher gar nicht so präsent gewesen. Dort war ich einfach nur jemand, der Pferde liebte und zupacken konnte – und genau so sollte es doch auch sein. Aber wenn ich an die Situation in der Kneipe dachte, an die Art, wie selbst Kalle auf meine Frage, ob ich ihm bei der Arbeit helfen könnte, reagiert hatte, war mir klar, dass ich als Mädchen auch auf dem Kralshof niemals eine Chance gehabt hätte.

»Find ich gut, dass du mitkommst«, unterbrach Kuba meine Gedanken.

Ich sah ihn erstaunt an. »Das ist ja keine große Sache«, wehrte ich ab. Ehrlich gesagt, schämte ich mich fast dafür, dass ich für diese Schlittenfahrt auch noch bezahlt wurde. »Ich hole die

Arbeitszeit nach«, fügte ich nach kurzer Überlegung hinzu. Vielleicht sollte es ja ein Test sein, wie pflichtbewusst ich war.

»Quatsch!« Kuba sah mich verständnislos an. »Bruno hat doch gesagt, dass du mitkommen sollst.«

Er schnalzte mit der Zunge, um die Pferde anzutreiben. Vor uns lag eine leichte Steigung, die sich ein gutes Stück hinzog. Mit etwas mehr Anlauf konnten die Pferde sie besser bewältigen – das hatte Kuba vorausgesehen. Mir fiel auf, dass er sich bei der Arbeit mit den Pferden eigentlich immer genauso verhielt wie ich. Er schien ähnliche Gedanken zu haben, handelte vorausschauend und immer auf das Wohl der Tiere bedacht. Das Einzige, was ich absolut nicht verstehen konnte, war, wie er einen Kerl wie den Lederstiefel-Mann hatte einstellen können.

»Wie bist du eigentlich zu diesem Trainer gekommen?«, fragte ich, ohne darüber nachzudenken, und hielt im selben Moment erschrocken die Luft an. Die Frage stand mir nicht zu! Als Stallbursche ging mich das Pferdetraining rein gar nichts an.

Doch Kuba stieß nur ein kurzes, emotionsloses Lachen aus. »Der schnieke Stiefeltyp ist angeblich landesweit einer der Besten. Er hat auch die vergangenen Sieger ausgebildet und mein Vater kennt ihn von früher.«

»Und?«, fragte ich. Das erschien mir kein ausreichender Grund, einen offensichtlichen Idioten an seine Pferde zu lassen.

»Und?«, gab Kuba die Frage zurück. »Das ist alles, was zählt.« Seine Kieferknochen bewegten sich. »Der Sieg ist alles, was zählt«, wiederholte er. »Zumindest für meinen Vater.«

Obwohl ich darauf brannte, mehr über Kuba zu erfahren, bereute ich, dass ich gefragt hatte. Offenbar war das Thema ein verstecktes Wespennest, und ich wollte nicht diejenige sein, die den Stachel noch tiefer in Kubas Herz trieb.

»Du hast es wirklich gut«, stieß Kuba nach kurzem Schweigen

in bitterem Tonfall aus. »Du bist zwar alt genug, um dir auch schon Gedanken um das große Rennen zu machen. Aber du weißt nicht, wie es ist, diesem Druck ausgesetzt zu sein. Das ist die andere Seite der Medaille, wenn man der Sohn einer angesehenen Züchterfamilie ist, der man Ehre einbringen soll – diese Seite kennst du nicht.«

»Nein«, erwiderte ich leise.

Er hatte ja keine Ahnung.

Er wusste nicht, wie es sich anfühlte, *gar* keine der beiden Medaillenseiten zu kennen. Wie es war, ein Mädchen zu sein und noch nicht mal den Hauch einer Chance zu haben, seiner Familie Ehre zu erweisen …

Kapitel 8

Die Richtige

Mein Unbehagen wuchs mit jedem Huftritt der Pferde, mit dem wir uns dem Dorf näherten. Und mit jedem Meter, den wir über die schneebedeckte Fläche zurücklegten, wurde mir die Lücke in meinem Plan klarer: Es war eine Sache, unerkannt als Stallbursche auf dem Kralshof zu arbeiten. Aber es war etwas anderes, in Jungengestalt im Dorf aufzutauchen, wo mich ein gutes Dutzend Leute erkennen konnten. Ein Angestellter in einem der Läden beispielsweise, in denen ich häufiger einkaufte. Oder schlimmer noch, ein Bekannter von Novak! Über all diese Gefahren hatte ich bisher keine Sekunde lang nachgedacht. Ich hatte mich nur mit der Frage beschäftigt, was ich tun musste, um Dalibor behalten zu können. Zu dumm, dass noch nicht mal der erste Arbeitstag hinter mir lag und es bereits so aussah, als könnte ich in ernsthafte Schwierigkeiten geraten!

Nervös ließ ich meinen Blick über die weiß glänzende Landschaft gleiten, um rechtzeitig zu bemerken, ob uns jemand begegnete, den ich kannte. Immer wieder kontrollierte ich den Sitz meiner Mütze und hätte sie mir am liebsten bis über die Nasenspitze gezogen.

»Ist alles okay?«, erkundigte Kuba sich irgendwann. In seiner Stimme schwang Besorgnis mit, aber vermutlich galt sie weiterhin Laska und nicht mir.

»Klar, wieso nicht.« Ich bemühte mich, meine Antwort nicht wie eine Frage klingen zu lassen, und nickte beiläufig. Jungs gehörten doch zu der wortkargen Sorte Mensch. Es konnte meiner Tarnung in dieser brenzligen Situation nicht schaden, wenn ich mich schweigsam gab.

Kuba wirkte allerdings nicht überzeugt und warf mir hin und wieder einen misstrauischen Seitenblick zu, was ich, so gut es ging, ignorierte. Die Apotheke lag zum Glück in einer kleinen, unbelebten Seitengasse des Dorfes, und ich betete inständig, dass Kuba nicht noch etwas anderes einfiel, das er benötigte.

»Ho«, rief er den Pferden zu. Seine Stimme hatte einen angenehm warmen Klang, und ich konnte mir gut vorstellen, dass die sensiblen Tiere ihn allein deshalb mochten.

Kuba band die Leinen fest und sprang vom Kutschbock. »Kommst du?«

»Äh …« Was sollte ich tun? Es war riskant, den Laden zu betreten, auch wenn ich bisher wenig in der Apotheke zu tun gehabt hatte. Ich versuchte, durch das Schaufenster zu erkennen, ob sich drinnen viele Kunden aufhielten.

»Was ist los, Ash?«, fragte Kuba ungeduldig.

Ich gab mir einen Ruck und rutschte langsam an den Rand des Kutschbocks. Vielleicht hatte ich ja Glück und unter den Kunden war keiner meiner Bekannten.

»Soll ich dir runterhelfen?« Ein amüsiertes Grinsen zeigte sich in Kubas Gesicht.

»Nein, Quatsch! Natürlich nicht!« Ich stieß mich von der Sitzbank ab und sah im selben Moment, wie jemand durch die Ladentür trat, den ich leider nur allzu gut kannte.

Jiri.

Im Sprung versuchte ich noch, die Richtung zu ändern, und landete dabei so unglücklich auf den Füßen, dass ich mit dem Knöchel umknickte.

»Aaah!«, entfuhr es mir ungewollt. Doch dann duckte ich mich tief hinter den Schlitten, in der Hoffnung, dass Jiri möglichst schnell vorbeigehen möge.

»Hey, was ist los? Hast du dir wehgetan?« Kuba ging neben mir in die Hocke und versuchte, mir ins Gesicht zu sehen.

Statt einer Antwort drehte ich den Kopf in die andere Richtung und knurrte etwas Unverständliches. Das hatte ich schon öfter bei Jungs beobachtet.

»Ey!« Kuba stieß mich sachte an.

Aus den Augenwinkeln sah ich Jiri davongehen. Erleichtert atmete ich auf und rappelte mich hoch. »Ich warte einfach hier«, sagte ich. »Keine große Sache, nur ...« Ich machte eine unbestimmte Handbewegung.

Kuba runzelte die Stirn. Er sah aus, als ob er etwas sagen wollte, dann entschied er sich offenbar doch dafür, meinem Sturz keine allzu große Bedeutung beizumessen. »Okay, es dauert ja nicht lange.«

Ich nickte, zog mir die Mütze zurecht und klopfte den Schnee von meiner Hose. So was Peinliches! Jetzt musste er mich für einen absoluten Deppen halten. Ich lachte ja selbst heimlich über Julie, wenn sie jammerte, nicht allein vom Kutschbock absteigen zu können. Einen dümmeren Eindruck konnte ich wohl kaum hinterlassen. Wütend auf mich selbst lehnte ich mich möglichst jungsmäßig an den Schlitten und starrte in den grau verhangenen Himmel, bis Kuba endlich wieder aus dem Laden trat.

Ich vermied den Blickkontakt, aber es war unmöglich, seinen verärgerten Gesichtsausdruck zu übersehen. Er pfefferte einen kleinen Jutebeutel auf die Sitzbank und schwang sich mit einem Knurren hinterher. »Das ist ja wunderbar.«

Ich gab mir Mühe, geschickt auf den Schlitten zu klettern und mich besonders lässig neben ihn fallen zu lassen. An meiner jungenhaften Coolness musste ich wohl dringend noch arbeiten!

»Was ist denn los?«, fragte ich vorsichtig.

»Sie haben die Salbe, die der Doc aufgeschrieben hat, nicht mehr, nur ein angeblich ähnliches Produkt. Die Vorräte sind aufgebraucht, die Ernte war schlecht, weil in den letzten Jahren der Frühling ausgeblieben ist, bla bla bla ... Ich kann es nicht mehr hören! Sogar in der Apotheke verfolgt mich dieses Rennen noch.«

Ich brauchte einen Moment, bis ich begriff, was er meinte. Doch allmählich verstand ich, wie anstrengend es für ihn sein musste, überall vorgehalten zu bekommen, wie wichtig ein Sieg beim nächsten Rennen war. Der Status des Favoriten erschien mir – seit ich es mit Kubas Augen sah – wie eine schwere Last, die auf seinen Schultern lag. Und zum ersten Mal in meinem Leben empfand ich tatsächlich so etwas wie Mitleid für einen der Prinzen.

Kuba hielt den Blick starr geradeaus gerichtet und trieb die Pferde ungeduldig an. Dabei war es kein unangenehmes Schweigen, das zwischen uns hing, es war viel mehr einvernehmlich, weil ich mir gut vorstellen konnte, was ihn bewegte. Ich genoss die Fahrt trotzdem. Das lag nicht nur daran, dass ich erleichtert war, aus der Gefahrenzone herauszukommen. Mit keinem Menschen auf der Welt hatte ich mich bisher auf so seltsame Art verbunden gefühlt wie mit Kuba – auch wenn ich es mir nicht recht erklären konnte.

Als das Dach des Kralshofes sich hinter den verschneiten Hügeln erhob, war ich fast traurig, dass wir schon zurückkamen. Die Uhr über dem Portal zeigte bereits kurz nach drei, als wir auf den Hof fuhren. Es war so viel passiert an diesem Tag, dass mir die Zeit wie im Fluge vergangen schien.

»Kannst du die Pferde ausspannen?«, unterbrach Kuba meine Gedanken.

Schnell nickte ich. »Klar, geh schon vor. Laska braucht doch die Medizin!«

Kuba lächelte mich dankbar an und verschwand im Stall. Ich musste mich zwingen, ihm nicht allzu lange hinterherzusehen und mich stattdessen um die Pferde zu kümmern.

Als ich kurze Zeit später auch das letzte Brustblatt des Schlittengeschirrs auf den dazugehörigen Haken gehängt hatte und von der Sattelkammer in die Stallgasse trat, winkte Bruno mich beiseite.

»Kannst du longieren?« Sein Blick war skeptisch.

»Ja, wieso?«, fragte ich locker, obwohl ich mich ärgerte, dass er mich so misstrauisch beäugte. Er traute mir wirklich nichts zu. Anscheinend hatten es schmächtige Jungs auch nicht unbedingt leichter als Mädchen.

Bruno stützte sich auf die Heugabel, die er in der Hand hielt, und seufzte. »Kuba sollte eigentlich noch den Vierjährigen trainieren, aber der arme Junge ist völlig durch für heute. Und ich würde lieber in Laskas Nähe bleiben.«

»Ich darf beim Pferdetraining helfen?«, fragte ich verblüfft. »Sollte das nicht besser der ...«

»Der Trainer hat bereits Feierabend«, gab Bruno mit spitzem Unterton zurück.

Ich hob die Augenbrauen. Das klang nicht gerade, als ob er den Lederstiefel-Mann besonders gut leiden könnte. »Mach ich gerne«, sagte ich schnell. So eine Chance bekam ich sicher nicht noch mal. »Was soll ich tun?«

Bruno bedeutete mir mit einem Kopfnicken, ihm zu folgen. Er ging mir voraus zu der Box neben Dalibor, der neugierig den Kopf hob, als er mich sah. Ich schob meine Hand zwischen den Gitterstäben hindurch und strich ihm sanft über die Nüstern.

»Herr Kral möchte, dass Kuba diesen Hengst trainiert, wenn er nicht auf Laska starten kann. Es tut dem Kleinen sowieso nicht gut, wenn er zu lange steht.«

Bruno zog dem jungen Eispferd, das die Ohren gespitzt hatte, und alles andere als »klein« war, ein Halfter über und führte es aus der Box. Ein unbestreitbar schönes Tier – sein Gang war federnd, seine Haltung aufrecht und stolz. Aber ich konnte mir sofort vorstellen, dass Kuba von dieser Idee nicht angetan war. Kein noch so edles Pferd würde ihm Laska ersetzen können. Und einen Wettkampf wie das Eispferde-Rennen trat man nicht mit einem Tier an, dem man nicht zu hundert Prozent vertraute.

»Es wird dadurch heute vielleicht ein bisschen länger dauern.« Bruno schaute mich geradezu entschuldigend an. »Wirst du zu Hause erwartet?«

Beinahe hätte ich gelacht, doch ich schüttelte nur stumm den Kopf. Alles, was mich erwartete, war die Hausarbeit, und die konnte ich auch später noch erledigen.

»Und glaubst du, du kannst das?«, hakte Bruno noch mal nach, während er den Führstrick an einem der Metallringe befestigte.

Ich sah ihm fest in die Augen und nickte. »Ich bin vielleicht nicht besonders groß, aber zum Glück braucht es ja mehr als körperliche Größe, um ein Pferd zu beeindrucken.«

Bruno grinste. »Dann kommst du also allein klar. Das Zaumzeug findest du in der Sattelkammer.« Er drehte sich um und ließ mich stehen.

Ich trat näher an den Hengst heran und hielt ihm meine Hand unter die Nüstern. Pferde mochten es genau wie Hunde, einen fremden Geruch aufzunehmen, bevor sie sich mit jemandem vertraut machten. Ich wiederum wollte das Pferd, mit dem ich arbeiten sollte, vorher auch erst einmal beobachten. Da das am besten beim Putzen ging, schnappte ich mir den Eimer mit den Bürsten und begann mit dem Striegeln. So lernte ich am einfachsten, seinen Charakter und seine Eigenarten einzuschätzen – ob er sich bei hektischen Bewegungen erschreckte zum Beispiel, ob er artig die Hufe gab oder rumzappelte, wie er sich verhielt, wenn ich ihn an der Hinterhand berührte, und ob er kitzelig unter dem Bauch war. Nach einer halben Stunde fühlte ich mich bereit, mit dem Hengst zu arbeiten. Er war ein ruhiges, wohlerzogenes Tier, an dem ich keine nennenswerten Unarten beobachten konnte.

Ich zog ihm den Kappzaum an, verschnallte den Longiergurt und führte ihn auf den Platz. Erst ließ ich ihn eine Weile locker im Kreis laufen, bis er anfing, entspannt zu schnauben. Auf einen Hilfszügel hatte ich bewusst verzichtet, weil ich ihn besser beobachten konnte, wenn er nicht ausgebunden und in seiner Bewegung eingeschränkt war.

Nach ein paar Runden im Schritt und Trab wechselte ich die Hand. Aha, dachte ich: Rechts herum mochte er nicht. Er sperrte sich gegen die Biegung und versuchte immer wieder auszubrechen. Ich dachte nach. Dann legte ich die Peitsche ab und wickelte die Longe kürzer. Der Hengst verfolgte mit großen Augen meine Bewegungen, als ich näher an ihn herantrat. Beruhigend tätschelte ich seinen Hals und forderte ihn mit einem leisen Schnalzen auf, mir zu folgen. Ich führte ihn in einem weiten Bogen rechts herum über den Platz und lief immer enger werdende Biegungen, bis er sich endlich spürbar zu lockern begann.

»Braver Kerl«, lobte ich, stolz auf das Ergebnis. »Und jetzt probieren wir es gleich noch mal an der Longe!«

❄

Als ich den Hengst zurück in den Stall führte, dämmerte es bereits. Eigentlich hätte ich längst zu Hause sein sollen, aber darüber machte ich mir keine Gedanken. Im Gegenteil. Wenn es nach mir ginge, hätte ich ewig hierbleiben können. Nichts zog mich zurück zum Sturmhof.

Ich brachte den Hengst in seine Box und füllte seinen Trog mit einer Schaufel Hafer. Zufrieden klopfte ich auf seine Flanke und trat in die Stallgasse. Kuba lehnte auf der gegenüberliegenden Seite mit dem Rücken an Laskas Boxentür und beobachtete mich. Ich senkte verlegen den Blick, als ich ihn bemerkte, und wollte eilig auf die Sattelkammer zusteuern, um die Sachen wegzuhängen.

»Danke.« Kubas Stimme erklang so nah, dass ich mich erschrocken umdrehte.

»Wofür?«

»Für deine Gesellschaft heute.«

»Ach …«, wehrte ich ab. »Ich habe ja gar nichts Besonderes gemacht.«

»Eben.« Ich hörte, wie er tief einatmete. »Und genau das habe ich gebraucht. Jemanden, der einfach mal gar nichts macht und nicht versucht, auf mich einzureden.« Er wirkte müde, aber er lächelte, legte mir die Hand auf die Schulter und drückte sie. Ich schluckte. »Das hat mir echt gutgetan. Danke.«

Kubas Hand ruhte auf meiner Schulter. Wir standen viel zu nah beieinander. Schweigend schaute ich ihn an und konnte mich weder rühren noch den Blick abwenden. Oh Gott – ich durfte ihn nicht wieder anstarren wie ein Mädchen! Mein Herzschlag setzte fast aus. Kuba drückte noch einmal meine Schulter, bevor er endlich die Hand wegnahm. Hatte er etwas bemerkt?

»Wir könnten echte Kumpel werden.« Er grinste.

Ich blinzelte, um meine schreckgeweiteten Augen wieder unter Kontrolle zu bekommen.

»Bis morgen, Ash«, verabschiedete er sich.

Ich stand da wie angewurzelt, während die Stelle, an der seine Finger meine Schulter berührt hatten, brannte, als hätte sich dort ein Feuer entzündet.

Herr Kral wirkte verärgert, als ich ihm am nächsten Morgen auf dem Weg zum Stall begegnete. Ich hoffte inständig, dass nicht ich die Ursache dafür war. Als mir auch Bruno nur etwas Unverständliches im Vorbeigehen zubrummte und mich ansonsten ignorierte, war ich doch etwas verunsichert. Ich beeilte mich, Dalibor in seine Box zu bringen und abzusatteln, um möglichst zügig mit meiner Arbeit zu beginnen. Wahrscheinlich hatten heute einfach alle schlechte Laune. Aber davon brauchte ich mich ja nicht anstecken zu lassen.

Kuba war nirgendwo zu sehen. Laska stand in der hintersten Ecke ihrer Box und hob zwar den Kopf, als ich meine Nase durch die Gitterstäbe steckte, wirkte aber nicht besonders munter. Ich seufzte und begann mit der Stallarbeit. Ich verteilte Heu, mistete die Boxen aus und fegte die Stallgasse. Erst als ich Brunos Knurren hinter mir vernahm, registrierte ich, dass es längst Zeit zum Mittagessen war.

Ich beeilte mich, mir die Hände zu waschen und den alten Stallburschen einzuholen. »Ist irgendetwas vorgefallen?«, fragte ich.

»Laska lahmt«, entgegnete Bruno knapp.

Erschrocken sah ich ihn an. »Was? Wieso das? Ihr ging es doch gestern gar nicht so schlecht.«

»Der Arzt hat die Ursache bisher nicht gefunden. Lahmheit kann viele Gründe haben, besonders nach einem Sturz.«

»Was hat der Arzt denn genau gesagt?«, bohrte ich weiter.

Bruno zuckte nur mit den Schultern, obwohl ich sehen konnte, wie sehr ihn die Sache mitnahm. »Keine Ahnung. Aber wenn Kuba nicht bald mit Laska weitertrainieren kann, wird es zu knapp, sie bis zum Start wieder hinzukriegen. Vor allem, weil sie ohnehin noch viel Übung benötigt hätte, um ihre Nervosität in den Griff zu bekommen.«

Letzteres murmelte er mehr, aber ich war ganz seiner Meinung. Selbst ohne den Unfall wäre es in meinen Augen fraglich gewesen, ob Kubas Stute belastbar genug für das große Rennen sein würde. Wenn sie allerdings lahmte, bedeutete das vermutlich das endgültige Aus.

»Wird er mit einem anderen Pferd starten?«, fragte ich leise.

Bruno sah mich an, als hätte ich den Verstand verloren. »Das kannst du ihn ja mal fragen. Bei der Diskussion heute Morgen mit seinem Vater haben jedenfalls die Wände gewackelt.«

Daher also die miese Stimmung. Plötzlich erschien mir selbst der weitläufige Kralshof zu eng, und ich wünschte, ich könnte einfach mit Dalibor über die Felder davongaloppieren. Ich seufzte.

Bruno blickte mich beschwörend an und knurrte: »Sag besser nichts!«

Ich nickte stumm und folgte ihm ins Esszimmer. Dort war es ungewöhnlich still. Ich ließ meinen Blick über die Anwesenden gleiten, obwohl ich ahnte, dass Kuba nicht hier sein würde. Bruno zog mich am Arm und drückte mich auf meinen Platz. Mechanisch ließ ich mich auf den Stuhl sinken. Gestern noch hatte ich mich auf dem Kralshof so wohlgefühlt, als wäre es mein richtiges Zuhause. Heute war die Stimmung dagegen schwer zu ertragen. Alle saßen schweigend über ihre Schüsseln gebeugt, während Mani die Suppe verteilte.

»Guten Appetit«, brummte Herr Kral. Er erntete zustimmendes Gemurmel, dann wurde es wieder still. Nur die Löffel klapperten leise gegen das Porzellan.

Plötzlich öffnete sich die Tür und Kuba trat ein. Ich beobachtete nervös, was als Nächstes geschehen würde. Und nicht nur ich hielt inne, keiner der Anwesenden wagte noch, seinen Löffel zu bewegen. Die Anspannung hing wie eine Gewitterwolke im Raum.

»Setz dich, du bist zu spät«, kommentierte Herr Kral das Erscheinen seines Sohnes.

Kuba folgte der Aufforderung schweigend. Mani sprang wieder auf und füllte seine Schüssel.

»Danke.« Kuba nickte ihr zu. Sein Blick streifte mich, bevor er sich dem Essen zuwandte. Schnell schaute ich wieder auf meine Suppe.

»Wie geht es Laska eigentlich?«, fragte Patrik, der Küchenjunge, in die Stille hinein.

Erschrocken hielten alle die Luft an. Mani deutete einen Klaps auf seinen Hinterkopf an und warf ihm einen strafenden Blick zu. »Iss deine Suppe, Junge.«

Kuba seufzte. »Wir brauchen nicht so zu tun, als wäre nichts passiert. Danke, dass du fragst, Patrik.« Er rang sich ein Lächeln ab. »Laska lahmt, ihr Knöchel fühlt sich warm an, aber ich weiß nicht genau, was sie hat. Ich werde abwarten müssen, ob sich ein Hufgeschwür bildet oder andere Anzeichen auftreten. Ansonsten kann ich im Moment leider nicht viel tun.«

Herr Kral legte seinen Löffel geräuschvoll auf den Tisch. »Du kannst«, er räusperte sich, »nein, du *wirst* morgen mit dem Training fortfahren. Falls Laska wieder gesund werden sollte, können wir immer noch überlegen, ob wir sie bis zum Start ausreichend vorbereiten können.«

Kuba biss die Zähne zusammen. Ich konnte sehen, wie er mit sich rang. »Ich trainiere nicht mehr mit dem Stiefeltyp. Das habe ich doch gesagt.« Seine Stimme klang erstaunlich gefasst.

Herr Kral wischte sich den Mund mit der Serviette ab. »Der Stiefeltyp – wie du ihn nennst – arbeitet nicht mehr hier«, verkündete er ruhig.

»Wie bitte?« Nun verharrte Kuba mit dem Löffel in der Luft, obwohl ich mir sicher war, dass er ihn verstanden hatte.

»Ich habe ihm gekündigt. Du wirst dein Training also allein durchführen müssen. Aber du *wirst* trainieren, dabei gehe ich keine Kompromisse ein.«

Nicht nur Kuba war ganz offensichtlich sprachlos. Alle Anwesenden beobachteten mit angehaltenem Atem das Geschehen, und ich hätte zu gerne gewusst, was die Meinung des Gutsherrn geändert hatte.

»Am Ende der Woche will ich Ergebnisse sehen. Streng dich also an, sonst nehme ich die Sache wieder selbst in die Hand.« Herr Kral warf einen Blick in die Runde. »Entschuldigt mich, ich habe noch einiges zu erledigen.« Mit diesen Worten erhob er sich und verließ den Raum.

Niemand hatte sich auch nur einen Millimeter bewegt. Nun wanderten alle Augenpaare zu Kuba. Er sagte nichts. Doch in seinen Mundwinkeln regte sich ein winziges Lächeln.

Nach dem Mittagessen folgte ich Bruno in den Stall. Seine Laune hatte sich um hundertachtzig Grad gedreht und er schien wieder ganz der Alte zu sein. Fröhlich vor sich hin pfeifend, begann er mit einem Großputz, er krempelte den Stall von unten nach oben, als wollte er jegliche Altlast loswerden. Erleichtert grinste ich ihm zu und packte mit an.

Als ich an Laskas Box vorbeikam, verging mir das Lachen allerdings.

»Hey, ganz ruhig, mein Mädchen.« Ich sah, wie Kuba sachte über den Knöchel der Stute strich, die sofort ihr Bein wegzog und nervös zur Seite trat.

Mein Blick fiel auf die Wunde an ihrer Brust. Eine weiße Salbe war dickflächig aufgetragen, doch an einigen Stellen trat Nässe aus, deren gelbliche Farbe verdächtig nach Eiter aussah. Ich blieb stehen und beobachtete die Stute. Sie wirkte noch apathischer auf mich als am Morgen. Ihr Kopf hing kraftlos herab und sie hatte kaum etwas von ihrer Heuration gefressen.

»Hat sie Fieber?«, fragte ich besorgt.

Erschrocken zuckte Kuba zusammen und drehte sich zu mir um. »Nein, ich glaube, sie leidet nur unter den Nachwirkungen des Sturzes.« Seine Stimme klang unsicher. Ich hatte das Gefühl, dass er sich selbst etwas einzureden versuchte. »Sie wird schon wieder.« Kuba erhob sich und straffte die Schultern. »Mit etwas Fürsorge ist sie bald ganz die Alte.«

Ich sparte mir den Hinweis, dass es nicht ausreichen würde, wenn Laska ihre alte Form zurückerlangte, dass sie im Gegenteil noch eine Menge zu lernen hatte. Doch das hätte Kuba auch nicht geholfen. Stattdessen lächelte ich ihm aufmunternd zu. »Es ist toll, wie du dich um sie kümmerst.«

Kuba schüttelte den Kopf. »Nein, das finde ich nicht. Sie würde das Gleiche auch für mich tun.«

Ich musste an die Magie der Eispferde denken, an Mas Worte, dass sie im Notfall alles geben würden, um diejenigen zu retten, deren Herzen mit ihren im Gleichtakt schlugen. Nur hatte ich diese Bereitschaft bisher selten bei Menschen gesehen.

»Ich drücke dir die Daumen«, flüsterte ich leise, bevor ich mich abwandte.

Ich war schon fast am Ende der Stallgasse angekommen, um meinen Lappen auszuwaschen, als mich plötzlich jemand am Arm packte.

»Hey, Ash!« Kuba zog mich ein Stück beiseite, damit wir aus Brunos Blickfeld gerieten. Irritiert sah ich ihn an. »Ich könnte deine Hilfe gebrauchen.« In seinen Augen lag ein Hoffnungsschimmer, dem ich mich nur schwer entziehen konnte.

»Meine …?«, fragte ich, noch verwirrter als vorher.

»Du weißt schon, beim Training.« Kuba lächelte verlegen, als wäre es ihm unangenehm, mich zu fragen.

»Klar, du bist der Boss«, erwiderte ich. Wie könnte ich ihm diese Bitte auch ausschlagen? Ich würde mich glücklich schätzen, beim Pferdetraining dabei sein zu dürfen.

Doch Kuba verzog das Gesicht. »Ich meine nicht nur das normale Training, von dem mein Vater heute Mittag gesprochen hat. Ich brauche jemanden, der mir hilft, mit Laska zu üben.« Ich runzelte fragend die Stirn. »Sie muss sich an andere Pferde und äußere Einflüsse gewöhnen – allein schaffe ich das nicht. Ich kann ja schlecht auf ihrem Rücken sitzen und gleichzeitig auf einem anderen Pferd an ihr vorbeireiten.«

»Aber sie ist doch …«

»Ja, ich weiß. Natürlich ist es dafür noch zu früh. Aber wenn es ihr wieder besser geht, muss ich die verlorene Zeit aufholen.« Er sah mich erwartungsvoll an.

Ich zögerte. Sollte ich ihm meine ehrliche Meinung sagen? Dass Laska leider absolut nicht so aussah, als ob sie in ein paar Tagen wieder fit wäre? Und dass ich wohl nicht die, nein … *der* Richtige war, eine solch verantwortungsvolle Aufgabe zu bewältigen? Ganz sicher würde er das alles nicht hören wollen, obwohl es die Wahrheit war.

Ich schwieg. Und nickte ihm zu.

Denn die andere Wahrheit war, dass ich einfach nur froh über jeden Grund mehr war, weshalb ich auf dem Kralshof gebraucht wurde. Wirklich gebraucht.

Vor allem von Kuba.

Kapitel 9

Kräuterhexe

Ich schloss leise meine Zimmertür und drehte den Schlüssel herum. Besser, ich ließ mich von niemandem überraschen. Ich wusste zwar nicht einmal, ob Novak auch nur die leiseste Ahnung hatte, dass ich Mas Kräutersammlung unter meinem Bett aufbewahrte. Aber ich wollte bestimmt nicht, dass er es herausfand. Er hatte nie viel von ihren alten Heilmitteln gehalten und sie eine »Kräuterhexe« genannt. Dabei wusste ich genau, dass die modernen Medikamente meist einfach schlecht gemachte chemische Nachahmungen von Kräuterwirkstoffen enthielten.

Ich bückte mich und zog ein paar Kisten unter meinem Bett hervor, bis ich ganz hinten endlich die mittelgroße fand, die mit gepressten Eschenblättern beklebt war. Ich hielt inne und blinzelte die aufsteigenden Tränen weg. Vorsichtig strich ich mit den Fingerspitzen über den Deckel, dann öffnete ich langsam die Kiste. Ma war sehr ordentlich gewesen. In akribischer Kleinstarbeit hatte sie allerhand Glaskonserven mit verschiedenen Pulvern befüllt, mit Klebezetteln versehen und beschriftet. Seitlich im Karton steckte eine Liste, die die Wirkung der einzelnen Kräuter beschrieb. Ich zog sie vorsichtig heraus und entfaltete den Zettel. »Anis«, las ich. »Als heißer Aufguss wirkt er bei Husten und Magen-Darm-Krankheiten wahre Wunder. Sein aus den Früchten gewonnenes Öl vertreibt sogar Ungeziefer. Er lässt sich gut mit Fenchel und Kümmel mischen.«

Mas zierliche Handschrift verschwamm vor meinen Augen. Ich

hatte diese Kiste nach ihrem Tod nie mehr geöffnet. Doch als ich den wohlsortierten Inhalt nun wieder vor mir sah, traf mich nicht nur die Erinnerung an sie, als hätte ich sie gestern noch im Garten sitzen und Wirkungen notieren sehen – ich konnte mir plötzlich auch tatsächlich vorstellen, anhand von ihren Anleitungen etwas Sinnvolles daraus zusammenzumischen. Ich wischte die Tränen weg. Genau das hatte ich gehofft. Es wirkte, als habe Mas Kräutersammlung nur auf ihren Einsatz gewartet! Alles, was ich brauchte, war ein wenig Zeit, um mich durch die Vielzahl von Notizen, Erklärungen und Pulvergläschen durchzuarbeiten. Von Ma wusste ich, dass es besonders auf die Kombination der Substanzen ankam. Ich musste also nur ihre sämtlichen Notizen aufmerksam durchlesen auf der Suche nach der geeigneten Medizin für Laska. Ich nahm die Kiste, setzte mich im Schneidersitz auf mein Bett und begann bei A wie Alberbaum …

❄

Ein energisches Klopfen ließ mich hochfahren. »Ash!«, ertönte es in scharfem Tonfall. Sofort war ich hellwach, sprang vom Bett und stolperte zur Tür. Schon wollte ich den Schlüssel umdrehen, um zu öffnen, als mir einfiel, *warum* ich abgeschlossen hatte.

»Moment, ich ziehe mich gerade um«, rief ich und flitze zurück zum Bett.

»Es ist mir egal, was du gerade machst«, polterte Novak. »Mir reicht es zu sehen, was du *nicht* gemacht hast.«

Hektisch verstaute ich Mas Kräutergläschen mitsamt Anleitung in der Kiste und schob alles unters Bett. »Ich komme sofort.«

»Beeil dich, sonst werde ich …«

Ich riss die Tür auf. »Es tut mir leid!«, versuchte ich, Novaks Zorn zu beschwichtigen, bevor er sich ganz entladen konnte. Ich wusste nur allzu gut, was der Grund dafür war: Ich musste bei »Farn« eingeschlafen sein, jedenfalls war es das Letzte, woran ich mich erinnern konnte. Dabei hatte ich mich beeilen wollen, um danach noch die Hausarbeit zu erledigen!

Novaks Gesicht hatte bereits eine dunkelrote Farbe angenommen. Meine Entschuldigung würde kaum ausreichen, um ihn zu besänftigen. »Weder die Wäsche noch der Abwasch ist erledigt. Noch nicht mal Jiris Hemden hast du gebügelt. Was zum Teufel hast du überhaupt gemacht?«

»Ich ...«, setzte ich an, aber Novak schnitt mir sofort wieder das Wort ab.

»Wenn dein neuer Job – was auch immer du da treibst – dazu führt, dass du deine Aufgaben im Haus nicht erledigen kannst, wirst du dir etwas anderes suchen müssen.«

»Nein«, stieß ich erschrocken hervor, weil ich ahnte, was jetzt kommen würde ...

»Solltest du nicht ab sofort wieder sorgfältig deiner Arbeit nachkommen, verkaufe ich deinen Gaul schneller, als du den Namen deiner Mutter sagen kannst!« Mit diesen Worten wandte er sich ab und schritt energisch die Treppe herunter, wobei die Stufen gefährlich knarzten.

Ich merkte erst, wie fest ich mir auf die Lippe biss, als ich Blut schmeckte. Eine Träne rollte mir über die Wange. »Nein«, flüsterte ich noch mal, aber es war kaum hörbar. Die Angst, die sich in meinem Innern ausbreitete, drückte mir die Luft ab.

Ich schloss die Tür und warf einen Blick in den Spiegel über dem kleinen Waschbecken in der Ecke. Meine Augen sahen müde aus und meine Wangen wirkten eingefallen. Die mittäglichen Suppenportionen auf dem Kralshof waren die einzigen richtigen Mahlzeiten gewesen, die ich in den vergangenen Tagen zu mir genommen hatte – mir fehlte einfach die Zeit. Ich spritzte mir kaltes Wasser ins Gesicht und machte mich auf den Weg in die Küche. Vermutlich war es bereits nach Mitternacht. An Schlaf würde ich jedoch vorerst nicht denken können. Die Hausarbeit würde einige Stunden dauern und erst danach konnte ich mich erneut der Kräuterkunde widmen.

Ich hatte zwar schon ein Mittel gefunden, das Laskas eitrige Entzündung bekämpfen konnte, aber meine Mischung musste auch gegen Lahmheit helfen, und dazu benötigte ich noch entsprechende Ergänzungskräuter. Ich hatte mir fest vorgenommen, Kuba etwas wirklich Wirksames mitzubringen – auch wenn ich seinen Plan, Laska nach ihrer Genesung weiter für das Rennen zu trainieren, für ziemlich aussichtslos hielt. Vielleicht reizte mich aber gerade das an seiner Bitte. Solange ich denken konnte, hatte ich mich mit dem Lösen unmöglicher Aufgaben auseinandersetzen müssen. Womöglich war ich für diesen Job also genau die Richtige? Als ich das Bügeleisen über Jiris Hemd gleiten ließ, lächelte ich in mich hinein. Trotz allem freute ich mich auf den nächsten Tag.

❄

Um kurz vor sieben nahm ich den Rucksack ab und stellte ihn in eine Ecke von Dalibors Box. Müde rieb ich mir die Augen. Ich hatte kaum zwei Stunden Schlaf bekommen.

»Wehe, du knabberst an meinen Sachen!«, warnte ich Dalibor. Mein Grinsen verwandelte sich sofort in ein Gähnen. Dalibor sah mich aufmerksam an. Verständnis und Zuneigung lagen in seinem Blick, aber vielleicht war es auch nur meine eigene Liebe für ihn, die sich in seinen Augen widerspiegelte. Ich schmiegte mich an seinen Hals und fuhr mit den Fingern durch seine seidige Mähne. »Ich verspreche dir, dass ich es schaffen werde«, flüsterte ich.

»Guten Morgen!«, hörte ich Kuba in diesem Moment halblaut hinter mir rufen.

Erschrocken zog ich meine Hände zurück und sah mich um. Schmusen mit einem Pferd war wohl ein eindeutiges Mädchending, dabei durfte ich mich nicht erwischen lassen. Ärgerlich schüttelte ich den Kopf. Warum eigentlich? Ich fand es überhaupt nicht unmännlich, seine Gefühle für ein geliebtes Tier auszudrücken!

Ich trat auf die Stallgasse hinaus und entdeckte Kuba zum Glück bei Laska. Vielleicht hatte er mich also gar nicht gesehen. Ich warf einen vorsichtigen Blick in die Box. Sofort wünschte ich mir, ich hätte es nicht getan: Kuba hockte vor seiner Stute und fuhr sich mit der Hand durch die Haare. Seine Schultern bebten. Laska hielt ihr verletztes Bein steif nach vorn gestreckt, sie wagte nicht einmal, mit dem Huf den Boden zu berühren. Ihre Schmerzen mussten unerträglich sein. Auch die Wunde an ihrer Brust sah noch schlimmer aus als gestern, die Salbe schien überhaupt nicht zu wirken.

Leise öffnete ich die Boxentür und legte meine Hand auf Kubas Schulter. Ich spürte sein Zittern unter meinen Fingern und schloss kurz die Augen. Zu gern hätte ich ihm beruhigend über den Rücken gestrichen. Aber das machten Jungs untereinander natürlich nicht. Ich konzentrierte mich auf Laskas Verletzung.

»Hey, es sieht bestimmt schlimmer aus, als es ist«, murmelte ich, obwohl ich wusste, dass das nicht der Wahrheit entsprach. Wenn es ein Hufgeschwür war, würde es heilen, sobald man der Entzündung Raum gegeben hatte und der Eiter abfließen konnte. Wenn Laskas Lahmheit jedoch eine andere Ursache hatte, konnte sie womöglich sogar einen dauerhaften Schaden von ihrem Sturz davongetragen haben. Ich holte tief Luft. »Ich habe dir etwas von zu Hause mitgebracht«, begann ich. »Meine Ma kannte sich nämlich sehr gut mit Heilkräutern aus und ich habe einen Vorrat davon aufbewahrt.«

Kuba schniefte geräuschvoll, fuhr sich mit der Hand über das Gesicht und stand auf. Sein Gesichtsausdruck zeigte deutlich, wie sehr ihn diese Sache mitnahm, und ich wünschte ihm, er würde wie ein Mädchen seine Hände in Laskas Mähne vergraben und sich an ihren Hals schmiegen können – diese einfache Geste hatte mir so oft schon Trost und Zuversicht geschenkt.

»Wenn du willst, hole ich meinen Rucksack, und wir können eine Alternative zu der Salbe aus der Apotheke probieren«, schlug ich vor.

Überrascht sah er mich an und ich rechnete schon mit einer skeptischen Bemerkung, aber er nickte.

»Du kennst dich damit aus?«, fragte er, als ich die Gläser aus Mas Sammlung auf einem Tisch an der Wand ausgepackt hatte.

»Ja«, log ich. Unsicherheit und Zweifel würden Laska ohnehin nicht helfen. »Wir brauchen nur etwas heißes Wasser zum Anrühren der Tinktur.«

Kuba studierte die Aufschrift auf dem Etikett. Überlegte er, ob er mir vertrauen konnte?

»Es wirkt entzündungshemmend«, erklärte ich. »Beinwell ist besonders gut für Wunden wie diese geeignet.« Ich deutete auf Laskas Brust. »In der Salbe aus der Apotheke scheint dagegen irgendetwas enthalten zu sein, das sie nicht verträgt. Oder es liegt an der falschen Zusammensetzung der Wirkstoffe, aber es ist jedenfalls noch keine deutliche Besserung eingetreten ...«

»... eher im Gegenteil«, unterbrach Kuba mich düster. »Lass uns zu Mani in die Küche gehen. Sie kann uns Wasser aufkochen und du rührst die Mischung an. Wofür sind die anderen beiden Pulver dort?«

»Es kommt auf die richtige Kombination mit den übrigen Mitteln an«, erklärte ich. »Beinwell, Kamille und Bockshornklee kannst du sowohl für die offene Wunde als auch bei einem Hufgeschwür verwenden. Wir müssen nur die Konsistenz unterschiedlich anrühren.«

Kuba sah mich einen Augenblick nachdenklich an. »Du weißt echt, wovon du sprichst, oder?« Er klang beeindruckt.

»Ich habe das alles von meiner Ma«, antwortete ich leise, um nicht noch mehr zu lügen.

»Ich beneide dich«, erwiderte Kuba und drehte abrupt den Kopf zur Seite. »Meine Mutter lebt nicht mehr. Sie ist bei Milans Geburt gestorben und konnte mir nicht viel beibringen in der kurzen Zeit, die wir zusammen hatten.«

Ich schluckte. »Ma ist auch seit zwei Jahren tot«, flüsterte ich. »Lange habe ich es nicht über mich gebracht, ihre Kräutersammlung hervorzuholen, weil ich immer daran denken musste, dass …« Ich brach ab.

Kuba sah mich schweigend an. So verständnisvoll und mitfühlend, dass ich am liebsten meine Arme um seinen Hals und meinen Kopf an seine Schulter legen wollte – wie ich es sonst bei Dalibor tat. Warum war alles so viel einfacher zwischen einem Pferd und einem Mädchen?

»Danke, Mann«, sagte Kuba schließlich rau. »Ich weiß das echt zu schätzen.« Er stieß mir mit der Faust gegen die Schulter. »Besuchen wir Mani in der Küche. Ich hoffe sehr, dass deine Salbe Laska helfen kann.«

❄

Mani stand mit dem Rücken zur Tür, als wir eintraten. Ihr fülliger Körper verdeckte den Herd, sodass ich nicht sehen konnte, was sie gerade machte. Aber der Geruch nach Kartoffeln und

Speck, der den Raum erfüllte, ließ mir das Wasser im Mund zusammenlaufen.

»Na, ihr beiden, was habt ihr auf dem Herzen?«, fragte sie, ohne sich umzudrehen.

Ich sah Kuba überrascht an, doch er grinste nur. »Das gelingt ihr jedes Mal. Ich habe keine Ahnung, woher sie weiß, dass ich es bin.«

Schmunzelnd wandte sich Mani um. »Schätzchen, ich kenne dich, seit du noch in die Windeln gemacht hast. Ich höre deine Schritte aus tausenden heraus.« Liebevoll tätschelte sie Kubas Wange.

Er schob ihre Hand mit einem verlegenen Lächeln beiseite. »Wie soll ich so jemals ein Mädchen mitbringen, ohne mich unsterblich zu blamieren?«, jammerte er. »Ist das bei dir zu Hause auch so, Ash?« Ich starrte ihn entgeistert an und überlegte fieberhaft, was ein Junge auf diese Frage antworten würde. »Mann, du guckst manchmal selber wie ein Mädchen!« Kuba boxte mich lachend in die Seite.

Ich glaubte, jeden Moment im Boden versinken zu müssen. Meine Wangen fühlten sich heiß an. Mir musste schnell eine passende Erwiderung einfallen!

»Lass den armen Jungen, Kuba! Und sag mir endlich, was du von mir wolltest, ich habe zu tun«, tadelte Mani ihn und ich unterdrückte einen erleichterten Seufzer.

»Schon gut, Ash nimmt mir das nicht übel, stimmt's?« Kuba legte freundschaftlich den Arm um meine Schultern und zog mich an seine Seite.

Meine Knie wackelten, aber ich lächelte krampfhaft. »Nein … also ja«, stotterte ich.

Kuba nahm mir die Gläser aus der Hand und stellte sie vor Mani auf den Küchentresen. »Ashs Mutter kannte sich in Kräuterkunde aus und hat ein Konzentrat aus Heilpflanzen hergestellt. Wir benötigen heißes Wasser zum Anrühren einer Salbe.«

Mani sah mich eindringlich an. »So, so«, sagte sie.

Ich wand mich vorsichtig aus Kubas Umarmung. »Laska verträgt die Salbe aus der Apotheke nicht gut«, erklärte ich, »deshalb habe ich gedacht, dass ...«

»Ich halte sowieso nichts von den Medikamenten, die man in der Dorfapotheke kaufen kann«, schnitt Mani mir ungewöhnlich scharf das Wort ab. »Meinem Sohn hat diese neumodische Medizin damals auch nichts mehr genützt«, setzte sie ruhiger hinzu. »Nachdem die anderen Prinzen ihm nicht geholfen haben.« Sie wandte sich ab, füllte Wasser in einen Topf und stellte den Herd an.

»Das tut mir so leid«, sagte ich leise, weil mir nichts Geeigneteres einfiel, um auszudrücken, wie sehr ich diese Situation nachfühlen konnte.

»Mir auch, mein Junge. Mir auch ...« Mani hob die Augenbrauen und blinzelte. »Aber das Leben kommt, wie es kommt. Und wenn ich meine Familie nicht verloren hätte, würde ich sicherlich nicht hier arbeiten und hätte dem kleinen Kuba nie die Windeln wechseln können.« Sie lächelte schon wieder und hob die Hand an Kubas Wange.

»Mani!«, wehrte Kuba einen erneuten Tätschelversuch ab.

Lachend stellte sie zwei kleine Schüsseln und einen Schneebesen vor uns auf den Tisch. »Was braucht ihr sonst noch?«

❄

»Hast du das schon mal gemacht?«, fragte Kuba zögerlich, als er die Paste, die wir in der Küche angerührt hatten, auf Laskas Wunde gestrichen hatte.

Verwirrt sah ich ihn an. »Eine Salbe aufgetragen?«

»Nein, das doch nicht.« Er verdrehte die Augen. »Ein Hufgeschwür ausgeschnitten!«

Ich schluckte, als ich das Hufmesser in seiner Hand sah. »Willst du nicht doch lieber auf den Tierarzt warten?«, fragte ich zurück.

»Nein«, knurrte Kuba unwirsch. »Er wäre frühestens morgen wieder hier. So lange will ich nicht warten.«

»Aber vielleicht ist es gar kein Hufgeschwür?«

»Sieh dir ihr Bein doch an!« Kuba wirkte verzweifelt.

Und leider musste ich ihm recht geben. Die Stute wollte das Bein immer noch nicht aufstellen, ein sicheres Zeichen dafür, dass die Schmerzen wirklich unerträglich sein mussten. »Ich denke, dann solltest du es selbst machen«, wagte ich noch einen letzten Vorstoß.

Doch Kuba schüttelte den Kopf. »Ich halte den Huf fest. Bei mir zappelt sie nicht so rum, weil sie mir vertraut.« Er senkte die Stimme. »Und ich vertraue *dir*, dass du deine Hände ruhig halten kannst und ihr keine Verletzungen zufügst.«

Ich atmete tief durch. Mit klammen Fingern nahm ich das Hufmesser. »Okay.«

Während Kuba mit beiden Händen Laskas Huf umfasste, strich ich mit dem Daumen über den schmalen Holzgriff. Das Werkzeug sah unscheinbar aus, aber ich wusste genau, wie scharf seine Schneide war. Ich hatte Kalle oft genug dabei zugesehen, wie er Dalibors Hufe bearbeitete. Wie er ein Geschwür freischnitt, hatte ich ein einziges Mal vor vielen Jahren bei Mas Stute Juliška beobachtet. Es sah so einfach aus, aber ich wusste, dass man dem Pferd mit einem zu tiefen Schnitt Schmerzen zufügen konnte. Außerdem hatte ich Angst, abzurutschen und womöglich Laskas Bein zu treffen. Mit einem Schnitt durch die Sehne würde sie wochenlang nicht laufen können.

Aber zum Teufel mit der Angst. Kuba hatte gesagt, dass er mir vertraute, das war ein Freundschaftsbeweis ersten Grades. Und welcher Freund wollte schon als Feigling dastehen? Ich setzte das Messer an. Im selben Moment zuckte Laska zusammen und ich wäre vor Schreck beinahe im Stroh gelandet.

»Ganz ruhig, mein Mädchen«, raunte Kuba mit seiner warmen Stimme.

Ich musste mir in Erinnerung rufen, dass definitiv nicht ich damit gemeint war, und konzentrierte mich auf die Aufgabe. Das war keine Situation, die man aus Versehen vermasseln durfte!

»Halt sie gut fest«, bat ich Kuba und setzte erneut an.

Diesmal klappte es. Aus den Augenwinkeln bemerkte ich zwar, wie Laska den Kopf in unsere Richtung drehte, aber sie hielt still. Vorsichtig schälte ich Stück für Stück von der Hufsohle ab und suchte nach dunklen Verfärbungen. Bei jedem Schnitt klopfte mein Herz schneller. Es dauerte eine Weile, bis sich eine fast schwarze Ader vor meinen Augen in dem hellen Horn abzeichnete. Ich schabte erneut über dieselbe Stelle, biss die Zähne zusammen und begann, mich tiefer vorzuarbeiten. Plötzlich quoll ein gräulicher Eiterstrahl aus dem Loch hervor, das ich freigelegt hatte. Ich vergrößerte die Öffnung, damit das Sekret besser abfließen konnte.

Schließlich streckte ich erleichtert den Rücken durch. »So, jetzt die Tinktur und dann nur noch der Verband.«

Kuba schwieg. Aber ich sah, dass ein feiner Schweißfilm seine Stirn bedeckte. Und ich schwöre, dass sein Blick jede Mühe wert war.

❄

Zufrieden führte ich Dalibor aus der Box. Heute hatte ich mir definitiv Kubas Respekt verdient. Sogar Bruno hatte beim Anblick von Laskas Verband anerkennend die Augenbrauen in die Höhe gezogen. Als ich mit meinem Pferd durch das Stalltor nach draußen treten wollte, trat Kuba mir in den Weg.

»Ich wollte dir noch danken«, sagte er.

Schnell winkte ich ab, weil ich befürchtete, wieder mal rot zu werden. »Ach, was …«

Doch Kuba ließ sich nicht unterbrechen. »Ich meine das ernst. Nicht jeder hätte so beherzt zugepackt wie du. Ich kenne so einige größere und kräftigere Kerle, die sich das nicht getraut hätten.«

Wenn er geahnt hätte, was seine Worte mir bedeuteten! Verlegen starrte ich zu Boden.

»Du bist eine richtige Kräuterhexe«, fuhr Kuba fort und versetzte mir wieder einmal einen freundschaftlichen Stoß.

Sein Grinsen sollte locker wirken, aber ich merkte genau, dass er ehrlich berührt war. Ich fühlte mich zum ersten Mal seit langer Zeit wirklich geachtet und geehrt – auch wenn ich nie gedacht hätte, dass ausgerechnet Novaks abfällig gemeintes »Kräuterhexe« ein Lob sein würde, das mir eine Gänsehaut über den Rücken schickte.

Kuba sah mich von der Seite an. »Hey, ich meine das nicht so, okay? Bestimmt gibt es auch Kräuterzauberer oder so. Außerdem wächst du ganz sicher auch noch – in die Höhe und in die Breite.« Er zwinkerte mir zu, umfasste meinen Oberarm und drückte meinen zumindest optisch kaum vorhandenen Bizeps.

Bei seiner Berührung wurde mir ganz heiß. Abrupt zog ich meinen Arm zurück, schwang mich auf Dalibors Rücken und schnalzte so laut, dass er in vollem Galopp davonpreschte.

Kapitel 10

Herausforderungen

»Es geht ihr besser.« Kuba strahlte, als ob er das Rennen bereits gewonnen hätte.

Ich gab mir Mühe, nicht allzu breit zu grinsen. Julie hatte mal gesagt, ich würde sie dann an Herrn Orlov, den Metzger, erinnern. Das hätte vielleicht meine fehlende Männlichkeit etwas wettgemacht, mit der Kuba mich so gern aufzog, aber diesen Eindruck wollte ich dennoch um keinen Preis bei ihm hervorrufen.

Trotzdem freute ich mich ebenfalls wie der Siegerprinz persönlich. Und da ich ohnehin nie den Triumph genießen würde, mit dem Schneefeuer ins Dorf zu reiten, kam Kubas Lächeln dem Hauptgewinn in jedem Fall sehr nahe.

»Ich wünschte, ich könnte deiner Mutter danken, dass sie sich so gut mit Heilkräutern auskannte«, sagte er unvermittelt.

Eigentlich hatte ich gedacht, mit Mas Tod inzwischen recht gut umgehen zu können. Doch Kubas Äußerung traf mich so unvorbereitet, dass mir die Erwiderung im Hals stecken blieb. Ich räusperte mich mehrmals, um mir nicht anmerken zu lassen, was ich fühlte. Wie sehr mir seine Worte aus der Seele sprachen! Nichts hätte ich lieber getan, als Ma noch einmal zu danken – für so viele Dinge, die ich ihr nie hatte sagen können.

Kuba bemerkte meinen Stimmungsumbruch offensichtlich. Er legte einen Arm um meine Schultern und knuffte mich dabei ganz sanft gegen das Kinn. »Bitte … nicht traurig sein.«

Aber seine einfühlsame Art machte es nur noch schlimmer.

Ich musste mich wegdrehen, um den Tränenschleier in meinen Augen zu verbergen. Früher oder später würde ganz sicher mein heulsusiges Verhalten dafür verantwortlich sein, dass ich als Mädchen entlarvt wurde! »Schon gut«, nuschelte ich, entzog mich seiner Umarmung und verdrängte alle Gedanken an Ma.

Dann trat ich näher an die Stute heran. Tatsächlich hatten sich die Wundränder an Laskas Brust seit unserer Behandlung zusammengezogen und es eiterte nicht mehr. Sie konnte sogar ihr Bein wieder besser belasten. Zufrieden strich ich ihr über den Hals.

»Hey ...« Kuba sah mich mit schief gelegtem Kopf an. »Was ist denn nun mit deiner Unterstützung beim Training?«

»Beim Training von Laska?«, fragte ich entsetzt. Er wollte doch nicht allen Ernstes in ihrem Zustand mit ihr arbeiten!

Kuba lächelte schwach. »Nein, natürlich nicht.« Ich atmete auf. »Aber du weißt, was ich meinem Vater versprochen habe: Ich muss mich für ein anderes Pferd entscheiden, wenn Laska zum großen Rennen nicht wieder fit ist. Außerdem hat Bruno erzählt, dass du neulich den Vierjährigen longiert hast.«

Anerkennung sprach aus seiner Stimme und ich bekam ein ganz warmes Gefühl im Bauch. Doch ich besann mich auf seine Frage. Und rief mir in Erinnerung, dass es beim heutigen Training nicht wie bei Brunos Auftrag neulich darum ging, den Pferden Bewegung zu verschaffen. Die Vorbereitungen auf das große Rennen standen an. Und allein der Gedanke, dass ich ein Teil davon werden könnte – wenn auch nur ein winzig kleiner –, erfüllte mich mit Vorfreude.

»Welches Pferd trainieren wir?«, fragte ich voller Tatendrang. Ich brannte darauf zu erfahren, wer Kubas zweite Wahl sein würde.

Aber der zuckte uninteressiert mit den Schultern. »Such dir

eins aus. Es ist ein Alibi-Training, weil ich davon ausgehe, dass Laska wieder gesund wird. Deshalb ist es mir ziemlich egal.«

Natürlich. Ich hätte mir denken können, dass Kuba Laska so schnell niemals aufgeben würde. Innerlich seufzte ich. Unser Behandlungserfolg war schön, er bedeutete aber noch lange nicht, dass Kuba weiterhin so tun konnte, als wäre nichts geschehen. Ich wollte ihn nicht entmutigen, doch schmerzfreies Auftreten war nicht gleichzusetzen mit dem Bewältigen eines mehrtägigen Ritts. Und das Eispferde-Rennen bestand nicht etwa darin, eine lange Strecke geradeaus zu laufen! Die Route führte über die Berge, durch unwegsames Gelände, unter schwersten Bedingungen. Keine erholsamen Pausen, keine ärztliche Behandlung unterwegs und, falls etwas schieflaufen sollte – keine Alternative. Ma hatte mir so viel über das Rennen erzählt, dass es sich beinahe so anfühlte, als wäre ich schon einmal dabei gewesen. Und es schnürte mir die Kehle zu, wenn ich daran dachte, dass Kuba diesen Ritt mit der nervösen Laska wagen wollte.

Andererseits zweifelte ich auch keinen Augenblick daran, dass Herr Kral seine Worte ernst gemeint hatte und am Ende der Woche Ergebnisse sehen wollte. Und ich hatte nicht vor zu testen, was geschah, wenn wir diese nicht präsentieren konnten. Vielleicht würde Kuba im Laufe des Trainings ja ein Einsehen haben. In diesem Fall würde er mit dem *anderen* Pferd, das ich nun auswählen sollte, in ein waghalsiges Rennen starten – darauf musste ich mich vorerst konzentrieren.

Ich ließ meinen Blick prüfend die Stallgasse entlanggleiten und rief mir in Erinnerung, was ich mir über die Pferde und ihre unterschiedlichen Eigenschaften gemerkt hatte. Viel wusste ich nicht, aber in den wenigen Tagen, seit ich auf dem Kralshof war, hatte ich mir zumindest einen ersten Eindruck verschaffen können. Infrage kamen eigentlich nur Tonda, der neben Laska in der

Bahn seine Schnelligkeit bewiesen hatte, oder der Vierjährige, der sich so lernwillig an der Longe gezeigt hatte.

»Wir nehmen den jungen Hengst, den ich letztes Mal longiert habe«, entschied ich kurzerhand.

Kuba nickte. »Gut.« Er fragte nicht, wieso, er stimmte mir einfach zu.

»Wie heißt er eigentlich?«, erkundigte ich mich.

»Kavan. Aber mein Vater hat ihn früher immer Brunos Baby genannt, weil der ihn als Fohlen mit der Flasche aufgezogen hat. Die Stute hat zu wenig Muttermilch produziert. Bruno hängt immer noch total an diesem Hengst.«

»Brunos Baby«, lächelte ich und öffnete die Boxentür. »Wieso trainiert er ihn dann nicht selbst?«

»Na ja, bis vor Kurzem war der Stiefeltyp noch für das Training der Pferde zuständig, und Bruno hat immer gesagt, dass er sich da nicht einmischen wolle, das würde nur Ärger geben.« Kuba strich dem Hengst über die Nüstern. »Er mochte ihn ebenso wenig wie ich.«

»Ja, das habe ich gemerkt.«

Kuba drehte sich mit erstauntem Blick zu mir um. »Interessant, dass dir das aufgefallen ist. Ich fand immer, dass Bruno seine Abneigung geschickt verbergen konnte.«

Ich schmunzelte. »Er war schon so nervös, als ihr neulich an den Start gegangen seid, du und Pawel, und je mehr der Trainer an Laskas Zügeln gezerrt hat, desto stärker hat Bruno ...« Ich brach ab. »Entschuldige, das war dumm von mir«, fügte ich kleinlaut hinzu. »Ich wollte es nicht noch mal erwähnen.«

Kuba verzog den Mund zu einem gequälten Lächeln. »Nein, schon gut.« Er atmete tief durch und sah mir dann fest in die Augen. »Du hast eine sehr feine Beobachtungsgabe, das ist eine wichtige Eigenschaft für die Arbeit mit Pferden. Ich weiß selbst, was Laska für Probleme hat, aber deswegen werde ich sie nicht aufgeben.«

Ich blieb stumm. Trotz meiner heimlichen Zweifel konnte ich nicht anders, ich bewunderte seinen Mut und die Kraft, die er aus seiner Zuneigung zu Laska zog – egal, wie aussichtslos die Lage auch sein mochte. Kuba hatte sich schon wieder umgedreht, als mir doch endlich etwas einfiel, das weder nach falscher Euphorie noch nach Besserwisserei klang.

»Ich helfe dir«, sagte ich leise, weil es das Einzige war, das sich richtig anfühlte.

❄

Ich stöberte Bruno in der Sattelkammer auf. »Kuba hat mich gefragt, ob ich ihm beim Training helfe. Ist das okay oder soll ich vorher noch etwas anderes erledigen?«

Ein zufriedenes Lächeln breitete sich auf Brunos Gesicht aus. »Nein, mach das. Du lernst die Pferde dadurch besser kennen. Außerdem glaube ich, dass Kuba deine Gesellschaft guttut. Ihm hat viel zu lange ein Freund gefehlt.«

Wow, was für eine Auskunft! Geplättet schwieg ich. Was sollte ich darauf auch erwidern? Einerseits mochte ich den Gedanken, dass ich vielleicht so etwas wie ein Freund für Kuba werden könnte ... Andererseits war die Basis jeder Freundschaft Vertrauen. Aber das konnte es zwischen uns nicht geben, meine Lüge würde für immer zwischen uns stehen. Und wenn Kuba gewusst hätte, wer sich hinter der Fassade des neuen Stallburschen versteckte, würde er meine Freundschaft sowieso nicht mehr wollen.

Ich murmelte etwas Unverständliches und machte, dass ich davonkam. Auf dem Weg zurück durch die Stallgasse fiel mir ein, was ich zu Milan gesagt hatte: Freundschaft zeigte sich erst in schwierigen Situationen, bis dahin mochte man jemanden einfach nur. Mehr nicht. Doch darüber, wie sehr ich Kuba mochte, wollte ich lieber nicht nachdenken.

Als ich mich Kavans Box näherte, schob ich alle Grübeleien beiseite und straffte meine Schultern.

Kuba sah mir entgegen. »Bereit?«, fragte er erwartungsvoll.

Ich nickte.

Kuba warf mir ein Halfter zu. »Worauf wartest du dann?«

Lachend fing ich es auf. »Auf Anweisungen. Ich dachte, du bist der Boss.«

Kuba wirkte direkt verlegen. »Okay, lass uns Kavan fertig machen und unsere erste Trainingsrunde beginnen.«

Lächelnd wandte ich mich dem jungen Hengst zu und schnalzte aufmunternd mit der Zunge. »Hörst du? Es gibt Arbeit.«

Kavan hob interessiert den Kopf und beobachtete, wie ich die Boxentür öffnete. Behutsam näherte ich mich dem schönen Tier, um es nicht zu erschrecken. Seine entspannte Haltung zeigte mir allerdings, dass es sich noch an mich erinnerte. Pferde verfügen eben über ein außerordentlich gutes Gedächtnis, sie erkennen sowohl ihre Freunde als auch ihre Feinde. Ich strich mit den Fingerspitzen über Kavans Hals und ließ meine Hand langsam über seinen Rücken wandern. Seine Ohren folgten meiner Bewegung, als ob sie durch eine unsichtbare Schnur mit ihnen verbunden wären.

»Er mag dich.« Kubas Stimme erklang unmittelbar hinter mir.

»Das wäre vielleicht ein bisschen viel nach so kurzer Zeit«, bemerkte ich. »Aber er erinnert sich wohl daran, dass unsere Trainingsstunde neulich nicht unangenehm war.«

»Wieso hast du ihn gewählt?«, fragte Kuba nun doch.

»Weil er Potenzial hat. Er ist ein sehr vielversprechendes Eispferd, denke ich.«

Als ich mich umdrehte, lächelte Kuba. »Ich glaube, ich würde gern mal mit dir zusammen reiten.«

»Reiten?«, fragte ich erschrocken zurück. »Das ist bestimmt keine gute Idee.«

»Wieso nicht?«

Kubas verständnisloser Blick rief mir in Erinnerung, dass ich in seinen Augen ja kein Mädchen war, das nicht zugeben durfte, gern zu reiten. »Du kannst doch reiten, sonst würdest du nicht jeden Morgen auf deinem Pferd herkommen, oder?« Er sah mich prüfend an. »Wo ist das Problem? Willst du nicht auch am großen Rennen teilnehmen, sobald du siebzehn bist?«

Ich seufzte. Mein siebzehnter Geburtstag war der Tag vor dem Rennen. Das Problem war nicht, dass ich zu jung sein würde ...

»Nein, eher nicht.«

Kuba zog ungläubig die Augenbrauen zusammen. »Du wärst der Einzige, den ich kenne, der sich nicht für das Rennen interessiert«, sagte er.

Irrtum, dachte ich. Ich wäre *die* Einzige, die du kennst, die sich nichts mehr wünschte als die Teilnahme am Rennen! Doch diesen feinen Unterschied verschwieg ich selbstverständlich. Mit einem entschuldigenden Lächeln wandte ich mich ab. »Ich sollte nicht rumstehen und quatschen ...«

Ich versuchte, Kuba nicht in die Augen zu sehen, als ich Kavan aus seiner Box führte, aber leider gelang mir das nicht. Seinem Blick nach zu urteilen, hatte ich nun erst recht seine Neugier geweckt. Und das war definitiv nicht gut.

❄

Aufgeregt beobachtete ich, wie Kuba mit Kavan die Bahn betrat. In wenigen Minuten würde er seinem Vater die Ergebnisse unserer Trainingseinheiten vorführen. In den vergangenen Tagen hatten wir nach anfänglichen Schwierigkeiten – weil sich Kuba partout nicht auf ein anderes Pferd einlassen wollte – wirklich schöne Erfolge erzielt. Mittlerweile waren er und Kavan ein gutes Team geworden. Der Hengst reagierte sehr fein auf Kubas Hilfen und hatte sich ganz auf seinen Reiter eingestellt, sodass die beiden in meinen Augen keinen Nachteil gegenüber den anderen Prinzenanwärtern haben würden. Ich hoffte sehr, dass unsere Vorstellung problemlos verlief und Kuba darüber hinwegkam, nicht mit Laska beim großen Rennen starten zu können.

Der Stute ging es zum Glück von Tag zu Tag besser. Wie ich es erwartet hatte, setzte ihre Bewegungsfreudigkeit mit Nachlassen der Schmerzen wieder ein. Es würde etwas dauern, bis das Horn an der Stelle, wo ich das Geschwür ausgeschnitten hatte, nachgewachsen war, aber bis dahin konnte man das zurückgebliebene Loch gut mit einem Kaugummi abdecken. Das eigentliche Problem, Laskas Nervosität, stellte dagegen eine viel größere Herausforderung dar, und ich konnte mir beim besten Willen nicht vorstellen, wie Kuba sie in den Griff bekommen wollte. Viel Zeit blieb ihm dafür jedenfalls nicht mehr.

Wie bei den letzten Rennen hatten sich neugierige Zuschauer am Rand der Bahn eingefunden, die ebenso gespannt wie ich darauf warteten, dass es losging. Milan hockte wie gewohnt auf dem Holzpfosten, Herr Kral stand etwas abseits, und sogar Mani und Patrik hatten sich mit ein paar anderen Hausangestellten versammelt, um Kuba zuzusehen. Bruno knetete neben mir seine Hände, und ich fühlte mit ihm, obwohl ich nicht hoffte, dass seine Sorge angebracht war.

Kuba saß locker im Sattel und verfolgte aufmerksam, wie Pawel und Tonda sich aufstellten. Diesmal würde es zumindest ein faires Rennen geben. Wie auch immer der Ausgang war …

Als Brunos Arm herunterschnellte und er »Looos!« rief, preschte Kavan nach vorn. Zielstrebig und geradlinig galoppierte er über die Bahn. Da es seit ein paar Tagen nicht mehr geschneit hatte, war der Schnee zu einer festgetretenen Masse geworden, bis auf ein paar von den Hufen aufstiebende Flocken schwebte kein Puderschnee in der Luft. Die Strecke war eben und übersichtlich. Kavan hatte die Ohren aufgestellt und konzentrierte sich ebenso wie Kuba auf das, was vor ihm lag.

Doch auch Tonda lief hervorragend. Pawel musste ihn stärker antreiben als beim letzten Mal, aber ich konnte mir gut vorstellen, dass sie ihre Zeit in etwa hielten. Die Pferde lagen Kopf an Kopf, was die Spannung auch ohne die Gefahr, dass einem der Tiere die Nerven durchgingen, aufrecht hielt. Erst in Runde drei ließ Kavan etwas nach. Tondas Galoppsprünge hatten jedoch ebenfalls nicht mehr die Länge und Ausdauer, die er für einen Sieg benötigen würde. Pawel trieb sein Pferd entschlossen vorwärts, Tonda konnte seine Leistung jedoch nicht noch einmal steigern. Mit einem Pferdekopf Vorsprung ging Kavan ins Ziel.

Locker lief er aus – ohne sein Potenzial ausgereizt zu haben, dachte ich. Das schien mir auch das einzige Manko der beiden Teams zu sein: Genau das, was ich an Kuba und Laska so bewunderte, fehlte den Reitern – diese spezielle Verbindung zwischen ihnen und ihren Pferden. Kuba, das war mir nach diesem Rennen noch klarer geworden als zuvor, würde mit Kavan nie an die Leistung heranreichen, die er mit Laska auf der Bahn gezeigt hatte. Aber immerhin, er hatte gewonnen. Als er sein Pferd wendete und zu uns herübertrabte, sah ich, dass er lächelte.

»Sehr gut!«, lobte Herr Kral. »Eine hervorragende Leistung.«

Auch Bruno strahlte. Seine Mimik hatte sich entspannt und er hielt die Hände in den Hosentaschen versenkt. »Das Training hat sich ausgezahlt«, bestätigte er.

Ich lächelte und schwieg.

Kuba sprang gut gelaunt aus dem Sattel. »Zufrieden, Vater?«

»Ich fand's toll!«, krähte Milan von seinem Beobachtungsposten herunter.

Herr Kral nickte.

»Dann hast du sicher nichts dagegen, wenn ich ab jetzt öfter mit Ash trainiere, oder?« Kuba sah seinen Vater erwartungsvoll an.

Vor Überraschung fiel mir fast die Kinnlade herunter. Ich hatte nicht damit gerechnet, dass er mich an seinem Erfolg teilhaben ließ.

Herr Kral warf mir einen wohlwollenden Blick zu. »Solange Bruno nicht die gesamte Stallarbeit allein verrichten muss, habe ich nichts dagegen.« Er sah Bruno fragend an.

»Nein, ich kann mich nicht beschweren«, wehrte der ab. »Ich hatte noch nie so fleißige Unterstützung.«

Verlegen trat ich von einem Fuß auf den anderen und wusste gar nicht, wo ich hinsehen sollte. So viel Lob auf einmal hatte ich in meinem ganzen Leben noch nicht bekommen!

»Das ist klasse«, freute sich Kuba. »Dann werden wir gleich heute Nachmittag noch eine Trainingseinheit einbauen.« Er legte einen Arm um meine Schultern und zog mich von den anderen weg.

Ich stolperte neben ihm her. »Heute?«, fragte ich leise. »Du willst heute noch mal trainieren?«

»Klar.« Er grinste.

»Meinst du nicht, Kavan hätte einen Tag Pause verdient?«

»Wer sagt, dass ich mit Kavan trainieren will?«, fragte er belustigt. »Ich habe den Test bestanden. Mein Vater ist zufrieden und hat sogar das Okay gegeben, dass du mir offiziell helfen darfst. Ab heute kann es also losgehen.«

»Kann *was* losgehen?«, fragte ich, obwohl ich ahnte, worauf er hinauswollte.

»Das eigentliche Training. Ich habe dir doch gesagt, dass ich mit Kavan nur so viel erreichen will, dass mein Vater Ruhe gibt. Heute werden wir also mit Laskas Training beginnen.« Er blieb stehen. »Hast du etwa geglaubt, dass ich so schnell aufgebe?«

»Äh … nein. Eigentlich nicht.« Ich versuchte, mich aus seiner Umarmung zu winden.

»Na, also«, erwiderte Kuba zufrieden. »Dann steht unserem Trainingsplan heute Nachmittag ja nichts mehr im Weg!«

❄

Das Proberennen am Vormittag und die Vorbereitungen darauf hatten mich viel Zeit gekostet, die mir fürs Stallausmisten, aber auch für Dalibors Streicheleinheiten fehlte. Verärgert nagte er an den Gitterstäben der Box, als ich nach dem Mittagessen die Schubkarre im Gang abstellte. Ich öffnete die Tür einen Spaltbreit und schob meine Hand hindurch. »Beschwer dich nicht«, murmelte ich, »du bist der Grund, weshalb ich das hier mache.«

Nicht mehr lange und ich würde meinen ersten Lohn erhalten. So viel Geld, dass ich einen ganzen Ballen Heu davon kaufen konnte. Der Gedanke machte mich richtig stolz.

»Du machst das für dein Pferd?«, fragte Kuba, der plötzlich neben mir stand.

Überrumpelt drehte ich mich um. Kuba hatte ein Talent dafür, mich in Situationen zu erwischen, in denen ich nicht auf eine Fragerunde vorbereitet war. Ich musste höllisch aufpassen, dass ich nichts Falsches sagte.

»Ich arbeite, weil ich Geld brauche. Das ist doch nicht ungewöhnlich, oder?«, erwiderte ich ausweichend.

»Du sagtest, dass Dalibor der Grund ist«, hakte Kuba nach.

»Eben. Auch ein Pferd kostet Geld – zumindest in meinem Leben.« Meine Antwort klang eine Spur bissiger, als ich es vorgehabt hatte.

»Autsch!«, sagte Kuba prompt und grinste. »Komm schon, Ash, du bist immer so verschlossen. Erzähl mir von deinem Leben! Ich dachte, wir sind Freunde.«

»Da gibt es nicht viel zu erzählen«, wiegelte ich ab. »Ich arbeite den ganzen Tag hier. Es gibt wohl kaum etwas, das ich vor dir verheimlichen könnte.«

»Also, abgesehen von deinem Wissen über Pferde weiß ich von dir nur, dass du gern in der Küche rumhängst.« Kuba sah mich abwartend an. Aber die Verwirrung stand mir offensichtlich deutlich ins Gesicht geschrieben, jedenfalls schüttelte er ungeduldig den Kopf. »Du hast Mani doch neulich nach einem Rezept ausgefragt.«

»Ach, so«, erwiderte ich gedehnt. »Aber doch nur, weil ich zu Hause auch die ...« Mir blieb das Wort »Köchin« zum Glück noch rechtzeitig im Halse stecken. Ich sah Kuba erschrocken an.

»Die ...?«, fragte er nach.

Ich musste mir dringend in Erinnerung rufen, dass ich ein Junge war, wenn ich mich mit Kuba unterhielt! »... die Ausnahme bin«, ergänzte ich meinen Satz und räusperte mich verlegen. »Ich bin eigentlich überall die Ausnahme mit meiner Begeisterung fürs Kochen.«

»Wie gesagt, ich helfe Mani auch gerne in der Küche. Und nach Brunos Szegediner Gulasch vorhin sind wir also schon zu dritt.« Er grinste.

Ich versuchte zurückzugrinsen, doch die Lüge ließ ein brennendes Gefühl auf meinen Lippen zurück. Kuba zu täuschen fiel mir besonders schwer.

»Wieso hängst du so an deinem Pferd?«, überraschte er mich mit seiner nächsten Frage schon wieder. Er ließ sich einfach nie oberflächlich abspeisen.

»Dass ausgerechnet du das nicht verstehst, ist ja komisch«, erwiderte ich nur. Entschlossen packte ich die Griffe der Schubkarre und bugsierte sie eine Box weiter. Vielleicht hörte seine Neugier auf, wenn er merkte, dass ich zu tun hatte.

Doch Kuba lachte. »Gut gekontert. Ich hoffe, du bist genauso einfallsreich, was das Training mit Laska angeht. Ich habe zwar einen Plan ausgearbeitet, könnte aber gut noch ein paar Anregungen gebrauchen.«

Ich verkniff mir einen weiteren blöden Kommentar und nickte. »Ich gebe mein Bestes. Was hast du vor?«

Kuba lächelte zufrieden, als hätte er mit dieser Antwort gerechnet. »Wir werden die Herausforderung jeden Tag Stück für Stück ein bisschen erhöhen, bis sie andere Pferde genauso normal findet wie einen Reiter auf ihrem Rücken.«

»Das klingt logisch«, stimmte ich zu. »Aber wie genau willst du das anstellen?«

»Ich denke, wir beginnen damit, sie durch den Stall zu führen. Dann weiten wir die Runde über den gesamten Hof aus und erhöhen den Druck, indem wir sie neben einem anderen Pferd putzen oder in eine andere Box stellen, sodass sie sich mit unterschiedlichen Situationen arrangieren muss.«

Das hörte sich ebenfalls plausibel an.

»Na ja«, druckste Kuba herum, »und dann gehen wir möglichst bald wieder in die Bahn und reiten zusammen.«

Ich lächelte ihm zu. »Okay. Schritt für Schritt.«

Warum sollte ich ihn auch im Vorfeld schon entmutigen? Kuba hätte ohnehin kein Nein akzeptiert.

Plötzlich ertönte ein lang gezogenes Quieken hinter uns. Wir fuhren erschrocken herum, und ich musste dreimal blinzeln, um mich zu vergewissern, dass ich kein Trugbild vor mir sah. Dalibor war es offenbar gelungen, aus seiner Box zu entkommen! Er stand Nase an Nase mit Laska, die Kuba in der Stallgasse angebunden hatte. Die Stute hielt ihren Hals stolz gebogen, während Dalibor vorsichtig an ihr schnupperte.

Verflixt noch mal! Wie konnte das bloß passieren?

Neben mir nahm ich eine Bewegung wahr. Reflexartig packte ich Kuba, der schon losstürzen wollte, am Arm und hielt ihn zurück.

»Langsam! Nicht schreien, keine hektischen Bewegungen. Wenn sie in Panik geraten, gehen sie vielleicht erst recht aufeinander los.«

Ich hatte selbst Angst um Dalibor und Laska, je nachdem, für wen die Situation gefährlicher ausgehen könnte. Ein Rangkampf zwischen Pferden konnte ziemlich brutal werden, wenn sie sich nicht leiden konnten. Ich hatte schon einige Auseinandersetzungen zwischen Moc und Pferden von Jiris Freunden gesehen, die zum Teil ungerührt abwarteten, was geschah, wenn man die Tiere aufeinander losließ. Bisse konnten blutig enden, und ich hatte schon von Tritten gehört, die tödliche Beinverletzungen hervorgerufen hatten.

Allerdings sah es bei näherer Betrachtung nicht so aus, als ob Dalibor oder Laska in Gefahr wären. Sie wirkten im Gegenteil äußerst interessiert aneinander. Aber ich wollte kein Risiko eingehen und ging mit ruhigen Schritten näher.

»Dalibor«, sagte ich in strengem Tonfall.

Sein linkes Ohr zuckte kurz in meine Richtung, doch seine Nüstern blähten sich weiter auf, während er Laskas Geruch inhalierte.

»Dalibor …!«

Ich ging zwei Schritte vor. Mein Pferd wich seitwärts aus, ohne seine Nase von Laska zu nehmen. Anscheinend war ihm doch wieder eingefallen, dass er ein Hengst war.

Langsam streckte ich meinen Arm aus und näherte mich ihm. »Dalibor, komm her.« Ich dämpfte meine Stimme zu einem beruhigenden Flüstern und merkte, wie Dalibors Anspannung nachließ. Im selben Moment schob ich mich zwischen ihn und Laska. »Geh zurück!«

Dalibor senkte den Kopf und schnaubte energisch, dann schüttelte er seine Mähne und versuchte, seitlich an mir vorbeizukommen.

»Alles gut! Ich hab sie!«, rief Kuba von hinten.

Voller Erleichterung drehte ich mich um. Dalibor nutzte seine Chance und reckte seinen Kopf erneut in Laskas Richtung. Ärgerlich klapste ich ihm auf die Schulter. »Mann, du benimmst dich unmöglich! Typisch Kerl!«, schimpfte ich.

Kuba warf mir einen irritierten Blick zu, doch ich achtete nicht darauf. Ich streifte Dalibor ein Halfter über und versuchte, ihn wegzuzerren, was gar nicht so einfach war. »So ein sturer Typ«, murmelte ich.

Kuba dagegen wirkte nun regelrecht gelöst. »Ehrlich gesagt, ich wundere mich, dass Laska nicht total ausgerastet ist. Ich hatte vor ein paar Jahren überlegt, sie decken zu lassen, bevor ich sie einreite, weil oft behauptet wird, dass Stuten nach ihrem ersten Fohlen entspannter sind. Aber sie hat jeden Hengst verbissen.«

Mit letzter Kraft ruckte ich am Strick und schaffte es, Dalibor von seiner neuen Flamme zu lösen. Energisch führte ich ihn zurück in seine Box, verschloss sorgfältig die Tür und stellte die volle Schubkarre davor. »Wehe, du kommst noch mal raus!«, drohte ich ihm. »Dann kannst du das mit deinem Heuballen vergessen!«

Kapitel 11

Freundschaftstraining

Als ich mit der Stallarbeit fertig war, streifte Kuba Laska ein Halfter über und führte sie aus ihrer Box. Während er die Stute überschwänglich lobte, betrachtete ich das Ganze eher skeptisch. Selbst bei dieser einfachen Aufgabe verhielt sich Laska für meinen Geschmack viel zu nervös. Als sie die Höhe von Kavans Box erreichte, bekam sie solche Stielaugen, dass sie beinahe gegen die Schubkarre gelaufen wäre, weil sie nur noch auf den Hengst starrte.

»Wie oft hast du das schon mit ihr gemacht?«, fragte ich resigniert.

Kuba sah mich überrascht an. »Ich habe es vermieden.« Er zuckte mit den Schultern. »Mir war schnell klar, dass sie andere Pferde nicht sonderlich mag.«

»Aber warum?«, dachte ich laut vor mich hin. »Es muss doch irgendetwas vorgefallen sein, das dieses Verhalten in ihr hervorgerufen hat. Ich habe noch nie ein Pferd gesehen, das von Natur aus so ängstlich ist.«

Kuba drehte sich zu mir um und sah mich lange an. »Laska stammt nicht aus unserer Zucht«, erwiderte er zögernd.

Mir fiel fast die Kinnlade herunter. »Wie meinst du das?«

Er zuckte erneut mit den Schultern. »Ich habe ehrlich gesagt keine Ahnung, wo sie herkommt. Sie stand eines Morgens nach einem Unwetter in der Nähe des Fohlenpaddocks.« Seine Mimik verriet, wie sehr ihn dieses Thema beschäftigte. »Ich habe sie genauso erstaunt angesehen, wie du jetzt guckst. Und natürlich habe ich versucht, ihre Herde zu finden, sie wegzuscheuchen, alles Mögliche.« Er seufzte und strich liebevoll über Laskas Nüstern. »Als alles nichts nützte, habe ich sie eben eingefangen.«

Ich war sprachlos.

Kuba hingegen sprudelte weiter wie ein Wasserfall. »Ich habe nie herausfinden können, was genau vorgefallen ist, aber sie muss den Anschluss an ihre Herde verloren haben. Vielleicht konnte sie nicht zurück oder sie wollte es nicht, was weiß ich. Also habe ich sie behalten.« Nach einer kurzen Pause fügte er hinzu: »Vielleicht ist sie noch nicht mal ein reinrassiges Eispferd.«

Das erklärte natürlich einiges. Nur ein Wildpferd verhielt sich ähnlich misstrauisch fremden Situationen gegenüber, obwohl es schon verwunderlich war, dass Laska ihre Scheu vor Menschen weitestgehend abgelegt hatte.

»Wie hast du es geschafft, dass sie keine Angst vor dir hat?«

Kuba lächelte. »Ich hatte jede Menge Zeit. Mein Vater hat sich hauptsächlich um Milan gekümmert, nachdem meine Mutter gestorben ist. Er war ja gerade erst geboren und ich immerhin schon älter.« Ich bemerkte den schmerzhaften Ausdruck in seinen Augen, der selten zum Vorschein kam. »Ein wildes Pferd zu zähmen ist genau die richtige Aufgabe, wenn man einsam ist«, sagte er leise.

Plötzlich verspürte ich den unwiderstehlichen Wunsch, Kuba beizustehen. Nicht nur auf eine nette, hilfsbereite Art und Weise, sondern mit meiner ganzen Willenskraft. Ich wollte ihn aus tiefstem Herzen unterstützen – so lange, bis er sein Ziel erreicht hatte.

»Ich hole Dalibor«, sagte ich unvermittelt. Auf Kubas verständnislosen Blick hin zuckte ich mit den Schultern. »Er macht es Laska einfach vor. Pferde sind Herdentiere, in der freien Wildbahn würde es genauso laufen: Das Leittier geht vor und die Herde folgt. Außerdem mochte sie ihn offensichtlich doch.«

Kuba lächelte. »Schlimmer kann es ja ohnehin nicht werden, oder?«

Ich verzog das Gesicht. »Nicht wirklich.«

Laska tänzelte unruhig durch die Stallgasse, während ich Dalibor aufhalfterte und in sicherer Entfernung an ihr vorbeiführte. Er schritt gemächlich an den Boxen vorbei, ohne den Pferden darin größere Beachtung zu schenken. Die Stute wirkte nicht unbedingt ruhiger, richtete ihre Aufmerksamkeit jetzt aber mehr auf Dalibor. Kavan interessierte sie kaum noch, und auch einer der tragenden Stuten, die nach ihr schnappen wollte, wich sie einfach nur lässig aus. Mit nach vorn gerichteten Ohren folgte sie Dalibor bis kurz vor die Höhe der Sattelkammer, dann blieb sie abrupt stehen und ließ sich auch nicht mehr dazu bewegen, weiterzugehen. Kuba wirkte trotzdem erleichtert.

»Das war gar nicht mal so schlecht«, freute er sich. »Sonst haben wir immer nur den kürzesten Weg nach draußen genommen.«

»Na, dann solltest du es ab heute genau andersherum machen«, riet ich. »Führ sie einfach immer erst hier entlang, egal, was du vorhast. Bestimmt geht sie jeden Tag ein Stückchen lockerer und vielleicht sogar weiter.«

Zuversichtlich sah ich Kuba an und er erwiderte meinen Blick mit einem Lächeln. War es nicht meistens nur der Anstoß, der einem fehlte, um seinen Willen in die Tat umzusetzen?

❄

»Wie wäre es, wenn du heute dein Versprechen einlöst und mit mir reitest?«, fragte Kuba an einem der nächsten Nachmittage und sah mich erwartungsvoll an.

»Ich glaube nicht, dass wir dafür Zeit haben, wenn du noch mit Laska trainieren willst«, antwortete ich ausweichend.

Doch Kuba grinste nur. »*Das* wird unsere Trainingseinheit sein.« Ich sah ihn zweifelnd an. War das so eine gute Idee? War Laska schon so weit? Kuba stand keine Armlänge von mir entfernt und schien sich diebisch zu freuen, dass er mich überrascht hatte. In seinen Augen tanzten kleine helle Funken, die dem Grün einen Hauch von Sonnenglitzer verliehen. »Du hast nicht zufällig eine Cousine oder so?«, fragte er unvermittelt.

Mir blieb fast das Herz stehen. »Was?«, stieß ich hervor. »Nein! Wieso?«

»Hey, ich dachte nur. So ein Drama ist eine Cousine nun auch nicht.« Kuba lachte. »Manchmal habe ich nur das Gefühl, ich kenne dich irgendwoher.«

Das Blut sackte mir in die Knie. »Nein, ganz bestimmt nicht«, widersprach ich. »Ich … ich gehe nie aus.«

»Kein Grund, gleich so blass zu werden. Ich habe auch nicht viele Freunde, wenn es das ist, was dich bedrückt. Wenn du willst, kannst du ja mal mit ins Chalet kommen. Obwohl das eigentlich alles bloß Idioten sind …« Er lächelte verlegen.

In meinem Kopf galoppierten alle möglichen Erwiderungen hin und her wie wild gewordene Pferde, die sich nicht einfangen ließen. Ich sah ihn stumm an.

»Ich kann dich wirklich gut leiden, Ash«, sagte Kuba leise.

Mein Herz klopfte mir bis zum Hals, und ich hätte ihm so gerne gesagt, was ich empfand. Ich glaube, in dem Augenblick verlor ich noch mehr als nur meine Sprache.

»Und weil Freunde zusammenhalten müssen«, fügte Kuba hinzu und grinste schon wieder, »wirst du mir meinen Wunsch nicht abschlagen und auf Kavan reiten, während ich mit Laska in die Bahn gehe.«

Mein Herzschlag setzte stolpernd wieder ein, aber die Worte blieben mir immer noch im Hals stecken.

»Ja, ja, ich weiß.« Kuba nickte ungeduldig. »Wir werden natürlich kein Rennen laufen, keine Sorge. Aber wir können gemütlich im Schritt beginnen. Wichtig ist mir, dass sich Laska an andere Pferde gewöhnt.«

Ich versuchte, meine Gedanken zu sortieren. Das freudige Glänzen in seinen Augen machte es mir schwer, mich zu konzentrieren. »Okay, wenn du meinst …«, stammelte ich.

»Ja!« Kuba strahlte und klopfte mir kräftig auf den Rücken.

»Au!« Ich duckte mich weg.

»Nur Muckis musst du noch ein paar bekommen«, neckte mich Kuba, bevor ich einem weiteren Boxhieb ausweichen konnte.

❄

Kavans Zügel lagen sicher in meiner Hand, sein Schritt war ruhig und entspannt. Kuba hatte ihn gewählt, weil seine Stute auf ihn bisher am ruhigsten reagiert hatte – mit Ausnahme von Dalibor. Aber da die beiden sich noch nicht lange kannten, war es uns zu heikel erschienen, meinen offensichtlich verliebten Hengst mit ihr in die Bahn zu lassen.

Laska ging einige Pferdelängen vor uns. Sie verhielt sich deutlich nervöser als noch wenige Minuten zuvor. Ihre Ohren reckten sich voller Alarmbereitschaft in die Höhe, und offenbar versuchte sie, mit ihren Sinnen überall zu sein. Sie hatte das Pferd hinter sich längst gewittert. Wenn ich ehrlich war, hegte ich keine große Hoffnung, dass unser Test zufriedenstellend verlaufen würde. Auch wenn Laska in den vergangenen Tagen tatsächlich ein paar Fortschritte gemacht hatte und deutlich ruhiger an ihren Boxennachbarn vorbeiging, glaubte ich nicht, dass sie schon so weit war. Je mehr ich mich mit Kavan auf die Stute zubewegte, desto nervöser tänzelte sie.

»Sollen wir abbrechen?«, rief ich Kuba verunsichert zu.

»Nein!«, knirschte er. »Steig ab und hol Dalibor!«

Ich atmete einmal tief durch. Nur weil die beiden neulich nicht gleich aufeinander losgegangen waren, hieß das noch lange nicht, dass Laska mit Dalibor besser in der Bahn laufen würde.

Doch Kuba hatte diese Idee offenbar schon fest in seinem Kopf verankert. »Warum sollte es nicht klappen? Es sah doch so aus, als würden sich die beiden mögen.«

Ich nickte ergeben. Schließlich hatte ich mir vorgenommen, Kuba mit meiner ganzen Kraft zu unterstützen.

Ich stieg ab, hob die Zügel über Kavans Hals und führte den Hengst aus der Bahn. Lobend klopfte ich seine Schulter und redete leise auf ihn ein. »Glaub mir, es liegt nicht an dir. Du hast dich vorbildlich verhalten.«

Als ich die Stallgasse betrat, wieherte Dalibor fordernd. Er stand da mit der Nase an die Gitterstangen gedrückt und beobachtete vorwurfsvoll, wie ich Kavan in seine Box zurückbrachte. Wie immer war er zutiefst beleidigt, wenn ich ein anderes Pferd vorzog.

Nachdem ich den Sattel weggehängt hatte, spitzte er sofort die Ohren, als ich näher kam. Ich musste unwillkürlich lächeln. »Ja, du hast es schon kapiert, was? Gib zu, dass du dich mit Kuba verschworen hast.« Dalibor schnaubte ungeduldig. »Ich rate dir, dich anständig zu benehmen. Wenn mich deine Verliebtheit den Job kostet und du dich auf Laska stürzt, sieht es echt schlecht aus für uns beide.« Aufmunternd stupste er mich an, als wollte er sagen: Was hast du nur, ich bin doch ganz brav! Ich seufzte und hob den Sattel auf seinen Rücken. Ich betete, dass er weder liebestoll noch aggressiv auf Kubas Stute losgehen würde und dass auch Laska friedlich blieb.

Mein Pferd wieherte aufgeregt, als wir uns der Bahn näherten, und Laska hob sofort den Kopf. Sie antwortete mit einem lang gezogenen hellen Ruf. Kuba drehte sich im Sattel herum und grinste in meine Richtung. »Na endlich!«

Dalibors Nüstern weiteten sich. Ich konnte spüren, wie aufgeregt er war, wie er Laskas Geruch in sich aufsog. Ich nahm die Zügel in eine Hand und richtete den Steigbügel, dann schwang ich mich in den Sattel. Dalibor nutzte die Gelegenheit, um einen unkontrollierten Hopser zur Seite zu machen. »Hey, du Spinner!«, schimpfte ich.

»Komm ruhig näher, Ash!«, rief Kuba gleichzeitig. »Laska ist total entspannt.«

Wäre die Situation nicht so ernst gewesen, hätte ich vermutlich lachen müssen. Beide Pferde verhielten sich genau entgegengesetzt wie üblich. Laska schien Dalibors Gegenwart irgendwie zu beruhigen, wogegen mein sonst so friedlicher Hengst anscheinend seine stolze Männlichkeit entdeckt hatte.

Kuba zuliebe ließ ich meine Zweifel außer Acht und trieb Dalibor langsam näher an Laska heran. Die Stute drehte die Ohren in unsere Richtung, während mein Hengst ein leises Freudenschnauben ausstieß. Er tänzelte vorwärts und überbrückte ohne viel Aufhebens meinen Sicherheitsabstand. Ich hatte noch nie so mit meinem Pferd gerangelt.

»Schau mal, sie mag ihn wirklich.« Kubas Stimme klang hocherfreut.

Genervt versuchte ich, Dalibor davon abzuhalten, an Laskas Schulter zu knabbern, was sie sich erstaunlicherweise aber gefallen ließ.

»Warum so verhalten, Ash? Hast du Angst vor der Liebe?«, neckte Kuba mich.

Meine Wangen fühlten sich heiß an. »Nein, natürlich nicht!«

Aber das war glatt gelogen. Ich hatte ja schon Angst vor Freundschaft! Ein bisschen vor Laskas und Dalibors, aber sehr viel vor Kubas und meiner. Vielleicht war es also in jeder Hinsicht ein gutes Training.

Kuba zumindest war sein Grinsen in der Kälte des Nachmittags offensichtlich festgefroren. Jedenfalls sah es so aus, als könnte er gar nicht mehr damit aufhören.

❄

Das rhythmische Geräusch der im Schnee versinkenden Hufe lullte mich ein, während ich auf Dalibor durch die Morgendämmerung ritt. Er strahlte eine wohlige Wärme aus, die meinen Körper noch schwerer werden ließ, als er sich ohnehin schon anfühlte. Mein Schlaf war in den letzten Tagen deutlich zu kurz gekommen. Ich schmiegte mich an Dalibors Hals und wollte nur einen Moment die Augen zumachen, nur ein ganz klein wenig ausruhen …

Ich rannte über eine grüne Wiese, deren Halme an meinen nackten Beinen kitzelten. Das Gras musste hoch stehen. Oder ich war so klein. Auf meinen Schultern spürte ich meine Zöpfe wippen – die langen geflochtenen, wie Ma sie immer machte, weil sie fand, es gäbe keine bessere Frisur, um ausgelassen durch die Landschaft zu toben.

Die Sonne brannte mir heiß ins Gesicht und ließ wilde Lichtpunkte vor meinen Augen tanzen. Ich blinzelte und strengte mich an, Ma, die vor mir lief, nicht aus dem Blick zu verlieren. Doch plötzlich zogen nebelartige Schleier durch die Wiese. Der blaue Himmel verfärbte sich dunkel. Und schlagartig wurde mir bewusst, dass alle Bemühungen vergebens waren: Ma würde verschwinden! Panik erfasste mich. Ich streckte meine Hände aus und versuchte verzweifelt, sie zu erreichen. Doch immer wieder griffen meine Finger ins Leere. Mas Lachen entfernte sich, und der Klang ihrer Stimme verhallte, bis die Dunkelheit ihre Umrisse verschlang.

Ich weinte und schluchzte, bis mit einem Mal eine Stimme erklang: »Mein Mädchen«, raunte es. »Mein Mädchen.«

Der warme Tonfall umhüllte mich wie ein Kokon, in den ich mich für immer einkuscheln wollte. Da verschwanden meine Kinderzöpfe und ich spürte das Gewicht meiner Haare nicht mehr. Als ich mir erschrocken an den Kopf griff, legten sich zwei kräftige Hände auf meine und zogen mich zu sich heran. Ich sah auf. Das Antlitz vor mir wirkte gleichermaßen vertraut und fremd. Allmählich wurden die verschwommenen Züge klarer und mein Blick verhakte sich in zwei unbeschreiblich grünen Augen. Ihre Farbe erinnerte mich an den Frühling, an die Wiese, über die ich gerade noch gelaufen war.

Behutsam strichen die Hände über mein Gesicht. Ich hielt den Atem an, als ich sanfte Lippen auf meinen spürte, und schloss die Augen. Ein warmes Glücksgefühl wand sich wie ein Strudel durch meinen Körper und ich wünschte mir nur eines: Dieses Gesicht vor mir niemals mehr aus den Augen zu verlieren …

❄

Ich fuhr hoch. Mir war heiß und kalt zugleich. Die Traumbilder spukten noch in meinem Kopf herum, während ich voller Schreck bemerkte, dass ich auf Dalibors Rücken eingeschlafen war. Mit zitternden Fingern strich ich über seinen Hals. Ich musste einen Schutzengel gehabt haben! Ritte bei Nacht waren in unserer Gegend noch gefährlicher als bei Tageslicht. Neben den Gefahren, die von dem eisigen Untergrund ausgingen, gab es Wölfe und andere wilde Tiere in den Wäldern, die sich im Schutz der Dunkelheit in die offenen Ebenen wagten. Wenn ich sonst mit Dalibor nachts ausgeritten war, hielt ich alle meine Sinne aufs Äußerste gespannt. Niemals würde ich im Dunkeln vom Pferd steigen! Dass ich im Schlaf aus dem Sattel hätte rutschen können und schutzlos auf dem Boden gelegen hätte, wollte ich mir lieber nicht genauer ausmalen.

Wie hatte ich nur so unvorsichtig sein können? Ich musste mir eingestehen, dass die letzten Tage vielleicht zu viel für mich gewesen sein könnten. Doch ich liebte die Arbeit auf dem Kralshof! Es war eindeutig nur etwas Schlaf, der mir fehlte. Ich hatte auch gestern noch bis spät in die Nacht genäht, gebügelt und den Hausputz auf dem Sturmhof erledigt. Leider hatte ich es nicht auch noch zum Einkaufen ins Dorf geschafft, was ich nur hatte vertuschen können, weil Mani mir Obst und Gemüse zugesteckt hatte. Offenbar hatte ich einen sehr bemitleidenswerten Eindruck auf sie gemacht. Dabei hätte ich ihre Geschenke eigentlich lieber abgelehnt, aber gegen meinen Stolz stand der Wille, diesen Job zu behalten. Und da Novak nur allzu deutlich gemacht hatte, dass ich mir keine Fehltritte bei der Erledigung der Hausarbeit mehr leisten durfte, konnte ich ihr Angebot nicht ausschlagen.

Dalibor schnaubte leise und verfiel in einen leichten Trab. Hinter dem nächsten Hügel sah ich das rote Dach des Kralshofes im ersten schwachen Lichtschein schimmern. Dalibor musste über eine innere Uhr verfügen – wir erreichten den Gutshof um genau fünf Minuten vor sieben. Ich glitt aus dem Sattel und rieb meine klammen Hände aneinander.

Als ich das Stalltor öffnete, war noch alles dunkel. Selbst Bruno konnte ich nirgendwo entdecken. Ich nahm Dalibor den Sattel und die verschwitzte Decke ab, die auch über Nacht nicht richtig getrocknet war. Bestimmt würde es Mani nichts ausmachen, die

Unterlage bis heute Abend in der Nähe des Ofens aufzuhängen. Und dann würde ich Mani um eine Tasse heißen Kaffee bitten …

Als ich Sekunden später voller Vorfreude über den Hof lief, fiel mein Blick auf ein Fenster im Obergeschoss, hinter dem ein Licht brannte. Ich wusste, dass die Angestellten alle ein Zimmer auf dem Kralshof hatten, weil das Gestüt so weit außerhalb des Dorfes lag. Es versetzte mir einen Stich, als Einzige nicht dazuzugehören. Ich blieb stehen und verfolgte einen Schatten hinter der Gardine des erleuchteten Zimmers. Jemand fuhr sich durch die Haare und schob den Vorhang beiseite. Ich musste das Gesicht dazu nicht erkennen, um sicher zu sein, dass es kein Angestellter war. Ich drückte die Satteldecke an mich und setzte hastig meinen Weg fort.

Noch ehe ich das Haus erreicht hatte, ging die Tür auf und Bruno trat heraus. Er hielt überrascht inne. »Ash! Alles in Ordnung?«

»Ja, alles … super«, stotterte ich. Wann hatte ich nur aufgehört, ehrlich zu sein?

Bruno lächelte. »Wolltest du ins Haus?«, fragte er. Ich nickte. »Wenn du Kuba suchst, der war eben noch auf seinem Zimmer. Einfach die Treppe hoch und oben die erste Tür links.«

»Was? Nein!« Meine Ohren verfärbten sich spürbar rot. »Äh … ich will ihn … nicht stören«, stammelte ich und ärgerte mich sofort über mich selbst: Wieder einmal hatte ich vergessen, dass ich für Bruno kein Mädchen war. Niemand würde sich Gedanken darüber machen, wenn Jungs sich gegenseitig auf dem Zimmer besuchten. Außerdem hing ich auch sonst dauernd mit Kuba zusammen. Wen also sollte das wundern?

»Ach, Unsinn!«, winkte Bruno ab. »Kuba hat bestimmt nichts dagegen, wenn du ihn abholst. Ich schätze, er zieht sich gerade noch um.«

Na, wunderbar! Ich unterdrückte einen trockenen Lacher und

drängte mit Gewalt die Traumbilder zurück, die vor meinem inneren Auge auftauchten. »Nein, ehrlich, ich möchte nur kurz in der Küche …«

»Geh nur!«, nickte Bruno. »Ich bin im Stall.« Weg war er.

Ich schüttelte verwirrt den Kopf und trat ins Haus. Der Duft nach warmen Brötchen entlockte meinem Bauch ein forderndes Knurren. Es zog mich automatisch in Richtung Küche.

»Komm rein, mein Junge«, forderte Mani mich freundlich auf. Offenbar hatte sie mich bemerkt, obwohl sie ganz in ihre Arbeit vertieft zu sein schien. Ich hörte das Lächeln in ihrer Stimme und fragte gar nicht erst, woran sie mich erkannt hatte.

»Ich wollte nur … darf ich die Satteldecke zum Trocknen ans Feuer hängen?«, stotterte ich.

»Natürlich darfst du das.«

Ich beeilte mich, die nasse Decke über einen Stuhl vor dem Kamin zu legen. Dann räusperte ich mich. »Ich …« Verunsichert brach ich ab. Was würde Mani denken, wenn ich einfach so um einen Kaffee bat?

Doch sie wandte sich zu mir um und legte den Kopf schief, als könnte sie ohnehin Gedanken lesen.

»Was hast du auf dem Herzen?«

»Ach, nichts …« Ich wollte schon wieder gehen, als Mani mich aufhielt.

»Ich mache dir erst mal einen Kaffee«, entschied sie mit einem Lächeln, schob mich zum Tisch und deutete auf einen Stuhl. Sie musste wirklich Gedanken lesen können.

»Aber nur, wenn das in Ordnung ist«, sagte ich verlegen. »Ich meine, die Arbeit … der Stall …«

»Glaub mir, auch Herr Kral weiß, wie wichtig ein gutes Frühstück ist.«

Sie legte eine Hand unter mein Kinn und hob es an, sodass ich sie ansehen musste. »Willst du mir nicht verraten, was dich bedrückt? Ich meine, außer dass du einen Kaffee brauchst?«

Unter Manis Adlerblick fühlte ich mich wie eine Maus. »Nichts … wieso?« Ich versuchte es auf die ahnungslose Tour.

Mani schüttelte nachdenklich den Kopf. »Du siehst immer müde aus. Und hungrig. Vor *und* nach dem Essen.«

Du lieber Himmel! Sie war schlimmer als ein Adler. Mani würde eine Maus sogar unter einer meterdicken Schneeschicht aufspüren. Und mit ihrer Vermutung lag sie leider mehr als richtig. Was sollte ich darauf nur erwidern?

»Also …« Ich holte tief Luft. »Es stimmt. Eigentlich habe ich immer Hunger. Das liegt sicher an der Arbeit.« Ich setzte ein breites Lächeln auf, was hoffentlich höchstens nach Metzger Orlov aussah und nicht so falsch, wie es sich anfühlte.

Mani wirkte nicht überzeugt. Ihr liebevoller Blick trieb mir fast die Tränen in die Augen. »Hauptsache, du weißt … Also, wenn du Hilfe brauchst …« Sie schenkte mir ein aufrichtiges Lächeln.

Sofort fühlte ich mich noch schlechter. Aber es kam nicht infrage, ihr die Wahrheit zu sagen. Ich brauchte diesen Job dringender als Schlaf oder Essen. »Vielen Dank, das ist wirklich nett. Aber es ist alles gut.« Ich versuchte, meiner Stimme einen zuversichtlichen Klang zu verleihen.

Keine Minute später reichte Mani mir einen dampfenden Becher Kaffee. Dazu drückte sie mir ein frisches Brötchen in die Hand.

»Aber …«, setzte ich an.

»Schluss jetzt!«, unterbrach sie mich streng. »Du isst dein Frühstück und gehst an die Arbeit. Danach sprechen wir nicht mehr darüber.«

Ich war zu glücklich, um Widerworte zu finden. Ein Brötchen! Was für ein Luxus! Der köstliche Duft verdrängte mein schlechtes Gewissen und ich grub meine Zähne in die knusprige Kruste. Die Hitze des Kaffees wärmte meine Hand und langsam breitete sich Zufriedenheit in mir aus. Was würde ich darum geben, wenn jeder Morgen so beginnen könnte?

Meine Zweifel gegenüber Kubas Trainingsplan hatten sich in der anhaltenden Wintersonne verflüchtigt wie der Schnee auf den Tannenspitzen. Nicht nur Laskas Wunde, sondern auch das Hufgeschwür waren erstaunlich gut verheilt. Mein Trick mit dem Kaugummi sorgte dafür, dass kein Schmutz in den Wundkanal gelangen konnte, und so stand einem ganz normalen Training nichts mehr im Wege. Wir waren nach Kubas sorgfältig ausgearbeitetem Plan an einem Punkt angelangt, der keine weiteren Einwände rechtfertigte.

Laska ging mittlerweile locker durch die Stallgasse an den anderen Pferden vorbei und hatte das gesamte Umfeld des Kralshofes mit Dalibor an ihrer Seite erkundet. Die beiden verstanden sich wie zwei alte Freunde, die nur darauf gewartet hatten, sich wiederzusehen. Es war fast wie bei Kuba und mir.

»Ich wusste, dass sie kein hoffnungsloser Fall ist. Sie ist einfach nur anspruchsvoll«, verkündete Kuba stolz.

Wir hatten in den letzten beiden Stunden andere Pferde an Laska vorbeigeführt, während Dalibor an ihrer Seite stand. Solange sie ihn in ihrer Nähe wusste, hatte sich Kubas Stute quasi zu einem ganz normalen Pferd entwickelt. Ich konnte nur staunen.

»Du meinst, wenn man keine Freunde hat, ist man bloß zu wählerisch?«, fragte ich amüsiert, um Kuba ein bisschen aufzuziehen.

Er warf mir einen gespielt vorwurfsvollen Blick zu. »Allerdings.

Zu jedem Charakter gibt es ein Gegenstück. Bei Menschen genauso wie bei Pferden. Es dauert vielleicht manchmal, bis man denjenigen findet, der zu einem passt, aber es gibt ihn ganz sicher irgendwo dort draußen.«

»Das hört sich ziemlich romantisch an. Ich dachte, das wäre ein Mädchending.« Ich musste mich sehr zusammenreißen, um nicht loszukichern.

»Hey, du bist mein Freund! Wenn ich dir so etwas nicht verraten kann, wem dann? Einem Mädchen würde ich das natürlich nie erzählen.«

»Ach?« Das machte mich neugierig. »Warum denn nicht? Kommt doch vielleicht ganz gut an.«

»Bestimmt nicht! Männer müssen unnahbar und geheimnisvoll sein.« Er lachte.

Ich platzte ebenfalls los. »Ich werde niemandem verraten, dass ein Mädchen in dir steckt.«

»Du hast Glück, dass ich für heute noch andere Pläne mit dir habe, sonst würde ich gleich den Ringkampf für dein Mucki-Training ansetzen.« Er grinste.

Aber jetzt wurde ich hellhörig. »Was steht denn heute auf der Liste?«

»Nun ja«, begann Kuba, »ich finde, wir haben alle Punkte unseres Trainingsplans erfolgreich abgehakt. Ich denke, es ist Zeit für ein kleines Rennen.«

Ich nickte. »In Ordnung. Heute ist es also so weit.«

Kuba strahlte. »Wie lange brauchst du, um auf der Rennbahn zu stehen?«

Ich lachte. »Jedenfalls nicht so lange wie du!«

Unser Vorhaben verbreitete sich wie ein Lauffeuer. Bruno hatte sich nicht davon abhalten lassen, auch Patrik, Mani und Herrn Kral zu informieren, obwohl mir weniger Aufmerksamkeit lieber gewesen wäre. Kuba hingegen schien sich regelrecht auf die Zuschauer zu freuen, und ich hoffte inständig, dass niemand in seinen Erwartungen enttäuscht werden würde.

»Bist du beim Satteln eingeschlafen?«, fragte Kuba, als ich Dalibor in die Bahn führte.

Bruno, der schon am Eingang bereitstand, grinste. Ich rollte mit den Augen und konnte mir gerade noch ein scherzhaftes »Männer!« verkneifen.

»Warte ab, bis ich dich geschlagen habe«, rief ich stattdessen, während ich locker auf Kuba zutrabte. Doch dann verstummte ich, weil ich Herrn Kral gemeinsam mit Mani über den Hof schreiten sah. In seiner Gegenwart fühlte ich mich stets etwas unsicher, und mir wurde bewusst, dass Kuba immer noch der Sohn des Chefs war.

»Ich lasse dich sogar gewinnen, wenn Laska ansonsten problemlos läuft«, erwiderte Kuba und warf einen Blick zu seinem Vater hinüber. »Hauptsache, er sieht, dass Laska sich doch für das große Rennen eignet.«

»Ja, das werden wir jetzt beweisen!« Ich nickte ihm aufmunternd zu. »Lass uns aber erst mal ein paar Runden zum Eingewöhnen drehen. Bist du bereit?«

Kubas Augen schienen regelrecht zu strahlen. »Ich habe viel zu lange auf diesen Moment gewartet.« Er schnalzte leise und Laska trabte an.

Dalibor blieb dicht an Laskas Seite. Doch nach einigen Metern verwandelten sich seine lockeren Trabschritte in verhaltene Galoppsprünge, bis ich ihm nachgab und ihn laufen ließ. Im selben Moment hörte ich auch Laskas Hufe hinter mir auf den Boden trommeln. Sie kam zügig näher, und ich spürte, dass Dalibor sich zurückhielt. Er wollte nicht einfach nur rennen, er wollte gemeinsam mit Laska laufen.

Die Stute holte zielstrebig auf, bis sie Schulter an Schulter mit Dalibor galoppierte. Man merkte ihr an, dass sie nach der langen Zeit des Schontrainings einfach wieder dem wilden Pferd in ihr nachgeben wollte. Auch Kuba spürte das. Er warf mir ein glückliches Lächeln zu, das unbezahlbar war.

»Ich hätte nicht gedacht, dass du dich traust, gegen mich anzutreten«, rief er zu mir herüber.

»Du willst eine Herausforderung?«, schrie ich zurück.

Die Hufe trommelten im Gleichtakt und ließen den Boden unter uns beben. Kuba reckte einen Daumen in die Höhe und grinste frech. »Ab hier drei Runden!«

»Los, Dalibor! Zeig's ihnen!«

Ich beugte mich tiefer über die Mähne und gab ihm Zügel nach. Kurz zuckte Dalibors schwarzes Ohr, dann streckte er den Hals und erhöhte das Tempo. Es war herrlich, auf dieser perfekten Rennstrecke voranzupreschen. Ich reckte die Nase in den Wind und jubelte aus vollem Hals. Kurz sah ich mich um. Laska war im ersten Moment etwas zurückgefallen, doch nun holte sie abermals auf. Trotzdem behielt Dalibor immer eine Nasenlänge Vorsprung – bis ins Ziel.

Ich gab die Zügel frei und riss beide Hände in die Höhe. »Gewonnen!«

Lachend kam Kuba auf mich zugetrabt. Keine Spur von Neid oder Missgunst war in seinem Gesicht zu erkennen. Als er vor uns stehen blieb, deutete er eine Verbeugung an. »Der Bessere gewinnt. Ihr seid ein tolles Team, du und Dalibor.«

»Es war Glückssache«, wehrte ich ab. »Ihr hättet genauso gut gewinnen können. Vielleicht beim nächsten Mal.«

Kuba hob belustigt die Augenbrauen. »Hervorragend! Das heißt, es gibt ein nächstes Mal!« Er hob die Hand zum Abklatschen und ich schlug ein.

Auch Mani klatschte aufgeregt in die Hände, als wir uns der Umzäunung näherten. »Das war wundervoll!«, rief sie. »Ihr habt wirklich viel trainiert!«

Sogar die Gesichtszüge von Herrn Kral zeigten eindeutig Zufriedenheit, auch wenn er nicht in Begeisterungsrufe verfiel. Er war einfach nicht der Typ, der sich überschwänglich freute, das wusste auch Kuba. Als sein Vater ihm jedoch im Vorbeigehen anerkennend gegen das Bein klopfte, wirkte er noch glücklicher als zuvor.

»Das war verdammt gut!«, sagte er, als wir die Pferde zum Stall zurückbrachten. »Wann wirst du siebzehn? Du musst dich unbedingt zum Rennen aufstellen lassen. Keiner der angehenden Prinzen, die ich kenne, kann so gut reiten. Du hättest sogar beste Chancen zu gewinnen.«

»Ich?«, fragte ich erschrocken.

»Natürlich du!« Kuba schaute mich verwundert an. »Du warst besser als ich«, bekräftigte er.

»Aber doch nur, weil Laska noch nicht wieder voll im Training ist«, wiegelte ich ab. »Wenn wir noch zwei, drei Rennen gelaufen sind, hängst du mich locker ab.«

Doch Kuba schüttelte lächelnd den Kopf. »Weißt du, es würde mich gar nicht stören, wenn jemand anders gewinnt, wenn es meinem Vater nicht so wichtig wäre.«

»Unsinn«, sagte ich schnell. »Du und Laska, ihr seid das beste Team, und wir werden weitertrainieren, um dafür zu sorgen, dass du gewinnst.« Ich boxte ihm freundschaftlich gegen die Schulter.

Kuba sah mich lange an, dann fuhr er sich mit einer Hand durch die Haare. »Weißt du, was dein einziges Manko ist?«

Überrascht sah ich auf. Aber nach so viel Lob würde ich wohl auch ein wenig Kritik einstecken können. »Nein, was denn?«, fragte ich möglichst locker.

»Warum zum Teufel bist du ein Kerl?«

»Bitte?« Ich musste mich verhört haben.

»Ehrlich, Mann! Warum kann ich solche Momente wie eben nur mit dir erleben? Können Mädchen nicht auch einfach ganz normal sein? So wie du und ich!«, regte Kuba sich auf. »Sie sind alle bloß oberflächlich. Mit den Tussis, die das Chalet belagern, kann ich nicht ein vernünftiges Wort wechseln. Über Pferde kann man sich ohnehin mit keiner unterhalten. Wie, bitte, soll ich da ein Mädchen auf dem Prinzenball finden?«

Ich verschluckte mich beinahe und umklammerte fest die Zügel in meiner Hand. »Also ... davon habe ich echt keine Ahnung!«

Kapitel 12

Bei Nacht und Nebel

Ich warf einen misstrauischen Blick nach oben. Seit etwa einer halben Stunde verdunkelte sich der Himmel mehr und mehr, obwohl es dafür selbst im Februar zu dieser Nachmittagsstunde noch zu früh war. Steingraue Wolken schoben sich zu einer dichten Mauer zusammen, die offenbar nicht vorhatte, das Tageslicht noch länger hindurch zu lassen.

Wir hatten unsere heutige Trainingseinheit erfolgreich beendet. Kuba war auf Laska mit Dalibor als Handpferd in der Bahn geritten, während ich ihnen in sicherem Abstand auf Kavan gefolgt war. Es war absolut problemlos verlaufen.

»Wir sollten abbrechen«, sagte Kuba, der meinem Blick gefolgt war. »Ich glaube, da braut sich ganz schön was zusammen. Besser, wir holen auch die Stuten wieder rein.«

Ich nickte. Ja, um die Pferde, die auf den angrenzenden Weideflächen standen, mussten wir uns als Nächstes kümmern. Wirklich Sorgen machte mir allerdings vor allem *mein* Heimweg.

Kuba drückte mir Laskas Zügel in die Hand und winkte Bruno heran, der schon besorgt nach uns Ausschau hielt. »Wenn ihr die drei nehmt, laufe ich zur Koppel.«

»Ich komme nach«, rief ich Kuba hinterher, während ich im Laufschritt neben Bruno und den Pferden hertrabte.

Ein Gewitter war nichts Ungewöhnliches im Land des ewigen Schnees. Hagel, Schneegestöber und Stürme jeglicher Art gehörten zum Alltag. Jedes Kind lernte die entsprechenden Verhaltensregeln schon in der Schule. Unter Punkt eins stand immer: »Schutz in einem massiven Gebäude suchen und dieses so lange nicht verlassen, bis das Unwetter sich verzogen hat!«

Aber genau da lag das Problem: In einer knappen halben Stunde endete meine Arbeitszeit und bis dahin hatte es allenfalls gerade richtig begonnen. Ich würde mitten hineingeraten, wenn ich nach Hause ritt. Ein Windstoß fegte durch die Stallgasse, als ich das Tor öffnete. Laska machte einen nervösen Satz zur Seite und hätte mich beinahe umgestoßen. »Hoo!« Beruhigend strich ich ihr über die Flanke. »Schön langsam, gleich bist du da.« Mit einer Hand öffnete ich die Boxen und führte erst Laska, dann Dalibor hinein, als draußen plötzlich ein lautes Krachen zu hören war. Das Gewitter war genau über uns.

»Ash, beeil dich! Kuba braucht deine Hilfe!«, schrie Bruno, der Kavan schon angebunden hatte, und zerrte mich fast aus Dalibors Box. »Lass nur, ich sattle ab.«

Im Laufen zog ich meine Kapuze über, bevor ich wieder ins Freie stürmte. Hinter mir verrammelte Bruno bereits die Fensterläden.

Kuba hatte die Stuten inzwischen aufgehalftert und wartete darauf, dass ihm jemand das Gatter öffnete. Ein tiefes Donnergrollen ertönte, als ich die Weide erreichte, und nun klatschte mir der Regen ins Gesicht. Eiskalt und hart wie Nadelstiche. In Sekunden verwandelte sich das Wasser in Eis, aus den Tropfen wurden kleine Kugeln, die wie Geschosse auf mich herunterprasselten. Ich konnte kaum noch etwas sehen, meine Hände zitterten, weil ich keine Handschuhe trug, und es gelang mir einfach nicht, den Riegel des Gatters zu öffnen. Kuba stand ganz ohne Mütze zwischen den unruhigen Stuten, Hagelkörner hatten sich in seinen Haaren verfangen und seine Wangen leuchteten hellrot. Er verzog keine Miene, obwohl er ziemlich schlimm aussah.

»Scheiße!«, fluchte ich und endlich schnappte der Riegel auf.

Eines der Pferde riss sich los und stürmte im Galopp an mir vorbei – zum Glück in Richtung Stall. Ich nahm Kuba zwei Stuten ab, während er mit den restlichen hinterherlief. Trotz meines dicken Schals rutschten Hagelkörner unter meinen Kragen. Meine Körperwärme schmolz das Eis und feine Rinnsale liefen meinen Rücken herab. Zitternd erreichte ich den Stall. Bruno schloss das Tor hinter uns und ein schrilles Wiehern durchbrach ein weiteres Donnergrollen. Das war verdammt knapp gewesen.

Wir rieben die Pferde mit Stroh ab und versorgten sie mit Heu, während es draußen donnerte und krachte. An den Heimritt brauchte ich gar nicht mehr zu denken. »Komm mit ins Haus, Ash. Bei dem Wetter kannst du nicht nach Hause reiten«, ordnete Bruno an, als hätte er meine Gedanken gelesen.

Ich nickte zögerlich. Mein geplanter Einkauf rückte in weite Ferne. Und es würde richtig Ärger geben, wenn Novak auffiel, dass die Vorräte knapp wurden. Aber im Moment konnte ich daran nichts ändern. Also rannte ich mit Kuba und Bruno zum Haupthaus. Kaum war die Tür hinter uns ins Schloss gefallen, zog Kuba mich hinter sich her die Treppe herauf.

»Äh …« Was hatte er vor?

»Komm mit! Ich gebe dir ein paar trockene Sachen. Die sitzen dir vielleicht ein bisschen zu locker, aber besser, als so durchweicht zu sein, ist das allemal.« Er drehte sich um und knuffte mich freundschaftlich, als er meinen vermutlich ziemlich schockierten Blick bemerkte. »Hey, das kannst du echt annehmen«, versuchte er, mich zu beruhigen. »Guck nicht so entsetzt!«

Entsetzen war gar kein Ausdruck. Ich fühlte die Panik über mich hereinbrechen wie eine unaufhaltbare Lawine.

»Ich brauche keine frischen Sachen. Ich ziehe mich später zu Hause um«, sagte ich entschieden und blieb stehen.

Kuba runzelte die Stirn. »Blödsinn! Wer weiß, wann sich das Gewitter verzieht und du aufbrechen kannst. Bei der Kälte holst du dir außerdem den Tod, wenn du so durchnässt nach Hause reitest. Du kommst jetzt mit und ziehst ein paar Klamotten von mir an.« Er zerrte mich weiter.

Dummerweise schlotterten meine Knie jetzt schon, sodass ich mich kaum dagegen wehren konnte. Dabei hatte ich mehr Angst vor dem angedrohten Umziehen als vor der Kälte draußen! Auf dem Flur kam uns das Zimmermädchen entgegen, das Kuba einen verliebten Blick zuwarf. Oh, mein Gott! Wenn sie geahnt hätte, was mir bevorstand!

Doch Kuba beachtete sie gar nicht und öffnete eilig seine Zimmertür. »Falls du auf Nancy stehst – keine Sorge, die Mädchen kommen hier nicht rein.«

»Bitte?!«

»Mann, beruhige dich doch! Außer uns beiden ist niemand hier.« Kuba wandte sich um und öffnete seinen Kleiderschrank, während ich mich hastig nach einer Fluchtmöglichkeit umsah. Er kramte in seinen Sachen und warf eine Hose und einen Wollpullover auf sein Bett. »Das passt bestimmt«, freute er sich. »Brauchst du auch eine lange Unterhose?« Fragend drehte er sich zu mir um, während ich spürte, wie mir die Röte ins Gesicht schoss.

»Komm schon, das ist kein Problem!«, beteuerte Kuba. »Ist alles frisch gewaschen.«

Schlimmer konnte es nicht werden, oder? Eine Unterhose von Kuba anzuziehen überstieg definitiv mein Vorstellungsvermögen. In was für eine unmögliche Situation hatte ich mich mit meiner Lüge nur hineingeritten?

»Ich lege einfach mal alles raus, was man so braucht«, fuhr Kuba unbeirrt fort. »Socken, Unterhemd … sonst noch was?«

»Nein, danke«, antwortete ich gequält.

Er wirkte unentschlossen. »Na, dann …«

»Kannst du bitte rausgehen?«, flüsterte ich. Ich hatte das Gefühl, gleich ohnmächtig zu werden.

Kuba nickte arglos. »Klar, kein Problem. Zieh dich in Ruhe um. Ich verschwinde so lange im Bad.«

Kaum hatte er die angrenzende Tür hinter sich verschlossen, ließ ich mich stöhnend aufs Bett fallen. Du lieber Himmel – wenn ich das jemals geahnt hätte! Doch sofort rief ich mich zur Ordnung. Viel Zeit blieb mir bestimmt nicht. Und ich musste auf alle Fälle meine Kleidung gewechselt haben, bevor Kuba zurückkam.

Ich zerrte mir die feuchten Sachen vom Körper und schlüpfte in die frischen. Tatsächlich war ich bis auf die Unterwäsche durchnässt. Sogar mein Brustwickel hatte sich an einigen Stellen voll Wasser gesogen – und ich musste beinahe hysterisch lachen bei der Vorstellung, ich würde zu Kuba sagen: Ach, entschuldige, hättest du vielleicht noch eine trockene Bandage, mit der ich meine Brüste verstecken kann? Wäre doch wirklich blöd, wenn jemand bemerken würde, dass ich ein Mädchen bin … Ich verpasste mir im Geiste selbst eine Kopfnuss. Eilig zog ich mir den dicken Wollpullover über den Kopf, gerade noch rechtzeitig, als Kuba aus dem Badezimmer kam.

»Fertig?«, fragte er.

»Ja.« Ich stieß erleichtert die Luft aus.

»Prima, dann ziehe ich mich auch schnell um. Danach können wir essen gehen.«

Ich schnappte meine Sachen, ohne auch nur eine Sekunde Zeit zu verlieren, und stürzte ins Bad, bevor Kuba meinen knallroten Kopf bemerken konnte. Auch wenn ich insgeheim zu gerne mal einen Blick auf ihn geworfen hätte … Ich wartete extra lange, um jede weitere peinliche Situation zu vermeiden, bevor ich mich wieder hinauswagte. Vorsichtig öffnete ich die Tür einen Spaltbreit und spähte hindurch.

»Komm endlich raus, Ash!«

Ich konnte hören, dass Kuba grinste.

Verlegen trat ich ins Zimmer.

»Los, gehen wir runter! Mani hat sicher schon das Abendessen vorbereitet.«

»Abendessen?«, fragte ich dümmlich.

Er antwortete nicht und zog mich erneut hinter sich her bis in die Küche.

Mani wirkte hocherfreut, als sie uns sah. »Hey, ihr beiden, ihr müsst doch unheimlich hungrig sein. Bruno hat mir erzählt, dass ihr ganz allein die Pferde reingeholt habt.«

»Ja, wir sind klitschnass geworden ...«

Kuba erzählte unbefangen von unserem kleinen Abenteuer, während meine Gedanken abschweiften. Es war stockdunkel draußen. Der Hagel prasselte unvermindert gegen die Fensterläden und der Sturm fegte mit einem unheimlichen Heulen um das Haus.

»Ash?«

Erschrocken blickte ich hoch. Ich hatte gar nicht zugehört, worüber sie gesprochen hatten.

»Leider sind die Telefonleitungen tot«, teilte Mani mir mir, »sonst könntest du wenigstens zu Hause Bescheid geben, dass du über Nacht hierbleiben musst.«

»Über Nacht?« Was für ein Albtraum – ich musste nach Hause! Wie sollte ich sonst die Hausarbeit schaffen?! Und unter gar keinen Umständen durfte jemand auf die Idee kommen, auf dem Sturmhof anzurufen. Dann wäre alles aus.

»Sag ich doch, er hört gar nicht hin.« Kuba zwinkerte Mani zu. »Na, deine Eltern machen sich hoffentlich keine Sorgen. Du kannst jedenfalls bei mir auf der Couch schlafen, da ist genug Platz.«

Mir fiel fast die Kinnlade herunter. »Auf deiner Couch …?«

Mani stellte mir einen Teller vor die Nase. »Iss erst mal was! Der arme Junge ist wirklich ganz ausgehungert«, murmelte sie vor sich hin. »Dann kann man ja auch nicht mehr klar denken.«

Ich verschwieg vorsichtshalber, dass mein Kopf im Gegenteil gerade auf Hochtouren arbeitete. Wie um Himmels willen sollte ich mich aus dieser Lage befreien – und wie sollte ich eine gemeinsame Nacht mit Kuba überstehen?

❄

Wenig später lag ich auf der Couch in Kubas Zimmer, keine drei Meter entfernt von dem wahrscheinlich begehrtesten Prinzenanwärter des Jahres, der allerdings dachte, ich sei ein Junge und sein bester Freund. Tausend Gedanken schossen mir durch den Kopf. Kuba war so nett zu mir, dass ich es fast nicht aushalten konnte. Vielleicht sollte ich meinen Job auf dem Kralshof kündigen, um Kubas Vertrauen nicht weiter zu missbrauchen? Aber damit würde ich unweigerlich Dalibor aufgeben, und das kam, so schrecklich ich mich Kuba gegenüber auch fühlte, absolut nicht infrage. Während Kubas Atmung immer gleichmäßiger wurde, bis nur noch ein sanftes Hauchen zu hören war, konnte ich an Schlaf nicht denken. Wie um alles in der Welt sollte ich Novak meine Abwesenheit erklären? Ich lauschte auf das Rauschen des Windes und das Klappern der Fensterläden. Sogar das Fallen der Schneeflocken glaubte ich draußen zu hören. Oder war ich doch für einen kurzen Moment eingenickt?

Erschrocken fuhr ich hoch. Kuba schlief tief und fest. Leise schob ich die Decke beiseite und tapste auf Zehenspitzen zum

Fenster. Die Nacht war schwarz und bedrohlich. Selbst im Dunkeln konnte ich erkennen, wie sehr der Sturm gewütet hatte. Überall lagen kahle Äste und Tannenzweige herum. Immerhin hatte das Unwetter sich endlich gelegt.

Ich warf einen Blick auf Kuba, dessen ebenmäßige Gesichtszüge im schwachen Mondlicht einfach schön wirkten. Für einen Moment hatte ich solche Sehnsucht, meine Hand an seine Wange zu legen, ihm durch die dunklen Haare zu fahren, dass ich mich nur mit aller Macht davon zurückhalten konnte. Doch dies war meine einzige Chance, mich unbemerkt aus dem Staub zu machen. Ich musste sie nutzen.

Ich tastete mich zu dem Sessel vor, auf dem die trockenen Sachen lagen, die Kuba mir gegeben hatte, und streifte sie lautlos über. Hatte er einen leichten Schlaf? Knarrte irgendwo im Zimmer eine Holzdiele? Mein Puls beschleunigte sich, als ich im Zeitlupentempo zur Tür schlich. Ganz behutsam drückte ich die Klinke herunter.

Der Weg ins Erdgeschoss verlief erstaunlich leicht. Alle auf dem Kralshof schienen friedlich zu schlafen. Ich tappte zur Küche, fand meine Jacke, die vor dem Kamin hing, und schlich zurück. Im Flur legte ich meine Hand auf den kalten Griff der Eingangstür und lauschte noch einmal, ob ich ein verdächtiges Geräusch vernahm. Als alles ruhig blieb, schlüpfte ich hinaus und schloss die Tür hinter mir.

Eisiger Wind fuhr mir in die kurzen Haare. Mist. Ich hatte meine Mütze vergessen, die wie meine anderen Sachen noch zum Trocknen in der Küche hing. Es waren bestimmt fünfzehn Grad unter null. Aber darüber konnte ich mir jetzt keine Gedanken machen. Viel wichtiger war, dass ich Dalibor unbemerkt aus dem Stall holte. Denn schlimmer als in ihrem Schlaf gestörte Hausbewohner wäre nur ein Haufen aufgeregter Pferde.

Die Spuren im Schnee würden mich zum Glück erst in den Morgenstunden verraten. Ich stapfte entschlossen auf das Stalltor zu. Das feine Knirschen unter meinen Schuhsohlen war hoffentlich im Haus nicht zu hören. Ich klappte den Kragen meiner Jacke so hoch wie möglich und duckte mich gegen den Wind. Das Tor rumpelte ganz leise, ein Pferd schnaubte freudig. Das konnte nur Dalibor sein.

Ich ließ das Tor einen Spaltbreit offen und tastete mich zu seiner Box vor. Nebenan raschelte etwas im Stroh. Ein Pferd stampfte mit dem Huf auf, weil es vielleicht glaubte, dass es sonst kein Heu bekommen würde. Das Klacken des Riegels hallte in meinen Ohren. Dalibors Nüstern schoben sich mir freudig entgegen.

»Schsch«, hauchte ich.

Mit einer Hand hielt ich ihn fest, mit der anderen streifte ich ihm die Trense über. Auf den Sattel musste ich verzichten. Meine Angst, entdeckt zu werden, war zu groß. Klapp, klapp, klapp, hallten Dalibors Eisen über den Steinboden. Ich hielt den Atem an, doch drüben im Haupthaus blieb alles dunkel. Neugierige Pferdeaugen verfolgten unseren Ausbruch, aber keines der Tiere begann zu wiehern. Ich würde ihnen allen eine Extraportion Heu verschaffen – falls ich heile zu Hause ankommen und jemals wieder einen Fuß auf den Kralshof setzen würde.

Dalibor hob die Nüstern in den Wind und spitzte aufmerksam die Ohren. Wir traten aus dem Stall und ich schloss das Tor hinter uns. Mit einem Satz schwang ich mich auf Dalibors Rücken und presste die Beine fest an seinen Körper. Der vertraute Pferdeleib unter mir strömte eine beruhigende Wärme aus. Trotzdem saß mir die Angst im Nacken wie ein unsichtbarer Feind. Für einen Augenblick wusste ich selbst nicht, ob ich das Richtige tat. Aber dann biss ich die Zähne zusammen und trieb mein Pferd hinaus in die Nacht.

❄

Tiefe Dunkelheit umgab uns. Die alles verschlingende Schwärze hatte sogar den Mond verschluckt. Mit zitternden Fingern streifte ich meine Reithandschuhe über und verhakte meine Hände in Dalibors langer Mähne. Mas Erbstücke würden mich zwar nicht wärmen, mir aber zumindest festen Halt geben, falls Dalibor sich unterwegs erschreckte.

Schritt für Schritt tauchte die gespenstische Landschaft aus der Dunkelheit vor mir auf. Überall lagen große kahle Äste und entwurzelte Bäume herum. Es musste ein richtiger Blizzard gewütet haben. Doch unbeeindruckt von dem Chaos, das der Sturm hinterlassen hatte, schlug Dalibor den Weg zum Dorf ein, ohne dass ich ihn lenken musste. Er wusste auch so, wo ich hinwollte – hin*musste*, obwohl ich mich schmerzhaft zurück zum Kralshof sehnte, sobald ich die Tür hinter mir zugeschlagen hatte. Die vergangenen Tage und vor allem die letzten Stunden Seite an Seite mit Kuba hatten alles in mir durcheinandergewirbelt. Ich fühlte mich hin- und hergerissen zwischen dem übermächtigen Wunsch, Kuba nahe zu sein, und der verzweifelten Angst, entdeckt zu werden. Ich *wusste*, dass ich keinen Gedanken an einen Prinzenanwärter verschwenden durfte. Aber ich musste dauernd an Kuba denken. Meine Gefühle rebellierten und meine Gedanken kreisten wie Raubvögel über diesem nicht enden wollenden Kampf.

Ich versuchte, mich auf den Weg vor mir zu konzentrieren. Der erste Teil der Strecke führte unmittelbar am Wald vorbei. Umgefallene Bäume versperrten den sicheren Weg und drängten uns seitlich in den Tiefschnee. Dalibor schnaufte angestrengt, als er einen dicken Stamm umrunden musste und bis zum Bauch in einer Schneewehe versank. Große Steine und unübersichtliche Erhebungen verbargen sich unter der weißen Decke. Ich konnte spüren, wie der unebene Untergrund meinem Pferd trotz der Eisenstifte zu schaffen machte. Immer wieder rutschten seine Hufe seitlich weg.

Jeden Ritt bei Dunkelheit umwehte ein Hauch von Gefahr. Damit kannte ich mich bestens aus. Manchmal empfand ich sogar beinahe Lust an dem kitzelnden Adrenalin in meinen Venen. Normalerweise galoppierte ich nachts oder im Morgengrauen mit Dalibor nur über die große Ebene in Richtung der Klippen, dort, wo ich im Vorteil war, jeden Stein kannte und wilde Tiere rechtzeitig bemerken konnte. Hier aber kannte ich mich nicht gut genug aus, um die sicheren Pfade zu finden. Mir blieb keine andere Wahl, als mich auf mein Glück zu verlassen. Und davon hatte ich bisher wirklich nicht allzu viel gehabt.

Ganz in der Nähe knackte ein Zweig. Dalibor zuckte zusammen und drehte den Kopf in die Richtung, aus der das Geräusch gekommen war. Es raschelte. Dalibors Ohren zuckten.

»Ganz ruhig«, raunte ich. Ein kopfloses Pferd war keine gute Voraussetzung. Sachte klopfte ich seinen Hals und redete weiter beruhigend auf ihn ein, während der Wind in der Ferne heulte.

Oder war es ein Wolf?

Eine Gänsehaut huschte über meinen Rücken. Ich setzte mich gerade hin und beobachtete aufmerksam meine Umgebung. Doch um mich herum lauerte nichts außer Schatten. Undefinierbare, verschwommene Schatten. Dalibors Anspannung ließ nicht nach. Sein Rücken wölbte sich leicht unter mir, als ob er jeden Moment in die Luft gehen wollte. Ich presste meine Beine fester an seinen Körper und hoffte, ihn mit meiner Entschlossenheit vorwärts zu treiben. Ruhe konnte ich ihm leider nicht vermitteln. Meine eigene Angst war viel zu groß.

Ein erneutes Knacken ertönte vom Waldrand her, Dalibor rutschte seitlich weg. Ich verlor die Balance und hätte mich beinahe nicht mehr auf seinem Rücken halten können, doch meine Finger waren so fest in seiner Mähne verschlungen, dass es mir gelang, mich wieder hochzuziehen.

Ein Ruck ging durch den Pferdekörper. Dalibor steckte im Untergrund fest. Er versuchte, sich zu befreien, doch dabei krachte es unter seinen Hufen. Ich sah hinab – kleine Eisschollen trieben um uns herum. Einer der Baumstämme musste die Eisschicht eines zugefrorenen Sees zerschlagen haben. Panisch riss Dalibor den Kopf in die Höhe. Ich konnte nicht einmal absteigen, um ihm zu helfen, ich würde die Eisdecke nur weiter zerstören. Wasser gurgelte unter uns. In meiner Not kam mir Mas Erzählung von der magischen Kraft der Eispferde in den Sinn. War dies eine Situation, in der mich die geheimnisvollen Worte aus der Todesgefahr retten konnten? Trotz der Kälte brach mir der Schweiß aus. Was, wenn es doch nur eine Legende war? Was, wenn die Verbindung zwischen mir und Dalibor nicht ausreichen würde, um die Magie heraufzubeschwören?

Ich versuchte, so unbeweglich wie möglich zu sitzen, um Dalibor nicht noch mehr aus dem Gleichgewicht zu bringen. Langsam streckte ich die Hand aus, legte sie an sein schwarzes Ohr und konzentrierte mich. Doch plötzlich reckte Dalibor den Kopf vor, seine Beine schaufelten sich den Weg frei. Er fand Halt auf den Ästen einer umgestürzten Kiefer und hievte sich mit einem Ruck in die Höhe. Raus aus den eisigen Schollen, die unser Tod hätten sein können. Ich klammerte mich an seinen Rücken, starr vor Angst. Hier draußen, mitten in der Nacht, gab es niemanden, der uns hätte helfen können. Dalibor sprang mit letzter Kraft über die Zweige der Kiefer hinweg und bahnte sich einen Weg zurück auf den sicheren Pfad. Ich dankte dem Himmel.

Mein Blick zurück fiel auf eine dunkle Spur im Schnee: Blut. Dalibor musste sich verletzt haben. Mit zitternden Händen suchte ich seinen Körper ab. Ich wollte absteigen, um unter seinem Bauch nachzusehen, doch diesmal gehorchte mein Pferd mir nicht. Dalibor galoppierte weiter, und ich spürte, dass er nicht stehen bleiben würde, bis wir zu Hause waren.

Erst als ich ein diffuses Licht vor uns erblickte, fühlte ich mich etwas ruhiger. Der dunstige Schimmer konnte nur von der großen Turmuhr stammen, was bedeutete, dass das Dorf in greifbarer Nähe lag. Der Weg bis zum Sturmhof war demnach nicht mehr weit. Ich beschloss, die Abkürzung durch das Dorf zu wagen, in der Hoffnung, dass mich um diese Uhrzeit niemand entdeckte. Nach und nach erkannte ich die Umrisse einzelner Häuser im Schein der Straßenlaternen. Der Marktplatz lag leer und verlassen da. Die Stände waren fest verrammelt, ebenso wie die meisten Fenster der umstehenden Gebäude. Die Dorfbewohner hatten vorgesorgt – sie waren schließlich routiniert im Umgang mit Unwettern.

Dalibors Eisen klapperten leise und gespenstisch über das Kopfsteinpflaster, während sich die Dunkelheit zwischen den Häusern mit kalten Fingern nach mir ausstreckte, als ob sie mich zurück in die Schwärze ziehen wollte. Ich ließ den Schneewall hinter mir und versuchte, Dalibors Tempo zu kontrollieren, um seine Kräfte zu schonen. Er verfiel in einen ungeduldigen Trab, bis er endlich doch mit lang gezogenen Sprüngen über unsere Sprintstrecke fegte. Hoffentlich war das ein Zeichen, dass er sich keine ernsthafte Verletzung zugezogen hatte.

Als ich die Umrisse des Sturmhofs vor mir auftauchen sah, seufzte ich vor Erleichterung auf. Wir hatten es geschafft! Aber dann erkannte ich die Silhouette, die sich vom Schwarz der Hausfassade abhob. Novak stand da wie ein wütendes Mahnmal, eine Laterne in der Hand. Und mit einem Schlag wusste ich, dass ich den schlimmsten Teil der Nacht noch immer nicht hinter mir hatte.

»Wo bist du gewesen?«, donnerte mir seine Stimme entgegen.

Ich wusste, dass ich keine Chance hatte. Was ich auch sagte, es würde Ärger geben und, Novaks Gesichtsausdruck nach zu urteilen, nicht zu knapp.

»Ich habe dich etwas gefragt, Ash!«

Ich seufzte. »Arbeiten. Was soll ich sonst tun?« Als ob ich jemals Zeit für andere Dinge gehabt hätte!

»Ich habe dir schon mal gesagt, dass du es dir nicht leisten kannst, einen Job anzunehmen, wenn du deine Pflichten dann nicht erfüllst.«

Beinahe hätte ich gelacht. Pflichten! Natürlich, so sah Novak es: Er ließ mich, eine Waise, auf dem Sturmhof wohnen, und im Gegenzug dafür musste ich den Haushalt führen. Dass er Ma versprochen hatte, mir ein Vater zu sein, übersah er dabei schlicht. Nach dem Gesetz war er das sogar, auf meiner Geburtsurkunde stand sein Name, Novak Valenta – ein Makel, den ich nie wieder loswerden würde und der doch meine Rettung gewesen war. Damals zumindest, nachdem mein Vater vor meiner Geburt gestorben war. Niemand ahnte, dass ich in Wahrheit ein uneheliches Kind war. Ma hatte immer behauptet, ich wäre zu früh auf die Welt gekommen, damit niemandem auffiel, dass ihre Lüge zeitlich nicht stimmen konnte. Außer Jiri und Julie wusste keiner etwas von diesem Ehe-Arrangement.

»Du hast mir gesagt, dass ich arbeiten gehen soll, um Dalibors Heurationen zu bezahlen«, erwiderte ich, sorgsam bemüht, meine Fassung nicht zu verlieren. »Ich erledige die Hausarbeit wie immer, nur zu einer anderen Uhrzeit als sonst.«

»Du hättest mit mir absprechen müssen, ob das möglich ist.«

»Ob das möglich ist?« Ich ballte die Hände hinter Dalibors Mähne zu Fäusten. Es gelang mir nur schwer, meinen Zorn zu unterdrücken. »Du hast mir doch überhaupt keine andere Wahl gelassen!«

»Du hattest die Wahl«, höhnte Novak, »ob du dein Pferd behältst oder nicht.«

Warum musste er immer so ungerecht zu mir sein? Konnte er nicht einfach zufrieden damit sein, dass ich seine Forderungen sofort umgesetzt hatte und arbeiten ging? Er hatte mir bisher noch nie irgendetwas zweimal sagen müssen.

Ich stieß mühsam beherrscht die Luft aus meinen Lungen. »Geht es dir wirklich nur darum, dass die Hausarbeit nicht erledigt ist?«, fragte ich. »Oder versuchst du, dein schlechtes Gewissen gegenüber Ma zu übertönen?«

Sogar die Dunkelheit konnte nicht verbergen, dass sich Novaks Gesicht verfärbte. »Deine Mutter ist diejenige, die ein schlechtes Gewissen haben müsste. Obwohl sie mir ewige Treue geschworen hat, konnte sie deinen Vater nie vergessen.« Er verschränkte die Arme vor der Brust. Ich war sprachlos. Mir war nie zuvor aufgefallen, dass Novak unter Mas fehlender Liebe gelitten hatte. »Der Vertrag mit deiner Mutter ist mit ihrem Tod erloschen«, fuhr er fort. »Ich schulde niemandem etwas. Ganz im Gegensatz zu dir! Solange du hier wohnen darfst, wirst du die Hausarbeit erledigen – und zwar pünktlich!«

Tränen stiegen mir in die Augen. »Das geht erst abends! Ich muss arbeiten!«

Sein Blick streifte mich abfällig. »Du hast ohnehin keine Stelle, Ash.«

»Ich war arbeiten. Ehrlich!«, wiederholte ich aufgebracht. »Ich konnte nur wegen des Unwetters nicht nach Hause kommen.«

»Du willst mir erzählen, dass du die kurze Strecke vom Dorf

bis hierher nicht geschafft hättest?« Sein Tonfall klang spöttisch. »Lüg mich doch nicht an!«

Da ertrug ich es nicht länger. Novak wusste nur allzu gut, wo mein wunder Punkt lag – und er hatte keine Skrupel, mich dort zu treffen. Ja, ich war zu einer Lügnerin geworden, aber nur, weil ich seinetwegen keine andere Chance gehabt hatte! Ich sprang aus dem Sattel und baute mich vor ihm auf. »Wer hat gesagt, dass ich im Dorf arbeite?«, konterte ich.

Novak lachte nur. »Vielleicht sollte ich besser fragen, als *was* du arbeitest, oder? Ich denke, diese Stelle ist eine reine Erfindung.« Ein gehässiges Grinsen legte sich auf sein Gesicht, und ich fragte mich zum bestimmt hundertsten Mal, wie verzweifelt Ma gewesen sein musste, als sie sich dazu entschieden hatte, ausgerechnet Novak Valenta zu heiraten. »Ich hätte mir damals schon denken können, dass es nur Schwierigkeiten macht, wenn deine Mutter einen Bastard mit in die Ehe bringt.« Entsetzt starrte ich ihn an. Mir fiel nichts ein, das ich auf eine so widerliche Bemerkung antworten konnte. »Du bist eine nutzlose Lügnerin und früher oder später werden dich deine Unwahrheiten einholen. Ich gehe jede Wette ein, dass du bis zum Ende des Monats nicht das Geld für einen Ballen Heu aufgebracht hast.«

Ich krallte meine Fingernägel in die Handflächen, bis es schmerzte, um nicht die Beherrschung zu verlieren. »Ich habe eine Arbeit«, knirschte ich. »Und zwar in der Küche auf dem Kralshof, außerhalb des Dorfes.« Die Worte waren heraus, bevor ich darüber nachdenken konnte.

Novak hob eine Augenbraue. »Ach, ja?«, fragte er.

Im selben Moment hätte ich mich ohrfeigen können. Das war keine gute Idee gewesen. Vermutlich war es sogar das Dümmste, das ich jemals gesagt hatte. Auch wenn es sich gut anfühlte, dass ich mich wenigstens verteidigt hatte.

»Du arbeitest auf dem Kralshof? Wenn das wirklich stimmt, dann beweise es. Du wirst deinen imaginären Chef um einen Vorschuss bitten. Sonst setze ich dich vor die Tür, und zwar ohne den Gaul, denn den verkaufe ich zum Ausgleich für die Unsummen an Kosten, die du verursacht hast. Merk dir das!««

Ich spürte, wie mir alle Farbe aus dem Gesicht wich. Wie sollte ich diese neue Forderung erfüllen? Nachdem Novak ins Haus gestapft war, vergrub ich mein Gesicht in Dalibors Mähne und weinte. Ich fühlte mich wie der einsamste Mensch auf der ganzen Welt. Gleichzeitig verspürte ich eine unbändige Wut auf mich selbst. Was hatte ich getan? Warum hatte ich zu allem Überfluss auch noch meinen Arbeitsort preisgegeben? Wenn ich Pech hatte, würde meine Lüge mich nicht nur einholen – sondern mir mit großen Schritten vorauseilen. Einen Vorschuss würde ich dann erst recht nicht bekommen.

Kapitel 13

Aufgeflogen?

Anders als in den vergangenen Tagen freute ich mich heute kein bisschen, als ich das rote Dach des Kralshofes vor mir auftauchen sah. In meinem Bauch hatte sich ein hartnäckiger Knoten gebildet, der nur ein Gutes hatte: Er vertrieb sogar jegliches Hungergefühl. Die bleierne Müdigkeit, die in meinen Knochen lag und mich gleichermaßen lähmte, war nicht nur der Schlaflosigkeit der vergangenen Nacht geschuldet. Schlimmer war die Angst, die mich gepackt hatte und nicht mehr losließ. Was, wenn Novak Nachforschungen auf dem Kralshof anstellte, was, wenn er meine wahre Identität verriet? So glücklich ich über die Möglichkeit gewesen war, für Dalibors Heurationen aufzukommen, so groß war nun meine Sorge, dass es doch vergebens gewesen sein könnte. Dass ich ihn verlieren würde – und damit alles, was ich besaß und liebte.

Den Großteil der Nacht hatte ich mit dem Hausputz verbracht. Nur um nach zwei Stunden Schlaf wieder aufzustehen und die Wäsche zu waschen. Ich hatte alles gemacht, was Novak von mir erwartete. Aber ob das in seinen Augen reichte, bezweifelte ich.

Niemand begegnete mir auf dem Weg in den Stall, und ich war erleichtert, wenigstens vorläufig nichts erklären zu müssen. Doch hinter dem Tor erwartete mich Kuba. Er sah mir mit verschränkten Armen entgegen, und ich hätte schwören können, dass er schon länger dort stand.

»Du hast *eine* Chance, dich zu verteidigen«, sagte er kühl und ohne Begrüßung.

»Verteidigen?«, fragte ich irritiert.

»Schon vertan.« Kuba griff nach den Zügeln in meiner Hand und führte Dalibor in seine Box. Kommentarlos löste er den Sattel und zog die Trense herunter. Erst nachdem er alles sorgfältig weggehängt hatte, nahm er mich wieder ins Visier. Nein, er durchbohrte mich mit seinem Blick.

»Ich ...«, setzte ich hilflos an und verstummte wieder. Was genau sollte ich verteidigen? Hatte Novak sich schon nach mir erkundigt? Wussten bereits alle Bescheid?

»Ich höre?« Kuba ließ mich keine Sekunde aus den Augen.

»Ich weiß gar nicht, was los ist«, entgegnete ich schwach.

»Was los ist? Kannst du dich vielleicht daran erinnern, dass du gestern Nacht in meinem Zimmer eingeschlafen bist?«

Sofort fühlten sich meine Wangen heiß an. »Ja, schon ...«

»Na also. Und wo warst du heute Morgen?«

»Zu Hause«, gab ich zu und stieß erleichtert die Luft aus. Puh! Das klang nicht, als hätte Novak den Krals meine Lüge offenbart.

»Kannst du dir vorstellen, wie lange ich nach dir gesucht habe?« Kubas Stimme grollte schlimmer als das Gewitter gestern.

»Du hast nach mir gesucht?«, fragte ich ungläubig.

»Was hast du denn gedacht? Dass ich mich einfach umdrehe und weiterschlafe, wenn ich das leere Sofa sehe?« Er beugte sich ein Stück vor und ich schloss verwirrt die Augen.

»Wo hätte ich denn schon sein sollen?«, flüsterte ich.

»Ja, genau das habe ich mich auch gefragt: Wo kann er bloß sein? Ist etwas passiert? Wieso sollte Ash so dumm sein und mitten in der Nacht aufbrechen, wenn er doch ein warmes Bett unter dem Hintern hat?«

»Ich *musste* nach Hause, Kuba!« Ich sah ihn flehend an. Warum verstand er das denn nicht? »Ich musste nach Hause, weil … damit sich dort niemand Sorgen macht«, log ich. Obwohl das so ziemlich das Letzte war, das Novak bedrücken würde, wenn es um mich ging.

Doch Kuba schnaubte nur. »Und du hättest mich nicht wecken können, um mir Bescheid zu geben? Oder vielleicht einen Zettel schreiben?« Seine Stimme wurde mit jedem Wort lauter.

Ich sah zu Boden. Ich konnte es nicht ertragen, noch mehr Vorwürfen ausgesetzt zu sein. »Warum regst du dich eigentlich so auf?«, fragte ich schroff. »Es ist doch gar nichts passiert.«

Kuba kniff die Augen zusammen. »Nichts passiert, ja? Du bist mein *Freund*. Ist es nicht normal, dass Freunde sich Sorgen umeinander machen? Vor allem, wenn sie wissen, dass der andere sich unnötig in Gefahr begibt?«

Seine Worte stachen in meiner Brust, aber ich schwieg. Es gab leider nichts, was ich ausgerechnet Kuba als Erklärung anbieten konnte.

Er sah mich stirnrunzelnd an. »Wie du meinst.« Sein Tonfall klang bitter. »Ich hatte gedacht, dass du es mir erzählen würdest, wenn du Schwierigkeiten hast.«

Mir kamen beinahe wieder die Tränen. Würde sich jetzt auch er noch von mir abwenden? »Kuba …«, setzte ich noch einmal an. »Es gibt doch bei jedem Dinge, über die man nicht gern redet …« Ich streckte die Hand aus. »Es tut mir leid, aber ich kann nicht darüber sprechen.«

Kuba sah meine Hand an. Dann wandte er sich abrupt um und ging mit festen Schritten die Stallgasse hinunter. Ich schluckte hart. Als ich die Schubkarre holte, um die Boxen auszumisten, zitterten meine Knie. Ich hatte ihn zurückgewiesen, weil es nicht anders ging. Warum tat sein enttäuschter Blick trotzdem so weh?

❄

Den Rest des Vormittags gingen wir uns aus dem Weg. Ich stürzte mich ebenso wie Kuba in die Arbeit, aber trotz aller Bemühungen, meine Gefühle zu verbergen, merkte selbst Bruno, dass etwas nicht stimmte.

»Ich will jetzt wissen, was los ist«, forderte er, nachdem wir auch das Mittagessen schweigend hinter uns gebracht hatten. Er baute sich mit verschränkten Armen vor mir auf und sah keinesfalls so aus, als würde er sich durch fadenscheinige Erklärungen abwimmeln lassen.

Ich versuchte es erst gar nicht. »Ich habe mich bloß mit dem Boss gestritten, mehr nicht«, gab ich betont lässig zurück.

»Mit Herrn Kral?«, fragte Bruno schockiert.

Ich stöhnte. »Nein, mit Kuba.«

»Dachte ich's mir doch. Ihr wirkt schon den ganzen Tag wie ein beleidigtes altes Ehepaar.« Zufrieden mit seinem detektivischen Scharfsinn, straffte Bruno den krummen Rücken.

»Sehr witzig«, erwiderte ich lahm, während ich krampfhaft versuchte, die Hitze zu verbergen, die bei seinen Worten in mir aufstieg. Warum hatte er auch so feine Antennen?

»Ich habe genau die richtige Sonderaufgabe für euch.« Bruno blickte mich herausfordernd an.

Ich rollte mit den Augen. »Und die wäre?«

»Der Mist muss weggefahren werden. Macht den Karren so voll, wie es geht, mit dem Rest kennt Kuba sich aus.« Bruno stolzierte davon wie der oberste Befehlshaber einer siegreichen Armee. Weitere Erklärungen hielt er offenbar nicht für notwendig.

Kuba diese wunderbare Nachricht zu überbringen, überließ er natürlich auch mir. Ich schimpfte leise vor mich hin, während ich mich auf die Suche nach ihm machte. Ich fand ihn bei Laska in der Box – wo auch sonst? Der Stute ging es hervorragend und eigentlich hätte sich das auch in Kubas Laune niederschlagen müssen. Es beunruhigte mich, dass unser Streit anscheinend schwerer wog als seine Freude über Laskas endgültige Genesung. Er starrte regelrecht durch sie hindurch, während er mit kräftigen Strichen über ihren Körper bürstete.

Ich machte es kurz. »Bruno will, dass wir zusammen den Mist wegfahren.«

Kuba sah mich ärgerlich an. »Der alte Fuchs«, knurrte er unwillig, ließ aber den Striegel sinken und trat aus der Box. »In Ordnung. Wir erledigen einfach unsere Arbeit, klar?« Er klang immer noch verletzt.

Ich nickte. Schuldgefühle nagten an mir. Es berührte mich, dass er sich ernsthaft Sorgen gemacht hatte. Um mich, seinen *Freund*. Gleichzeitig machte es mich traurig. Ich hatte Kubas Freundschaft nicht verdient, denn wenn ihn ein winziger Vertrauensbruch wie dieser schon so in Rage versetzte – wie würde er erst reagieren, sollte er jemals erfahren, wer ich wirklich war?

Mit wütendem Eifer stürzte sich Kuba in die Arbeit. Der Mist wurde in einem extra Raum neben den Stallungen gelagert, damit er draußen nicht gefror. In regelmäßigen Abständen mussten die Pferdeäpfel auf den dafür vorgesehenen Karren umgeschichtet und im Wald abgeladen werden.

Trotz der Kälte draußen lief mir der Schweiß von der Stirn, so sehr beeilte ich mich, um mit Kubas Tempo Schritt zu halten. Als wir die letzten Schaufeln voll Mist auf den Karren luden, hatten wir keine zwei Stunden gebraucht.

»Dein Vater hätte sich meinen Lohn sparen können, wenn er stattdessen dich eingestellt hätte«, brummte ich. »Mit Wut im Bauch schaffst du so viel wie zwei Stallburschen.«

»Mach dich nicht über mich lustig, Ash!«, fuhr Kuba mich an. »Ich bin einfach …« Er brach ab.

»Das ist unschwer zu übersehen.« Ich nickte, obwohl er offenbar selbst nicht recht wusste, wie ihm zumute war. »Ich finde nur den Grund nicht so schwerwiegend.«

Kuba warf die Mistgabel scheppernd zu Boden. Das Geräusch der Zinken auf dem Steinboden hallte schrill in meinen Ohren. »Ich habe nach dir gesucht!«, fauchte er. »Die halbe Nacht lang habe ich alles abgesucht, auf dem Hof, im Wald und auf dem Weg zum Dorf.« Er machte eine Pause, in der mein Herzschlag fast aussetzte. Hatte ich ihn in Gefahr gebracht? Das hatte ich ganz bestimmt nicht gewollt!

»Warum?«, fragte ich leise.

»Weil ich deine Spur an einem umgestürzten Baum verloren habe. Ich dachte, dir wäre sonst was passiert!« Seine Stimme zitterte leicht.

Ich schluckte. »Und dann?«

»Dann habe ich deine Spur wiedergefunden«, knurrte Kuba. Himmel! Er war doch nicht … »Ich bin ihr gefolgt bis …«

»Bis …?«, fragte ich atemlos.

»Bis zu dir nach Hause«, schloss Kuba. Er klang nicht mehr so aufbrausend, aber er wirkte noch trauriger als zuvor.

In meinem Kopf jedoch hallten seine Worte wie ein Echo wider. Bis zu mir nach Hause? Was hatte er gesehen? War etwas geschehen, wodurch ich mich verraten hätte? Verzweifelt suchte ich die Bruchstücke meiner Erinnerung an die gestrige Nacht zusammen. Wann war Kuba da gewesen? Hatte er überhaupt etwas Verdächtiges beobachtet? Für einen Außenstehenden hätte es auch wie ein Streit zwischen Vater und Sohn aussehen können, oder?

Mein Trotz siegte. »Schön. Dann weißt du ja jetzt, dass ich nicht so ein makelloses Zuhause habe wie du. Zufrieden?«

Ich *konnte* mich nicht verraten haben. Die wenigsten wussten, dass zwei Mädchen auf dem Sturmhof lebten – Novak prahlte nicht mit seiner *anderen* Tochter. Manche Leute im Dorf dachten vermutlich bis heute, dass ich eine Angestellte wäre.

»Ich finde nichts Schlimmes an eurem Hof. Hältst du mich für so oberflächlich?« In seinen Worten klang durch, dass ihn diese Vorstellung ebenfalls verletzte. »Warum traust du mir nicht?«

»Ich traue dir doch!«

»Nein, du verschwindest einfach bei Nacht und Nebel ohne eine Nachricht und tust so, als wäre das normal.«

»In meinem Leben ist so etwas normal!« Wir drehten uns im Kreis. Er verstand einfach nicht, dass ich allein zurechtkam.

Er seufzte. »Okay. Sag mir nur …« Er trat einen Schritt auf mich zu und schaute mir fest in die Augen. »Ich will eine ehrliche Antwort: Wieso arbeitest du hier, obwohl du zu Hause ganz offensichtlich genug zu tun hast?«

Ich stutzte. »Um Geld zu verdienen vielleicht?«

»Arm sieht euer Hof aber nicht gerade aus«, erwiderte Kuba.

»Ich habe auch nicht behauptet, dass ich von dem Geld meine Familie ernähren muss. Ich arbeite, um Dalibors Futter zu bezahlen!«, verteidigte ich mich.

Kuba blickte mich mit zusammengekniffenen Augen schweigend an. Schließlich nickte er langsam. »In Ordnung. Wir reden nicht mehr drüber.«

Ich atmete auf. Es wunderte mich zwar, dass er plötzlich nachgab, doch ich war froh, dass er nicht mehr so wütend war. Vielleicht konnten wir auf einer weniger vertraulichen Ebene doch Freunde bleiben? Dieser Gedanke stimmte mich hoffnungsvoll und trübsinnig zugleich.

❄

Wenn ich geglaubt hatte, mich damit bereits gerettet zu haben, war ich wieder einmal naiv gewesen. Kuba verhielt sich den gesamten Tag über stiller und nachdenklicher als sonst. Aber der Grund für seine Verbitterung lag darin, dass ich ihn nicht in meine Probleme eingeweiht hatte. Meine Tarnung war nicht aufgeflogen, und ich hoffte, dass er der Einzige blieb, der Fragen stellte. Als der Nachmittag sich bereits dem Ende entgegenneigte, fühlte ich mich sicher. Das Netz meiner Lügen hatte sich offenbar nicht zu einer Schlinge gezogen, aus der ich meinen Hals nicht hätte befreien können.

Heute würde ich rechtzeitig Feierabend machen. Ich musste dringend ein paar Einkäufe im Dorf erledigen und endlich mal früher schlafen gehen.

»Ash, du sollst etwas in der Küche abholen!«, rief Bruno jedoch, als ich Dalibor bereits gesattelt hatte.

»Ich?«, fragte ich verdutzt. Mani hatte es sich zur Gewohnheit gemacht, mir übrig gebliebene Lebensmittel zuzustecken, obwohl ich ihr versichert hatte, dass das nicht nötig war. Genau genommen hatte ich ihren letzten Versuch gerade erst nach dem Mittagessen erfolgreich abgewehrt.

Mit großen Schritten flitzte ich über den Hof. Leise drückte ich die Haustür hinter mir zu und folgte dem Geruch nach einem leckeren Abendessen. Angespannt blieb ich in der Küchentür stehen. Es schien alles wie immer. Fröhlich summend knetete Mani mit hochgekrempelten Ärmeln einen großen Klumpen Teig. Wie Pulverschnee wirbelte das Mehl um sie herum, wenn sie den Teig auf die Arbeitsplatte warf und energisch vermengte. Ich schaute ihr einen Augenblick zu, dann gab ich mir einen Ruck. »Kann ich dir bei irgendetwas helfen?«

Mani fuhr herum und griff sich mit einer mehligen Hand an die Brust. »Mein Gott, hast du mich erschreckt!«

Ich blickte auf den großen Handabdruck auf ihrem Busen und unterdrückte ein Kichern. »Äh …« Ich zeigte mit dem Finger auf das Missgeschick. »Du hast da was …«

Manis Blick wanderte an ihrem Körper herab, sie lachte und wischte den Fleck weg. »Ach, das sind die normalen Spuren der Küchenarbeit.« Abrupt hielt sie inne und sah mich eindringlich an. »Dein Vater hat sich bei mir erkundigt, wie du dich so anstellst im neuen Job.«

Also doch.

In meinen Ohren sauste es.

Während ich sie sprachlos anstarrte, rasten tausend Reaktionsmöglichkeiten durch meinen Kopf: Panik, Flucht, Ausreden, Lügen …

»Es war nichts Schlimmes, keine Angst«, wehrte Mani ab. »Er wollte nur wissen, wie es so läuft …« Ihre Augen verengten sich minimal. »… in der Küche.«

Ich brachte keinen Ton heraus. Mein Mund fühlte sich so trocken an, als würden wir im Land der andauernden Dürre leben und nicht zwischen Schnee und Eis. Eine endlose Zeit verging, in der mein Kopf zu leer war, um eine Antwort zu finden.

»Und … was hast du gesagt?«, stieß ich endlich hervor. Ich hörte selbst, dass in meiner Frage so viel Angst lag, dass mich allein der Tonfall verraten musste.

Mani wischte sich die Hände an der Schürze ab. »Gut, natürlich. Wieso sollte ich lügen?« Sie legte den Kopf schief, ließ mich dabei aber nicht aus den Augen. »Alle sind mit deiner Arbeit hier auf dem Kralshof doch sehr zufrieden. Besonders ich in der Küche.«

Ich schluckte nervös. Was wollte sie mir damit sagen? Ihre Worte ließen nicht durchblicken, ob Novak konkret nach seiner Tochter gefragt hatte. Ebenso wenig wusste ich, ob Mani nur durch Zufall ans Telefon gegangen war. Immerhin gab es keine

Hausdame oder etwas Ähnliches. Unruhig trat ich von einem Fuß auf den anderen. Doch es half nichts – ich musste es einfach wissen. Ich *musste* sie fragen.

»Hat er … mein Vater – hat er auch mit Herrn Kral gesprochen?«

»Nein.« Mani winkte lässig ab. »Herr Kral hatte gerade viel im Büro zu erledigen, deshalb wollte ich ihn nicht stören. Aber wenn du willst, kannst du deinem Vater natürlich gern sagen, dass er morgen noch mal anrufen kann, dann …«

»Nein!« Meine Antwort kam zu schnell. »Nein, nein«, wiederholte ich etwas lockerer, während ich mich um Ruhe bemühte. »Wenn alles gesagt ist, reicht das ja völlig.«

Sie sah mich einen Augenblick lang forschend an. »Doch, ich bin mir sicher, dass alles gesagt ist. Und du kannst ja immer mal vorbeischauen, um zu sehen, wie es so läuft … in der Küche, nicht wahr?«

Ich nickte zögerlich. Führte sie etwas im Schilde? Warum half sie mir? »Ja, das mache ich auf alle Fälle!«

Mani lächelte zufrieden. »Dann ist ja alles geklärt.«

»Danke«, sagte ich leise. Langsam sickerte die Erleichterung in mein Bewusstsein.

Mani nickte und drehte sich wieder um. Mit zittrigen Knien schlich ich aus der Tür.

»Ach, Ash?«, rief sie plötzlich.

Ich schloss die Augen. Sicher hatte sie es sich anders überlegt. »Ja?«

»Komm doch noch mal her!«

Jeder Schritt fühlte sich an wie der Weg zum Scharfrichter.

Mani zwinkerte mir zu. »Ich hatte dich doch gerufen, damit du dir ein Stück Apfelkuchen zum Feierabend mitnehmen kannst.«

Kapitel 14

Die Nennung

Ich lehnte am Futtertrog in Dalibors Box und atmete tief ein und aus. Meine Fingernägel gruben sich in meine Handflächen, während ich mir selbst einredete, dass es gar nicht so schlimm werden konnte, wie es sich gerade anfühlte. Bestimmt hatten bereits etliche Angestellte vor mir Herrn Kral nach einem Vorschuss gefragt. Und er wusste, dass ich fleißig war.

Wo also lag das Problem?

Ich schloss die Augen. Als ich gestern mit Einkäufen beladen nach Hause gekommen war, hatte Novak nichts gesagt außer: »Hast du den Vorschuss?« Als ich mit dem Kopf schüttelte, setzte er sofort nach: »Morgen. Verstanden?«

Ich hatte verstanden. Ich brauchte das Geld unbedingt. Jetzt. Sonst würde ich bald mein Dach über dem Kopf verlieren *und* mein Pferd.

»Ist alles okay mit dir?«

Ich schreckte hoch. Ausgerechnet Kuba musste mich so erwischen. Seine Stimme klang besorgt. Er war den ganzen Tag über freundlich, aber distanziert zu mir gewesen. Verlegen öffnete ich die Augen. Ich bemühte mich zu lächeln, doch natürlich ließ er sich davon nicht austricksen.

»Versuch es gar nicht erst, Ash. Du bist kein besonders guter Lügner.« Kubas Lächeln war echt. Noch. Wenn er gewusst hätte, *wie* gut ich darin war, ihn zu belügen ... »Also, was machst du noch hier?« Er ließ nicht locker. »Du bist doch bestimmt vor einer halben Stunde schon mit deiner Arbeit fertig geworden und hast längst Feierabend.«

»Ich … muss nur noch ins Büro«, gab ich zögernd zurück.

»Zu meinem Vater?«, fragte er verwundert. »Stimmt irgendwas nicht?«

»Doch«, ich seufzte. »Schon, aber …«

Kuba verschränkte die Arme vor der Brust. Sein Blick war wachsam. Seit unserem Streit hatte er sich Mühe gegeben, mich nicht weiter zu bedrängen. Er wartete geduldig, ob ich ihm etwas Persönliches von mir erzählen würde – was ich nicht tat.

»Fängst du jetzt wieder mit der Geheimniskrämerei an?«, fragte er gekränkt.

Ich biss mir auf die Lippe.

»Na, selbst schuld. Vielleicht hätte ich dir helfen können …« Er drehte sich weg.

»Warte!«, sagte ich schnell. Ich durfte ihn nicht schon wieder verärgern, und was war schon dabei, wenn ich ihm gestand, dass ich Geld brauchte. Oder?

»Ich wollte deinen Vater um … um einen Vorschuss bitten.« Ich atmete tief ein und langsam wieder aus. »Ich meine, ich *muss* es tun.«

Kuba hielt in der Bewegung inne und drehte sich langsam wieder zu mir. »Du hast Geldprobleme?«

Ich zuckte mit den Schultern, hielt seinem Blick aber stand. »So in der Art.«

»Okay. Was brauchst du denn?« Er klang geschäftsmäßig.

»Es ist nicht … für eine Anschaffung oder so«, stammelte ich.

Kuba hob abwehrend eine Hand. »Ich frage gar nicht, warum oder wieso du Geld brauchst. Wie *viel* willst du, Ash?« Kuba verengte die Augen, während er mich betrachtete, als würde er meine Gedanken lesen wollen. »Ich gehe rein und erledige das.«

»Was?«

Kuba stöhnte. »Bist du ernsthaft so begriffsstutzig oder tust du nur so? Ich besorge dir das Geld!«

»Warum solltest du so etwas tun?«

Er lachte trocken. »Erinnerst du dich an unser Gespräch?«, fragte er. »Freunde und so.« Er seufzte leise. »Du hast mir sehr mit Laska geholfen. Ich bin dir ehrlich dankbar, weil ich weiß, dass ich es ohne dich nicht so weit gebracht hätte. Es ist ein Wunder, dass sie neben Dalibor in der Bahn läuft. Also ist es kein Ding, wenn ich dir auch einen Gefallen tue.« Auf einmal grinste er. »Und *das* ist nur ein kleiner.«

Sprachlos starrte ich ihn an. Vielleicht war sein Vorschlag meine Rettung? »Würdest du das wirklich für mich tun?«, fragte ich endlich. Kuba schwieg, aber sein offener Blick war mir Antwort genug. *Er* war nicht der Lügner von uns beiden. »Ich brauche … die Hälfte meines Lohns, das Geld für einen halben Ballen Heu«, sagte ich mit wackliger Stimme.

Kuba nickte. »Okay.« Damit verschwand er, während ich ihm verwundert hinterherblickte.

Tatsächlich dauerte es nicht lange, bis er wieder zurückkam. Mit einem Grinsen im Gesicht blieb er vor mir stehen. Er sagte nichts, obwohl es kaum offensichtlicher hätte sein können, dass sein Versuch erfolgreich verlaufen sein musste.

Lange hielt ich es nicht aus. »Komm schon, Kuba. Was hat dein Vater gesagt?«, fragte ich, während ich nervös von einem Fuß auf den anderen trat.

Sein Grinsen wurde breiter. »Ich verrate es dir, wenn du mir etwas versprichst.«

Meine Freude sackte ab wie bei einem Erdrutsch. Versprechen konnte ich nicht gut halten. Vor allem nicht, wenn er etwas einfordern würde, das mein Geheimnis preisgab.

Kuba merkte, dass ich in dieser Sache keinen Spaß verstand. »Hey, so schlimm ist es nicht«, sagte er besänftigend. »Ich will nur, dass du dich zum großen Rennen meldest. Falls du noch gezweifelt hast, ob du es tun sollst oder nicht, lasse ich keine Ausflüchte mehr gelten!«

Ich seufzte tief. »Du weißt, dass Dalibor nie zugelassen werden würde.«

Kuba nickte. »Natürlich weiß ich das. Deshalb wirst du ja auch Kavan reiten.« Er zog einen Umschlag aus seiner Tasche, ohne meine Antwort abzuwarten, und überreichte ihn mir.

»Das meinst du nicht ernst, oder?« Meine Worte waren höchstens ein Flüstern. Ich konnte nicht glauben, was ich gerade gehört hatte. Er wollte mir ein Pferd vom Kralshof überlassen? Für das berühmteste Rennen des Landes – von dem ich nicht einmal zu träumen gewagt hatte, weil ich ein Mädchen war?

Kuba stieß mich lächelnd in die Seite. »Denk drüber nach, Ash. Ich will nicht, dass du dir diese Chance entgehen lässt. Das Eispferde-Rennen findet nur einmal im Jahr statt.«

Als ob ausgerechnet ich das nicht gewusst hätte.

❄

Die Tage vergingen so langsam, wie eine Schneeflocke bei Windstille vom Himmel rieselt. Es gab schöne Momente auf dem Kralshof, Ärger zu Hause, bitterkalte Nächte und strahlend blauen Himmel – und die gesamte Zeit über fühlte ich mich wie in einem Schwebezustand. Besonders nachts grübelte ich unermüdlich über die Frage nach, wie ich mich entscheiden sollte: Konnte ich Kubas Angebot annehmen und mit einem reinrassigen Eispferd vom Kralshof an den Start des legendären Rennens gehen? Unter normalen Umständen hätte man mich niemals zugelassen. *Konnte* ich überhaupt ohne Dalibor teilnehmen? Ich war hin- und hergerissen zwischen dem brennenden Verlangen, diese einmalige Gelegenheit zu ergreifen, und dem ebenso starken Wunsch, meinem unqualifizierten Pferd, meinem einzigen wahren Freund und der letzten Verbindung zu Ma, die Treue zu halten. Woran ich dagegen keinen Gedanken verschwendete, war die Gefahr. Ich wusste, wie viele Prinzen aus den Bergen schon nicht zurückgekommen waren. Aber ich hatte keine Angst. Nicht davor.

Am ersten Montag im März, dem Tag der Nennung, an dem sich alle teilnahmewilligen jungen Männer im Prinzenchalet anmelden mussten, war ich immer noch zu keinem Ergebnis gekommen. Da ich einen Tag vor dem großen Rennen siebzehn Jahre alt wurde, konnte ich mich theoretisch tatsächlich als Prinzenanwärter aufstellen lassen. Der Kralshof hatte mir sogar seine Empfehlung ausgesprochen – was an ein schieres Wunder grenzte.

Nur Verwandte oder Freunde der großen Zuchthöfe erhielten diese Zeugnisse, die quasi ein Garant für einen positiven Bescheid waren. Auch wenn sich jedes Jahr etliche junge Männer ohne Empfehlung bewarben, hatte es meines Wissens noch nie jemand in die Auswahl der zwanzig Prinzen geschafft, der nicht von einem der namhaften Gestüte stammte. Niemals hatte ich mir in meinen wildesten Fantasien auch nur ausgemalt, dass ich in die Lage geraten könnte, gemeinsam mit Prinzenanwärtern aus dem ganzen Land das Chalet zu stürmen, um mir einen Nennschein zu besorgen. Aber Herr Kral hatte seine Unterschrift präzise und unverkennbar unter sein Empfehlungsschreiben gesetzt. Obwohl sein Sohn der Favorit war – oder vielleicht auch gerade deshalb. Vermutlich hätte er es nicht getan, wenn er geglaubt hätte, dass ich eine ernsthafte Konkurrenz für Kuba darstellen würde.

Doch das war mir egal.

Allein die Teilnahme an dem großen Rennen würde mich mit Glück erfüllen. Um das Gewinnen ging es mir dabei nur am Rande. Ich brauchte nur zuzugreifen – wenn da nicht Tausende von Fragen gewesen wären, die mein Herz dennoch bleischwer in die Tiefe zogen.

»Bist du fertig?«, rief Kuba vom anderen Ende der Stallgasse zu mir herüber.

»Nein«, antwortete ich wahrheitsgemäß, aber zu leise, als dass er es hätte hören können.

»Ash! Wir müssen los!« Kuba war ungeduldig. »Komm schon! Worauf wartest du?« Er öffnete Dalibors Boxentür und sah mich herausfordernd an. Seine dunklen Haare hatte er sorgfältig gestylt, doch immer wieder lösten sich einzelne Strähnen und fielen ihm wild in die Stirn. Ich musste mich sehr zurückhalten, um nicht meine Hand auszustrecken und sie ihm aus dem Gesicht zu streichen.

»Ich weiß nicht«, gab ich zu.

Das Risiko, alles aufs Spiel zu setzen, war groß. Jiri würde ebenfalls im Prinzenchalet sein, und er würde mich sofort erkennen, sollten wir uns über den Weg laufen, da war ich mir sicher. So viele Gründe sprachen dagegen, dass ich mit Kuba ging. Und doch gab es einen, der alle Gegenargumente beiseitefegte: Ich *musste* es tun. Nie wieder würde sich die Gelegenheit dazu bieten. Kuba hatte recht, ohne es zu wissen – für mich gab es nur diese eine Chance.

Kopfschüttelnd zog Kuba mich die Stallgasse hinunter. »Los, der Schlitten steht schon bereit.«

»Der Schlitten?«, fragte ich. »Reiten wir nicht?« Insgeheim war ich erleichtert – allzu leicht konnte Dalibors schwarzes Ohr einem Bekannten auffallen und alles verraten.

Kuba verzog das Gesicht. »Es reicht mir, wenn ich Laska am Sonntag an den Start bringen muss. Ich werde sie garantiert keiner zweiten Folter aussetzen, indem ich sie neben all den fremden Pferden anbinde.«

Ich konnte seine Befürchtungen nachfühlen. Meine Hand legte sich wie von selbst beruhigend auf seinen Arm. Er entspannte sich etwas, aber als ich registrierte, was ich da tat, zog ich meine Finger zurück, als ob ich mich verbrannt hätte.

»Lass uns gehen«, sagte ich schnell und drehte mein Gesicht weg.

Was war los mit mir? Ich wusste doch, dass Kuba niemals mehr als mein Chef oder mein Kumpel sein würde. Und das *musste* auch so bleiben!

Die Fahrt verlief schweigsam. Kuba hielt die Zügel locker in seinen Händen, schnalzte hin und wieder, um die Pferde anzutreiben, und verhielt sich ansonsten sehr still. Die Landschaft, die an uns vorbeizog, zeigte immer noch deutliche Spuren der Verwüstung, die der Sturm hinterlassen hatte. Seit dem Unwetter war kein neuer Schnee gefallen. Viele Dorfbewohner flüsterten sich schon zu, dass die milden Temperaturen die Vorboten des großen Rennens seien, die auf einen Sieg hindeuten würden. Die Hoffnung der Menschen war so groß, dass sie den kleinsten Anzeichen eine übernatürliche Bedeutung beimaßen.

Ich vertraute lieber auf meinen gesunden Menschenverstand, und der sagte mir, dass Kuba zwar ein hervorragender Reiter war und Laska ausgezeichnete Trainingszeiten vorweisen konnte – aber ich kannte ebenso ihre Probleme, auch wenn sie wirklich außergewöhnliche Fortschritte gemacht hatte. Ob es weitere, ähnlich vielversprechende Kandidaten wie Kuba gab, blieb fraglich, obwohl Julie davon bestimmt Wind bekommen hätte. Sie kannte jedes Gerücht, das sich im Dorf verbreitete.

Die Kufen des Schlittens holperten über einen Ast, und ich wurde unsanft gegen Kuba geschubst, der mich geschickt abfing. »Du musst vor dem Rennen unbedingt noch was für deine Muskeln tun, Ash. Das fördert die Balance, dann eckst du auch nicht dauernd an.« Er grinste.

»Haha«, machte ich genervt.

Die Vorstellung, in wenigen Minuten mit einem Haufen junger Männer zusammen in einem Raum zu sein, die sich anrempelten, sich neidische Blicke zuwarfen und mich allesamt jederzeit enttarnen konnten – allen voran Jiri –, behagte mir gar nicht. Was tat ich hier? Ich hatte den Gedanken nicht zu Ende führen können, was um Himmels Willen ich tun sollte, wenn ich meinem Stiefbruder begegnete. Eine unruhige Mischung aus Aufregung und Angst kribbelte unter meiner Haut. Worauf hatte ich mich nur eingelassen? Je näher wir dem Dorf kamen, desto bewusster wurde mir die Tatsache, wie gefährlich mein Vorhaben war.

Kuba bemerkte meine Unsicherheit. Immer wieder warf er mir besorgte Seitenblicke zu. »Wovor hast du Angst, Ash? Glaub mir, die meisten sind grottenschlechte Reiter, auch wenn sie ein riesengroßes Ego vor sich hertragen.« Er stieß mir seinen Ellbogen in die Seite. »Die steckst du locker in die Tasche.«

Ich schnaubte verächtlich. Um meine Reitkünste machte ich mir keine Sorgen. Doch je mehr ich darüber nachdachte, umso schwerwiegender erschienen mir die für andere Reiter unscheinbaren Hindernisse während des Rennens. Simple Dinge wie der Gang zur Toilette bereiteten mir wesentlich mehr Kopfschmerzen als die Gefahren, die die Prinzen auf der Strecke erwarteten.

Innerlich musste ich über mich selbst schmunzeln, dass ich Wölfe und Lawinen nicht so sehr fürchtete wie ein paar selbstgefällige Typen in meinem Alter. Doch wenn ich ganz ehrlich war, ging es mir eigentlich nicht um die anderen Jungs – sondern nur darum, was Kuba denken würde, falls meine Tarnung aufflog. Dazu durfte ich es um nichts auf der Welt kommen lassen.

»Wir sind gleich da«, verkündete Kuba unnötigerweise.

Ich kannte mich bestens aus im Dorf und wusste natürlich auch den Weg zum Chalet. Als kleines Mädchen hatte ich die Zeremonie der Nennung mit Ma verfolgt. Wie viele andere Frauen und Kinder hatten wir vor dem Chalet gestanden und die Ankunft der Jungen erwartet, ganz vorn die Mädchen, die darauf aus waren, Prinzessinnen zu werden. Seit Mas Tod hatte ich nur noch von einem heimlichen Beobachtungsposten aus, zwischen den Bäumen auf der anderen Straßenseite, auf das Treiben geschielt. Ich hatte keine Lust gehabt, mich dem Spott der hoffnungsvollen Prinzessinnen auszusetzen, die mir meine nicht vorhandenen Chancen bei den Prinzenanwärtern genüsslich vorhalten würden – dafür kannte ich Julie gut genug. Aber ich hatte mich nie danach gesehnt, »Prinzessin« zu werden. Ich wollte immer zu den Prinzen gehören.

Kuba hielt den Schlitten unmittelbar vor dem Chalet an. Er fand es offenbar unnötig, wie alle anderen auf dem Kutschplatz zu parken. Während ich mich selbst zu Hause auf dem Sturmhof immer wie ein Dienstmädchen fühlte, floss in Jakub Krals Blut eben schon von Geburt an das Prinzengen. Er hatte einen wesentlich leichteren Einstieg ins Leben gehabt als ich. Wenn ich inzwischen auch begriffen hatte, dass ein problemloser Start nicht immer einen einfachen Sieg versprach …

Ich warf nervöse Blicke nach links und rechts, während ich vom Kutschbock kletterte. Die Menge der Prinzenfans hatte sich zum Glück schon ein wenig zerstreut, wir waren offenbar spät dran. Trotzdem gab es immer noch anhaltenden Beifall und Gekreische, als die Wartenden Kuba erkannten, den Favoriten.

Erleichtert stellte ich fest, dass Julie und ihre Freundinnen in ausreichender Entfernung bei ein paar anderen Mädchen standen und aufgeregt die Köpfe zusammensteckten. Ich zog meine Mütze tiefer in die Stirn und wünschte mir, dass ich meine Haare nicht ganz so kurz geschnitten hätte. Ein paar Fransen mehr im Gesicht würden meinen Pulsschlag deutlich reduzieren.

Den Blick fest auf den Boden geheftet, lief ich hinter Kuba her auf das große hölzerne Eingangsportal zu. Ungefähr hundert junge Männer hatten sich bereits im Foyer versammelt. Manche hatten sich um die im Raum verteilten Tische geschart, andere saßen auf den hüfthohen Mauern rings herum an den Wänden, und wieder andere hatten sich einfach auf die Stufen unterhalb eines großen erhöhten Tresens gehockt, der das Nennungspult sein musste. Die meisten aber standen in Grüppchen herum, zu nervös, um sich hinzusetzen, wippten mit den Zehen und kauten auf ihrer Unterlippe herum. Ich ließ meinen Blick hastig über die Menge gleiten und hielt nach Jiri und seinen Freunden Ausschau. Die Gefahr, jeden Moment aufzufliegen, war groß. Viel zu groß. Doch ich hatte beschlossen, dass ich es darauf ankommen lassen musste. Notfalls würde ich eben rechtzeitig die Flucht ergreifen und eine Ausrede für Kuba erfinden.

Mit einer Hand umfasste ich den Rand meiner Mütze und drehte mich immer leicht von den Anwesenden weg, um mein Gesicht vor neugierigen Blicken abzuschirmen. Als wir eintraten, schwoll das Gegröle an.

»Hey, Kral!«, rief ein etwas kräftigerer Junge, der stark zu schwitzen schien. Seine Wangen hatten sich rot verfärbt und seine Ohren leuchteten wie Lagerfeuer. Kuba nickte ihm zu und hob die Hand zum Gruß.

»Wer ist das?«, fragte ich leise.

»Stan Orlov, der Sohn vom Metzger«, raunte Kuba mir zu. Seine

Stimme war so nah, dass sein Atem an meinem Ohr kitzelte und mir einen warmen Schauer über die Haut laufen ließ.

Mein Blick wanderte zurück zu Stan, und ich fragte mich unwillkürlich, ob er genauso grinste wie sein Vater. Doch viel Zeit blieb mir nicht für solche Gedanken. Von der anderen Seite her drängten zwei Jungs auf uns zu.

»Kuba, na also! Wir dachten schon, du würdest nicht mehr auftauchen!«

Kuba verdrehte die Augen in meine Richtung. »Hast du ernsthaft geglaubt, ich würde dich gewinnen lassen, Boris?« Seine Ansage klang spöttisch, aber ich spürte seine Anspannung.

Das selbstbewusst-freche Grinsen, das in dem sommersprossigen Gesicht des rothaarigen Jungen erschien, verriet, dass er ein ernst zu nehmender Konkurrent sein musste. Trotzdem wirkte Kuba keineswegs eingeschüchtert. Boris boxte ihm in die Rippen, und Kuba wich geschickt aus, bevor er den anderen in den Schwitzkasten nahm.

»Du solltest noch vor dem Start aufgeben«, feixte Boris, obwohl er sich definitiv in der schlechteren Position befand. »Kein echter Kerl startet mit einer Stute.«

Beinahe hätte ich laut gelacht. Was für eine alberne Ansicht!

»Du wirst dir noch wünschen, meine Stute niemals kennengelernt zu haben!« Kubas Stimme triefte vor Sarkasmus. Von seinen Sorgen um Laska ließ er sich nichts anmerken. Betont gönnerhaft gab er Boris wieder frei.

»Wen hast du denn da eigentlich mitgebracht – deinen kleinen Bruder?«, mischte sich nun der große Blonde neben Boris ein.

Erschrocken zuckte ich zusammen. Ich durfte mir nicht einbilden, unsichtbar zu sein!

»Ja, wer bist du überhaupt, Kleiner?« Boris trat einen Schritt auf mich zu, doch Kuba trat ihm in den Weg.

»Lass ihn in Ruhe, Bo!«

»Oh, hat er einen Beschützer nötig?« Boris gluckste.

»Nein, habe ich nicht.« Verärgert schob ich mich an Kuba vorbei. Ich wollte auf keinen Fall Streit suchen, aber gefallen ließ ich mir auch nichts. »Eher bist du derjenige, der Hilfe braucht, sobald der Startschuss gefallen ist.«

Kuba packte mich am Arm und zog mich zurück. »Du hast ihn noch nicht reiten sehen«, sagte er an Boris gewandt.

Der grinste noch breiter. »Na ja, Jockeys sind ja auch alle ziemlich klein, hab ich gehört.« Er zwinkerte mir zu, als ob er mir einen guten Rat geben wollte. »Aber glaub mir, es gibt größere Gefahren während des Rennens, als vom Pferd zu fallen.«

»Boris!«, fuhr Kuba ihn an.

»Ich sag's ja nur.« Der Rothaarige ließ nicht locker. »Und ich fürchte, bei den Mädchen hat ein Pimpf wie du sowieso keine Chance.«

Kuba lachte nur als Antwort, dann zog er mich energisch weiter. »Lass dich nicht provozieren«, zischte er.

Ich schüttelte seine Hand ab. »Nein, genauso wenig, wie ich mich bevormunden lasse.«

Kuba blieb unbeeindruckt. »Verwechsle Mut nicht mit Leichtsinn, Ash, und beschwer dich vor allem später nicht, wenn dir dann doch jemand eine runterhaut. Das hier ist kein Schlagabtausch unter Mädchen.«

Ich schwieg. Kuba ahnte nicht, wie nah er manchmal an der Wahrheit vorbeischlingerte. Im Grunde hatte er recht, auch wenn er überheblich klang: Es war einfach nur unklug, mitten unter den Prinzenanwärtern Aufsehen zu erregen. Ich musste meine Abneigung gegen die aufgeblasenen Typen unter Kontrolle bekommen, um nicht noch einen wirklich dummen Fehler zu begehen und früher oder später aufzufliegen.

Die Voraussetzungen dafür waren jedenfalls bestens: Keine fünf Meter von mir entfernt entdeckte ich ... Jiri. Mein Herz rutschte mir in die Hose. Der blonde Schopf meines Stiefbruders leuchtete aus der Menge hervor. Nur wenige in unserem Dorf hatten so helle Haare wie die Valentas – die *echten* Valentas. Jiri stand breitbeinig in der ersten Reihe vor dem Nennungspult und hatte die Arme vor der Brust verschränkt. Gerade noch rechtzeitig erkannte ich, dass Kuba ebenfalls auf den Tresen zusteuerte, und verzog mich unauffällig an den Rand des Saals. Mit diesem Sicherheitsabstand zwischen uns beobachtete ich, wie Jiri laut durch den Raum tönte, dass er jetzt lange genug gewartet habe und man die Nennung endlich eröffnen solle. Als hätte er die Blüte des Schneefeuers bereits gepflückt!

Um Punkt zwölf Uhr mittags betrat der Bürgermeister mit dem ersten Gongschlag der Turmuhr den Raum. Er klopfte wie ein Richter mit einem kleinen Holzhammer auf den Tisch und sofort kehrte Ruhe ein.

»Liebe Prinzenanwärter, wir eröffnen die Nennung zum diesjährigen Eispferde-Rennen. Aus den heutigen Anmeldungen werden wir die zwanzig Besten auswählen, die am ersten Sonntag im März, wenn die Sonne am höchsten steht, als sogenannte ›Prinzen‹ starten werden. Auf euch liegt eine große Verantwortung. Wie ihr wisst, hängt von eurem Erfolg die Zukunft unseres Landes ab. Wer die Schneefeuer-Blüte ins Ziel trägt, bringt der Legende nach den Frühling mit und sorgt für eine reiche Ernte. Er wird mit dem Ressourcenrecht bis zum nächsten Rennen in einem Jahr belohnt. Ich wünsche allen viel Glück!«

Ein erneuter Hammerschlag löste lautes Getöse und Gejubel aus. Die jungen Männer um mich herum wirkten wie freigelassene Wilde und nicht wie fast erwachsene Jugendliche, denen die Bürde der Verantwortung auf die Schultern geladen wurde. Nur

Kuba sah aus, als hätte er das Spiel durchschaut. Und ich fragte mich ernsthaft, was es über mich selbst aussagte, dass diese Nennung einer meiner größten Träume war, wenngleich sie mich zu einem von hundert Idioten machte …

Der Kampf um den Sieg hatte begonnen, bevor ich noch richtig begriffen hatte, was ich hier tat. Anstatt sich ordentlich in einer Reihe anzustellen, drängten und schubsten die Jungen, als müssten sie bereits jetzt um Leben und Tod kämpfen. Vermutlich lagen sie damit gar nicht mal so falsch. Jeder, der früher ausschied, bedeutete einen Rivalen weniger. Wie Pa …

Ein fester Griff umschloss mein Handgelenk. Ich wusste sofort, zu wem die Finger gehörten, deren Berührung in der Menge unterging. Hitze durchströmte mich und ich hätte mich garantiert durch meine roten Wangen verraten. Aber das Gedrängel war so groß, dass es mich alle Mühe kostete, aufrecht stehen zu bleiben, und Kuba in dem Durcheinander garantiert nicht auffiel, was er in mir auslöste. Ich geriet sehr in Versuchung, einfach für einen Moment die Augen zu schließen und mir vorzustellen, Kuba würde mich an der Hand hinter sich herziehen, mich, das Mädchen Ašleah … Aber ich wusste natürlich, dass es eine rein freundschaftliche Geste war. Für ihn jedenfalls. Er versuchte nur, mich zu beschützen, weil er mich für kleiner und wehrloser hielt als die Aasgeier um uns herum.

Er schaffte es, uns langsam, aber sicher in Richtung des Nennungspults vorzuschieben. Nur noch wenige vor uns, dann waren wir an der Reihe. Plötzlich schubste mich jemand von hinten, sodass ich kräftig nach vorn stolperte. Ich konnte mich nicht abfangen und schlug mit voller Wucht gegen meinen Vordermann, der gerade mit einem Nennschein in der Hand vom Meldetisch zurücktrat. Noch bevor er sich umdrehen konnte, schrillten alle Alarmglocken in meinem Kopf los, als ich den blonden Schopf vor mir erkannte. Blitzschnell duckte ich mich und tat, als suchte ich etwas auf dem Boden.

»Brauchst du Ärger, oder was?« Jiri hielt ausgerechnet Kuba für den Rempler.

»Beruhig dich, Mann, und sieh dich mal um! Bei dem Gedränge muss man ja wohl damit rechnen, dass man mal einen kleinen Schubser abbekommt.«

Zitternd verharrte ich in meiner Position und hoffte, dass niemand mich beachten würde. Mein absolutes Horrorszenario war eingetreten. Wenn irgendjemand in diesem Raum mich ganz sicher nicht sehen durfte, war es Jiri. Andernfalls wäre alles, wofür ich in den letzten Wochen gekämpft hatte, dahin. Meine Stelle auf dem Kralshof. Dalibor. Und meine Freundschaft zu Kuba sowieso.

»Ich könnte dir also einfach einen kleinen Kinnhaken verpassen und niemand würde etwas bemerken«, erwiderte Jiri derweil süffisant über meinem Kopf.

Kuba lachte leise. »Klar. Du tätest dir allerdings keinen Gefallen damit. Glaub mir, bei der Suche nach dem Schneefeuer kannst du keinen Feind wie mich gebrauchen.«

Jiri stieß einen abfälligen Laut aus. »Ach, nein? Glaubst du, du bist etwas Besonderes?«

»Hey, Kral, wo ist dein kleiner Freund hin?«, tönte es von der anderen Seite.

Ich musste sein Gesicht nicht sehen, um zu wissen, wie blass mein Stiefbruder bei diesen Worten wurde. Er schnaubte erneut. »Man sieht sich immer zweimal, *Kral*!« Mit diesen Worten stieß er die Umstehenden beiseite und bahnte sich einen Weg nach draußen.

Vielleicht war ich Boris doch noch zu Dank verpflichtet.

Im selben Moment wurde ich weiter nach vorn geschoben.

Kuba rüttelte an meiner Schulter. »Lass uns den Schein holen und dann so schnell wie möglich von hier verschwinden.«

Ich nickte. Obwohl ich kaum mehr Glück hätte haben können, fühlte ich mich mies. Ich brauchte niemanden, der meine Kämpfe ausfocht. Ich konnte mich selber wehren. Das hatte ich zumindest immer gedacht.

Zwei Anmeldescheine landeten vor uns auf dem Tresen. »Trödelt nicht rum. Wir wollen heute noch mal fertig werden«, blaffte der blasse Mann hinter dem Pult.

»Klar, kein Problem. Zwei Empfehlungsschreiben vom Kralshof«, erwiderte Kuba ruhig. Ein Lächeln lag auf seinen Lippen.

Die Hautfarbe des Mannes wechselte zu Kalkweiß. »Natürlich«, murmelte er und hielt mir mit zittrigen Fingern einen Stift entgegen.

Dabei hätten es meine Hände sein müssen, die schlotterten. Wenn dieser Typ sich schon vor einem Prinzenanwärter fürchtete – selbst wenn es der Favorit war –, sollte er mal als Mädchen in die Höhle der Löwen vordringen! Dann hätte er gewusst, wofür es sich zu zittern lohnte. Ich trug mein Geburtsdatum ein. So gelassen wie möglich ließ ich die Feder über das Dokument gleiten und vor meinen Augen formten sich die Buchstaben zu meinem Namen: Ash Valenta, so stand es in gut lesbarer Schrift auf dem Nennschein. Zwar nicht ganz vollständig, aber wahr – und trotzdem die größte Lüge, die ich jemals zu Papier gebracht hatte.

Kapitel 15

Prinz oder Prinzessin?

»Es tut mir leid«, sagte ich leise, als das Prinzenchalet nicht mehr in Sichtweite lag.

Kubas Blick streifte mich mit einem flüchtigen Lächeln. »Es gibt nichts, was dir leidtun müsste.«

Er wirkte nachdenklich. In seinen Augen lag ein finsterer Ausdruck, der seine zusammengezogenen Brauen noch dichter erscheinen ließ. Die feinen Linien auf seiner Stirn hatten sich tief in die Haut gegraben, als wollten sie die verborgenen Gedanken zurückhalten – was ihm nicht ganz gelang. Er hätte mir nicht deutlicher zeigen können, dass irgendetwas nicht stimmte.

Nach einer langen Pause holte er tief Luft. »Ich habe dir gesagt, dass ich keine Freunde habe. Jetzt hast du es selbst gesehen.« Seine Anspannung löste sich etwas, als er aussprach, was ihn so offensichtlich bedrückte.

Ich verstand, was er meinte. *Freunde* hatten wir wirklich nicht getroffen.

Als ich jedoch nicht antwortete, drehte er seinen Kopf in meine Richtung. »Als Favorit hat man keine Freunde. Man ist umgeben von Neidern, Schleimern, Konkurrenten und Lügnern. Immer.«

Ich schluckte.

»Wer noch dazu das Glück hat, einer Familie aus Siegern zu entstammen, darf diesen Druck auch zu Hause genießen.«

Seine Worte schmeckten bitter. Dennoch hatte er im Vergleich zu vielen anderen doch eine Menge Glück im Leben gehabt.

»Aber dein Vater …«

»Mein Vater duldet kein Versagen«, fuhr Kuba mir über den Mund. »Was glaubst du zum Beispiel, was Milan den ganzen Tag macht?«

Erschrocken sah ich ihn an.

»Keine Sorge, es geschieht ihm nichts.« Kuba winkte ab. »Aber er hat sich anfangs schwergetan in der Schule und bekommt nun einen strengen Privatunterricht. Er soll lernen, einen starken Charakter zu entwickeln.«

»Davon wusste ich nichts«, sagte ich leise. Ich hatte mich tatsächlich gewundert, warum ich Milan bisher nur selten gesehen hatte.

»Seit meine Mutter nicht mehr lebt, hat mein Vater sich verändert. Er hat noch nie offen seine Gefühle gezeigt, aber jetzt verleugnet er sie regelrecht.« Kuba biss sich auf die Lippe.

Ich nickte verständnisvoll. Mas Tod hatte mein Leben ebenfalls verändert, wenn auch auf eine ganz andere Weise als Kubas. Novak glich Herrn Kral nicht im Geringsten und, ehrlich gesagt, hätte ich liebend gern getauscht. Aber das behielt ich für mich. Mein schlechtes Gewissen Kuba gegenüber war groß genug. Schließlich schenkte er mir gerade ein Vertrauen, das ich ihm selbst nie entgegenbringen durfte.

»Du bist der einzige richtige Freund, den ich habe«, schloss Kuba nach einer Weile. Seine letzten Worte waren leise gesprochen, doch sie hallten noch lange in meinen Ohren.

❄

Mani stand auf der Treppe vor der Eingangstür, als wir zurückkehrten. Sie begrüßte uns wie zwei lang verschollene Kinder. Ich musste unwillkürlich schmunzeln. »Ich habe ein bisschen

Angst, wenn ich sie so sehe. Sie wirkt, als stünde ein großes Ereignis vor der Tür.«

Kuba lachte. »Du hast echt keine Ahnung, was?« Irgendetwas schien ihn zu amüsieren.

»Du hast noch ungefähr zwei Minuten, um es mir zu erklären. Und da Mani aussieht, als hätte sie einen Anschlag auf mich vor, würde ich dir für diese kleine Gefälligkeit ewig dankbar sein.«

In Kubas Augen tanzten schelmische Funken – vielleicht nur Reflexionen der Sonnenstrahlen, aber sie ließen ihn so fröhlich wirken, dass ich ihn am liebsten umarmt hätte. »Sobald die Prinzenanwärter von der Nennung zurückkommen, beginnen die Vorbereitungen für den großen Ball. Das ist ganz Manis Element: kochen, backen, dekorieren – alles, was dazugehört. Das Einzige, was ihre Begeisterung etwas trübt, ist, dass sie mich nicht in ein Kleid stecken kann. Wenn ihr ein Mädchen zur Verfügung stehen würde, wäre ihr Glück perfekt. Du musst also aufpassen, dass du nicht ein rosa glitzerndes Ballkleid von ihr verpasst bekommst!«

Mein geschockter Gesichtsausdruck war echt. Im Gegensatz zu Kuba war mir bei seinem Scherz gar nicht zum Lachen zumute, und ich fragte mich, warum er immer wieder ins Schwarze traf. Oder waren solche Plänkeleien ganz normal unter Freunden? Konnten seine Anspielungen wirklich reiner Zufall sein?

Ich schüttelte die Gedanken ab. »Ich gehe gar nicht zum Ball«, sagte ich entschieden. »Du darfst das Prinzessinnenkleid also ganz für dich allein haben.«

Ich bemühte mich um ein ebenso lockeres Grinsen, doch plötzlich schien Kubas Vorfreude verflogen.

»Du willst nicht zum Ball?«, fragte er erstaunt. »Jeder, der einen Nennschein hat, geht dorthin. Allein schon wegen der Prinzessinnen.«

»Tja, dann bin ich wohl der Erste, der es nicht tut.« Ich zuckte mit den Schultern. Ein Außenseiter zu sein, fiel mir nicht schwer.

»Auf gar keinen Fall«, erwiderte Kuba. Er klang, als hätte ich ein Naturgesetz in Zweifel gezogen. »Ich frage dich auch gar nicht. Du wirst einfach mitkommen.«

Mit so viel Gegenwehr hatte ich nicht gerechnet. Weshalb fand er es nur so schlimm, wenn ich nicht mitkam? Kuba würde einer der umschwärmtesten jungen Männer auf dem Ball sein, er würde sich vor hoffnungsvollen Mädchen, die allesamt gerne Prinzessinnen werden wollten, nicht retten können. Und er benötigte ganz sicher keinen zu klein und zu schmächtig geratenen Stallburschen dabei, um den Ball genießen zu können.

»Du glaubst doch nicht, dass Boris dir ohne mich die Mädchen wegschnappt, oder?«, fragte ich und versuchte, verschwörerisch zu grinsen.

Kuba rollte mit den Augen. »Du wirst es nicht glauben, aber die meisten überlasse ich ihm liebend gern.«

»Die meisten?«, fragte ich. Das Interesse an diesem Thema musste ich nicht vortäuschen.

»Ja.«

»Wie, ja?« Ich stieß ihn möglichst kumpelhaft in die Seite, ein bisschen zu fest offensichtlich … vielleicht, um meine wahren Gefühle zu verbergen.

»Mehr sage ich dazu nicht«, antwortete Kuba ernst, während er sich die Stelle unter den Rippen rieb, wo mein Ellenbogen ihn getroffen hatte.

Offenbar hatte ich Jungs doch falsch eingeschätzt. Kuba schien nicht gerne mit seinen Mädchengeschichten zu prahlen, was ich in diesem Fall ziemlich schade fand. Ich hätte zu gerne gewusst, für wen er sich interessierte.

»Ich bin so stolz auf euch!«, unterbrach Mani uns in diesem

Moment, obwohl wir ja bislang nur nominiert waren, und fiel uns beinahe um den Hals. »Wir fangen sofort mit den Vorbereitungen für den Prinzenball an!«

»Ich …«

»Ash glaubt, er könne sich drücken«, grinste Kuba.

Mani lächelte. »Wir werden sehen. Der Magie des Prinzenballs hat sich noch keiner entziehen können.«

Ich schwieg. Das Schlimme war, dass irgendetwas in mir plötzlich durchaus den Wunsch hegte, zu diesem Ball zu gehen. Und zwar … als Mädchen. Bisher hatte ich nicht die geringste Sehnsucht danach gehabt, in einem Kleid, von dem ich mir nicht einmal im Traum vorstellen konnte, es zu besitzen, mit einem der aufgeblasenen Prinzen zu tanzen. Doch nun gehörte Kuba dazu. Und war es nicht so, dass sich jeder Prinz um Mitternacht für eine Prinzessin entscheiden musste? Der Gedanke ließ mich nicht mehr los …

❄

»Wir sollen Kekse backen helfen?«, fragte ich verblüfft.

»Nein, nicht *Kekse* backen. Sondern *Manis legendäre Marmeladen-Kekse.*« Kuba grinste geradezu schadenfroh. »Streng geheime Rezeptur. Und das Highlight jedes Prinzenballs!«

Nach dem morgendlichen Ausmisten hatte Bruno erklärt, sich den Rest des Tages »ganz allein« um die Stallarbeit kümmern zu wollen, und Kuba und mich zu Mani in die Küche geschickt. Dabei hatte ich das untrügliche Gefühl, dass Bruno erleichtert war, eine Ausrede zu haben. Und obwohl ich Mani von Herzen mochte – ich hätte sie nicht lieber haben können, wenn sie meine eigene Großmutter gewesen wäre –, schien sie in der Küche eine regelrechte Monopolherrschaft zu führen.

»Selbst schuld.« Kuba amüsierte sich königlich über meine Befürchtungen. »Schließlich hast du in Manis Gegenwart zugegeben, dass du gerne in der Küche stehst ...«

»Du hast doch gesagt, dass du ihr auch manchmal hilfst«, murrte ich vorwurfsvoll.

»Natürlich! Manis Freundschaft hat mich schon aus so mancher Notsituation gerettet.« Er schmunzelte. »Sie ist teuflisch gut in allem, was sie liebt. Und sie ist die Einzige, die meinem Vater die Stirn bietet. Ohne Mani hätte ich ein paar Mal in ernsthaften Schwierigkeiten gesteckt. Glaub mir, das bisschen Küchenarbeit ist jede Mühe wert.«

»Was ist jede Mühe wert, Jakub Kral?«, ertönte plötzlich eine Stimme hinter uns. Als wir herumfuhren, erblickten wir Mani, die uns mit den Händen in die Hüften gestemmt musterte.

»Mani!«, entfuhr es Kuba.

»Ja, ja, du solltest dich in diesem Haus nicht in Sicherheit wiegen«, gab sie grimmig zurück. Doch ich sah, dass es in ihren Mundwinkeln zuckte. »Los jetzt, die Herren Prinzenanwärter können gleich in den Keller gehen und die Marmeladengläser heraufholen«, befahl sie streng.

»Jawohl, Madame!«

Kuba salutierte in aufrechter Haltung und diesmal musste ich mir das Grinsen verkneifen. Wer hätte gedacht, dass ausgerechnet Mani die Zügel des Kralshofes in ihren mehligen Händen hielt?

»Hast du schon einmal Teig geknetet, Ash?«, fragte sie wenig später, als Kuba und ich, riesige Schürzen vor dem Bauch, neben ihr in der Küche standen.

Schnell überlegte ich, wie sehr ich mich mit einer falschen Antwort in die Nesseln setzen konnte. Ma hatte viel mit mir gebacken, als ich ein kleines Mädchen war. Vor allem ihr Geheimrezept, das sie Schokoküsse genannt hatte. Aber mein Fehltritt bei meinem ersten Mittagessen auf dem Kralshof, als Nancy sich über mein für einen Jungen so unpassendes Interesse an Manis Suppe lustig gemacht hatte, war mir noch lebhaft in Erinnerung.

»Ich versuche es einfach«, sagte ich. Das war vermutlich die diplomatischste Antwort.

»Na bitte, das nenne ich Arbeitseifer.« Mani trat neben mich und setzte einen geschäftsmäßigen Blick auf. »Ärmel hochkrempeln!«, wies sie mich an. »Hände waschen und los geht's!«

Dann wandte sie sich zu Kuba um und schob ihn an den Herd. »Du wirst die Schokolade schmelzen. Das erfordert besonders viel Feingefühl. Stell dir einfach vor, du hieltest Laskas Zügel in der Hand, während du den Löffel bewegst.«

Ich kicherte über diesen treffenden Vergleich, obwohl ich nicht glaubte, dass Mani etwas von Pferden verstand.

Während sie mit roten Wangen Mehl, Zucker, Butter und Eier in die Schüssel vor mir gab, knetete ich, als ob es das Letzte wäre, das ich in diesem Leben erledigen musste. Spätestens, als mir der Duft nach Zimt und Vanille in die Nase stieg, fühlte ich mich in meine Kindheit zurückversetzt. An Zeiten, als Mas Tatendrang im Sturmhof noch Funken versprüht hatte. Tatsächlich hatte es eine Zeit gegeben, in der Novak noch keinen Zorn in Jiris und Julies Herzen gesät hatte und wir einträchtig nebeneinander am Küchentisch Plätzchen ausgestochen hatten. Ich hörte Mas Lachen, sah sie kleine Mehlwölkchen um uns herum verteilen und spürte ihre Nähe geradezu körperlich.

Doch die Hand auf meiner Schulter gehörte zu Mani. »Alles gut, Ash?«, fragte sie sanft.

Ich blinzelte, bis die Erinnerung sich aufgelöst hatte, und lächelte tapfer. Ich wollte auf keinen Fall Tränen vergießen. Nicht jetzt.

»Klar«, meine Stimme klang etwas wacklig. »Ich versuche nur, einen Schwächeanfall vorzutäuschen, damit ich morgen wieder im Stall arbeiten darf.«

»Vergiss es, Ash!«, rief Kuba vom Herd herüber. »Bruno hat dir seinen Part in der Küche extra überlassen, damit du deine Muskeln trainieren kannst.« Er gluckste leise vor sich hin.

Mani warf mir jedoch einen sorgenvollen Blick zu. Dann klatschte sie in die Hände und befahl: »Konzentrier dich auf die Schokolade, Jakub! Wenn sie gerinnt, verarbeite ich dich noch vor dem Rennstart zu Hackklößchen.«

Ich musste grinsen. Wenn es ums Kochen ging, kannte Mani offensichtlich keine Gnade.

Nachdem ich bereits Muskelkater in Fingern und Händen verspürte, was mir sonst während der gesamten Stallarbeit noch nicht passiert war, zeigte Manis Gesichtsausdruck erste Anzeichen von Zufriedenheit.

»Wie lange soll ich noch kneten?«, wagte ich zu fragen.

Mani zog die Augenbrauen zusammen. »Ich denke, so ist es gut. Der Teig kommt in den Kühlraum, damit er fester wird. Trägst du ihn rüber? Auf der Ablage findest du den Teil, den ich gestern schon vorbereitet habe.«

»Noch mehr?«, fragte ich entgeistert.

»Natürlich!« Mani schüttelte den Kopf. »Was glaubst du wohl, wie viele Menschen sich auf Manis Marmeladen-Kekse stürzen werden?«

»Äh, bestimmt viele!«, pflichtete ich ihr bei. Daran hegte ich keinen Zweifel. Ich war nur nicht sicher, ob Kuba und ich diesen Tag überstehen würden.

Als ich den eiskalten Teigklumpen aus dem Kühlraum geholt hatte, wies Mani mich an, kleine Kügelchen zu formen, in die ich mit dem Daumen eine Kuhle bohrte. Mani befüllte die Löcher mit ihrer selbst gemachten Erdbeermarmelade – eine wahre Rarität in unserem Land, zumal nach zwei Jahren ohne Sommer –, und ich setzte ein Deckelchen aus Teig auf das Loch, um die kostbare Füllung zu verschließen. Kuba, dem bestimmt auch schon die Arme vom gefühlvollen Rühren schmerzten, hatte dann die ehrenvolle Aufgabe, die fertig gebackenen Kugeln in heißer Schokolade zu wälzen und zum Abkühlen auf ein Blech zu legen.

Zunächst war es mir gar nicht aufgefallen, weil ich so vertieft in die Arbeit gewesen war. Aber je mehr wir uns der Fertigstellung der Kekse näherten, desto bekannter kam mir jeder dieser Schritte vor. Konnte es sein, dass Manis Geheimrezept gar nicht so geheim war?

»Woher hast du eigentlich dieses Rezept?«, fragte ich schließlich, als die ersten mit Schokoguss überzogenen Kekse vor mir standen.

Mani zwinkerte mir zu. »Das, mein Lieber, haben mich schon viele gefragt und ich werde meine Antwort auf meine alten Tage garantiert nicht ändern: Ich verrate keine Geheimnisse!«

Seltsam. Sollte ich mich so sehr irren, konnte die Sehnsucht nach Ma meine Erinnerung derart verfälschen?

»Meine Mutter hat auch immer solche Kekse gebacken«, rutschte es mir heraus.

Mani runzelte die Stirn. »Vielleicht so ähnliche, aber nicht genau diese!«, behauptete sie. »Das Rezept wurde zwar oft kopiert, doch nie ist es jemandem gelungen, dass sie an meine Kekse herangereicht hätten.« Sie legte den Kopf schief. »Nein, nein, ausgeschlossen. Außer mir kannte nur mein Sohn das Geheimnis und der ist schon ...«

Kuba reagierte sofort. Er ließ seinen Löffel sinken und legte den Arm um Mani. »Nicht weinen, okay?«, sagte er liebevoll. Diesen sanften Klang in seiner Stimme hatte ich bisher nur gehört, wenn er mit Laska sprach. »Wir wollen doch nicht riskieren, dass die Schokolade gerinnt.«

»Was? Nein!« Mani machte sich los und scheuchte den Favoriten der Prinzen mit wildem Händefuchteln zurück an den Herd.

❄

»Kuba, Bruno braucht dich kurz im Stall«, sagte Mani am Nachmittag, als sie aus dem Keller zurückkehrte. »Ash kann gleich nachkommen, ich packe ihm nur noch ein paar Kartoffeln und Schinken für zu Hause ein.«

Ich setzte zu meiner üblichen Antwort an, dass wir genügend Vorräte auf dem Sturmhof hätten und ich keine Sonderrationen brauchte, als Mani gebieterisch die Hand hob. »Keine Widerworte!«, warnte sie mich.

Ich seufzte und Kuba huschte schleunigst aus der Küche.

Mani lächelte. »Keine Sorge, ich wollte nur mal mit dir allein reden.« Oje, genau das machte mir ja gerade Sorgen! »Ich weiß nicht, wie ihr es zu Hause mit den Traditionen haltet«, fing sie an.

Was kam denn nun?, fragte ich mich überrascht.

»Ich finde auch gar nicht, dass sie so wichtig sind, aber der Prinzenball ist zweifellos eine gute und schöne Tradition.« Puh! Mein Lieblingsthema. »Alle gehen hin. Auch vom Kralshof werden alle dabei sein – außer Bruno, der diesen Firlefanz hasst.« Sie kicherte. »Aber selbst ich alte Frau freue mich darauf, und das liegt nicht nur daran, dass ich dieses Jahr endlich den Konditorpreis zu gewinnen gedenke.« Sie schmunzelte und machte eine Pause. Von einem Konditorpreis hatte ich noch nie etwas gehört, aber ich verkniff mir die Nachfrage. Es ging offensichtlich um etwas anderes. »Was immer dir fehlt, Ash, um auf den Ball zu gehen«, fuhr Mani fort und sah mir eindringlich in die Augen, »du kannst es mir sagen. Ich helfe dir gern.«

Ich unterdrückte ein Stöhnen. Warum nur waren alle so erpicht darauf, dass ich am Prinzenball teilnahm? Auch wenn ich zugeben musste, dass ich zum ersten Mal in meinem Leben ein winzig kleines bisschen verlockt war ... Aber es ging natürlich nicht. Aus mehr als einem Grund.

»Nein, danke«, entgegnete ich und bemühte mich um einen festen Klang in meiner Stimme. »Es macht mir wirklich nichts aus, *nicht* hinzugehen. Und ich habe mir noch *nie* ein Kleid für den Ball gewünscht.«

❄

»Du kommst gerade richtig, um mir die Schleife zu binden!«, flötete Julie in ihrer freundlichsten Tonlage. Es klang trotzdem mehr nach einem Befehl als einer Bitte.

»Na, da habe ich ja Glück gehabt«, erwiderte ich.

»Ja, nicht wahr?« Sie kicherte, während sie sich vor dem Spiegel drehte, sodass ihr Rock hin und her schwang. »So kannst du wenigstens *einmal* ein Ballkleid aus der Nähe sehen und diesen traumhaften Stoff bewundern, der ausschließlich für angehende Prinzessinnen bestimmt ist.«

Ich verdrehte die Augen. Die Mädchen, die von einem der zwanzig Prinzen während des Balls um Mitternacht ausgewählt wurden und sich *Prinzessin* nennen durften, verstanden sich als Glücksbringer ihrer Prinzen. Abgesehen von Aufgaben wie Proviantpakete packen, zielte alles darauf hin, dass jede von ihnen hoffte, ihr Prinz würde den Sieg erringen – denn dann kam auch die Prinzessin in den Genuss des Ressourcenrechts. Ein Jahr lang durften die Familien des Prinzenpaars sich frei an den Vorräten aus den Gewächshäusern bedienen. Bei der immer drohenden Knappheit der Ernteerträge galt der Reichtum an Lebensmitteln als das höchste Gut im Land des ewigen Schnees. Und da Mädchen nicht am großen Rennen teilnehmen durften, blieb ihnen nur, auf die Wahl zur Prinzessin zu hoffen.

Ich wusste, dass Julie alles daransetzen würde, damit sie diesen Titel auch wirklich erlangte. Und ich musste zugeben, dass sie umwerfend aussah: Ihr hellblondes Haar fiel ihr in sanften Korkenzieherlocken über die Schultern, und ihre blauen Augen leuchteten wie zwei Edelsteine, passend zu den winzigen Kristallen, die in ihrem Kleid eingenäht waren. Bestimmt würde sich einer der Prinzen für sie interessieren. Ich wünschte es ihr sogar. Ehrlich.

Aber hoffentlich nicht Kuba.

Der Gedanke daran versetzte mir einen Stich. Würde Julie eines der Mädchen sein, die er auf dem Ball zum Tanzen aufforderte? Mein Herz fühlte sich an, als würde sich ein kleiner Eissplitter hineinbohren. Würde er *mich* bemerken, wenn ich dort erscheinen würde? Wenn ... Was für ein unsinniges Wort. Ich würde niemals am Prinzenball teilnehmen. Weder als Prinz noch als Prinzessin.

Ich schnürte das zartrosafarbene Band um Julies Taille zu einer Schleife. Meine Gedanken wanderten zurück zu Manis freundlichem Angebot. Ob sie meinen neuerlichen Fauxpas bemerkt hatte? Ich ärgerte mich noch immer schwarz über meine Unachtsamkeit. Tagelang war mir kein Fehler mehr unterlaufen, so sehr hatte ich aufgepasst. Und dann hatte ich mich durch Manis Gerede über den Ball so leicht ablenken lassen. Ich hatte noch versucht, es als Scherz aussehen zu lassen, dass ich mir noch nie ein Kleid gewünscht hatte – hatte vielleicht ein wenig zu schrill gelacht und war aus der Küche geflohen, Manis Blicke spürbar in meinem Rücken. Ich hatte mich nicht getraut, mich umzudrehen, um zu sehen, ob auch sie lachte. Hatte sie mich durchschaut? Und falls ja, würde sie jemandem davon erzählen?

Der glänzende Satinstoff fiel ausladend über Julies Reifrock, der bei jedem Schritt mitschwang. Das geraffte Oberteil unterstrich ihre weiblichen Rundungen. Sie sah so schön aus, dass der Vergleich mit einer Prinzessin bei allem Spott, den ich normalerweise dafür übrighatte, doch durchaus zutraf.

»Und, wie findest du es?« Julies Augen leuchteten erwartungsvoll. »Meinst du, dass mein Kleid auffallend genug ist, dass vielleicht sogar der Favorit mich bemerkt?«, fragte sie verträumt. »Und zu seiner Prinzessin macht?«

Ich rang mir ein Lächeln ab. »Vielleicht …«, sagte ich leise. »Vielleicht hast *du* ja Glück.«

❄

Es war seltsam, wie verdreht mein Leben war. Nun hatte ich wahrhaftig erreicht, als Prinz beim großen Rennen starten zu dürfen – mein heimlicher Traum, von dem ich niemals gedacht hatte, dass er Wirklichkeit werden könnte –, und plötzlich sehnte ich mich wie nie zuvor danach, eine Prinzessin zu sein?

Nur an diesem Abend, wenn der Ball stattfand.

Und auch nur wegen Kuba.

Während ich das Lederfett wegräumte, mit dem ich Kavans Sattel behandelt hatte, dachte ich daran, wie Herr Kral mir beim Mittagessen einen Umschlag überreicht hatte. Ich hatte ihn mit zitternden Händen aufgerissen und es kaum geschafft, das dicke Papier herauszuziehen. Darauf stand in nüchterner Sachlichkeit, was mir doch wie ein fantastisches Märchen erschienen war:

Zugelassen zum diesjährigen
Eispferde-Rennen wird
Ash Valenta,
zu Wettbewerbsbeginn 17 Jahre alt,
nach Empfehlung des staatlich geprüften
Zuchthofs Kral,
auf Kavan, reinrassiger Eishengst des Gestütes Kral
(Urkunde liegt vor).

Wer hätte jemals geglaubt, dass ich ein Prinz werden würde?! Und wieso traf es mich dann so sehr, dass ich keine Prinzessin sein konnte? Ich hielt mir selbst eine Strafpredigt und sagte mir zum hundertsten Mal, dass ich mir mit dem Antritt der Stallburschenstelle gleichzeitig jede Chance verwehrt hatte, dass der Favoriten-Prinz mich je mit anderen Augen sehen würde. Denn so sehr, wie ich mir genau das wünschte, betete ich, dass er die Wahrheit niemals erfahren würde. Ich konnte nicht als Stallbursche Geld verdienen *und* Kubas Prinzessin werden. Ich würde Dalibor unweigerlich verlieren.

Betrübt schlich ich über den Hof zum Haupthaus. Kuba war bereits auf seinem Zimmer verschwunden und machte sich für den Ball fertig. Nachdem ich ihn den ganzen Tag über energisch abgewehrt und jede seiner Bemühungen, mich doch noch zum Mitkommen zu überreden, im Keim erstickt hatte, war er mit großen Schritten davongestapft. Nicht ohne den Putzeimer mit einem wütenden Tritt in die Ecke zu befördern. Ich verstand ihn ja – er fühlte sich im Stich gelassen. Von seinem einzigen Freund.

Ich zerrte an meiner Mütze, die immer wieder über meine Ohren rutschte und die kurzen Fransen meiner Haare hervorgucken ließ. Der eisige Wind drückte protestierend gegen die Haustür, als ich sie hinter mir schloss. Heute war es nach den vergangenen milden Tagen wieder recht stürmisch. Der Himmel hing besonders tief und die dichten hellgrauen Wolken würden sich vermutlich bald noch entleeren. Wenigstens das Wetter passte zu meiner Stimmung. Ich musste nur noch den Besuch bei Mani überstehen, dann würde ich mich mit Dalibor davonmachen und mich zu Hause verkriechen. Novak, Julie und natürlich Jiri würden längst auf dem Ball sein, sodass ich niemanden mehr sehen musste. Und in schmutzigen Stallklamotten Dalibors Box auf dem Sturmhof auszumisten, würde mir zumindest in Erinnerung rufen, dass es gute Gründe gab, aus denen ich mich – erst recht an diesem Abend – von Jakub Kral fernhalten sollte.

Darüber hinaus hatte ich noch genug zu tun, um mich abzulenken: Immer noch fehlte mir ein Plan, wie ich Novak meine Abwesenheit während des Rennens erklären sollte. Der Vorschuss hatte ihn zwar besänftigt – in letzter Zeit hatte er mich tatsächlich in Ruhe gelassen –, aber er würde mir niemals erlauben, mehrere Tage fortzubleiben und die Hausarbeit nicht zu verrichten. Wenn mir keine geeignete Ausrede einfiel, brauchte ich mich nach dem Rennen zu Hause nicht mehr blicken zu lassen. Die schwerwiegendste Frage war aber: Wo sollte ich Dalibor während dieser Zeit unterbringen? Mein Pferd, das in meinen Träumen vom großen Rennen immer die wichtigste Rolle gespielt und im Gegensatz zu mir nicht aus heiterem Himmel eine Starterlaubnis erhalten hatte … Ich musste darauf hoffen, dass ich es bei Herrn Kral unterbringen konnte. Dalibor bei Novak auf dem Sturmhof zu lassen, kam jedenfalls nicht infrage.

Ich schlich über den dunkelroten Läufer im Flur, den ich vor wenigen Wochen zum ersten Mal betreten hatte. Damals hatte ich es kaum erwarten können, den Kralshof zu erobern – und was war seither alles geschehen! Ich betrat die Küche. Mani begrüßte mich, ohne sich umzudrehen. Sie drückte gerade den Deckel auf eine von drei überdimensionalen Keksdosen, die auf dem Küchentisch bereitstanden, und summte dabei leise vor sich hin. Nach unserer gestrigen Unterredung war ich ihr, so gut es ging, aus dem Weg gegangen. Ich wusste nicht, ob ihr mein Versprecher aufgefallen war, ob ich mich verraten hatte oder sie zumindest etwas ahnte. Sie hatte beim Mittagessen zumindest kein Wort darüber verloren.

»Einer der Kuchen für das Nachtischbuffet ist mir beim Backen eingefallen«, sagte sie ohne Umschweife. »Ich habe dir die eine Hälfte schon eingepackt. Die andere Hälfte ist für Bruno, der legt auch keinen Wert auf die Form.« Ich musste lachen. Mani war wirklich eine Perfektionistin, was das Backen anging. Sie hätte den Konditorpreis in jedem Fall verdient. »Außerdem sind noch so viele Äpfel übrig und den restlichen Milchreis von heute Mittag kannst du auch mitnehmen.« Sie plapperte immer weiter, und ich wurde den Verdacht nicht los, dass es eigentlich um etwas ganz anderes ging.

»Das ist sehr nett von dir«, krächzte ich und räusperte mich. »Vielen Dank!« Beschämt über ihre Großzügigkeit, nahm ich ihre liebevoll verpackten Gaben an mich. Ich wagte kaum, ihr in die Augen zu sehen, und hoffte inständig, dass sie mich ohne weitere Fragen gehen ließ.

»Warte noch, Ash!« Schwungvoll drehte Mani sich zu mir um. »Ich habe noch etwas für dich. Ich wasche mir nur schnell die Hände, es liegt im Nebenzimmer.« Sorgfältig seifte sie sich die Finger ein, anstatt sie wie sonst an ihrer Schürze abzuwischen.

Da erst fiel mir auf, dass Mani ganz ungewohnt aussah. Ich

hatte sie bisher immer nur in einer einfachen Bluse mit ebenso schlichtem Rock erlebt – nun trug sie jedoch ein weinrotes Kleid aus weich fallender Seide, das in der Taille gerafft war und über den Schultern in leicht durchsichtigem Tüllstoff endete. Natürlich! Mani würde ja wie alle anderen Bewohner des Kralshofes ebenfalls zum Ball gehen.

»Wow«, stieß ich ehrlich beeindruckt hervor. »Du siehst toll aus.«

Mani warf mir einen seltsamen Blick zu, während sie mich durch eine Tür in einen kleinen Hinterraum zog, der einen alten Holztisch, eine Eckbank und ein paar Stühle enthielt. Vermutlich ein weiterer Aufenthaltsraum für Angestellte.

»Komm rein und mach die Tür zu.« Sie winkte energisch.

Zögernd befolgte ich ihre Anweisungen. Was kam denn jetzt noch?

Mani holte eine große Schachtel unter der Bank hervor und stellte sie auf den Tisch. »Mach sie auf!« Sie sah mich erwartungsvoll an. »Ich hoffe, es wird dir gefallen!«

»Aber wieso ...«, setzte ich an, brachte den Satz jedoch nicht zu Ende. Der Karton erinnerte mich an die großen Pappschachteln aus der Konditorei, in denen man ganze Kuchen transportierte. Für ein Geburtstagsgeschenk kam sie einen Tag zu früh – obwohl ich nicht glaubte, dass irgendjemand auf dem Hof davon wusste. Außerdem hatte ich ja schon einen halben Kuchen im Gepäck.

Ich schaute Mani forschend in die Augen, doch sie lächelte mich nur aufmunternd an. »Worauf wartest du?«

Umständlich löste ich die Schleife, die um die Schachtel gebunden war, und hob den Deckel ab. Seidenpapier kam zum Vorschein. Ich schob es beiseite – und sah voller Schreck, dass darunter ein zarter, durchsichtiger Stoff zum Vorschein kam.

»Was ...?«, stammelte ich.

Sie blickte mich liebevoll an. »Hör zu, Ash. Ich habe es vor langer Zeit für die Freundin meines Sohnes angefertigt, die er mir auf dem Prinzenball vorstellen wollte. Leider ist es nie dazu gekommen, weil er am Tag nach der Nominierung tödlich verunglückt ist.«

Mein Schlucken übertönte selbst das leise Rascheln des Papiers. Mit zitternden Fingern strich ich über den feinen Stoff, der mit einem Meer von winzigen Rosenquarzen besetzt war. Als Mani es hochhob, erkannte ich, dass die Edelsteine in Form einer Schneefeuerblüte angeordnet waren. Das filigrane Kunstwerk schien direkt aus einem Märchen entsprungen zu sein.

»Ein … ein Kleid«, war alles, was ich hervorbringen konnte.

Mani lächelte milde. »Ich weiß«, erwiderte sie. »Ich finde, wenn du schon nicht als Prinz zum Ball gehen möchtest, solltest du es wenigstens nicht versäumen, eine Prinzessin zu werden.«

Kapitel 16

Masken-Ball

Der Stoff unter meinen Fingern kribbelte wie verbotenes Diebesgut. Wie es wohl wäre, nur für einen Abend in Kubas Gegenwart ein Mädchen zu sein? Ein … begehrenswertes Mädchen?

»Willst du es mal anziehen?«, fragte Mani behutsam.

Ich schüttelte den Kopf. Die Tränen standen mir in den Augen. Sie war so gut zu mir – aber es ging einfach nicht. Als ob mir dieses Kleid passen würde! Wieso sollte es ausgerechnet meine Größe haben? Selbst für ein Mädchen war ich ziemlich klein und dünn.

»Ash …« Mani legte mir ihre Hände auf die Schultern und sah mich an. »Schlüpf einfach mal rein.« Als ich weiter protestieren wollte, ergänzte sie: »Mir zuliebe. Damit ich es wenigstens einmal angezogen sehe.«

Der Kloß in meinem Hals verdoppelte sich. »Okay«, flüsterte ich.

Bei allem, was Mani für mich getan hatte, und egal, was sie nun über mich dachte – diesen Gefallen musste ich ihr einfach tun. Widerstandslos stieg ich aus meiner Arbeitshose, zog mir das alte Shirt über den Kopf und ließ mir von Mani in das Kleid helfen. Sie sagte nichts zu meinem Brustwickel, meine ganze Lügengeschichte erwähnte sie mit keiner einzigen Silbe. Ich hatte keine Ahnung, woher sie so viel Güte nahm, sie stand einfach da, lächelte mich an wie eine gute Fee, die plötzlich aus dem Nichts aufgetaucht war, und schloss vorsichtig die Knöpfe des

Kleides. Mit glänzenden Augen betrachtete sie ihr Zauberwerk. Dann schob sie mich in einen weiteren angrenzenden Raum. Die geblümte Überdecke auf dem Bett, ein alter bemalter Bauernschrank und die Frisierkommode auf der gegenüberliegenden Seite ließen mich vermuten, dass es Manis Privatzimmer war. Sie trat an den Schrank und öffnete die Tür, an dessen Innenseite ein großer Spiegel hing.

Sprachlos starrte ich mein Spiegelbild an, das mir teils vertraut, teils fremd erschien. Der Kurzhaarschnitt wirkte zu jungenhaft, das Kleid zu edel und mein Körper zu schmal. Nichts von allem, was ich sah, passte auch nur ansatzweise zusammen.

»Es sieht wundervoll aus«, schwärmte Mani. »Du wirst ganz sicher das schönste Mädchen auf dem Ball sein.«

Ich war mir sicher, dass eine von uns beiden dringend eine Brille brauchte. Aber Mani tätschelte schmunzelnd meine Wange. »Lass mich nur machen, Schätzchen.«

Und sie musste wirklich magische Fähigkeiten besitzen – mit jedem Handgriff schaffte sie es, ein winziges bisschen mehr von dem Mädchen hervorzuholen, von dem ich nicht im Entferntesten geahnt hatte, dass es überhaupt in mir steckte. Das Kleid jedenfalls saß so gut, dass ich mich immer wieder fragen musste, für welche angehende Prinzessin es wohl ursprünglich gedacht gewesen war. An einigen wenigen Stellen um die Hüfte und die Brust herum steckte Mani es mit kleinen Nadeln ab, bis sie endlich zufrieden mit dem Kopf nickte.

»Ich werde es ein bisschen ändern. Keine Sorge, das dauert nicht lange. Weißt du, früher hatte ich meine Nähstube, wo jetzt Terezas Schneiderei ist, und trotz meiner alten Tage habe ich es bestimmt noch nicht verlernt.«

»Ehrlich?«, fragte ich ungläubig.

Mani lachte. »Jeder hat seine Geheimnisse. Auch wenn sie

noch so unbedeutend sind.« Sie drehte mich mit einem zufriedenen Blick vor dem Spiegel hin und her, bis mir fast schwindelig wurde. »Wunderbar! Und während ich nähe, wirst du ein Bad nehmen«, kommandierte sie schließlich.

Wie Kubas Zimmer hatte auch Manis Reich einen angrenzenden Waschraum. Sie wohnte ebenso herrschaftlich auf dem Kralshof wie die Familie selbst – und sie schien mit Herz und Seele in diesen Mauern verwurzelt zu sein. Im Moment wollte ich sie nicht fragen, aber ich hoffte, sie würde mir eines Tages von selbst ihre Geschichte erzählen, deren Kapitel sie genau wie mich hierhergetrieben hatten.

Mit dem dampfend heißen Wasser, das Mani in die Wanne einlaufen ließ, versank nicht nur das kleine Badezimmer um mich herum im Dunst, sondern auch alle Sorgen, die mich gequält hatten. Ich dachte nur noch daran, mich in ein Mädchen zu verwandeln, das vielleicht sogar einen Prinzen verzaubern konnte.

Nachdem Mani die Tür hinter mir geschlossen hatte, stieg ich langsam in die Wanne. Wohlige Wärme umhüllte mich. Lag es an Mani, dass ich mich fühlte, als ob jemand eine schwere Last von mir genommen hätte? An der liebevollen Fürsorge, die mir gefehlt hatte, seit Ma nicht mehr bei mir war? Oder träumte ich so sehr davon, eine andere zu sein – und im Grunde doch niemand anders werden zu wollen als … ich selbst? Ich lehnte den Kopf nach hinten, schloss die Augen und erlaubte mir einen kurzen Glücksmoment.

❄

Das Ergebnis von Manis Arbeit ließ selbst mir den Atem stocken. Ich blinzelte in den Spiegel. War das ich? Die Angst, mein Spiegelbild könnte beim nächsten Wimpernschlag verschwinden, setzte sich hartnäckig in mir fest, und ich wagte kaum, mich zu bewegen. In der kurzen Zeit, in der ich im Bad gewesen war, hatte Mani aus dem Kleid eine maßgefertigte Robe geschaffen, die sich wunderbar auf meiner Haut anfühlte. Die schimmernde Schneefeuerblüte fing den Blick des Betrachters ein, heller als das Licht der Sonne.

Der untere Teil des Kleides lag nicht wie bei Julie auf einem steifen Reifrock, sondern floss anmutig um meinen Körper, der dadurch gar nicht mehr dürr und klapprig, sondern geradezu elfengleich zart erschien. Aus meinen strubbeligen Zotteln zauberte Mani mithilfe meines echten Zopfes und kleinen Zweigen eine geradezu königliche Hochsteckfrisur, die trotz der mangelnden Haarlänge nicht weniger mädchenhaft wirkte. Mit etwas Glitzerpuder ließ sie meine blasse Haut geheimnisvoll aufscheinen. Rote Farbe verlieh meinen Lippen und meinen Wangen ein leuchtendes Eigenleben. Schließlich trug Mani noch dunkles Puder auf meine Augenlider auf und tuschte meine Wimpern tiefschwarz.

Bevor die Frage in meinem Kopf auftauchen konnte, stellte sie zwei silbrig glänzende Schuhe vor mir ab. Ich schlüpfte hinein und trat einen zaghaften Schritt näher an den Spiegel heran. Mit ausgestreckten Fingern berührte ich das Glas, das trotz meiner Bedenken nicht in tausend Stücke zersprang. Ich war sprachlos. Und ich wusste: Ma hätte geweint vor Freude, wenn sie mich so hätte sehen können.

❄

Der große Zeiger der Uhr, die über dem Eingang des Kralshofes prangte, ruckte mit einem leisen Geräusch vor. Es war genau acht. In dieser Sekunde würde der Bürgermeister vor die versammelte Gästeschar treten und vor den erwartungsvollen Augen aller den Ball eröffnen. Dafür würde ich zu spät kommen. Ich würde auch die Aufstellung verpassen, bei der die Prinzen die möglichen Prinzessinnen begrüßten.

Aber das war auch gut so.

Lieber schlich ich mich ungesehen hinein, wenn das Fest bereits in vollem Gange war. Ich hatte nichts gegen laute Musik, die meinen heftig klopfenden Herzschlag übertönte, eine volle Tanzfläche, die meine zaghaften Schritte verbarg, und Blicke, die sich auf ihre Tanzpartner richteten, während ich selbst noch suchend um mich schaute.

Mani hatte mir einen weiten dunkelroten Umhang zurechtgelegt und mir einen Kuss auf die Stirn gedrückt. »Mach dir keine Sorgen«, hatte sie sanft gesagt. »Ich bin mir sicher, dass er dich nicht übersehen wird.« Verlegen versuchte ich, ihrem Blick auszuweichen. Woher wusste sie das nun schon wieder? Doch sie hatte mir nur lächelnd zugeblinzelt. »Amüsier dich, hörst du? Ich muss jetzt gehen. Wenn ich dich in einer halben Stunde nicht im Ballsaal sehe, schicke ich dir Bruno auf den Hals!«

Dalibors aufgeregtes Schnauben rief mich zum Aufbruch. Mit zittrigen Fingern streifte ich Mas Reithandschuhe über. Noch einmal spähte ich über den Hof, doch er lag verlassen da. Bruno musste in seinem Zimmer sein, alle anderen waren längst entweder mit Herrn Kral und Mani im Schlitten davongefahren, beladen mit einem Dutzend Keksdosen und Kuchenschachteln, oder sie waren, wie Kuba und Pawel, bereits vorausgeritten. Ich schwang mich in den Sattel und sandte ein letztes Stoßgebet zum Himmel, bevor mein Pferd mitsamt meiner Hoffnung losgaloppierte.

Der Mond war noch nicht aufgegangen, doch nach alter Tradition säumten Hunderte von Fackeln die Wege, die zum Rathaus führten. Im flackernden Licht wirkte der Schnee wie eine riesige Fläche aus Diamanten. Die hell erleuchteten Fenster des Rathauses waren von einer feinen Schicht Eisblumen überzogen, sodass man nicht hindurchsehen konnte – eine kleine Laune des Winters, die mir mehr Tarnung bot. Niemand würde das Mädchen auf dem weißen Pferd mit dem schwarzen Ohr bemerken.

Ich glitt aus dem Sattel. »Du musst leider hier warten, Dalibor«, flüsterte ich und gab ihm einen Kuss auf die Nüstern. Dann nahm ich den Umhang ab und legte ihn über seinen Rücken. Der Hengst stand ganz still und sah mich mit großen Augen an, als wollte er mir Glück wünschen – oder mich warnen? Ich hatte viel gewonnen, aber noch viel mehr zu verlieren.

Mit klopfendem Herzen stieg ich die Stufen zum Eingang hinauf. Als ich meine Hand nach dem Türknauf ausstreckte, fiel mir auf, dass ich immer noch meine Reithandschuhe trug. Und plötzlich ergriff mich die Angst. Was tat ich hier? Glaubte ich ernsthaft, all diese Leute täuschen zu können? Glaubte ich wirklich, Kuba schon wieder etwas vorspielen zu können?

Ich wollte schon zurücklaufen, doch in diesem Moment wurde die Tür von innen geöffnet und ein Saaldiener trat heraus. Als er mich erblickte, machte er tatsächlich eine Verbeugung und sagte: »Treten Sie ein, junge Dame. Sie holen sich sonst den Tod hier draußen!«

Ich konnte nichts antworten. Als mir endlich ein Lächeln gelang, nickte ich dem Diener zu, streifte die Handschuhe von meinen Fingern und steckte sie unter den breiten silbernen Gürtel meines Kleides.

Mit angehaltenem Atem trat ich durch die Tür.

Rhythmische Töne umfingen mich, eine süße Melodie folgte und schlug mich in ihren Bann. Ich spürte ein Kribbeln in meinen Füßen, das sich bis zu meinen Haarspitzen hinaufzog.

Wo ich auch hinsah, erblickte ich rauschende Kleider und feine Anzüge. Überwältigt lehnte ich mich an eine der hellen Marmorsäulen und betrachtete den Prunk, der das Rathaus in ein Märchenschloss zu verwandeln schien. An den Wänden hingen riesige Gemälde, die irgendwelche berühmten Herren oder große Schlachten darstellten. Dicke Brokatvorhänge säumten die Fenster, die fast bis zur Decke reichten. Und der Ballsaal selbst wirkte geradezu hypnotisierend, wie er in geheimnisvollem Licht vor mir erstrahlte. Wuchtige Kronleuchter hingen über der Tanzfläche und reflektierten ihr Licht in unzähligen Kristallen. Die Musiker der kleinen Band, die auf einer erhöhten Bühne Platz genommen hatte, trugen einheitlich dunkelrote Anzüge mit gleichfarbigen Fliegen.

Die Tanzfläche war bereits gut gefüllt. Endlos viele Paare mit leuchtenden Gesichtern wirbelten im Takt der Musik an mir vorbei über das Parkett. Ich fühlte mich wie verzaubert. Mir war bewusst, dass ich in eine Traumwelt geraten war, die mir nur ein einziges Mal erscheinen würde – doch dieses eine Mal, diesen einen Abend wollte ich genießen.

Jemand rempelte mich von der Seite an und ich fuhr erschrocken herum. Ein rothaariger Junge schlitterte mit ungeschickten Schritten über die Tanzfläche. Es fiel ihm offensichtlich schwer, sich gleichzeitig auf seine Tanzpartnerin und die Umgebung zu konzentrieren. Bei der nächsten Drehung erkannte ich ihn wieder: Es war Boris, den ich mit Kuba bei der Nennung getroffen hatte. Vielleicht würde ausgerechnet ihm ein kleiner Sturz auf dem Parkett gar nicht schaden ...

Mein Blick wanderte über die Köpfe der Tanzenden zu der langen Tafel, die an der hinteren Seite des Saales aufgebaut war, dem Buffet, an dem sich Köstlichkeiten über Köstlichkeiten aneinanderreihten. Unzählige Teller, Platten und Schalen mit sicher erlesenen Leckerbissen warteten auf die Gäste. Von Weitem entdeckte ich Mani in angeregtem Gespräch mit dem Bürgermeister. Ich hatte gar nicht gewusst, dass sie im Dorf so angesehen war! Ein hochgewachsener Mann mit schmalem Gesicht und steingrauen Haaren schritt zielstrebig durch die Menge und verteilte Gläser mit prickelnder Flüssigkeit. Ich war unsicher, ob ich mir Mut antrinken sollte oder ob es wichtiger war, jede Sekunde dieses Festes hellwach und konzentriert zu sein. Unentschlossen schüttelte ich den Kopf, als der Mann an mir vorbeiging und mich fragend ansah.

Die Musik verstummte. Mit einem Mal waren mir die vielen Leute um mich herum nicht mehr genug. Ich fühlte mich einsam, weil ich niemanden hatte, zu dem ich mich gesellen konnte. Die, die ich kannte, durften mich nicht erkennen. Und der, den ich suchte, hatte mich noch nicht gefunden.

»Hoppla!« Schon wieder rempelte mich jemand an und ich konnte gerade noch der überschwappenden Flüssigkeit aus einem Glas ausweichen.

Das Mädchen, das es in den Händen hielt, wirkte allerdings nicht sonderlich schuldbewusst. Als ich sie erkannte, gefror ich vor Schreck mitten in meiner Bewegung: Krystina. Eine von Julies Freundinnen. Ihre goldblonden Locken legten sich wie eine Löwenmähne um ihr Gesicht. Wie Julie trug auch sie ein Kleid mit einem Reifrock, der bei jedem Schritt wippte. Schnell drehte ich mich in die andere Richtung und tat so, als hätte der Sekt mein Kleid getroffen. Zum Glück ignorierte Krystina mich, und ich wollte schon aufatmen, als ich aus den Augenwinkeln sah, dass ihr Begleiter, den sie zur Tanzfläche gezogen hatte, sich von ihr löste. Er trat neben mich und versuchte, mir über die Schulter zu sehen.

»Alles okay?«, fragte er.

»Ja, kein Problem«, erwiderte ich eilig.

Aber er griff nach meiner Hand, mit der ich mich an meinem Rock zu schaffen gemacht hatte, und drehte mich zu sich. »Zeig doch mal.«

Und da erkannte ich seine Stimme. Im gleichen Moment, als die Band wieder einsetzte, hob ich den Kopf und blickte ihn an. Grüne Augen, in denen kleine goldene Sprenkel tanzten, sahen mich aufmerksam und neugierig an. Augen, die mir nicht zum ersten Mal, doch heute intensiver denn je weiche Knie bescherten und die ich unter tausenden wiedererkannt hätte.

Ich hoffte nur inständig, dass es ihm nicht genauso ging. Kuba schien mein Gesicht aufmerksam zu studieren. Ein Lächeln spielte um seine Lippen, was mich nur noch nervöser machte. Hatte er mich doch erkannt?

»Willst du tanzen?«, fragte er unvermittelt.

Verflixt – das war ein Problem, über das ich bisher nicht nachgedacht hatte. Ich konnte doch gar nicht tanzen! Hastig schüttelte ich den Kopf.

Und zumindest seine Begleiterin schien mit mir einer Meinung zu sein. Krystina trat zu uns und nahm seinen Arm.

»Wo bleibst du denn – das ist ein tolles Lied!«, rief sie.

Doch Kuba ließ sich nicht ablenken. »Später, Krys, okay?«, sagte er und blickte mir unverwandt in die Augen. »Ich bin hier jemandem einen Drink schuldig.«

Mir fiel sein vertrauter Ton auf. Gehörte sie zu den Mädchen, die er gern an andere abtrat? Und nun ausgerechnet für mich stehen ließ? Ein winziger Gewissensbiss nagte an mir. Krystina hatte mir nichts getan, auch wenn sie mir in all den Jahren, in denen sie Julie ihre Freundin nannte, reichlich oberflächlich vorgekommen war.

Doch mein Mitleid war unnötig – Krystina hatte offensichtlich nicht vor, sich kampflos geschlagen zu geben. »Ich komme darauf zurück, verlass dich drauf! Ich würde sehr gern noch mal von deinen starken Armen durch den Saal geführt werden.« Sie kombinierte ihr Lächeln mit einem unwiderstehlichen Augenaufschlag.

Kuba nickte ihr freundlich zu und schob mich an den Rand der Tanzfläche. »Möchtest du lieber etwas trinken?«

Ich stöhnte. »Besser nicht – bei der Häufigkeit, in der ich hier mit jemandem zusammenstoße.«

Ein Grinsen durchzuckte Kubas Mundwinkel. »Bist du so ungeschickt? Das kann ich mir beim besten Willen nicht vorstellen.«

Wie gut, dachte ich, dass nicht nur das jenseits seiner Vorstellungskraft lag. Ich wünschte mir nichts mehr, als dass er mich nicht erkennen würde. Und hoffte gleichzeitig von ganzem Herzen, dass er den Rest des Abends mit mir verbringen würde. Der Himmel mochte dafür sorgen, dass sich diese beiden Wünsche nicht widersprachen.

»Ich habe dich vorhin bei der Aufstellung gar nicht gesehen«, bemerkte Kuba.

»Bei so vielen Leuten ist das ja auch kein Wunder«, gab ich ausweichend zurück.

Doch Kubas Blick ließ mich nicht los. »Ich bin mir sicher, dass ich dich bemerkt hätte.«

Meine Haut kribbelte. »Na gut, ich habe mich verspätet«, gab ich zu. »Ich ... ich wollte erst gar nicht kommen.« Himmel, was redete ich denn da? »Vielleicht sollten wir doch etwas trinken?«, lenkte ich ab und lächelte möglichst harmlos.

Ich wandte mich um und hielt Ausschau nach dem langen Kellner, der zum Glück auch zwischen den vielen angeregt schwatzenden Menschengrüppchen gut zu sehen war.

Kuba nahm meine Hand und bahnte sich einen Weg durch die

Menge. Ich hielt den Blick gesenkt und hoffte wieder einmal, niemandem zu begegnen, den ich kannte. Immer noch plagten mich Zweifel, ob Manis Verwandlungsakt wirklich so überzeugend gewesen war – oder ob sich Kuba einfach leicht täuschen ließ.

»Sekt oder Orangensaft?«, fragte Kuba nah an meinem Ohr, als wir den Kellner erreichten.

»Orangensaft«, antwortete ich schnell. »Weil ich sonst …«

Er drückte meine Hand, um mir zu zeigen, dass er schon wusste, was ich sagen wollte. Was für ein seltsames Gefühl, dass unsere Verständigung genauso gut funktionierte wie sonst auch, obwohl er keine Ahnung hatte, wer ich war. Hoffentlich. Geschickt nahm Kuba beide Gläser in die eine Hand und zog mich mit der anderen in eine kleine Nische neben der Bühne, wo es nicht ganz so laut war. Er überreichte mir mein Glas und stieß mit mir an.

»Auf denjenigen, der dich überredet hat, doch noch zu diesem Ball zu gehen.«

Ich wurde rot. Wieso traf er nur immer wieder ins Schwarze? Und was er wohl sagen würde, wenn er wüsste, dass er sich selbst beglückwünschte?

»Wohnst du im Dorf?«, setzte er seine Fragen fort. »Wir kennen uns doch nicht, oder?«

»Nein!« Meine Antwort kam zu schnell, und ich biss mir auf die Zunge, um meine nächsten Sätze besser zu überdenken.

Doch Kuba schien keineswegs irritiert. Er beugte sich vor. »Wenn du mir deinen Namen verrätst, sage ich dir auch, wie ich heiße.« In seinen Augen blitzte es auf.

»Noch weißt du doch gar nicht, ob du ihn dir überhaupt merken willst«, versuchte ich, Zeit zu gewinnen.

Kuba lächelte. »Dann lass es mich herausfinden!«

Er war so nah, dass ich seinen warmen Atem auf meiner Haut spürte. Mein Herz hämmerte gegen meinen Brustkorb. Es war falsch, ich wusste es. All dies würde zu nichts führen ... obwohl es doch genau das war, was ich mir gewünscht hatte: dass Kuba mich als Mädchen kennenlernte! Was hätte ich also anderes tun sollen, als uns beiden eine Chance zu geben?

Kuba wartete meine Antwort jedoch gar nicht erst ab. Er fragte auch nicht wieder, ob ich tanzen wollte. Er zog mich einfach mit sich in die Mitte des Saals. Und auch wenn ich es nie für möglich gehalten hätte, gab es doch einen Punkt, in dem ich Krystina zustimmen musste: In Kubas Armen ließ es sich wunderbar tanzen. Es war völlig egal, dass ich keinen einzigen Schritt beherrschte. Vermutlich verstieß ich auch gegen sämtliche Verhaltensregeln auf einem Ball. Aber wie hätte mich das stören können, wenn mein ganz persönlicher Favorit mit mir tanzte? Ich hätte mir nicht schöner ausmalen können, wie es sein würde, dem Jungen nahe zu sein, den ich so gut kannte, und ihn gleichzeitig auf eine ganz neue Art und Weise zu sehen. Ich dachte nicht mehr an den nächsten Schritt – weder an den auf der Tanzfläche noch an das, was danach kommen würde. Ich wollte weder an morgen denken noch an die Lügen von gestern. Ich wollte nichts mehr, als in Kubas Augen zu schauen und seine Arme um mich zu spüren.

»Magst du Pferde?«, fragte Kuba unvermittelt, als die Band gerade ein paar leisere Töne anstimmte.

Ich dachte kurz nach. »Nein«, erwiderte ich dann. »Ich glaube, so kann man das nicht nennen. Pferde sind viel zu einzigartig, als dass man sie allesamt einfach nur *mögen* könnte. Sie haben Charakter. Einige von ihnen sind beste Freunde, Seelentröster, vielleicht haben sie sogar magische Kräfte.« Ich lächelte ihn an. »Aber das weißt du als Prinz bestimmt selber.«

Kuba zog mich schweigend näher an sich.

Der langsame Tanz war der schönste. Ich atmete Kubas vertrauten Geruch ein, während ich davon träumte, dass wir uns unter anderen Umständen kennengelernt hätten. Als das Lied verklang, glaubte ich, seine Lippen auf meinen Haaren zu spüren, aber vielleicht war auch das nur eine Einbildung.

Kuba nahm meine Hand und zog mich zum Buffet. »Komm, ich zeige dir was!«

Neugierig folgte ich ihm. Die große Tafel war zum Glück gerade wenig besucht, selbst Mani konnte ich nirgendwo entdecken.

Kuba drehte sich zu mir um. »Du musst erst die Augen schließen.« Mit klopfendem Herzen befolgte ich seine Anweisung. »Und jetzt Mund auf für die Köstlichkeit des Abends!«

Zögernd öffnete ich meine Lippen, woraufhin er mir etwas in den Mund schob. Ich kaute langsam und fühlte mich schlagartig in meine Kindheit zurückversetzt.

Mas lachende Stimme klang in meinen Ohren. »Du hast schon wieder genascht! Zur Strafe musst du mir nächstes Jahr wieder beim Backen helfen.«

Lächelnd öffnete ich die Augen. »Die leckersten Kekse der Welt«, sagte ich, ohne lange darüber nachzudenken.

»Ja, nicht wahr?«, stimmte Kuba mir freudig zu. »Mani ist einfach die beste Köchin von allen.«

»Mani?«, fragte ich irritiert.

Er schüttelte den Kopf. »Natürlich, wie dumm von mir, du kennst sie ja gar nicht. Mani ist der liebste Mensch, den ich kenne. Sie arbeitet bei uns, aber in Wahrheit ist sie so etwas wie eine Mutter für mich.«

Sein Blick wurde weich und ich fühlte erneut unsere Verbundenheit. Mani ersetzte uns beiden den fehlenden Teil der Familie. Ich schluckte den letzten Krümel des Gebäcks hinunter, das wie Mas Schokoküsse schmeckte. War das nur ein merkwürdiger Zufall oder ein Teil des Traums, in dem ich mich befand?

Kuba tanzte wieder mit mir. Ich warf einen Blick auf die Uhr.

Ob er auch daran dachte, dass Mitternacht näher rückte? Der Moment, wenn sich die Prinzen für ihre Prinzessin entscheiden mussten? Mein Herz ersehnte nichts mehr, als dass Kuba mich auswählen würde. Mein Verstand dagegen hoffte, dass er sich nach dem großen Rennen nicht mehr an das Mädchen aus dem Ballsaal erinnern würde. Der Wettkampf dauerte mehrere Tage an, in denen viel passieren konnte und jede Menge Gefahren auf die Prinzen lauerten. Und auch wenn die Prinzessinnen vermutlich eben diesen Zweck erfüllen sollten, dass die jungen Männer während jener Zeit etwas hatten, woran sie sich klammern konnten – welcher Sieger dachte ernsthaft noch an seine Tanzpartnerin, wenn er die Schneefeuerblüte in den Händen hielt?

»Ich trinke doch noch einen Sekt«, sagte Kuba plötzlich und ergriff eines der langstieligen Gläser von einem Tablett. Der lange Kellner beobachtete mit einem wissenden Lächeln, wie der Favorit unter den Prinzen das prickelnde Getränk in einem Zug herunterkippte.

Kuba leckte sich über die Lippen und zog mich zurück auf die Tanzfläche. Das letzte Musikstück vor Mitternacht begann. Der langsame Rhythmus der Trommeln erfasste meine Füße, die hellen Töne der Violine schlichen sich in meine Ohren und erreichten in Sekundenschnelle mein Herz. Ich schwebte. Ich fühlte Kubas Wange sachte an meiner. Und plötzlich spürte ich seine Lippen auf meinen, warm und weich. Seine zarte Berührung traf mich wie ein Blitz. Ich vergaß alles um mich herum, die Leute, das Fest – ich vergaß, wer ich war und dass ich Kuba nie wieder so nahe sein würde. Glücklich schloss ich die Augen und hoffte, nie mehr aus diesem Traum zu erwachen.

Die Musik verstummte so abrupt, dass beinahe mein Herz stehen blieb. Kuba löste sich widerstrebend von mir und sah mir ernst in die Augen. Ich versuchte, nicht zu blinzeln, um mir seinen Gesichtsausdruck für immer einzuprägen. Jetzt ... jetzt würde er mich gleich fragen, ob ich seine Prinzessin sein wollte. Ich konnte es einfach nicht glauben.

Kuba öffnete den Mund. Dann hielt er inne, legte den Kopf schief und sagte lächelnd: »Ich habe irgendwie das Gefühl, dass wir uns schon ewig kennen. Deine Augen kommen mir so vertraut vor, dass ich es fast unheimlich finde.«

Seine Worte rollten wie eine eiskalte Lawine über mich hinweg, und ich zuckte zurück, als hätte ich mich gleichzeitig verbrannt. Es war ein seltsames Gefühl, wie die Berührung von Schnee und Feuer zugleich, und im Bruchteil eines Augenblicks fiel ich hart zurück auf den Boden der Realität. Wie hatte ich mir nur etwas vormachen können? Wie hatte ich denken können, dass ich *ihn* so täuschen könnte? Gleich würde er mich erkennen und dann wäre alles aus. Alles.

Panisch wand ich mich aus seiner Umarmung, drehte mich um und rannte auf den Ausgang zu. Hinter mir setzte Applaus ein und übertönte meinen dröhnenden Herzschlag. Gleich würden die Prinzen und Prinzessinnen, die zueinandergefunden hatten, vorgestellt und von allen beglückwünscht. Der Höhepunkt des Balls war erreicht.

Nur für mich war er zu Ende.

Ungeschickt drückte ich mich an Schultern und Beinen vorbei dem Ausgang zu und versuchte dabei, mit dem Handrücken den Tränenschleier vor meinen Augen wegzuwischen. Ich hatte gewusst, dass dieser Abend zu Ende gehen würde und wie endgültig der Abbruch meines Traums sein würde. Ich hatte es von Anfang an gewusst. Warum tat es dann trotzdem so weh?

Im Laufen zog ich die Reithandschuhe unter meinem Gürtel hervor und streifte den ersten über. Ob Kuba mir noch auf den Fersen war? Ich erreichte das Eingangsportal, packte den runden

Griff und drehte ihn herum. Mit einem Ruck öffnete ich die Tür. Der eiskalte Wind blies mir erbarmungslos ins Gesicht – und der andere Handschuh, den ich lose festgehalten hatte, entglitt meinen Fingern.

Erschrocken blickte ich mich um. Kuba war keine zehn Meter von mir entfernt.

»Heh ... warte doch!«, rief er.

Ich hatte keine Zeit, den Handschuh aufzuheben.

Mas Reithandschuh!

Ich rannte weiter. Im Stillen entschuldigte ich mich bei Ma, dass ich alles vermasselt hatte. Hinter mir rumpelte es, als ob etwas umgefallen wäre, doch ich wagte nicht, mich noch einmal umzudrehen. Ich wollte Kubas enttäuschtes Gesicht nicht sehen und keine wertvollen Sekunden verlieren. Ich musste so schnell wie möglich von hier verschwinden.

Am Fuße der Treppe stieß ich einen Pfiff aus und sah, dass Dalibor sofort den Kopf hob. Folgsam, wie er war, hatte er sich nicht von der Stelle gerührt. Ich stürzte auf ihn zu und sprang mit einem Satz in den Sattel. Ohne einen Blick zurück wendete ich mein Pferd. Sein schwarzes Ohr und meine Tränen blieben den Blicken meines Verfolgers zum Glück verborgen.

Und während ich davonpreschte auf dem Rücken des Pferdes, für das ich alles gegeben hatte und nun alles zurückließ, was mir je etwas bedeutet hatte, schlugen die Glocken der Turmuhr hinter mir Mitternacht.

Kapitel 17

Ein verräterischer Beweis

Am liebsten wäre ich am nächsten Morgen gar nicht zur Arbeit erschienen. Ich sah fürchterlich aus. Ich hatte wieder nur wenig Schlaf bekommen, weil ich den Hausputz und die Stallarbeit auf dem Sturmhof noch erledigt hatte. Mich quälte die Angst vor dem Moment, wenn ich Kuba gegenübertreten musste.

Als ich auf dem Kralshof eintraf, war von dem Jungen, der mein Herz so gründlich durcheinanderbrachte, weit und breit jedoch nichts zu sehen. Nur Bruno fegte mit wütendem Eifer durch die Stallgasse. Er brummte irgendwas von »schlechter Laune« und verschwand wieder, bevor ich ihn fragen konnte, was los war. Nach Gesellschaft war mir aber ohnehin nicht zumute, zumindest nicht nach zweibeiniger. Doch sogar die Pferde schienen mich merkwürdig anzusehen – nur gut, dass sie mir immerhin keine Fragen stellen konnten.

Erst kurz vor Mittag ließ Bruno sich wieder im Stall blicken. Ob er mit Kuba gesprochen hatte und irgendetwas wusste? Ich entschied mich zum Frontalangriff und stellte mich ihm in den Weg.

»Stimmt was nicht?«

Bruno warf mir einen mürrischen Blick zu. »Mani hat den Konditorpreis gewonnen. Den gesamten Vormittag über hat sie mich durch ihre Küche gescheucht, nur um ein einziges kleines Regalbrett anzubringen. Für ihren Pokal!«

Trotz meiner gedrückten Stimmung fiel es mir schwer, ernst zu bleiben. Ich konnte mir ein Grinsen gerade noch verkneifen.

Offenbar hatte ihr Keksrezept, ob nun geheim oder nicht, einschlägigen Erfolg gehabt, was ich Mani von Herzen gönnte. Ihre unangefochtene Herrschaft in der Küche konnte aber zugegebenermaßen ganz schön anstrengend sein, wie ich bereits selbst erfahren hatte.

»Ich sage dir nur eines: Freunde dich niemals mit einem Weibsbild an! Sie bringen alles durcheinander!«, knurrte Bruno noch, schnappte sich die Schubkarre und stapfte davon.

Verwirrt sah ich ihm hinterher. Damit konnte er nicht Mani gemeint haben, oder? Bei allen verständlichen Beschwerden war ich mir sicher, dass er sie sehr gernhatte. Ein kleines Regalbrett konnte ihn wohl kaum so in Rage bringen.

Ich seufzte. Warum nannte niemand die Probleme einfach beim Namen? Warum war es bloß so schwer, Gefühle zu zeigen? Und wieso beharrten alle darauf, dass »die Frauen« schwierig waren? Oder zumindest: anders?

Da Bruno momentan offenbar nicht zur Arbeitseinteilung zu gebrauchen war, entschied ich mich, den Weidezaun zu reparieren, den ein herabstürzender Baum beim Sturm beschädigt hatte. Ich holte Hammer und Nägel aus der Werkzeugkammer und machte mich auf den Weg. Kurz vor dem Stalltor fiel mir auf, dass ich eine Zange vergessen hatte, um die alten Nägel zu entfernen. Ich wollte gerade noch einmal zurücklaufen, als ich von draußen Stimmen hörte. Vorsichtig spähte ich um die Ecke und entdeckte Kuba und Patrik, die im Unterstand hinter dem Stall auf dem Kutschbock des Schlittens saßen. Offenbar hatten sie einen ungestörten Platz zum Reden gesucht. Neugierig blieb ich stehen.

»Auf und davon.« Kuba stieß mit dem Fuß gegen die Deichsel, die ein leise quietschendes Geräusch von sich gab. »Ich versteh es einfach nicht.«

»Hast du dich denn mal umgehört, ob irgendjemand sie kennt?« Patrik sah Kuba erwartungsvoll an.

»Ja, klar hab ich das. Niemand natürlich.« Kuba schnaubte. »Es ist wie verhext.« Seine Stimme klang so verletzt, dass es mir das Herz zusammenzog.

»Bestimmt hatte sie einen triftigen Grund«, verteidigte Patrik das unbekannte Mädchen, ohne zu ahnen, dass er sich damit auf meine Seite schlug. »Wenn du das Gefühl hattest, dass sie dich mochte, wieso sollte sie dann weglaufen?«

Kuba fuhr sich mit den Händen durch die Haare. Dunkle Ringe malten sich unter seinen Augen ab. Vielleicht hatte auch er nicht besonders gut geschlafen.

»Das ist nicht die einzige Frage, auf die ich keine Antwort habe«, entgegnete er. »Sie ist nicht einfach davongelaufen. Sie ist davon*geritten*.«

Patrik runzelte ungläubig die Stirn. »Sie ist *geritten?!*«

»Wie der Teufel«, nickte Kuba, während er etwas aus seiner Tasche zog. »Bei ihrer Flucht hat sie den hier verloren.«

Ich erkannte ihn sofort: Mas Reithandschuh. Der untrügliche Beweis, dass der Abend mehr als nur ein Traum gewesen war. Ich musste ihn unbedingt und schnellstmöglich wieder in meinen Besitz bringen!

»Bist du sicher, dass du ein *Mädchen* geküsst hast?«, fragte Patrik nun so irritiert, dass ich beinahe lachen musste.

Kuba stieß ihm seinen Ellenbogen zwischen die Rippen. »Denkst du, ich kann einen Kerl nicht von einem Mädchen unterscheiden?«

Ich drückte mich enger an die Stallwand, während ich versuchte, ruhig weiterzuatmen.

»Komm schon.« Patrik knuffte Kuba aufmunternd in die Seite. »Ich glaube, dass du dieses Mädchen während des Rennens ganz schnell vergisst. Es gibt genug andere. Und wenn du das Schneefeuer mit nach Hause bringst, werden sie dir alle zu Füßen liegen.«

Kuba warf ihm einen langen Blick zu. »Du hast überhaupt keine Ahnung«, murmelte er so leise, dass ich ihn kaum verstand.

Eine Weile schwiegen beide. Schließlich fragte Patrik: »Wo steckt eigentlich Ash? Und wo war er gestern?«

Kuba stieß einen verächtlichen Laut aus. »Das kannst du ihn ja mal fragen! Wenn er da gewesen wäre, säße ich jetzt vielleicht nicht so hier ...«

Patrik schüttelte den Kopf. »Ach, das stimmt doch nicht. Was hätte er denn tun können?« Und als Kuba wieder nur schweigend vor sich hinstarrte, fügte er hinzu: »Ich konnte dir doch auch nicht helfen.«

Vor lauter Verzweiflung hätte ich am liebsten alles hingeschmissen und wäre davongelaufen. Doch genau in diesem Moment tippte mir jemand auf die Schulter.

Ich fuhr herum. Die Kinnlade fiel mir herunter. »Herr ... Herr Kral!«, keuchte ich überrascht.

Herr Kral hob nur die Augenbrauen und lächelte scharfsinnig. Eine stille Aufforderung, mich schleunigst wieder an die Arbeit zu begeben, wie ich annahm. Doch als ich schon losstürmen wollte, hielt er mich zurück.

»Wolltest du nicht gerade noch die beiden da draußen zum Mittagessen rufen?«

»Äh, oh ... ja!«, stotterte ich verlegen. »Natürlich!«

Er nahm mir seelenruhig das Werkzeug aus der Hand. »Das brauchst du dann sicher auch erst später wieder.« Herr Kral unterdrückte ein Schmunzeln. Aus irgendeinem Grund schien ihn mein Verhalten zu amüsieren, aber ich wagte nicht zu fragen, warum. Im Weggehen hörte ich ihn wie zu sich selbst sagen: »Heute sind wohl alle ein wenig kopflos.«

❄

Das Mittagessen verlief noch schlimmer, als ich es befürchtet hatte. Kuba redete kein Wort mit mir, Bruno schwieg ebenfalls vor sich hin und Mani warf mir immer wieder merkwürdige Blicke zu. Bestimmt hatte auch sie längst gehört, was gestern Nacht vorgefallen war. Ob sie enttäuscht war, dass ich den Abend trotz ihrer Hilfe verdorben hatte? Dass ich ihn *Kuba* verdorben hatte? Oder schlimmer noch, bereute sie es, mir das Kleid gegeben zu haben?

Auch Herr Kral ließ mich nicht eine Sekunde aus den Augen, als ob er irgendetwas ahnen würde, und das machte mir am meisten Angst.

Würde Mani mein Geheimnis für sich behalten? Oder würde die Loyalität zu ihrem Arbeitgeber doch überwiegen, wenn ich das Vertrauen, das sie in mich gesetzt hatte, enttäuschte?

»Wer war eigentlich das Mädchen, mit dem du gestern den ganzen Abend getanzt hast?«, fragte Nancy in die angespannte Stille hinein. Ich hätte ihr am liebsten meinen Löffel an den Kopf geworfen. Sie hatte ein untrügliches Talent, im passenden Moment das Falsche zu sagen.

Kuba hob den Kopf und starrte sie grimmig an. »Sehr witzig«, kommentierte er ihre vermutlich sogar nett gemeinte Frage und knallte seine Serviette auf den Tisch. Er stieß geräuschvoll den Stuhl nach hinten und verließ das Zimmer.

Sogar Herr Kral warf Nancy einen tadelnden Blick zu. Das Zimmermädchen lief rot an und stammelte eine Entschuldigung, doch Mani klopfte ihr beruhigend auf die Schulter.

»Es ist nicht deine Schuld, Nancy. Die Liebe macht seltsame

Dinge mit den Menschen. Und ich fürchte, Kuba hat es besonders schwer getroffen.«

Erschrocken schaute ich sie an. Es musste Kuba ernsthaft nahe gegangen sein, wenn Mani so redete. Ich spürte die Tränen in mir aufsteigen und musste mich sehr zusammenreißen, um mir nichts anmerken zu lassen.

Als ich nach dem Essen das Speisezimmer verließ, lehnte Kuba am Ende des Flurs neben den Gemälden der Jahreszeiten an der Wand, die ich bei meinem ersten Besuch schon so bewundert hatte. Mein Blick streifte das Frühlingsbild. Genau so stellte ich mir das Tal vor, das die Prinzen beim großen Rennen erreichen mussten. Der Maler hatte ein sattes Grün für die weiten Wiesen gewählt, überall sprossen kleine Knospen und Pflänzchen empor, als würde man der Natur beim Wachsen zusehen. Es lag so viel Kraft in der Farbe, dass ich mich unwillkürlich von ihrer Energie angesteckt fühlte.

Der düstere Blick aus Kubas sonst so strahlenden Augen, deren Grün heute nichts Frühlingshaftes hatte, traf mich trotzdem wie ein Tritt in den Magen. Doch ich musste die Dinge zwischen uns wieder in Ordnung bringen. Wenigstens auf freundschaftlicher Basis.

»Hey … alles okay?«, fragte ich vorsichtig.

Kubas Augenbrauen zogen sich zu einem durchgehenden Strich zusammen. »Wenn du, wie ein echter Freund, gestern mit zum Ball gekommen wärst, müsstest du das nicht fragen.«

Ich nickte gequält. »Es tut mir leid, dass ich arbeiten musste«, sagte ich. Meine Reue war echt, wenn auch aus anderen Gründen, als Kuba glaubte.

Er durchbohrte mich mit seinem Blick. »Warum bist du dann nicht nachgekommen?«

»Ich bin nicht davon ausgegangen, dass du Hilfe beim Mädchen-Kennenlernen brauchst.« Ich versuchte zu lächeln, aber es fiel mir verdammt schwer.

»Das Kennenlernen war auch kein Problem ...«

Kuba starrte zu Boden und ich schluckte. »Sondern?«

Er straffte die Schultern und hob das Kinn. »Sie ist gar nicht bis Mitternacht geblieben. Wie hätte ich also herausfinden sollen, ob sie meine Prinzessin sein will?«

Ich blinzelte. Wenn er wüsste, wie gern ich diese Frage gehört hätte!

»Konntest du dir nicht ... eine andere suchen?«, brachte ich hervor.

Wütend starrte er mich an. »Hast du dich mit Patrik abgesprochen?«

»Was? Nein! Wieso sollte ich?«

»Warst du vielleicht noch nie verliebt?«

Ich schwieg. Diese Lüge brachte ich einfach nicht über mich.

»Meine Mutter hat immer gesagt, dass man seine wahre Liebe nur einmal im Leben findet«, erklärte Kuba nach einer Weile mit einem bitteren Unterton. »Irgendwie hab ich das geglaubt.«

Was für ein Desaster! Auch wenn irgendetwas tief in mir drin und ganz im Geheimen bei Kubas Worten auf Wolken schwebte, so war mir doch deutlich bewusst, dass aus meiner anfänglichen Notlüge ein tornadohafter Selbstläufer geworden war. Der Preis, den ich bezahlte, um Dalibor behalten zu können, war so viel größer, als ich gedacht hatte.

»Aber vielleicht liegt genau darin ja der Unterschied zwischen Männern und Frauen«, grübelte Kuba. »Mein Vater hat mir noch nie erzählt, dass er meine Mutter vermisst. Und wenn ihr alle recht habt, besteht ja noch Hoffnung, dass ich eine andere finde.« Dabei schaute er so trübsinnig drein, dass klar war, dass zumindest er nicht daran glaubte.

Niemals hatte ich Kuba so unglücklich machen wollen. Doch ich konnte nichts tun, um ihm zu helfen. Weder als Mädchen noch als Junge – das war in diesem Fall wirklich egal. Dabei waren die Unterschiede zwischen Männern und Frauen doch viel kleiner, als er und alle um mich herum glaubten. Das konnte ich aus Erfahrung sagen!

Ich gab mir einen Ruck. Kuba zuliebe musste ich mich zusammenreißen. Ich bemühte mich um ein möglichst kumpelhaftes Grinsen. »Was machen wir denn jetzt? Hast du auch vor, dir einen anderen Freund zu suchen, oder bist du lange genug beleidigt gewesen?«

Kuba verzog das Gesicht, als hätte er Zahnschmerzen, aber ich hielt seinem Blick stand. »Du kannst dir den Tag heute freinehmen und mir Gesellschaft leisten, vielleicht läuft mir ja das Mädchen über den Weg, nach dem ich suche«, schlug er schließlich vor.

Ausgerechnet!

»Als ob dein Vater erlauben würde, dass ich einen Urlaubstag nehme«, wehrte ich ab. »Ich habe noch keinen ganzen Monat hier gearbeitet!«

In Kubas Mundwinkeln regte sich etwas. »Ich kläre das. Hol schon mal deine Jacke.«

Na, großartig! Ich konnte mich selbst beglückwünschen zu meinem Geschick, mich in ausweglose Situationen zu bringen. »Warten wir lieber erst mal ab, was er sagt«, bremste ich seine Euphorie.

Endlich stahl sich doch wieder ein Grinsen in Kubas Gesicht. »Genau. Abwarten!«

❄

»Ausreiten?«, fragte ich alarmiert. Ich hatte nicht im Entferntesten damit gerechnet, dass der arbeitseifrige Herr Kral einem spontanen Urlaubstag zustimmen würde. Und jetzt wollte Kuba ausreiten? Sofort machte ich mir wieder Sorgen, wem wir dabei alles begegnen würden.

Doch Kuba nickte ungerührt. »Wieso? Fällt das unter die Kategorie der Freundschaftsdienste, die du nicht erfüllen kannst?«

Ich rollte nur mit den Augen. »Komm schon, Ash«, insistierte Kuba. »Morgen starten wir zum großen Rennen. Da wirst du wohl heute auch schon einen kleinen Ausritt mit mir machen können. Sieh es als Trainingseinheit.«

»Na, gut«, stimmte ich widerwillig zu. Wenigstens klang es nicht mehr danach, als wollte er an jeder Tür im Dorf klopfen und die Töchter des Hauses Mas Reithandschuh anprobieren lassen, dachte ich erleichtert. »Wohin reiten wir denn?«

»Zur großen Ebene.« Er hatte einen verträumten Ausdruck im Gesicht. »Früher sind meine Eltern manchmal in der Kutsche mit mir dorthin gefahren. Als meine Mutter noch lebte«, ergänzte er leise. »Warst du schon mal dort? Am Rand der Klippen?«

Stumm schüttelte ich den Kopf. Ich brachte es nicht über mich, ihm zu sagen, dass die Klippen zu meinen Lieblingsplätzen gehörten, gleich nach der Eschenlichtung. Als Mädchen hätte ich dort sowieso nie gewesen sein dürfen. Aufgrund der schlecht befahrbaren Wege galten die Klippen jedoch auch für den Rest der Bevölkerung als nicht ungefährliches Ausflugsziel. Ich wagte überhaupt nicht, darüber zu sprechen, weil ich Angst hatte, dass meine wahren Gefühle an die Oberfläche drängten.

»Wir sollten bald aufbrechen«, sagte ich stattdessen möglichst neutral. »Bestimmt willst du zum Abendessen wieder hier sein.«

Ich hob Dalibors Sattel von der Stange, doch Kuba fasste meinen Arm. Ein Kribbeln wie von einem Stromschlag durchfuhr mich. »Du könntest auch hier essen.« Er lächelte verschwörerisch. »Und bis morgen bleiben.«

»Kuba, du weißt doch …«

»Nur dieses eine Mal.« Er sah mich bittend an. »Mani hat schon bei dir zu Hause angerufen und Bescheid gesagt.«

»Mani hat *was*?« Wenn mir gerade noch das Herz geschmolzen war, blieb mir nun die Luft weg vor Empörung.

Kuba dagegen machte einen zufriedenen Gesichtsausdruck. »Sie hatte eben Mitleid mit mir. Ich habe dir doch gesagt, dass es immer gut ist, wenn man Mani auf seiner Seite hat.«

Ich würde sie umbringen!

Kuba lachte leise. »Du siehst allerdings eher aus, als ob du sie ermorden wolltest.«

»Pah!«, schnaubte ich. »Du hast wirklich keine Ahnung, was mich zu Hause erwartet, wenn ich zurückkomme. Aber bitte – wenn du einen Freundschaftsbeweis willst …« Ich stieß ihn unsanft beiseite, um Dalibor zu satteln.

»Ernsthaft, Ash«, knurrte Kuba ärgerlich. »Du bist doch nicht das Hausmädchen bei euch. Du hast eine Stelle als Stallbursche und versorgst dein Pferd selber. Was will dein Vater denn noch?«

»Lass uns einfach losreiten, ja? Ich werde das schon ausbaden«, beendete ich die Diskussion barsch. Ich hatte keine Lust, noch länger mit Kuba darüber zu streiten. Außerdem musste ich dringend nachdenken, wie ich mich aus dieser misslichen Lage befreien konnte. Vielleicht hatte ich beim Reiten etwas Ruhe, um einen Plan zu schmieden.

Kuba sah mich unentschlossen an. In seinen Augen tobte ein Widerspruch. Einerseits verstand er mein Problem nicht, auch wenn er mich sicher nicht wütend machen wollte. Andererseits war seine Freude nicht zu übersehen, was mich irgendwie berührte. Er wirkte immer, als hätte er alles, was sich ein Mensch nur wünschen konnte; aber ihm fehlte es ganz offensichtlich an Gleichgesinnten.

»Warum gehst du nicht mal mit Patrik reiten?«, fragte ich versöhnlich, als ich Dalibor aus seiner Box führte.

»Soll das ein Witz sein?«, konterte Kuba. »Da kann ich ja gleich ein Mädchen fragen.«

Ich knirschte mit den Zähnen – heute war es wirklich zum Verrücktwerden! »Was ist das denn für eine bescheuerte Antwort?«

Kuba verdrehte die Augen. »Ist doch wahr. Patrik stirbt vor Angst, wenn er näher als eine Armlänge vor einem Pferd steht. Was glaubst du, warum er bei Mani in die Lehre geht?«

Ich stemmte die Hände in die Hüften. »Schon wieder dieses dämliche Vorurteil! Als ob Mädchen nicht reiten könnten ...« Ich stockte. Das war verräterisch! »... und Jungs nicht kochen«, fügte ich rasch hinzu.

Kuba sah mich nachsichtig an. »Weißt du, so bescheuert sich das auch anhört, aber genau das mag ich an dir«, grinste er. »Wenn man dich reden hört, könnte man manchmal meinen, du bist selbst ein Mädchen. Aber wenn man dich reiten sieht, steckst du jeden in die Tasche.«

❄

Zum Glück war der Wind auf meiner Seite, der uns erbarmungslos um die Ohren fegte und eine Unterhaltung erschwerte. Ich hatte die Fellkapuze meiner Jacke noch über meine Mütze gezogen und konnte mich nur durch Blickkontakt mit Kuba verständigen. Meine Hände steckten in riesigen Handschuhen, die ich in der Sattelkammer gefunden hatte – vermutlich gehörten sie Bruno. Das Wetter hätte kaum schlechter für einen Ausflug sein können, aber keiner von uns beiden fragte, ob wir umkehren sollten.

Morgen war der erste Sonntag im März, der Tag des großen Rennens. Doch heute war ebenfalls ein bedeutsamer Tag, wenigstens für mich – heute war mein Geburtstag. Ich warf einen heimlichen Blick auf Kuba. Wie gut, dass er wenigstens das nicht ahnte! Obwohl dieser Umstand maßgeblich zu meiner Entscheidung beigetragen hatte, Novaks Regeln ab jetzt zu ignorieren.

Während unseres schweigsamen Ritts hatte ich nämlich einen Entschluss gefasst: Ich würde Kuba zum einen den Gefallen tun und auf dem Kralshof übernachten. Irgendwie hatte ich das Gefühl, ihm das nach der verpatzten Ballnacht schuldig zu sein – wenn ich es auch nicht als Mädchen wiedergutmachen konnte. Und zum anderen würde ich nach dem Startschuss morgen nicht mehr zum Sturmhof zurückkehren. Der Beginn des Rennens würde zugleich das Ende meiner Familie bedeuten, die sowieso seit Mas Tod keine mehr gewesen war. Auf den einen Tag früher oder später kam es also auch nicht mehr an.

Tief atmete ich die eisige Luft ein. Es tat gut, eine Entscheidung gefällt zu haben. Das Einzige, das mir immer noch Sorgen bereitete, war: Novak würde bald herausfinden, dass ich verschwunden war, und zwangsläufig würde er sich auf dem Kralshof erkundigen. Mein Geheimnis würde auffliegen. Es war nur eine Frage der Zeit, bis alle wissen würden, dass ich kein Stallbursche war. Würde außer Mani irgendjemand zu mir halten? Würde vor allem Kuba, dem Freundschaft und Vertrauen so viel bedeuteten, mir meinen Betrug verzeihen können? Fast wünschte ich mir, dass ich einfach nie mehr aus den Bergen zurückzukehren bräuchte. Ich konnte mir nicht vorstellen, ohne die Arbeit auf dem Kralshof zu leben, ohne die respektvollen, gutherzigen Menschen dort, wieder nur ein Niemand zu sein mit den trüben Verpflichtungen einer Hausangestellten – und nur im Geheimen reiten zu dürfen. Aber genauso gut wusste ich, dass auch meine

Lüge keine Zukunft hatte. Selbst wenn Novak nicht Alarm schlagen würde, konnte ich nicht ewig den Stallburschen spielen. Es war eine durch und durch hoffnungslose Situation.

»Ich liebe diese Landschaft, auch wenn sie kalt und unnahbar ist.«

Kuba hatte seine Stute nah an Dalibor herangetrieben, sodass ich ihn hören konnte. Wir waren am Rand der Klippen angelangt und blieben nebeneinander stehen. Die Nüstern unserer Pferde berührten sich, während Kuba über den Abgrund auf das weite eisige Meer hinausblickte. Die Schaumkronen bildeten Eiskristalle, die mit dem Schlag der Wellen aneinanderkrachten. Das Wasser konnte sich genauso wenig für eine Seite entscheiden wie ich. Einerseits wollte es gefrieren, andererseits ließ es sich von der Bewegung wieder aufbrechen. Offenbar war ich nicht die Einzige, die sich in einem Schwebezustand zwischen zwei Welten befand.

»Ich liebe es auch«, flüsterte ich gegen den Wind, doch meine Worte gingen im Tosen der Wellen unter.

»Bist du jemals dort hinuntergeklettert?«, fragte Kuba plötzlich.

»Die Klippen hinunter?«, gab ich erschrocken zurück.

»Ja, bis ans Meer.« Er lächelte.

Ich sagte nichts, weil ich mir sicher war, dass das nicht möglich war.

»Du glaubst, es geht nicht, oder?« Kuba sah mich herausfordernd an. In seinen Augen blitzte Abenteuerlust auf.

»Ich bin mir *sicher*, dass es nicht geht«, erwiderte ich entschieden. Noch nie hatte ich davon gehört, dass jemand die Klippen überwunden hatte.

»Aber *versucht* hast du es nicht.« Kuba grinste. »Siehst du, ich glaube, darin liegt das Problem. Lass es uns einfach …«

Plötzlich wehte lautes Gejohle aus der Ferne zu uns herüber. Alarmiert blickte ich mich um.

Jiri!

Ich erkannte ihn sofort. Allein die Art, wie er mit seinen Freunden über die Ebene jagte, wie sie ohne Sinn und Verstand ihr Leben und die Gesundheit der Pferde riskierten, ließ die Wut in mir hochkochen. Viel schlimmer aber war die Tatsache, dass die wild gewordene Horde im gestreckten Galopp auf uns zuraste. Sie war zwar noch weit entfernt, aber wenn ich Jiri erkennen konnte, würde er uns vielleicht auch schon bald entdecken.

Ich trieb mein Pferd an Laska vorbei. »Wir verschwinden hier. Jetzt!«

Kuba sah mich irritiert an.

Ohne seine Reaktion abzuwarten, lenkte ich Dalibor in die entgegengesetzte Richtung der Reiter. Ein schmaler Trampelpfad zog sich die Klippen entlang, den ich noch nie zuvor geritten war. Er verschwand zwischen den Bäumen vor uns und damit auch aus dem Blickfeld der herannahenden Truppe.

Doch je weiter wir dem Weg folgten, desto mehr wuchs meine Befürchtung, dass er nur in den Frühlingsmonaten zu nutzen war. Stellenweise kamen wir dem Abgrund so nah, dass ich mich fragte, ob mein Verhalten nicht ähnlich waghalsig war wie Jiris Galopp auf der Ebene. Aber mein Stiefbruder würde mich sofort erkennen, daran hatte ich keinen Zweifel – mindestens Dalibors Makel, sein schwarzes Ohr, war so auffällig, dass er mich verraten würde.

Ich warf einen schnellen Blick hinter mich und registrierte erleichtert, dass Kuba mir folgte. Sein Gesichtsausdruck war fragend, aber er blieb nicht zurück.

Plötzlich strauchelte Dalibor. Mein Herz sackte mir in den Magen, als mein Pferd sich mit einem Satz auf die Waldseite rettete.

Ich spürte meinen Pulsschlag rasen. Dankbar klopfte ich Dalibors Hals und hielt ihn nicht auf, als er sich von der Steilküste abwandte und anfing, sich einen Weg zwischen den dichten Bäumen hindurchzubahnen. Alles war besser, als am Abgrund entlangzureiten!

Der Wind verstärkte sich. Als das Schneetreiben einsetzte, verschwanden auch unsere Spuren, und die Flocken legten sich wie ein schützender Mantel um uns. Der Weg, den mein Pferd zwischen den Bäumen eingeschlagen hatte, war mir vollkommen unbekannt, und ich wäre nie darauf gekommen, dass er zu der Eschenlichtung führen könnte. Aber nach etlichen Biegungen und Wendungen, die uns durch den Wald leiteten, vernahm ich mit einem Mal den Ruf der Schneeeule. Das vertraute, lang gezogene »Uhuuuh« ließ mein Herz schneller schlagen. Der Vogel hatte Ma und mich immer begleitet, wenn wir uns der Lichtung genähert hatten, er schien mir ebenso ein Teil meiner Familie zu sein wie die riesige Esche, die nun vor mir auftauchte. Ihre kahlen Äste bogen sich sanft im Wind und berührten fast den Boden. Eine kleine Erhebung unter der Schneedecke ließ erahnen, dass darunter der Kranz aus Tannenzapfen und Federn verborgen lag, den ich Ma zu ihrem Geburtstag vor einigen Wochen gebracht hatte. Wie weit entfernt das inzwischen war!

Wir hielten die Pferde an und Kuba wirkte fast so erstaunt wie ich. »Hier war ich noch nie.«

Liebevoll ließ ich meinen Blick über die Bäume schweifen. »Jetzt kennst du auch meinen Lieblingsort«, sagte ich leise.

Schweigend erwiderte er mein Lächeln.

Ob er die Magie der Eschenlichtung ebenso spürte wie ich?

»Da vorn ist der Ausgang!« Ich räusperte mich. »Komm mit, ich weiß jetzt, wo es langgeht.«

Kuba blieb dicht hinter mir. Dalibor schnaubte aufgeregt, weil er unsere alte Route witterte. Als wir den Waldrand erreichten, stieg ich ab und bedeutete Kuba zu warten. Ich schlich mich vor und spähte zwischen den Zweigen hinaus auf die Ebene. Kurz vor dem Schneewall entdeckte ich die Silhouetten einiger Reiter, die sich dunkel vor dem schneeverhangenen Horizont abhoben. Da wusste ich, dass Jiri umgedreht hatte. Er suchte mit seinen Freunden hinter den Mauern des Dorfes Schutz – das Unwetter hatte mich gerettet.

Nass und müde erreichten wir den Kralshof. Wir sattelten die Pferde ab, versorgten sie mit Heu und rieben sie mit Stroh ab, bevor wir uns auf den Weg ins Haus machten. Schweigend liefen wir hintereinander her. Ich folgte Kuba sogar ohne Widerrede hinauf in sein Zimmer.

»Du kannst die Hose und den Pullover vom letzten Mal haben. Mani hat alles gewaschen und wollte es schon an Milan weiterreichen, aber ich habe sie davon abgehalten.« Er grinste. »Ein bisschen größer als er bist du ja schon noch. Und bevor du fragst, ja, du kannst dich im Bad umziehen.«

Ich lächelte dankbar zurück. Seine Sticheleien machten mir nichts aus, solange er respektierte, dass mir meine Privatsphäre wichtig war. Auch wenn ich mir sicher war, dass er den Grund nicht verstand, rechnete ich ihm diese kleine freundschaftliche Geste hoch an.

Ich schloss die Badezimmertür hinter mir und sah in den Spiegel über dem Waschbecken. Meine Wangen leuchteten rot von der eisigen Kälte, was meinem Aussehen etwas sehr Mädchenhaftes verlieh. Es erinnerte mich an das Rouge, das Mani am Abend des Balls auf meine Wangen aufgetragen hatte. Sofort lief es mir in heißkalten Wellen über die Haut. Was, wenn auch Kuba die Ähnlichkeit entdecken würde? Ich drehte den Hahn auf und spritzte mir kaltes Wasser ins Gesicht, doch der Effekt war gleich null. Frustriert strubbelte ich durch meine Haare, die in den vergangenen Wochen ein gutes Stück nachgewachsen waren, und hoffte, es würde mich jungenhaft-verwegen aussehen lassen. Dann schlüpfte ich aus den nassen Sachen und zog den Brustwickel fester. Kubas Pullover fühlte sich weich an. Ich drückte meine Nase in die Wolle und sog den vertrauten Geruch nach Heu und Pferden ein, der auch in der Wäsche nicht verloren ging. Ich zog den Pulli über meinen Kopf und stieg in die Hose, die ich wie beim letzten Mal mit einem Gürtel zusammenbinden musste, damit sie mir nicht von den Hüften rutschte. Kein Wunder, dass mich niemand für ein Mädchen hielt. Ich hatte einfach absolut nichts Weibliches an mir. Vermutlich brauchte ich mir gar keine Sorgen zu machen, dass Kuba mich erkennen würde.

Ich verließ das Bad und trat hinaus ins Zimmer. Kuba hatte das Sofa bezogen und mir Kissen und Bettdecke zurechtgelegt. Darauf lag ein Zettel: »Ich organisiere uns einen heißen Kakao bei Mani, komm runter, wenn du fertig bist.« Ich musste unwillkürlich lächeln, weil ich mich plötzlich darauf freute, heute Nacht hierbleiben zu können. Die Vorstellung, dass der Kralshof mein Zuhause sein könnte, war schön – leider zu schön, um wahr zu sein. Ich ahnte, dass mich bei meiner Rückkehr aus den Bergen eine Menge Probleme erwarten würden, doch heute wollte ich nicht daran denken.

»Niemand weiß, wie der nächste Morgen aussieht, also vergiss nie, im Hier und Jetzt zu leben«, hatte Ma gesagt, als es ihr schon sehr schlecht ging und sie wusste, dass *ihre* noch kommenden Morgen bereits gezählt waren.

Mein Blick fiel auf einen Sessel, der am Fenster stand. Kubas

Jacke hing ausgebreitet darüber und ein brauner Zipfel guckte aus der Seitentasche. Ich starrte einen endlos langen Moment darauf, bis mein Gehirn sich langsam in Bewegung setzte. War das etwa ...? Ich schluckte nervös. Langsam streckte ich meine Hand aus, als ob gleich eine Falle zuschnappen könnte. Meine Finger umfassten den Zipfel braunen Leders – es war wirklich Mas Reithandschuh. Erleichtert zog ich daran, bis er sich aus der Tasche löste. Mein Herz schlug laut dabei. Anklagend. Schon wieder beging ich einen Vertrauensbruch, den Kuba nicht verdient hatte – es war Diebstahl, obwohl der Handschuh mir gehörte. Ich trat Kubas Freundschaft mit Füßen, aber ich *musste* meine Maske so lange wie möglich aufrechterhalten. Denn wenn sie fiel, wusste ich nicht, was darunter zum Vorschein kommen würde.

❄

»Da bist du ja!«, begrüßte Mani mich lächelnd. »Ich hatte schon befürchtet, du wärst in Kubas Hose versunken und auf Nimmerwiedersehen darin verschwunden.« Sie stellte mir eine dampfende Tasse Kakao auf den Tisch und schob mich neben Kuba auf die Bank.

»Ach, was! Ash hat von der vielen Arbeit im Stall schon richtige Muckis bekommen. Sogar hier!« Er schlug sich gegen die Brust.

Ich verschluckte mich an meinem Getränk und spuckte kleine Kakaotröpfchen über den Tisch. Hustend tippte ich mir mit dem Finger an meinen feuerroten Kopf.

Lachend klopfte er mir auf den Rücken. »Na, na, das ist nun wieder gar nicht männlich.«

»Wer hat gesagt, dass ich männlich wirken will, wenn ich dann so ein Idiot werden muss wie du?«, quetschte ich hervor.

Kuba lachte schallend. »Eine Klappe hast du jedenfalls für drei.«

»Jakub Kral, du solltest dein Benehmen überdenken. Sonst muss ich ein ernstes Wörtchen mit deinem Vater reden«, wies ihn Mani zurecht.

»Was?«, empörte sich Kuba. »Seit wann verstehst du keinen Spaß mehr?«

»Wenn es darum geht, sich über Äußerlichkeiten lustig zu machen, habe ich noch nie Spaß verstanden«, erwiderte sie.

Doch Kuba war nicht zu bremsen. »Ash ist gar nicht so ein Weichei. Du müsstest ihn mal reiten sehen. Er weiß, dass ich nur Spaß mache.«

Ich warf Mani einen hilflosen Blick zu und versuchte, gespielt gekränkt auszusehen.

»Äußerlichkeiten täuschen manchmal. Es kommt auf die inneren Werte an, das habe ich dir doch hoffentlich beigebracht«, sagte Mani ernst.

Sie füllte uns mit ein paar Käsebroten und einer weiteren Tasse Kakao ab, bevor sie uns zurück auf Kubas Zimmer entließ. Ich kuschelte mich unter die weiche Decke, die genau wie Kubas Pullover roch, und lauschte auf seine Atemzüge. Mit einem seligen Lächeln schloss ich die Augen. Ich war hundemüde, aber so glücklich wie schon lange nicht mehr. Dieses Mal würde ich die ganze Nacht durchschlafen und davon träumen, wie es wäre, nie wieder lügen zu müssen.

»Gute Nacht, Kuba«, sagte ich leise.

»Gute Nacht, Ash«, flüsterte er zurück. »Und noch alles Gute zum Geburtstag.«

Kapitel 18

Haarscharf

Ich wusste im selben Moment, in dem ich die Augen aufschlug, was für ein Tag heute war: der erste Sonntag im März, der Beginn des Eispferde-Rennens. Ein Tag nach meinem Geburtstag, der beinahe unbemerkt vergangen wäre.

Beinahe.

Wie Kuba wohl davon erfahren hatte? Nach Mas Tod war dieses Datum in Vergessenheit geraten, weil es einfach nichts mehr zu feiern gab. Den gestrigen Tag jedoch konnte ich wahrhaftig als Entschädigung für die letzten Jahre gelten lassen! Nun war ich ausgeschlafen wie schon lange nicht mehr. Bessere Voraussetzungen für den Startschuss zum großen Rennen konnte es also kaum geben. Ich schwang die Beine über die Sofakante und blinzelte dem ersten schwachen Dämmerlicht entgegen, das zaghaft über das Fenstersims kletterte.

»Bist du immer so ein Frühaufsteher?«, ertönte Kubas verschlafene Stimme von der anderen Seite des Zimmers.

»Du hättest mal bei *mir* übernachten sollen, dann wüsstest du, was früh aufstehen bedeutet. Immerhin habe ich gestern sämtliche Arbeiten zu Hause geschwänzt und wesentlich länger geschlafen als sonst. Genau genommen kann mich heute also nichts umhauen. Es wird der perfekte Rennstart.«

»Wenn es dich so glücklich macht, hier zu übernachten, verstehe ich nicht, warum du dich immer so sehr dagegen gewehrt hast.« Kuba rollte sich stöhnend aus dem Bett. »Du könntest ein eigenes Zimmer hier bekommen, wie die anderen Angestellten auch. Dein Vater muss sich dann eben ein neues ›Hausmädchen‹ suchen.«

Ich wandte mich schnell ab, um meine geröteten Wangen zu verbergen. »Lass uns nach dem Rennen darüber sprechen, ja?«, bat ich.

»Okay. Aber denk drüber nach.«

Ich versprach es. Nach dem Rennen würde alles anders sein, das wusste ich. Mit größter Wahrscheinlichkeit würde Kuba danach auch nicht weiter wollen, dass ich ein Zimmer auf dem Kralshof bezog. Doch seltsamerweise hatte ich keine Angst mehr. Nicht vor dem Rennen und nicht vor dem, was später kam. Es blieb schließlich nicht mehr viel übrig, was ich verlieren konnte.

»Du kannst wieder die Sachen von gestern anziehen, wenn du willst«, sagte Kuba. »Warme Unterwäsche habe ich auch.« Mit glühenden Ohren nahm ich die Sachen entgegen, die er mir reichte, und verschwand im Bad.

Wenig später war keine Zeit mehr für Verlegenheit. Die letzten Vorbereitungen für das Rennen – die Packtaschen zu füllen, die Ausrüstung zu kontrollieren – waren kein Vergnügen, sondern sicherten im Ernstfall unser Überleben. So gut ich mich im Moment auch fühlte, so lebensbedrohlich konnte die Situation während des Rennens werden. Ich wusste, wie viele Gefahren während der kommenden Tage und Nächte auf uns zukamen. Die Verpflegung in den schneebedeckten Bergen war dabei eine der schwierigsten Hürden auf dem Weg zum Ziel – abgesehen von der Kälte. So war ich unendlich froh, dass Herr Kral mir eine Ausrüstung aus alten Beständen versprochen hatte und Mani uns zugesichert hatte, für unseren Proviant zu sorgen – eine Aufgabe, die normalerweise den Prinzessinnen zufiel. Aber Kuba und ich hatten ja beide keine.

»Wenn du fertig bist, können wir frühstücken gehen«, schlug Kuba vor. »Ich bin neugierig, was Mani für uns vorbereitet hat.«

Ich nickte. Es kam mir unwirklich vor, dass ich unter derart guten Voraussetzungen starten würde. Bei der Nennung hatte ich nicht darüber nachgedacht, woher ich eine geeignete Ausstattung bekam. Ich besaß weder einen Schlafsack, ein Zelt oder Packtaschen, noch hätte ich aus Novaks Vorräten so viel abzweigen können, dass ich mehrere Tage lang satt geworden wäre. Nichts an diesem Rennen war einfach. Und doch brach gerade der leichteste Tag meines Lebens an. Ich hatte mich lange nicht mehr so unbeschwert gefühlt.

»Ich hoffe, dass Laska den Start übersteht«, sagte Kuba auf dem Weg in die Küche. In seiner Stimme schwang Unsicherheit mit. Ich drehte mich um und sah ihn überrascht an. Fast hatte ich vergessen, dass ich nicht die Einzige mit Problemen war. Kuba lächelte schief. »Ich weiß, jetzt verhalte *ich* mich mal wie ein Mädchen. Aber ich habe Angst, ich gebe es zu.«

»Wir haben viel geübt ...«, begann ich zögerlich. »Bestimmt wird sie ...« Ich brach ab.

Wir wussten beide, dass der Start – besonders ohne Dalibor an ihrer Seite – für Kubas Stute am schwierigsten sein würde, weil sie die Gegenwart der vielen fremden Pferde scheute. Dass die meisten Teilnehmer Hengste ritten, machte es nur noch schlimmer. Das einzige Pferd, das Laska ganz ohne Probleme an sich herangelassen hatte, war und blieb Dalibor.

Ich schluckte. »Gehen wir erst mal zu Mani.«

Kuba nickte und legte seine Jacke beiseite. Hoffentlich würde ihm nicht auffallen, dass der Handschuh fehlte ...

Mani wirkte angespannt, als wir die Küche betraten. Ihre Augen waren leicht gerötet und sie verhielt sich stiller als sonst. Auch sie hatte Angst vor diesem Rennen, das konnte ich deutlich spüren – obwohl sie in den letzten Tagen mit Feuereifer den Prinzenball vorbereitet und immer ein aufmunterndes Lächeln im Gesicht getragen hatte. Der heutige Tag war anders. Ob sie an ihren Sohn dachte? Immerhin war er einer jener Prinzen gewesen, die im Zusammenhang mit dem Rennen ums Leben gekommen waren. Ich hoffte nur, dass ihr Stimmungswandel nicht an mir lag. Sie war die Einzige, die mein Geheimnis kannte. Ein Geheimnis, das sich wohl auch nicht gerade beruhigend auf die Situation auswirkte.

»Dein Vater möchte heute mit euch gemeinsam frühstücken«, sagte sie zu Kuba.

Er fuhr herum. »Was?«

Mani legte ihm eine Hand auf die Schulter. »Er wünscht dir Glück und will sich gebührend verabschieden. Gib ihm eine Chance.«

Kuba kämpfte mit sich. »Na gut, aber ...«

Ich stieß ihn an. »Komm schon! Bei Laska bist du nie so streng. Außerdem gibt es schlimmere Väter.«

Kuba wiedersprach nicht. Er lächelte sogar. »Keine Ahnung, warum ich dich gut leiden kann.«

Zum Glück wartete Herr Kral bereits am Esstisch, sodass meine neuerliche Verlegenheit nicht weiter auffiel.

»Guten Morgen, Kuba.« Er ließ seinen Blick liebevoll auf seinem Sohn ruhen, dann nickte er mir zu. »Hallo, Ash.«

»Guten Morgen, Herr Kral«, entgegnete ich höflich. »Vielen Dank – für alles.«

Er schüttelte den Kopf. »Ich danke *dir*«, sagte er langsam. »Du hast uns in den vergangenen Wochen hervorragend unterstützt. Dein Lohn liegt bereit, wenn ihr wieder zurück seid.«

Ich nickte. *Wenn* ... Die Gefahr, in die wir uns begeben würden, schien in jedem Bewusstsein fest verankert.

Wir setzten uns Herrn Kral gegenüber an den Tisch. Der Gutsherr schob den Brötchenkorb herüber und blickte seinen Sohn unverwandt an. Kuba hingegen starrte stur auf seinen Teller. Mir kam der Verdacht, dass er gar nicht merkte, wie sehr sein Vater ihn mochte. Anders als Novak versuchte Herr Kral immer, Kontakt zu ihm aufzunehmen, wenn auch vielleicht auf ungeschickte Weise.

»Ich habe Mani gebeten, alles Notwendige für die Verpflegung vorzubereiten. Sie hat für dich und Ash ausreichend Lebensmittel eingepackt – sie weiß ja, was während des Ritts benötigt wird.«

Es fühlte sich seltsam an, so umsorgt zu werden. Ich schluckte einen Bissen von meinem Brötchen hinunter. »Vielen Dank, Herr Kral«, sagte ich noch einmal, als Kuba auf seine Bemerkung nicht einging. Dabei war es alles andere als selbstverständlich, dass mir die gleiche Fürsorge zuteilwurde wie dem Sohn des Hauses. »Es ist sehr nett, dass Sie auch an mich gedacht haben. Ich werde …«

»Unsinn«, unterbrach mich Herr Kral. »Ich bin froh, dass Kuba nicht allein dort draußen ist.« Er sah mich an, als ob er nicht sicher wäre, ob er noch mehr dazu sagen sollte. Schließlich lächelte er und meinte: »Jetzt solltet ihr euch aber beeilen, damit ihr noch genug Zeit habt, die Pferde fertig zu machen und das Gepäck zu verstauen.«

Als wir schon auf dem Flur waren, rief er uns noch nach: »Ich verabschiede euch im Stall, bevor ihr aufbrecht!«

»So ist er immer«, sagte Kuba leise. »So … abweisend.«

Ich schüttelte nur den Kopf. Herr Kral war bestimmt nicht besonders herzlich, aber im Umgang mit seinem Sohn schien er mir einfach unsicher zu sein. Doch vielleicht täuschte ich mich auch – ich wusste ja nicht viel über ihn. Mani jedenfalls holte alles wieder auf, was Kuba an Zuneigung gefehlt haben mochte. Sie herzte und drückte uns, als wollte sie uns gar nicht gehen lassen.

»Mani!« Kuba schob sie von sich weg. »Was soll Ash denn denken? Das sieht ja aus, als wäre ich ein hoffnungsloses Weichei.«

Mani und ich warfen uns einen schnellen Blick zu und ich rollte heimlich mit den Augen. Was für bescheuerte Ansichten er manchmal hatte!

»Du wirst einfach immer mein Kleiner sein, egal wie alt du bist«, gab Mani zurück und drückte ihn noch einmal liebevoll an sich, bevor sie auch mich in ihre Umarmung zog. »Pass gut auf euch auf, Ash! Denk daran, dass nicht alle mit fairen Mitteln kämpfen. Für manche zählen Dinge wie Mut und Freundschaft nichts, sie interessieren sich nur für die Ehre der Familie, für die sie das Schneefeuer ins Dorf tragen wollen. Und sie vergessen, dass das Wort Ehre ohne diese Werte nur eine leere Hülle ohne Bedeutung ist.«

Sie entließ uns mit Tränen in den Augen, und ich hoffte sehr, dass ich sie wiedersehen würde.

❄

»Hast du alles, Ash?«, fragte Kuba aufgeregt.

Er hatte die Hände tief in den Taschen vergraben, aber seine Haare waren so zerzaust, dass ich nicht wissen wollte, wie oft er sich in der letzten Stunde mit den Fingern hindurchgefahren war.

Ich nickte, obwohl ich mich mehr als unvollständig fühlte. Vor mir stand Kavan, unbestritten eines der edelsten Eispferde aus der Zucht des Kralshofes, der wiederum eines der anerkanntesten Gestüte des Landes war. Der Hengst hatte Temperament, Ausdauer und Kraft, verfügte über hervorragende Gänge und raumgreifende, sichere Schritte – kurz, er besaß alle Eigenschaften, die man sich für das große Rennen wünschen konnte. Bis auf eine: Er war nicht Dalibor. Ich seufzte heimlich. Auch dafür hatte Herr Kral gesorgt, dass Dalibor während des Rennens in seiner Box auf dem Kralshof stehen durfte.

Kuba lief unruhig auf und ab. Nachdem er seinem Vater und Bruno Lebewohl gesagt hatte, hatte er alle aus dem Stall gescheucht, weil Laska nicht noch mehr Aufregung um sich herum gebrauchen konnte. »Kontrollier noch mal, ob deine Satteltaschen fest sitzen«, sagte er jetzt, »und ob du genügend Ersatzmaterial hast, falls ein Gurt oder der Steigbügel reißt.«

»Du hörst dich an wie Mani«, sagte ich grinsend. Wir waren vorhin alles schon einmal gemeinsam durchgegangen – es fehlte an nichts.

Doch Kuba ging nicht auf meine Neckerei ein. »Sehr gut, dann treffen wir uns in einer Dreiviertelstunde am Start.«

Er wollte sich umdrehen, doch ich packte ihn am Arm. »Warte mal! Was hast du gesagt?« Ich musste mich verhört haben. »Wieso reiten wir nicht zusammen hin?«

»Es ist besser, glaub mir. Laska ist nicht gut drauf. Sie hat vorhin schon ausgeschlagen, als du Kavan an ihrer Box vorbeigeführt hast. Ich will sie nicht noch mehr stressen und gönne ihr lieber noch etwas Ruhe im Vorfeld.«

»Kuba …«, setzte ich an. Kavan war nicht das eigentliche Problem, das wussten wir beide. Die achtzehn anderen Pferde würden Laska den Rest geben, wenn sie jetzt schon so nervös war. An die vielen Menschen am Start wollte ich gar nicht erst denken. Mit einem Mal hatte ich unbeschreibliche Angst um ihn. »Hast du dir das wirklich gut überlegt?«, fragte ich eindringlich. »Es ist noch nicht zu spät, du könntest auch Kavan …«

»Ich werde kein anderes Pferd reiten.«

»Aber …«

»Es gibt kein Aber. Du verschwendest deine Zeit!« Mit einem heftigen Ruck machte er sich los. »Wir sehen uns am Start.«

Kuba stapfte zu seiner Stute, tätschelte beruhigend ihren Hals und schwang sich in den Sattel. Seine dicke Winterjacke konnte das Zittern seiner Schultern nicht verbergen. Ich fühlte seine innere Zerrissenheit. Ein Rennen mit einem hypernervösen Pferd würde er kaum gewinnen können – und ohne Laska würde er nicht an den Start gehen.

Ich rannte zum Stalltor. »Kuba!«, rief ich ihm hinterher. *»Kuba!«* Doch ich konnte ihn schon nicht mehr sehen. »Verdammt noch mal!«, fluchte ich.

Und im selben Moment wurde mir klar, was ich tun musste. Was auch für mich die einzig richtige Lösung war. Wie hatte ich jemals an meinem Bauchgefühl zweifeln können?

Ich löste die Gurte, hob die Packtaschen und die übrige Ausrüstung von Kavans Rücken und sattelte ihn ab. »Was für ein sturer Kerl«, schimpfte ich vor mich hin, während ich den Hengst wieder in seine Box brachte. »Deine Schuld ist es jedenfalls nicht.« Ich klopfte Kavans Hals, zog ihm die Trense ab und schloss die Boxentür hinter mir.

Jetzt musste ich nur noch irgendwo weiße Farbe auftreiben. Und zwar schleunigst.

❄

Ma hatte mich zum ersten Mal auf ein Pferd gesetzt, als ich noch nicht mal laufen konnte. Und beinahe ebenso lange hatte sie mir stolz erzählt, dass ich von der ersten Sekunde an gestrahlt hatte und sie mich kaum von Juliškas Rücken herunterbekommen hatte. Nach Mas Stute hatte ich schon auf vielen Pferden gesessen – wenn auch meistens heimlich – und mit Dalibor war ich sicher Hunderte unerlaubter Kilometer durch die Nacht galoppiert. Ich hatte nie Angst gehabt beim Reiten, doch jetzt rumorte zum ersten Mal ein mulmiges Gefühl in mir. Obwohl es sogar ein ungewöhnlich sonniger Tag war. Das Unwetter von gestern hatte sich verzogen. Am strahlend blauen Himmel war kein einziges Wölkchen zu sehen. Auch wenn die Temperaturen natürlich weit unter null lagen.

Nicht nur die zwanzig Reiter hatten sich am großen Schneewall versammelt. Nach alter Tradition erwarteten die Prinzessinnen ihre Prinzen am Start. Jede der Auserwählten steckte ihrem persönlichen Favoriten einen Talisman mit den farbigen Bändchen und Symbolen ihrer Familie zu. Ich war heilfroh, dass ich auf die letzte Minute erschien und mich nicht rechtfertigen musste, weshalb kein Mädchen an meiner Seite stand. Nur für Kuba tat es mir leid, weil beim Anblick der Paare ein Schatten auf seine schönen Gesichtszüge fiel, den ich sogar aus der Entfernung sehen konnte. Ich durfte ihn noch nicht mal trösten, weil ich Sorge hatte, dass er oder jemand anders Dalibor erkennen würde, und mich deshalb am Rand hielt.

Die Dorfbewohner waren allesamt gekommen, um den Start der Prinzen bis über die erste Bergkuppe zu verfolgen. Niemand ließ sich dieses Spektakel entgehen. Bunte Fähnchen waren zu beiden Seiten der Startlinie aufgestellt und viele Zuschauer – besonders die Kinder – schwenkten farbige Bänder hin und her. Eifrige Verkäufer hatten Marktstände an der Strecke aufgebaut und boten heiße Waffeln und Glühwein an. Beides Dinge, die keiner der Reiter gebrauchen konnte, aber der Alkohol heizte die Stimmung an. Ausgelassenes Grölen und wilde Rufe übertönten das, was nun langsam zum Vorschein kam: die Angst.

Der Prinzenball, das Werben der Prinzessinnen, die Freude

der Familien über die Ehre, auserwählt zu sein, das alles täuschte darüber hinweg, wie ernst der Hintergrund war. Ich selbst war diesem Trug erlegen. All die jungen Männer sahen aus der Nähe aus wie Kinder und ich nahm mich von dieser Beobachtung nicht aus. Tagelang nur mit Zelt und Schlafsack ausgerüstet die Berge zu überqueren, grenzte an Irrsinn. Jedes Jahr gab es Verletzungen, Stürze, Unfälle und immer wieder auch Reiter, die nicht zurückkehrten.

Ich hatte keine Ahnung, warum dieser Tag selbst von den Familien der Prinzen so gefeiert wurde, obwohl jeder wusste, dass man sein Kind womöglich in den Tod schickte. Aber das Sterben hatte im Land des ewigen Schnees inzwischen einen anderen Stellenwert eingenommen. Die Natur, die uns umgab, war rau und stark, viel mächtiger als der Mensch, der sich den harten Witterungsbedingungen fügen musste. Kaminöfen, Gewächshäuser und andere moderne Errungenschaften sicherten gerade eben unseren Fortbestand. Aber ohne weitere Hilfsmittel durch den Schnee zu reiten, war Wahnsinn. Ein kaltes Frösteln breitete sich trotz der mehrschichtigen Kleidung über meinen Körper aus. Meine Zähne klapperten leise, doch ich biss sie fest zusammen. Angst hatte ich trotz allem immer noch nicht. Zumindest nicht um mich – ich hatte nichts zu verlieren.

Mein Blick schweifte über die neunzehn Konkurrenten, von denen einer mein Freund war. Niemand ahnte auch nur ansatzweise, dass unter ihnen ein Blender war. Ein Kuckuckskind, ein Lügner. Schlimmer noch: eine Lügner*in*! Ich zog meine Mütze zurecht. In meiner Tasche lag, gut verborgen, mein Zopf – als Glücksbringer. Ich konnte jede Hilfe brauchen. Selbst Manis rotes Halstuch, das sie mir als Ersatz für die Talismane der Prinzessinnen überreicht hatte, steckte in den Tiefen meiner Jacke.

Die Pferde schnaubten ungeduldig, während Kalle sich durch

die Reihen vorarbeitete. Nach altem Brauch kontrollierte der Schmied vor dem Start die Hufe aller teilnehmenden Pferde. Ein Umstand, den ich in der Aufregung verdrängt hatte. Fieberhaft überlegte ich, ob ich Dalibor und mich besser vor ihm verstecken sollte und ob es ihm auffallen würde, wenn er nur neunzehn Pferde begutachtet hatte.

»Hast du nicht gelernt, die Stifte auszubessern?«, blaffte Kalle in diesem Moment einen Prinzen in meiner Nähe an. »Ich kenne ein Mädchen, das dich locker in die Tasche stecken würde, was das Wissen über Pferde angeht.« Er schnaubte verärgert, der gescholtene Reiter hingegen lief rot an.

Kalle sah sich um – die Nächste war ich. Er kam direkt auf mich zu. Schnell wandte ich mein Gesicht zur Seite. Hoffentlich würde er ohne Kommentar Dalibors Hufe kontrollieren und mir keine weitere Beachtung schenken.

Mein Pferd hielt brav still, während Kalle um uns herumging und ich kaum noch Luft bekam. »So stelle ich mir vorbildlich gepflegte Hufe vor«, lobte er und klopfte Dalibor gegen die Schulter. »Meine kleine Ash könnte das nicht besser machen!«

Ich spürte, wie sich kleine Schweißperlen auf meiner Stirn bildeten, und wischte mir hastig mit Manis Tuch über das Gesicht. Als ich es zurück in meine Jackentasche stecken wollte, sah ich, wie vor meinen schreckgeweiteten Augen etwas zu Boden fiel.

Etwas Dunkles lag neben Dalibors Vorderhuf im Schnee, das mir nur allzu bekannt vorkam. Kalle bückte sich und verharrte sekundenlang reglos, bevor er es aufhob. Unsere Blicke trafen sich. Mein Herz dröhnte wie der Hammerschlag, wenn der Schmied ein Hufeisen formte.

»Hier, mein Junge, du hast den Talisman deiner Prinzessin verloren«, sagte er in seltsam ruhigem Tonfall, bevor er mir meinen abgeschnittenen Zopf zurückgab.

Ich hätte beinahe laut aufgestöhnt. Langsam stieß ich die Luft aus meinen Lungen, während ich den verräterischen Zopf in meiner Tasche verschwinden ließ. Kalle stapfte davon, und ich starrte ihm hinterher, bis meine Augen zu tränen begannen.

Dalibor tänzelte unruhig. Seine Nüstern blähten sich, er musste Laska gewittert haben. Vermutlich hatte Kuba sich wie ich im Hintergrund gehalten, um die Nerven seiner Stute zu schonen. Ich entdeckte ihn am Rande des Feldes. Ein Mädchen mit blonden Locken drängte sich in seine Richtung. Ich stutzte, als ich Krystina erkannte. Sie steckte Kuba ein Proviantpäckchen zu. Ich unterdrückte ein Grummeln.

Jemand stieß mich unsanft von der Seite an. Die Zuschauer drängten immer enger zusammen und schoben die Prinzen näher an die Startlinie heran, obwohl mehr als genug Platz um uns herum war. Ich verlor Kuba und Laska wieder aus den Augen. Die Enge missfiel auch den anderen Pferden – gerade Hengste untereinander hatten ein starkes Hierarchieempfinden. In den Herden der freien Natur kämpften sie um ihre Rangfolge, in jedem Frühjahr wurde sie neu geordnet und brachte wechselnde Sieger hervor. Fast erschien es mir, als wären die Prinzen nur ein Spiegelbild dessen. Ein besonders großer Hengst drängte Dalibor zur Seite und schnappte mit gebleckten Zähnen nach seinem Hals. Mein erschrockener Blick blieb an seinem Reiter hängen, den ich sofort wiedererkannte: Boris. Die roten Augen des Pferdes zeugten vom Albino-Gen, einem Zuchtmerkmal, das umstritten war. Nur die Skrupellosen unter den Züchtern ließen es zu. Natürlich waren Albinos unter den Eispferden insofern willkommen, als sie sich absolut reinweiß in der Fellfärbung zeigten. Gleichzeitig waren sie jedoch auch nicht sonderlich widerstandsfähig und galten daher als eine Art Eintagsfliegen. Schnell und kurzlebig – sie wurden verbraucht und entsorgt, ohne Rücksicht auf Verluste.

Boris grinste mich an. »Hallo, Kleiner! Wo hast du denn deinen Aufpasser gelassen?«

Ich knurrte genervt, doch in diesem Moment schlug die Turmuhr an. Der erste Glockenschlag, der zur Aufstellung rief. Es ging los! Meine Finger umklammerten die Zügel. Ich war so froh, dass ich meine Reithandschuhe wiederhatte. Ob Kuba der Verlust seiner Trophäe bereits aufgefallen war? Ich trieb Dalibor von dem Albino weg und nutzte die allgemeine Aufregung, um mich zu ihm vorzudrängen. Geschickt bahnte Dalibor sich einen Weg zwischen den tänzelnden Pferden hindurch. Laska war nicht die Einzige, deren Aufregung zu Unruhe führte. Keines der Pferde war diesen großen Pulk gewohnt, die meisten ritten normalerweise allein oder in kleineren Gruppen. Die ganze Veranstaltung musste eine ungeheure Belastung für die Tiere sein.

Ein schrilles Wiehern drang durch den Lärm. Ich erkannte Laskas Hilferuf sofort. Jemand schwenkte ein rotes Fähnchen neben ihr, was bewies, dass die Position ganz außen nicht unbedingt die beste war. Auf der Innenseite standen zudem zwei Pferde neben Laska, die die Ohren flach an den Kopf gelegt hatten. Sie bleckten die Zähne und das Weiße blitzte in ihren Augen auf. Die Panik stand Kubas Stute deutlich ins Gesicht geschrieben. Ich presste meine Waden an Dalibors Körper und er drängte sich nach vorn. Ungeachtet der anderen Pferde, die keineswegs bereit waren, ihre Plätze einfach aufzugeben, kämpfte er sich zu seiner Freundin vor. Als wir endlich bei ihr ankamen, stand Laska bereits auf den Hinterbeinen. Kuba versuchte verzweifelt, seine steigende Stute zu beruhigen und gleichzeitig die Konkurrenten zu mehr Abstand zu bewegen. Fluchend hob er genau in dem Moment den Blick, als Dalibor neben Laska zum Stehen kam.

»Ash?!«, stieß er verblüfft hervor.

Ich versuchte ein Lächeln.

Erleichterung legte sich auf Kubas Züge. »Ich dachte schon, du kommst nicht mehr!«

Sein Blick wanderte zwischen mir und Laska hin und her und verharrte auf seiner Stute, deren Ohren prompt eine deutlich entspanntere Haltung angenommen hatten.

Der zweite Gongschlag der Turmuhr ertönte. Kuba fixierte mich mit zusammengekniffenen Augen. »Was zur Hölle ...?« Er schien nicht zu begreifen, was er sah.

Laska hatte dagegen nicht lange gebraucht, um sich mit der neuen Situation anzufreunden. Sie rieb ihre Nüstern an Dalibors Hals und schnaubte leise. Ich wusste, dass meine Entscheidung die einzig richtige gewesen war.

»Ash!«, grollte Kuba neben mir. »Sag mir, dass es nicht das ist, was ich denke.«

Ich hob mein Kinn und erwiderte trotzig seinen Blick. »Was denkst du denn?«

»Du verstößt gegen die Regeln!«

Was mit einer Handvoll Mehl und Wasser aus Manis Küche in der Tat ein Leichtes gewesen war. Ich nickte reuelos. In dem Moment hallte der dritte Gongschlag durch das Tal, der Startschuss folgte und das Hufgedonner ließ den Boden unter uns erzittern.

Kapitel 19

Die andere Seite der Berge

»Viel Glück, Kuba!«, schrie ich über den Lärm hinweg, obwohl mein Herz in diesem Augenblick zum Stillstand kam.

Der Blick aus seinen Augen brannte sich tief in meine Seele ein. Eine Mischung aus Zorn, vielleicht sogar Verachtung, aber auch Bewunderung lag darin.

Die Pferde schossen an uns vorbei. Die Menge der Zuschauer drängte von hinten und von der Seite auf uns zu. Laska bäumte sich auf, wieherte schrill und dann galoppierte sie los. Auch Dalibor ließ sich nicht mehr bremsen. Seite an Seite fegte er mit Laska am Schneewall entlang – als spürte er, dass er sie abschirmen musste gegen die übrigen Pferde –, in gestrecktem Galopp auf die Berge zu.

Die Gesichter der Menschen verschwammen. Ich konnte nicht sagen, ob jemand, den ich kannte, in der Menge war. Novak, Julie, Herr Orlov oder Herr Kral ... In den kommenden Tagen würde keiner von ihnen von Bedeutung sein. Nur Kuba, Laska und Dalibor zählten und unsere Konkurrenten, die es im Auge zu behalten galt.

Die warmen Strahlen der Mittagssonne brachen sich in Laskas weißer Mähne, kleine Lichtreflexe fielen auf Kubas Gesicht. Er ritt dicht über den Hals seiner Stute gebeugt, um dem Wind möglichst wenig Widerstand zu bieten. Den ersten Teil der Strecke bis zum Fuß der Bergkette wollte er der Geschwindigkeit widmen, das hatte er mir in den vergangenen Tagen und Wochen immer wieder erklärt. Schnelligkeit war sein oberstes Ziel. Bereits hier würde sich, nach Kubas Einschätzung, ein potenzielles Gewinnerfeld abzeichnen. Die Schwachen fielen schon auf den ersten Kilometern weit zurück.

Ich musste zugeben, dass sich das Training auf der Rennbahn auszahlte. Mit Dalibor an ihrer Seite hätte Laska nicht die geringsten Schwierigkeiten gehabt, sich in Sekundenschnelle an die Spitze des Reitertrupps zu setzen. Aber Kuba war nicht dumm. Er hielt seine Stute so weit zurück, dass selbst ihr gemäßigtes Tempo die meisten der anderen Pferde immer noch alt aussehen ließ. Pfeilschnell schoss ihr schlanker Körper nach vorn, nur Dalibor hatte keine Probleme mitzuhalten. Ich spürte, dass er Laska nicht allein lassen wollte. Und er rannte für mich.

Die nächsten Reiter fielen zurück, das Feld verkleinerte sich zusehends. Immer noch war Dalibor so schnell, dass ich mich kaum auf etwas anderes als meine nahe Umgebung konzentrieren konnte. Es war unwichtig, wer sich aus den zwanzig Teilnehmern herauskristallisierte. Ich würde die ernst zu nehmenden Konkurrenten früh genug erkennen. Im Moment zählte nur, die eigenen Kräfte, so gut es ging, zu schonen und gleichzeitig die Geschwindigkeit auszureizen. An den Schatten um uns herum merkte ich, dass der Anstieg unaufhaltsam näher rückte. Die Sonne verschwand seitlich hinter der Bergkette. Ich hob eine Hand, um Kuba ein Zeichen zu geben. In diesem Tempo durften die Pferde nicht weiter auf den Steilhang zurasen. Viele stürzten im Übergang der Sprintstrecke zum Fuß des Gebirges bereits zum ersten Mal. Kuba reagierte sofort und nahm die Zügel an, Laska verkürzte ihre Sprünge und fiel merklich zurück. Ich hielt Dalibor dicht an ihrer Seite. Beim Aufstieg waren die kräftigeren Pferde wie Boris' Albino und auch Jiris Moc im Vorteil. Laska hingegen musste ihre Energie nun sparsamer einsetzen.

Wie eine senkrechte Wand ragte bald schon der erste Berghang vor uns auf. Noch immer trug der Wind die Rufe der Dorfbewohner zu uns herüber, obwohl sie bereits kilometerweit zurücklagen. Die Pferde setzten in kurzen Sprüngen die Steigung hinauf, dann verfielen sie freiwillig in ein langsameres Tempo. Wie Bergziegen kletterten sie nach oben. Wenn eines der Tiere den Halt verlor und abrutschte, war das Rennen für seinen Reiter meist schon zu Ende. Stürze am Steilhang waren keine Seltenheit und oft wurden andere mit ins Tal gerissen. Ich hatte jeden der Unfälle im Geschichtsunterricht in der Schule studiert.

Dalibor schnaufte angestrengt. Ich bemühte mich, ihn nicht durch falsche Gewichtsverteilung aus der Balance zu bringen. Vorsichtig warf ich einen Blick zurück. Laska hielt sich unmittelbar hinter uns. Der Albino führte weiterhin die Spitze an. Auch Boris versuchte offensichtlich, den Rat der Ältesten zu befolgen und den Berg in Ruhe zu erklimmen, aber immer wieder brach sein Pferd aus und setzte in hektischen Sprüngen bergauf. Ich versuchte, mich ganz auf Dalibor zu konzentrieren. Fehler passierten vornehmlich denen, die ihre Augen nur bei den anderen hatten. Doch diese Erkenntnis war leichter ausgesprochen, als man sie befolgen konnte: Man schielte automatisch immer wieder zu den Konkurrenten, um zu sehen, wie sie sich schlugen, wer gut vorankam oder zurückfiel.

So registrierte ich auch, dass Boris den Gipfel erreichte. Er reckte jubelnd eine Hand in die Höhe, während der Albino sich unter ihm aufbäumte. Ihre Silhouette zeichnete sich deutlich vor dem hellen Himmel ab – dieses Bild würden also auch die Dorfbewohner in der Ferne sehen. Für sie war es ein erster Etappensieg, aber auch das letzte Lebenszeichen des Reiters, der danach hinter der Bergkuppe verschwand. Wer diese Stelle passierte, würde erst in einigen Tagen wieder gesichtet werden – oder nie mehr. Mit einem letzten Sprung schaffte es Dalibor nach oben. Er schnaubte kräftig und verharrte einige Sekunden auf der Kuppe. Ich nutzte den Moment, um einen Blick zurückzuwerfen. Denn vielleicht würde es auch für mich der letzte sein.

Das Dorf lag streichholzgroß und unscheinbar in der schneeweißen Ebene, die sich, soweit das Auge reichte, über das Land zog. Kaum vorstellbar, dass dieses winzige Fleckchen Erde für uns alle die Welt bedeutete! Auf Höhe des Schneewalls konnte ich gerade noch die Menschenmenge erkennen, eine Ansammlung von kleinen Punkten. Ob Novak und Julie noch dabei waren? Oder jemand vom Kralshof? Ob jemand da war, der auch meine Silhouette nun zum letzten Mal sah und mir Glück wünschte? Aber es war unwichtig. Die, die mir etwas bedeuteten, waren in Gedanken bei mir. Besonders Ma schaute mir aufmerksam zu, das fühlte ich – denn noch nie war ich dem Himmel so nah gewesen.

Von hier aus konnte ich auch die Sonne wieder sehen. Obwohl sie ihren höchsten Stand schon hinter sich hatte, fühlte sie sich hier oben heiß und gefährlich an. Spätestens jenseits des großen Gebirges vor uns würde ihr Feuer die Kraft haben, die Pflanzen durch die gefrorene Erddecke aufbrechen zu lassen.

Als Laska und Kuba zu uns aufgeschlossen hatten, wendete ich mein Pferd und wir trabten gemeinsam über die sanft abfallende Ebene. Ich versuchte, Dalibors Tempo zu drosseln, während ich den Untergrund im Blick behielt, um keine Unebenheiten zu übersehen. In dieser Höhe lag ebenso viel Schnee wie unten bei uns im Tal. Die weiße Decke war jedoch von einer feinen Eisschicht überzogen, die bei jedem Schritt der Pferde leise aufbrach. Ich lauschte angespannt, ob Dalibors Hufe über felsigen Untergrund kratzten, versuchte herauszuhören, wie tief er in die Schneedecke einsank, und hielt Ausschau nach verräterischen

Erhebungen, die auf Tierbauten hinweisen konnten. Kaninchen, Füchse und Marder hausten in versteckten Erdhöhlen, die einem unachtsamen Reiter schnell zum Verhängnis werden konnten.

Boris hielt anscheinend nicht viel von diesen Vorsichtsmaßnahmen. Er preschte voran über die vor uns liegende Ebene, die den schon überwundenen Steilhang mit dem gewaltigen Massiv am Horizont verband. Keine Sträucher, keine Felsblöcke, nur glatter Schnee. Hier mussten die Reiter ihre Kräfte ausloten, hatte Kuba mir erklärt, sie würden versuchen, sich zu verteilen und ihre Route zu planen. Ab diesem Punkt galt es, einen eigenen Weg einzuschlagen. Jeder wollte einen möglichst leicht passierbaren Schleichweg ins Gebirge hinauf finden. Die Karten würden neu gemischt werden. Von jetzt an ging es nicht mehr um Kräfteverhältnisse, sondern um Klugheit und Umsicht. Boris würde vermutlich nicht lange an der Spitze bleiben – zumindest nicht, wenn wir unsere Chance nutzten. Links von uns befand sich ein Waldstück, das konnte vorübergehend eine gute Versteckmöglichkeit sein. Der Baumbestand würde sich merklich verringern, je höher wir kamen, doch im Moment galt es, Schritt für Schritt zu planen. Rechter Hand erhoben sich bereits die Ausläufer des Massivs, dort vermutete ich felsigen Untergrund, Spalten und eisglatte Flächen.

»Bis zum Sonnenuntergang müssen wir die anderen abgehängt haben. Ich traue Boris nicht und will ihn nicht in meiner Nähe wissen, wenn ich schlafe«, sagte Kuba. »Wir sollten die Felsseite wählen.«

Seit dem Start hatten wir kein Wort mehr miteinander gewechselt, jeder hatte seinen eigenen Gedanken nachgehangen. Nun sah ich ihn überrascht an, weil ich gerade hatte vorschlagen wollen, den Weg durch den Wald zu nehmen.

Doch er nickte, als wüsste er, was ich sagen wollte. »Laska hat auch Stifte unter den Eisen, wie Dalibor, und wir werden vorsichtig sein. Auf die Felsenseite wird uns niemand folgen.«

Ich wiegte skeptisch den Kopf hin und her. »Trotzdem kommen wir nur langsam voran. Ich fände es besser, wenn wir im Wald verschwinden. Dort gibt es genug Möglichkeiten, um sich zu verstecken, auch nachts.«

Kuba sah mich mit gerunzelter Stirn an. »Eigentlich kannst du dir die Mühe gleich sparen. Wenn du zurückkommst, wirst du sowieso disqualifiziert.«

Ich kniff die Augen zusammen. »Solange ich nicht gewinne, wird mich auch niemand kontrollieren. Abgesehen davon, ist es für dich doch nur von Vorteil!« Herausfordernd sah ich ihn an. »Laska wäre niemals so gut neben Kavan gestartet.«

Kuba blickte weg und antwortete nicht gleich. Als er mir wieder in die Augen sah, lag so viel Wut darin, dass ich erschrak. »Ich kann Unehrlichkeit nicht ausstehen. Ich spiele entweder fair oder ich lasse es bleiben. Lügner sind nichts als Feiglinge.«

Seine Worte trafen mich hart. Bis vor wenigen Wochen noch hätte ich dasselbe gesagt. Aber auch wenn ich ihm recht gab, tat es weh, dass sein Urteil derart kompromisslos ausfiel.

Hatte ich geglaubt, jemals mit Kuba über mein Geheimnis reden zu können?

»Wie du meinst«, entgegnete ich und schluckte den dicken Kloß in meinem Hals hinunter. »Sieh es doch einfach so, dass ich dich begleite. Als Dank für alles, was du und deine Familie für mich getan habt. Ich verspreche, ich werde dich nicht in meine Lügen hineinziehen. Darauf kannst du dich verlassen.«

Ich wendete Dalibor in Richtung der Felsen und trabte los. Wenigstens dieses Mal hatte ich nichts als die Wahrheit gesagt und aus vollem Herzen gesprochen.

Seit Stunden hatten wir keinen der anderen Reiter mehr gesehen. Wie Kuba prophezeit hatte, war uns niemand auf die Felsenseite gefolgt. Stellenweise hatte es sogar längere Strecken mit ebenen Flächen gegeben, ohne Gletscherkanten und Geröll. Der erste Eindruck hatte getäuscht, und ich musste Kuba im Stillen recht geben, dass er die bessere Wahl getroffen hatte. Vielleicht hätte ich ihm das sogar gesagt, wenn er mit mir gesprochen hätte, aber er blickte trotzig geradeaus und zeigte keinerlei Interesse an einer Unterhaltung. Ich ließ ihn gewähren. Vermutlich wäre es mir in seiner Situation selbst schwergefallen, einen solchen Betrug zu akzeptieren.

Aufmerksam ließ ich meinen Blick umherschweifen, prägte mir Merkmale ein, um später den Rückweg wiederzufinden, schätzte Entfernungen und Zeiten ein. Die nächtlichen Ritte mit Dalibor hatten meine Augen in der Dunkelheit geschult, sodass mir auch die Dämmerung nichts ausmachte. Ich konnte noch viele Stunden so weiterreiten.

Doch nun holte Kuba auf, bis er auf gleicher Höhe mit mir ritt. »Wir müssen das Zelt aufschlagen«, ordnete er an.

Ich warf ihm einen Blick zu. »*Das* Zelt?«

»Ja, ich vermute mal, dass du nicht unter freiem Himmel schlafen willst«, entgegnete er mit einem überheblichen Unterton, der mich ärgerte.

»Nein, da hast du recht. Aber wir haben *zwei* Zelte«, korrigierte ich.

Kuba zügelte sein Pferd. »Es ist sicherer, abwechselnd zu schlafen, sodass immer einer Wache halten kann. Wir brauchen also erst mal nur ein Zelt.«

Ich zögerte. »Findest du das nicht etwas übertrieben?«

»Das Rennen ist anders, als du denkst, Ash«, sagte er düster. »Sobald die erste Bergkette überwunden ist, kommen die wahren Gegner zum Vorschein. Hier oben, wo kein Richter in der Nähe ist und die Natur der einzige Zeuge, gelten andere Gesetze.«

Ich biss mir auf die Lippen. Ich hatte geahnt, dass es rau zuging, aber derart krasse Vorsichtsmaßnahmen hatte ich nicht kommen sehen. Oder wollte Kuba mir nur Angst machen? Er stieg ab und suchte eine Spalte zwischen den Felsen, um einen kleinen Holzpflock einzutreiben, an dem wir die Pferde anbinden konnten. Kuba hatte wirklich gut vorgesorgt und offenbar allerhand Hilfsmittel im Gepäck, an die ich niemals gedacht hätte.

»Diese Stelle ist gut geschützt.« Zufrieden begutachtete er seine Wahl. »Wenn wir ein paar Zweige finden, können wir hier vorn ein Feuer errichten und das Zelt so aufschlagen, dass die Pferde zusätzlich in seinem Windschutz stehen.«

»Aha«, sagte ich nur. Mochte ja sein, dass er die Gefahren besser im Blick hatte als ich, aber sein überlegenes Gehabe ging mir zunehmend auf die Nerven.

»Wenn du fertig bist mit Schmollen, kannst du ja mit anpacken«, bemerkte er trocken.

Ich sprang aus dem Sattel und trat ihm in den Weg. »Wer von uns beiden ist denn hier eingeschnappt?«, fragte ich.

»Ich habe mich über deine Entscheidung, Dalibor zu reiten, geärgert – aber ich gefährde uns durch mein Verhalten nicht«, erwiderte Kuba.

»Ach ja? Es wirkt auch gerade so gefährlich hier, nicht wahr?« Ich drehte mich abrupt weg und widmete mich meinem Zelt. Seine Missbilligung konnte ich verstehen, aber seine Arroganz machte mich rasend.

Ich löste die Gurte auf Dalibors Rücken und entpackte das Iglu, das aus wind- und regenabweisendem Material bestand und sich mühelos aufstellen ließ. Eine Qualität, die *ich* mir niemals hätte leisten können. Sogar der Schlafsack plusterte sich automatisch auf, sobald die Daunen sich mit Luft füllten. Meine Wut kühlte sofort merklich ab, auch wenn die Spannung zwischen Kuba und mir immer noch deutlich zu spüren war.

Er versuchte, aus einer Handvoll Zweige ein Lagerfeuer zu entfachen, aber unser Rastplatz bot einfach nicht genug Holz.

»Im Wald hätten wir damit keine Probleme gehabt«, bemerkte ich spitz.

»Stimmt. Da hätten wir ja auch so gut ein Feuer anzünden können.« Kuba warf mir einen finsteren Blick zu und fluchte leise vor sich hin, bis er es aufgab.

Er setzte sich auf einen Felsvorsprung, wickelte ein sicher von Krystina belegtes Brot aus und biss hinein. Ich nahm mir eins von Manis Sandwiches, nicht ohne Laska und Dalibor vorher ihre mitgebrachte Haferration hinzustreuen.

Die Dämmerung währte nur kurz; als die Sonne hinter den Bergen verschwand, verdunkelte sich unsere Umgebung schlagartig. Ich krabbelte in mein Zelt und kroch in den Schlafsack. Kuba hatte nichts mehr zum Thema Nachtwache gesagt und ich fragte nicht. Weit und breit war keiner der anderen Prinzen zu sehen gewesen und in der Dunkelheit würde sich wohl niemand mehr von der Stelle bewegen. Der Wind heulte zwischen den Felsen und drückte gegen die Zeltwände. Dalibor tat mir leid. Außer Laskas Körper hatte er nichts, um sich zu wärmen. Ich jedenfalls dachte, dass ich mich nicht dagegen wehren würde, mit Kuba in einem Zelt zu schlafen. Trotz der Daunen froren meine Füße, und nur die Vorstellung, wie es wäre, meinen Schlafsack mit dem Prinzen mit den grünen Augen zu teilen, erwärmte zumindest mein Herz.

❄

Das Nächste, was ich bemerkte, war ein stetiges Wackeln. Jemand rüttelte an meinem Bein. Erschrocken setzte ich mich auf.

»Sei froh, dass nur ich es bin.« Kuba sah mich streng an. »Jeder andere hätte dir den Hals umgedreht oder würde sogar schon an deinen Knochen nagen, wenn es ein Bär wäre.«

Ich strampelte mich frei. »Ein Bär würde vielleicht erst mal an den Knochen von deiner zarten Laska nagen!«

»Ernsthaft, wir müssen los!«, drängte Kuba.

»Mitten in der Nacht?«, fragte ich mit einem Blick auf den dunklen Himmel hinter ihm.

»Ja, bevor die anderen aufbrechen. Du hast fünf Minuten.«

Sein Kopf verschwand aus dem Zelteingang, bevor ich einen Stiefel nach ihm werfen konnte. Stöhnend rappelte ich mich auf, rollte den Schlafsack zusammen und verstaute mein Gepäck.

Als ich fertig angezogen ins Freie kam, stand Kuba schon abmarschbereit da und sah mich ungeduldig an. »Das waren mehr als fünf Minuten.«

Ich tippte mir an die Stirn. »Dann häng noch weitere fünf Minuten an deine Zeitplanung dran, ich muss nämlich mal.«

»Meine Güte, Ash, beeil dich doch! Wieso kannst du dich nicht einfach an einen Felsen stellen? Du benimmst dich echt manchmal wie ein Mädchen.«

Ich starrte ihn zornig an. Warum mussten Mädchen immer als Synonym für Schwäche und Anstellerei herhalten? Ich verkniff mir jeden Kommentar und stapfte wütend um einen Felsvorsprung herum. Sogar beim Pinkeln hatten es Jungs leichter!

Als ich zurückkam, hatte Kuba mein Zelt schon abgebaut und über den Packtaschen festgegurtet. Es war immer noch viel zu dunkel, meiner Meinung nach keine geeignete Zeit, um aufzubrechen.

»Wie willst du so den Weg finden?«, murrte ich.

Doch Kuba ließ sich nicht beirren. »Wir werden die Pferde ein Stück führen. Das bringt uns einen Vorsprung. Am Anfang des zweiten Tages müssen wir wieder auf Schnelligkeit bauen, um die beste Route auszukundschaften, bevor die anderen kommen.« Er schnalzte leise, um Laska anzutreiben. »Glaub mir, ich habe mich mein Leben lang auf dieses Rennen vorbereitet. Ich weiß genau, wann wir was machen müssen.«

Ich schwieg. Vielleicht hatte er recht. Ich hatte mir immer brennend gewünscht, am großen Rennen teilzunehmen, und Ma hatte mir beigebracht, wie wertvoll Träume waren. Doch vielleicht musste ich mir eingestehen, dass die Realität nicht viel mit dem Zauber gemein hatte, der die Träume umgab, solange sie unerreichbar schienen.

Als der erste helle Schimmer hinter den Bergen aufleuchtete, atmete ich erleichtert auf. Der Weg durch die Dunkelheit über zerklüftete Felsplateaus war eine Herausforderung gewesen, die wir nur langsam und mit äußerster Vorsicht gemeistert hatten. Aber Kuba behielt recht: Wir hatten wertvolle Zeit gewonnen und trotz allem die Kräfte der Pferde geschont. Das Licht der aufgehenden Sonne tauchte die Schneelandschaft in goldenen Glanz, der sowohl die beißende Kälte vertrieb als auch meinen inneren Aufruhr besänftigte. Während der Tag anbrach, nahm ich mir vor, die Unstimmigkeiten zwischen Kuba und mir zu ignorieren und mich ganz auf das Rennen zu konzentrieren. Es war wichtig, dass wir jetzt zusammenhielten.

»Wir sollten aufsteigen.«

Es klang mehr nach einem Befehl als nach einer Bitte. Trotzdem schwang ich mich schweigend in den Sattel. Von den anderen Reitern war weit und breit nichts zu sehen. Boris musste entweder den Aufstieg bereits begonnen haben, oder er hatte sich dazu entschieden, die Nacht im Schutz des nahe gelegenen Waldes zu verbringen.

Die gewaltigen Umrisse des Massivs am Horizont waren näher gerückt. Davor erstreckte sich nun die freie Ebene, die keinerlei Deckung bot. Wir hatten also guten Grund, uns zu beeilen, wenn wir unseren Vorsprung nicht verlieren wollten. Wenn alles glatt ging, würden wir am späten Nachmittag die Bergkette erreichen.

❄

Wir waren kurz vor dem Gebirge, als Kuba sich umdrehte. »Sieh mal, da kommen sie!«

Und tatsächlich konnte ich in der Ferne einen Reitertrupp ausmachen. An der Größe der Ebene gemessen, würde es noch einige Stunden dauern, bis sie uns erreicht hatten. Sobald wir aber an den Aufstieg gingen, mussten wir unser Tempo deutlich verringern, und während wir Zeit benötigten, um einen sicheren Weg zu finden, konnten die anderen einfach unseren Spuren folgen.

Kuba suchte die Felswände bereits nach einem Zugang ab. Die vor uns liegenden Berghänge des Massivs ragten steil und bedrohlich auf und sahen nicht aus, als ob sie uns überhaupt hindurchlassen würden.

»Es muss ein paar schmale Felsspalten geben, die so versteckt liegen, dass man sie nicht auf den ersten Blick sieht.«

Er trieb Laska parallel zu den Bergen, während die nachfolgenden Prinzen unerwartet schnell näher kamen. Ich bildete mir ein, Jiri an seinen strohblonden Haaren und Stan Orlov an der kräftigen Statur zu erkennen. Boris entdeckte ich jedoch nicht.

»Viel Zeit bleibt uns nicht mehr«, gab ich zu bedenken und ließ mein Blick über die Steilhänge gleiten. Alles sah gleich aus.

Kuba trabte an und ich folgte ihm. Die vorrückenden Prinzen waren bereits so nah, dass ihnen nicht entgehen würde, an welcher Stelle wir den Aufstieg ins Gebirge wagten.

»Ich wusste nicht, dass die Felswand ein so großes Hindernis darstellt«, sagte ich leise, als ich plötzlich in einiger Entfernung einen Gesteinsvorsprung entdeckte. Ob sich dort ein Weg befand? Leise schnalzend trieb ich Dalibor vorwärts, bis ich mit Laska auf gleicher Höhe war. Kubas ebenmäßige Gesichtszüge wirkten angespannt, was ihn nur noch entschlossener aussehen ließ.

Für einen kurzen Moment überkam mich die ungeheure Sehnsucht, mein Geheimnis aufzulösen. Was, wenn ich nie wieder eine Gelegenheit dazu bekam? Gleichzeitig fühlten sich meine Finger klamm an vor Angst. Unwillkürlich packte ich die Zügel fester, um wieder ein Gefühl in meine Hände zu holen.

»Los, galoppieren wir ein Stück!«, rief ich. Der Boden sah fest und eben aus. »Vielleicht finden wir da vorn einen Weg hinauf.« Ich deutete auf den Felsvorsprung.

Kuba nickte und schob die Hände vor. Eine kleine Geste, die ausreichte, um Laska das Signal zu geben, dass sie schneller laufen durfte. Dalibor blieb neben ihr, bis Kuba kurz vor dem Felsen das Tempo drosselte. Das Gestein war an dieser Stelle nur eine Nuance dunkler, weshalb ich die Öffnung erst erkannte, als ich unmittelbar davorstand. Ein enger Spalt, der sich in einen schmalen Durchgang verwandelte, je näher ich kam. Die Felsen boten kaum zwei Armlängen Platz, aber es reichte aus, um hindurchzureiten.

Laska scheute beim ersten Versuch zurück. Als sie aber merkte, dass mein Pferd keinerlei Anzeichen von Furcht zeigte, folgte sie uns. Dalibor vertraute mir. Wenn ich ihn antrieb, schritt er vorwärts. Auch an den Stellen, wo der Durchgang so schmal wurde, dass ich meine Beine eng an seinen Körper drücken musste, zögerte er nicht und wand sich durch den Spalt wie eine Schlange. Der Pfad zog sich endlos zwischen den Felsen entlang, die immer höher neben uns aufragten. Teilweise wirkte es, als würde der Stein uns verschlucken wollen, so eng drängten die Gletscherwände zusammen. Doch zu meiner Erleichterung verbreiterte sich der Weg jedes Mal nach einigen Metern wieder und der Fels spuckte uns förmlich wieder aus. Ich glaubte fast, meinen Herzschlag zwischen den Berghängen als Echo widerhallen zu hören, aber vielleicht waren es auch bereits die Hufschläge der nachfolgenden Reiter, die uns dicht auf den Fersen waren. Ich wagte nicht, mich umzusehen.

»Alles okay bei dir?«, fragte ich Kuba leise.

»Ja, reite einfach weiter.«

Seine Stimme klang ebenso belegt wie meine, und ich betete, dass wir nicht in eine Sackgasse geraten waren. Wenn der Gang unvermittelt enden würde, wäre das vermutlich wenig angenehm ... Und wirklich brach wenig später der Weg vor uns abrupt ab, doch er weitete sich zu einer Art Lichtung. Vor uns lag eine Ebene, so groß wie der Marktplatz. Hohe Felswände ragten rundherum auf, sodass die Sonne, die sich bereits hinter das Massiv senkte, nicht mehr viel Licht hereinließ.

Ich sah Kuba an, der sich genauso verwundert umblickte. »Ich hoffe sehr, dass es mehrere Ausgänge gibt«, murmelte er.

Ich trieb Dalibor an den Felswänden entlang. Auf Anhieb entdeckte ich ungefähr fünf Spalten, die nach weiteren Durchgängen aussahen. Die Frage war nur, welchen davon wir wählen sollten. Unsere Verfolger würden wohl nicht mehr lange auf sich warten lassen.

»Wir trennen uns«, sagte Kuba unvermittelt.

»Was?« Ich fuhr erschrocken zu ihm herum.

»Wir trennen uns«, wiederholte er geduldig. »Es ist zu riskant, wenn wir beide denselben Weg nehmen.«

Verständnislos schüttelte ich den Kopf. Was bezweckte er damit nun wieder? So kurz wie ein sofort verglühender Funke streifte mich der Gedanke, dass Kuba vielleicht *nicht* mein Schutz am Herzen lag. Was, wenn er mich in Wahrheit loswerden wollte? Ich riss mich zusammen. Misstrauen war kein guter Reisebegleiter. Erst recht nicht in unserer Situation.

»In Ordnung«, sagte ich schnell, obwohl es sich keinesfalls so anfühlte. »Dann wähle deine Route.«

Kuba studierte die Felsen mit zusammengezogenen Augenbrauen. Er schien seine Antwort gut abzuwägen. Für einen Moment glaubte ich, er würde seine Meinung ändern, doch dann nickte er. »Wir reiten jeder auf einer anderen Strecke weiter, du hier, ich auf der gegenüberliegenden Seite. Die Wahrscheinlichkeit, dass sie dadurch unsere Spur verlieren, ist viel größer, als wenn wir zusammenbleiben.« Er sah mich eindringlich an. »Viel Glück, Ash!« Abrupt wendete er Laska.

Die Stute wirkte sichtlich überrascht. Dass sie sich von Dalibor trennen sollte, passte ihr ganz deutlich nicht. Auch mein Hengst schüttelte unwillig den Kopf und wollte ihr folgen, sodass ich Mühe hatte, ihn zu bändigen. Aber uns blieb keine Zeit zum Diskutieren. Zumindest nicht, wenn Kubas Vorschlag einen Sinn ergeben sollte. Also trieb ich Dalibor unnachgiebig vorwärts. Mit einem letzten Ruf, einem sehnsüchtigen leisen Wiehern nach Laska, beugte er sich und trabte los.

Die Felsspalte, die ich wählte, war eng und in sich ein wenig versetzt, sodass sie nicht gleich ins Auge stach. Ich hoffte inständig, dass sie sich nicht als Fehlentscheidung erweisen würde. Ebenso wie die Trennung von Kuba.

Aber ich hatte sowieso keine Wahl.

Ich folgte dem schmalen Trampelpfad weiter hinauf ins Gebirge. Hinter jeder Biegung erwartete ich das Ende des Weges, während ich gleichzeitig auf Geräusche möglicher Verfolger lauschte. War mir überhaupt noch jemand auf den Fersen? Hatten sie Kuba bereits eingeholt? Oder war Boris uns doch längst ein Stück voraus, plante er gar einen Hinterhalt? Kubas Warnungen klangen mir in den Ohren. Ob etwas dran war an der Gesetzlosigkeit der Berge?

Die Steigung nahm stetig zu, Dalibor kämpfte sich Schritt für Schritt bergauf. An manchen Stellen musste ich mich stark nach vorn beugen, um den Kraftaufwand für mein Pferd so gering wie möglich zu halten. Die Überlegung, abzusteigen und Dalibor zu führen, verwarf ich wieder, kaum dass mir der Gedanke gekommen war. An manchen Stellen war der Pfad zwischen den Felsen so schmal, dass es ohnehin nicht möglich gewesen wäre. Außerdem gaben Dalibors Hufeisenstifte zusätzlichen Halt. Die abgewetzten Sohlen meiner Stiefel würden mir auf dem zum Teil vereisten Untergrund nicht lange festen Stand bieten.

Weit konnte der Gipfel des Bergmassivs nicht mehr sein. Danach würde es wieder abwärtsgehen, bis ich endlich das berühmte Tal sehen würde, das Tal des Frühlings. Diese Erwartung trieb mich an. Immer wieder strich ich Dalibor über die Mähne und klopfte aufmunternd seinen Hals. Gern hätte ich ihm eine kurze Rast gegönnt, damit er seine Kräfte wieder aufladen konnte; aber im Augenblick traute ich mich nicht, eine Pause einzulegen.

Ich vermisste Kuba schmerzlich an meiner Seite. Sein Grinsen, sein Wissen über die Gefahren des Rennens, sogar seine nervige, selbstbewusste Art mitsamt der ärgerlichen Stirnfalte, wenn ich anderer Meinung war als er – all das fehlte mir plötzlich.

Mit einem Mal rutschte ich im Sattel nach vorn. Der Weg begann, bergab zu führen. Stellenweise taten sich Lücken in den Felsen auf, zwischen denen ich hindurchschauen und den dahinter liegenden Horizont sehen konnte. Gebannt wartete ich darauf, dass die Felswände den Blick ganz freigeben würden auf das Land hinter den Bergen. In der Ferne hörte ich Hufschlag, aber ich drehte mich nicht um. Auf keinen Fall wollte ich den großen Moment verpassen, in dem ich das Tal zum ersten Mal vor mir liegen sah.

Als die Felsen jedoch zurücktraten, war ich vom plötzlich grellen Sonnenschein so geblendet, dass feine Funken vor meinen Augen tanzten und ich mit der Hand die Helligkeit abschirmen musste. Eine zarte Wolkenschicht schob sich vor die Sonne und endlich konnte ich etwas erkennen. Ich blinzelte. Der Anblick des immergrünen Tals blendete mich beinahe noch mehr als das Sonnenlicht. Grün in allen nur denkbaren Schattierungen. Grün, wie ich es seit Langem nur noch in Kubas Augen gesehen hatte. Atemberaubendes Grün. Ich konnte einen Fluss erkennen, unendlich viele verschiedene Pflanzenarten und sogar blühende Blumen. Dazu große, ausladende Bäume, üppige Sträucher und Wiesen. Vor mir lag das Gegenteil der wilden, kargen Landschaft, die ich kannte. Tief atmete ich die Luft ein. Schmeckte sie nicht anders als jenseits der Berge? Auch Dalibor tänzelte aufgeregt und mit bebenden Nüstern, als witterte er das saftige Gras.

Der Weg hinunter in das kleine enge Tal war allerdings steil. Zwar würde der Boden auftauen, je tiefer ich kam, aber die beinahe senkrecht abfallenden Felswände waren deshalb nicht weniger gefährlich. Genau an diesen Steilhängen wuchs das Schneefeuer. Zwischen dem Land des ewigen Schnees und dem Tal des

Frühlings spross es aus den Felsspalten, sprengte mit unbändiger Kraft das Gestein und wuchs unermüdlich der Sonne entgegen. Seine glutrote Blüte war das Feuer, das den Schnee zum Schmelzen bringen würde. Der Legende nach der Überbringer des Frühlings, die Sicherung der Nahrungsquellen, die Rettung unseres Lebens.

Linker Hand entdeckte ich ein kleines Plateau, das nach Osten führte. Vielleicht bot sich dort eine Möglichkeit, weniger beschwerlich ins Tal zu gelangen, wo ich die Nacht verbringen wollte. Ich hoffte, dass Kuba es ebenfalls geschafft hatte. Wann würde ich ihn wiedersehen? Ob sein Plan aufgegangen war und er unsere Verfolger abgeschüttelt hatte?

Das entfernte Hallen der Hufe, das ab und an zu hören war, schürte meinen Verdacht, dass ich die anderen Prinzen noch nicht losgeworden war. Ich wusste nicht, wie groß mein Vorsprung war, doch im selben Moment, als ich mich umdrehte, um die Felsen hinter mir nach Anzeichen der nahenden Reiter abzusuchen, stolperte Dalibor plötzlich. Er verlor das Gleichgewicht und stürzte auf die Vorderbeine. Es gelang mir nicht, mich zu halten, und ich fiel kopfüber vom Pferd.

Die weiche Pferdenase, die mich an der Wange kitzelte, rief mir in Erinnerung, dass ich noch bei Bewusstsein war. Vorsichtig bewegte ich meine Glieder. Nur mein Arm schmerzte ein wenig, da ich aber noch alles bewegen konnte, würde ich wohl nicht mehr als einen blauen Fleck davontragen. Zum Glück! Ich wollte mich gerade hochrappeln, als mir auffiel, dass die Bergwand neben mir steil abfiel.

Offenbar war ich etwas vom Weg abgekommen und in eine kleine Felsnische gefallen. Meine Neugier trieb mich an. Der Ausblick musste phänomenal sein von hier! Langsam drehte ich mich herum und robbte auf den Knien bis an die Kante. Und da sah ich sie: Eine feuerrote Blüte. Eine zarte Blume mitten im Gestein, deren fein gezackte Ränder sich orange färbten und tatsächlich den Eindruck einer kleinen Flamme hervorriefen. Das berühmte Schneefeuer – die seltenste Pflanze diesseits und jenseits der Berge.

Ich konnte mich nicht sattsehen. Der Stiel der Blüte war ungewöhnlich kurz, wahrscheinlich hatte sie erst vor wenigen Tagen das Licht der Welt erblickt. Und sofort tat es mir leid, dieses Kunstwerk der Natur abzupflücken. Doch wenn ich die Blume nicht an mich nahm, würde es mit großer Wahrscheinlichkeit jemand anders tun.

Ich schätzte die Distanz ab. Das Schneefeuer wuchs vielleicht drei Meter entfernt von mir auf einem winzigen Felsvorsprung. Dahinter lag ein etwas größeres Plateau, womöglich konnte ich sogar dort wieder hochklettern und außen herum zurück zu Dalibor gelangen. Nervös biss ich mir auf die Lippe und warf einen erneuten Blick in die Tiefe. Falls ich den Halt verlor, würde ich vermutlich im weichen Gras landen. Aus dieser Höhe würde der Sturz allerdings ohne Frage tödlich ausgehen. Ein Schauder lief mir über den Nacken, den Rücken hinunter und bis in meine Fußspitzen.

Ich schüttelte mich. Darüber durfte ich gar nicht nachdenken. Stattdessen versuchte ich, mir das berauschende Gefühl vorzustellen, wenn ich Kuba die Blume überreichen würde. Denn da ich ohnehin nicht mit dem Schneefeuer ins Ziel reiten konnte und niemals als Siegerin akzeptiert werden würde, war für mich klar, dass Kuba diese Ehre zuteilwerden musste. Darauf würde ich wirklich stolz sein können! Er brauchte nicht länger Zeit mit der Suche zu verschwenden, musste sich nicht unnötig in Gefahr bringen – und wir konnten so schnell wie möglich wieder zurückreiten.

Beschwingt von diesem Gedanken, richtete ich mich auf, schwang die Beine über die Felskante und atmete tief durch. Ruhe bewahren. Nur das Ziel vor Augen sehen. Alles andere ausblenden. Diese drei Ratschläge hatte Ma mir immer gegeben, wenn wir Springen geübt hatten. Ich auf Juliška, Ma am Rande der Eschenlichtung …

Ich heftete meinen Blick auf die gezackte Schneefeuerblüte und ließ noch einmal die Schönheit dieser Blume auf mich wirken, die so zart erschien und doch so eine enorme Kraft besaß. Es kam eben nicht auf die Größe an! Genauso wenig wie darauf, ein Junge oder ein Mädchen zu sein. Ich konnte es ebenso schaffen wie die anderen Prinzen. Bis hierhin war es mir bereits gelungen und jetzt würde ich dieses Schneefeuer holen. Für Kuba.

Ein letztes Mal überprüfte ich den Sitz meiner Reithandschuhe, die mir auch beim Klettern von Nutzen sein würden, und schob mich über den Rand der Klippe. Mit den Fußspitzen konnte ich den Felsvorsprung unter mir erreichen und testete vorsichtig die Stabilität. Als ich sicher stand, schwang ich mich seitlich am Hang entlang und packte mit den Fingern eine vorstehende Felsnase. Mein Fuß landete auf dem nächsten Vorsprung. Behutsam zog ich den anderen nach und ließ im letzten Moment die Kante hinter mir wieder los. Aus den Augenwinkeln erhaschte ich einen Blick in die Tiefe. Ich atmete langsam ein und wieder aus. Gar nicht hinsehen, befahl ich mir.

Das Schneefeuer war mein Ziel. Die nächste Felskante lag ganz in der Nähe, sodass ich mich nicht besonders anstrengen musste. Noch zwei Schritte, noch zwei Handgriffe. Jeder Zentimeter brachte mich näher heran. Mit dem folgenden Schritt konnte ich schon das kleine Plateau erreichen. Ich kniff die Augen zusammen und konzentrierte mich. Meine Finger begannen zu schmerzen, der Zug auf den Muskeln war ungewohnt. Ich stieß mich ab. Doch im Moment meiner Landung tauchte hinter dem Felsen wie aus dem Nichts eine andere Hand auf. Und dann geschahen mehrere Dinge gleichzeitig: Erstens fragte ich mich, wie es jemandem gelungen war, sich dort heranzuschleichen, ohne dass ich ihn bemerkt hatte; zweitens erkannte ich, dass ich verloren hatte – mir fehlten nur noch wenige Zentimeter, aber die Hand des Fremden würde vor mir das Schneefeuer pflücken ... Und drittens verfehlten im selben Augenblick die Finger vor meiner Nase ihr Ziel.

Nicht ich, sondern der andere hatte sich verschätzt. Seine Hand glitt zurück, versuchte verzweifelt, Halt zu finden, und rutschte immer weiter ab. Erschrocken ließ ich mich auf alle viere nieder und versuchte, die Hand zu fassen zu bekommen, während ich betete, dass ich nicht zusehen musste, wie jemand vor meinen Augen in den Abgrund stürzte.

Wer auch immer der Prinz auf der anderen Seite des Felsens war, den Tod wünschte ich niemandem!

Ein Schrei ertönte.

Ich dachte nicht lange nach, warf mich auf den Bauch und griff zu. Wie in Zeitlupe sah ich, wie sich meine Finger um die Hand des Abstürzenden legten. Ich packte so fest zu, dass meine Knochen schmerzten.

»Zieh dich an mir hoch«, stieß ich zwischen zusammengebissenen Zähnen hervor.

Mit der freien Hand krallte ich mich am Felsvorsprung fest und versuchte, mein Gleichgewicht zu halten. Es war ein Gefühl, als ob jemand meine Knochen auf einer Streckbank dehnen würde, aber ich gab nicht nach und hielt mich fest, wie ich noch nie zuvor etwas festgehalten hatte – bis der Andere das Plateau erreicht hatte. Auch als er neben mir auf sicherem Untergrund kniete, ließ ich seine Hand nicht los. Mein Herz raste, mein Atem ging stoßweise, vor meinen Augen verschwamm alles. Aber ich hatte es geschafft.

Langsam beruhigte sich mein Puls. Ich öffnete die Augen, ich hob den Blick ... und schlagartig kam die Welt um mich herum zum Stillstand. Mein Herzschlag setzte aus. Die tiefgrünen Augen, in die ich blickte, waren einmalig auf der Welt. Der Blick dieser Augen jedoch ruhte auf unseren Händen, die immer noch ineinander verschlungen waren, als bräuchten wir diesen Halt mehr als alles andere um uns herum.

Kubas Finger umklammerten meine Hand – meine zitternde Hand, die in Mas Reithandschuh steckte.

»Du?«, stieß er mit rauer Stimme hervor.

Kapitel 20

Schneefeuer

Mein Mund fühlte sich trocken an. In den grünen Augen, die ich so liebte, lag ein stummer Schuldspruch, der mich mehr verletzte, als Worte es vermocht hätten. Kuba ließ meine Hand los und rückte von mir ab. Eng an die Felswand gedrückt, schloss er die Augen und lehnte den Kopf an den kühlen Stein.

»Du bist das Mädchen vom Ball«, sagte er tonlos. »Ich hätte es wissen müssen. Noch nie zuvor habe ich zu jemandem, den ich nicht kenne, eine so enge Verbindung gespürt.«

Er presste die Lippen zu einem dünnen Strich aufeinander. Mein Herz fühlte sich ähnlich zerquetscht an. Was sollte ich darauf erwidern? »Es tut mir leid« war eine leere Phrase, die nicht im Ansatz traf, was ich fühlte. Außerdem bereute ich keine einzige Entscheidung.

»Ich hab es für Dalibor getan«, flüsterte ich.

Doch Kuba schien gar nicht zuzuhören. »Was für eine Ironie«, sagte er bitter, »dass ich nie einen so guten Freund hatte wie dich – obwohl du ein Mädchen bist.«

Ich konnte nichts antworten. Immerhin hatte ich von Anfang an gewusst, dass er mich verachten würde. Als Lügnerin – und auch als Mädchen. Ich durfte mich also nicht beschweren. Es schmerzte trotzdem. Viel mehr, als ich erwartet hatte.

Eine Ewigkeit lang saßen wir stumm da. Kuba starrte auf den Boden, ich auf das Schneefeuer. Endlich gab ich mir einen Ruck. Ich kam auf die Knie, kroch an den Rand des Felsvorsprungs und pflückte die Blume, derentwegen ich das Wagnis überhaupt auf mich genommen hatte. Es war irgendwie traurig, dass dieser große Moment so nichtig wirkte. Besonders im Vergleich zu dem winzigen Augenblick, der meine Welt gerade zerstört hatte.

Ich räusperte mich und streckte Kuba meine Hand mit der Blüte hin. »Nimm die Blume. Du hast den Sieg verdient. Ich wusste von Anfang an, dass niemand einem Mädchen zujubeln wird, das mit dem Schneefeuer nach Hause kommt.«

Kuba maß mich mit kaltem Blick. Er schenkte der Blüte in meiner Hand keine Beachtung. »Willst du dein Gewissen reinwaschen?«

»Was?« Irritiert schüttelte ich den Kopf und trat einen Schritt auf ihn zu.

Doch Kuba hob abwehrend die Hand. »Geh einfach! Ich will dich nie mehr wiedersehen.«

❄

Ich wusste nicht, wie ich den Rückweg zu Dalibor geschafft hatte. Jedes Mal, wenn meine Finger nach einer Felskante griffen, fiel mein Blick auf meine Handschuhe, die mich verraten hatten.

Mechanisch steckte ich das Schneefeuer in die dafür vorgesehene Schachtel und verstaute sie in meiner Jackentasche. Sie fühlte sich wie eine bleischwere Fessel an.

Schwerfällig stieg ich in den Sattel. Ich musste den Rückweg antreten. Auf keinen Fall durfte ich wertvolle Zeit verschwenden und warten, bis die anderen Prinzen mir womöglich die Blume abnahmen. Ich musste sie für Kuba aufbewahren. Er hatte noch etwas Zeit, um zur Besinnung zu kommen, bevor wir das Dorf wieder erreichten.

Vor mir erstreckte sich das grüne Tal, das im Licht der untergehenden Sonne einen geradezu romantischen Eindruck erweckte. Wäre ich nicht so unendlich traurig gewesen, hätte ich diese Aussicht bestimmt genossen. Doch mein Herz war gebrochen – und vor mir lag nun der vermutlich gefährlichste Teil des Rennens. Wenn ich Kubas Warnungen glauben konnte, würden die leer ausgegangenen Prinzen früher oder später versuchen, den Glücklicheren das Schneefeuer zu entreißen.

Ich gestattete mir einen kurzen Moment, um den Anblick des Tals des Frühlings, dieses kleinen grünen Flecks, in meiner Erinnerung zu verewigen. Ich würde nie wieder hierher zurückkehren. Dalibor wandte den Kopf und blickte mich mit aufgestellten Ohren aufmerksam an. Er wirkte so verständnisvoll und mitfühlend. Vielleicht war er der Einzige, der wusste, wie viel Überwindung mich diese Lügen gekostet hatten. In seinen dunklen Augen spiegelte sich die Sonne, die hinter dem Tal unterging.

Aber ich durfte nicht länger zurückblicken. Schweren Herzens riss ich mich los und trieb Dalibor an. Ich ritt in Richtung Osten, dorthin, wo ich das Felsplateau gesehen hatte, das sanft hinab ins Tal führte. Vielleicht fand ich an den bewaldeten Rändern eine Möglichkeit zu übernachten. Morgen früh würde ich dann versuchen, einen anderen Weg zurück über das Gebirge zu finden. Die gleiche Route wollte ich nicht nehmen, aus Angst, ich könnte Jiri und seinen Freunden in die Arme laufen. Die Vorstellung, die Nacht allein im Wald zu verbringen, war schlimm genug. Nach ein paar Biegungen verbreiterte sich der Weg, bis er aus den Felsen heraus auf das Plateau führte. Am Ende dieser Ebene lag das Waldstück, das mir für ein Nachtlager bestens geeignet schien. Ich würde Dalibor absatteln und in einiger Entfernung frei herumlaufen lassen, während ich mein Zelt versteckt im Unterholz aufbaute. Es dauerte nicht lange, bis ich eine Stelle fand, die weit genug vom Weg entfernt lag, aber auch nicht zu tief im Wald. Ich wollte weder entdeckt werden noch eine unnötig lange Wegstrecke zurücklegen müssen, wenn ich in der Frühe aufbrach. Vorsichtig teilte ich die Zweige im Unterholz und fand eine hervorragende Schutzhöhle vor. Das Iglu passte genau hinein. Ich versicherte mich, dass es Dalibor gut ging, und verschwand im Zelt.

Unruhig wälzte ich mich hin und her. Was Kuba wohl in diesem Moment machte? Ob er seine harschen Worte bereute? Oder wünschte er sich, dass er mir nie begegnet wäre? Erinnerte er sich noch an die Ballnacht, in der wir eine so besondere Verbindung gehabt hatten? Dachte er gar nicht mehr an unseren Kuss? Über diese Gedanken verfiel ich in einen unruhigen Schlaf. Immer wieder erwachte ich zwischen wilden Träumen von Sprüngen ins Leere, Unwettern und Prinzen mit grünen Augen. Der letzte Traum war der schlimmste. Das Gewitter, in das ich geraten war, fühlte sich so real an, dass ich schweißgebadet hochschreckte – als der Blitz in unmittelbarer Nähe neben mir einschlug. Mit weit aufgerissenen Augen starrte ich auf die dunklen Zeltwände. Und dann zuckte ein neuer greller Lichtstrahl auf. Mit klammen Händen zog ich meine Stiefel an und öffnete den Reißverschluss der Zeltwand. Als ich den Kopf in die Nacht hinausstreckte, folgte ein Donnerschlag, der mich zusammenzucken ließ. Das Gewitter war so echt wie der eisige Wind, der mir entgegenschlug.

So schnell ich konnte, kroch ich ins Freie und packte meine Sachen zusammen. Fieberhaft suchte ich die Umgebung nach meinem Pferd ab. Es war nirgendwo zu sehen, obwohl es durch seine weiße Fellfarbe selbst in der Nacht und zwischen den Bäumen gut zu erkennen sein müsste.

»Dalibor!«, rief ich gegen den Donner an. »Dalibor!«

Es krachte erneut und ein Blitz erhellte die Schneefläche auf dem Plateau vor dem Wald. Ich erschrak noch mehr, denn selbst auf die Entfernung konnte ich erkennen, dass sich ein Sturm unter das Gewitter mischte. Eine Regenfront näherte sich mit enormer Geschwindigkeit, sodass es aussah, als würde eine nasse Wand auf mich zukommen.

Ich betete, dass Dalibor nichts passiert war, baute das Zelt ab und zerrte den Sattel aus dem Unterholz. Als ich mich umdrehte, um nachzuschauen, wie weit der Sturm herangezogen war, stand mein Pferd vor mir.

»Dalibor!« Ich fiel ihm um den Hals und drückte mein Gesicht in sein nasses Fell. »Wo warst du nur?«

In Windeseile sattelte ich, verschnallte die Packtaschen und saß auf. Als ich meine Reithandschuhe überstreifte, traf mich die Erinnerung an Kuba und wie wir auseinandergegangen waren so schmerzhaft, als hätte der Blitz mich getroffen. Doch wenn mir mein Leben lieb war, durfte ich nicht länger darüber nachgrübeln, was ich hätte anders machen können. Ich tastete nach dem Kästchen mit der Schneefeuerblüte in meiner Jackentasche und schnalzte, um Dalibor das Zeichen zum Aufbruch zu geben.

Gewitter gehörten zu den größten Gefahrenquellen in unserem Land, auch so nah am Tal des Frühlings. Etliche Menschen, die ich gekannt hatte, waren bei einem Unwetter ums Leben gekommen, vom Blitz getroffen oder von umstürzenden Bäumen erschlagen worden. Das Problem war: Es gab nahezu keine Schutzmöglichkeit. Im Wald war es ebenso gefährlich wie auf der freien Ebene. Am ehesten konnte man sich noch in größeren Höhlen vor einem Blitzeinschlag in Sicherheit bringen – doch wie sollte ich auf die Schnelle eine solche finden?

Es war also völlig egal, was ich tat – die Möglichkeit, getroffen zu werden, war genauso hoch wie die Chance davonzukommen. Genau das wollte ich allerdings versuchen: vor dem Unwetter zu fliehen und mich so weit wie möglich aus der Gefahrenzone zu bringen. Auf keinen Fall wollte ich tatenlos in meinem Zelt im Wald sitzen und mir das Spektakel um mich herum ansehen. Das war es jedoch in der Tat: ein gewaltiges Naturschauspiel. Wunderschön, einzigartig und tödlich zu gleich.

»Los, Dalibor!«

Ich trieb mein Pferd, das nervös mit den Ohren zuckte und sie bei jedem Donnerkrachen eng an den Kopf legte, aus dem Wald heraus. Nur weg von den Bäumen! Beruhigend fuhr ich mit den Händen über Dalibors Hals, während ich hoch konzentriert die Umgebung im Auge behielt. Noch war die Sonne nicht aufgegangen. Die einzige Lichtquelle war der Blitz, der in geringen Abständen die hellen Felsen erleuchtete. Meinen Plan, einen anderen Weg über das Massiv zurück zu suchen als den gestrigen, gab ich sofort auf. Bei Dunkelheit war es sowieso viel zu gefährlich, auf unbekannten Pfaden durchs Gebirge zu reiten. Und die feuchten Felswände dienten im Zweifel als Blitzleiter, davon wollte ich nicht eingekesselt sein. Ich wählte also den Weg über die freie Ebene, parallel zu den Hängen.

Das Donnergrollen erfüllte die Nacht wie eine Warnung des Himmels. In kurzen Abständen zerteilte das Zucken des Blitzes die Wolkendecke, darauf hallte ein Geräusch wie von zersplitternden Balken zwischen den Bergwänden wider. Das Echo vervielfachte gleichermaßen meine Angst. War Kuba in Sicherheit? Behielt Laska die Nerven? Ich musste dauernd an sie denken und hoffte, dass es ihnen gut ging. Bei jedem Aufleuchten suchte ich die Strecke vor mir im wahrsten Sinne des Wortes blitzschnell ab, um in den nächsten Minuten auch im Dunkeln abschätzen zu können, wo ich entlangreiten konnte, um zumindest der Gefahr von Gesteinsspalten oder versteckten Felsvorsprüngen zu entgehen.

Ich hatte bereits ein gutes Stück des Weges zurückgelegt, als direkt vor mir der Blitz einschlug. Mit einem ohrenbetäubenden Krachen zerschnitt er die Ebene wie ein explosiver Pfeil. Der Boden unter mir erzitterte. Ich spürte die Erschütterung durch Dalibors Körper fahren und sah, wie der felsige Boden aufbrach und einen tiefen Riss zurückließ.

Fassungslos starrte ich auf das Hindernis, das mir den Weg abschnitt. Dabei musste ich dem Himmel danken, dass sowohl Dalibor als auch ich von einem Stromschlag verschont geblieben waren. Wir hatten höchst unwahrscheinliches Glück gehabt! Doch der Boden vor uns war durch den Einschlag unpassierbar geworden. Die einzige Option, die mir noch blieb, war nun wohl oder übel der direkte Weg über die Felsen hinauf ins Gebirge. Ich fühlte mich, als wäre ich mitten in meinen Albtraum geraten, nur dass ich leider schon aufgewacht war.

Auf dieser Seite des Massivs waren die Felswände durchfurcht von Spalten und schmalen Eingängen. Ich wählte die erstbeste Möglichkeit und trieb Dalibor zwischen den feuchten Steilhängen hindurch aufwärts. Meine Nerven waren zum Zerreißen gespannt. Was, wenn der Blitz noch einmal in der Nähe einschlagen würde? Endlich bemerkte ich, dass sich das Gewitter langsam, aber stetig entfernte, und ich atmete erleichtert auf. Vorerst waren wir davongekommen – auch wenn der Regen den Untergrund in den Höhen in eine spiegelglatte Fläche verwandelt hatte. Wieder einmal dankte ich Kalle im Stillen für die Eisenstifte, die in diesem Fall meine Lebensrettung sein konnten.

Als die ersten sanften Sonnenstrahlen hinter mir die Gipfel heraufkletterten und den Himmel in ein zartes Grau tauchten, war alles wieder so friedlich, als wäre nichts geschehen. Ich hatte eine weitere Hürde dieses Rennens geschafft.

❄

Den ganzen Tag lang war ich im Felsenlabyrinth des Massivs unterwegs gewesen. Der Gipfel lag hinter mir, aber ich konnte nicht ausschließen, dass ich ein paar Mal im Kreis geritten war – ganz sicher hatte ich auf dem Hinweg nicht so lange gebraucht. Der Sonne war es nach ihren morgendlichen Versuchen kein weiteres Mal gelungen, sich durch die Wolken zu arbeiten, aber ich ahnte, dass es bereits Nachmittag wurde. Ich musste dringend eine Pause einlegen. Dalibor ließ den Kopf hängen, kämpfte sich jedoch unermüdlich durch die steilen Gänge. Plötzlich teilten sich die Felswände vor mir und ich fand mich erneut am Rande eines Plateaus wieder. Ob es dasselbe war, das ich mit Kuba passiert hatte? Ich konnte es nicht genau sagen, da an mehreren Stellen frische Geröllbrocken herabgestürzt waren, die alles anders aussehen ließen und vermutlich auch einige Wege verschüttet hatten.

Immer wieder warf ich prüfende Blicke die Berghänge hinauf – nach einem Unwetter war das Risiko von Steinschlag deutlich erhöht. Vorsichtig näherte ich mich einer besonders breiten Felsspalte, die etwas versteckt hinter großen Gesteinsbrocken lag. Ich stieg ab und lockerte den Sattelgurt, um Dalibor eine Verschnaufpause und eine wohlverdiente Stärkung zu gönnen. Manis Vorräte waren reichlich dosiert, und ich hätte nicht dankbarer sein können, dass sie mir ebenso viel eingepackt hatte wie Kuba. Auch Hafer für mein Pferd war immer noch genügend vorhanden. Ich schüttete Dalibor eine Handvoll auf den Boden und nahm mir eine Ecke von Manis gutem Körnerbrot. Plötzlich erstarrte ich jedoch mitten in der Bewegung. Hatte ich hinter mir leise Stimmen gehört? Auch Dalibor spitzte die Ohren.

Ich lauschte.

Da! Ein kurzes Lachen folgte. Alarmiert sah ich mich um. Woher genau kamen die Geräusche? Unmittelbar hinter den Felsbrocken musste eine Nische sein. Ich schlich vorsichtig näher.

»Was für ein Zufall«, sagte eine Stimme, die ich nur allzu gut kannte. »Du kommst also vom Sturmhof?«

»Hast du ein Problem damit, Mann?«, erwiderte eine andere Stimme, die mir zu meinem Schrecken fast noch vertrauter war. »Was ist daran so ungewöhnlich?«

»Ich habe jemanden kennengelernt ...« Kuba sprach leise und stockend.

»Auf dem Ball?«, fiel Jiri ihm ins Wort. Er lachte auf. »Was für ein Zufall. Du hast meine Schwester auf dem Prinzenball kennengelernt?« Er stutzte. »Und du hast sie nicht zu deiner Prinzessin gemacht?«

Er lachte wieder, aber es klang nicht amüsiert.

»Sie hat mich nicht gelassen!«, verteidigte Kuba sich.

»Du willst mir ernsthaft erzählen, dass sie dir die kalte Schulter gezeigt hat? Dem Favoriten?«

»Vergiss es«, knurrte Kuba.

»Jakub Kral – meine Schwester hat sich die Augen nach dir ausgeweint nach dem Ball!«

»Was?« Kuba klang so überrascht und hoffnungsfroh, dass sich mir die Kehle zusammenzog. »Aber ... warum ist sie denn dann davongeritten?«

»Sie ist *was*?!«

Ich konnte mir Jiris Gesicht vorstellen und hätte fast grinsen müssen, wenn ich nicht solches Herzklopfen gehabt hätte. Hinter dem Felsen trat Stille ein. Ich wusste, ich musste schleunigst verschwinden.

Aber meine Füße gehorchten mir nicht.

Als Jiri wieder sprach, hatte seine Stimme einen so bedrohlichen Klang, dass mir trotz der Kälte der Schweiß ausbrach: »Das hieße ja, *Ash* hätte sich beim Prinzenball eingeschlichen?« Er schnaubte.

»Ja«, sagte Kuba. »Sie hieß Ash.«

Ich schluckte gegen den dicken Kloß in meinem Hals an, der mir fast die Luft nahm. Verriet er mich jetzt? Mit angehaltenem Atem lauschte ich.

»Erzähl mir was von deiner Schwester«, bat Kuba und ich war den Tränen nahe.

»Von Ash?« Jiri stieß einen verächtlichen Laut aus.

In diesem Augenblick löste sich ein kleiner Gesteinsbrocken über mir in der Bergwand und fiel, gefolgt von etlichen kleinen Steinchen, zu Boden. Erschrocken presste ich mich gegen den Felsen und atmete so flach wie möglich. Doch es war zu spät. Schritte erklangen auf der anderen Seite. Dann kam Jiri um die Ecke geschossen. Sein Blick fiel zuerst auf Dalibor, der in einiger Entfernung friedlich seinen Hafer malmte. Sein schwarzes Ohr war längst wieder deutlich sichtbar.

»Der Bastard!« In Jiris Gesicht stand die pure Verwunderung. Doch nach wenigen Sekunden legte sich ein zufriedenes Grinsen über seine Züge. »Ash? Wo steckst du? Komm raus!« Er drehte sich einmal im Kreis und hielt inne, als er mich entdeckte. »Na, wen haben wir denn da?«

Kapitel 21

Die Legende der Eispferde

Schweigend starrte ich in Jiris eisblaue Augen. Sein Blick war ebenso kalt wie klar.

»Schau einer an.« Er grinste süffisant. »Meine kleine Stiefschwester. Unser armes Waisenkind. Hier hast du deine Ballprinzessin, Jakub Kral!«

Kuba trat hinter dem Felsen hervor, bleich wie der Schnee. Ich biss die Zähne zusammen.

Jiri wanderte mit verschränkten Armen vor mir auf und ab. »Ich kann mir nicht im Entferntesten vorstellen, wie ausgerechnet *du* es geschafft hast, dich auf dem Prinzenball einzuschleusen. Geschweige denn, den Favoriten zu bezirzen.« Sein Blick wanderte hinüber zu Kuba, offenbar wollte er sehen, wie seine Worte ankamen. Ich dankte dem Himmel, dass er nichts von unserem Kuss wusste. »Aber dass du dich jetzt auch noch hier herumtreibst, ist wirklich der Gipfel. Was für eine perfekte Lügnerin du bist! Ich wüsste zu gern, welche Strafen darauf stehen …«

Kuba hatte die Augen zu schmalen Schlitzen zusammengekniffen, sodass ich die Art, wie er mich ansah, nicht einordnen konnte. War es Wut? Verachtung? Vielleicht sogar Hass?

Ich lenkte meine Aufmerksamkeit zurück auf Jiri. Ich kannte ihn gut genug, um zu wissen, dass ich sie brauchen würde, wenn ich mich gegen ihn wehren wollte. So einfach würde er mich nicht davonkommen lassen. Nicht in dieser Situation – das musste für ihn ein wahrhaftiger Volltreffer sein.

»Ich muss zugeben, dass deine Tarnung nicht schlecht ist.« Er bedachte mich mit einem langen Blick. »Obwohl du nie wie ein richtiges Mädchen ausgesehen hast.« Er lachte trocken. »Zu knochig, zu blass, zu …«

»Lass gut sein«, fiel ihm Kuba ins Wort. Überrascht sah ich ihn an. Doch er starrte an mir vorbei in die Ferne. »Vor Anbruch der Dunkelheit will ich auf der anderen Seite des Gebirges sein. Ich verschwinde.« Er drehte sich um.

»Warte.« Die Aufforderung aus Jiris Mund war keine Bitte. Langsam wandte Kuba sich um. »Hast du nicht gesagt«, begann Jiri, und in seiner Stimme lag ein Lauern, das mir eine Gänsehaut zwischen den Schulterblättern verursachte, »hast du nicht gesagt, dass dein Begleiter das Schneefeuer gefunden hat?«

Kuba antwortete nicht.

Doch Jiri hatte Blut geleckt. »War dein Begleiter vielleicht … unsere liebe kleine Ash?«

Bevor mir eine passende Reaktion einfiel, hatte Jiri etwas aus seiner Tasche gezogen. Es klackte und eine silberne Messerklinge blitzte auf. Ich war unfähig, mich zu bewegen. Ma hatte immer gesagt, man müsse wissen, wann man verloren hat. Dies war wohl eindeutig eine der Situationen, in denen ich ihren Ratschlag befolgen und meine Niederlage akzeptieren sollte.

»Ash! Hast du das Schneefeuer?«

Ich wehrte mich nicht. Langsam ließ ich meine Hand in die Tasche gleiten und holte die durchsichtige Schachtel hervor, die alle Prinzen vor dem Aufbruch ausgehändigt bekommen hatten. Mir war elend zumute. Niemals zuvor in meinem Leben hatte ich mich so ohnmächtig gefühlt. Jiri nahm mir das Letzte, was ich Kuba als Wiedergutmachung hätte anbieten können. Und Kuba selbst verdammte mich zum Schweigen.

Meine Finger zitterten nicht, als ich Jiri die Schachtel überreichte. Aber meine Eingeweide brannten, als er das Schneefeuer mit glühenden Augen an sich nahm. Beinahe ehrfurchtsvoll drehte er sie in seinen Händen und betrachtete die feuerrote Blume, die noch nichts von ihrem Glanz verloren hatte. In der Kälte hielt sich die zarte Blüte ohne Probleme, bis das Rennen beendet sein würde. Für die anderen war das in wenigen Stunden oder Tagen. Für mich war es exakt in diesem Moment. Obwohl ich nie hatte gewinnen wollen, zerschellte mein Traum in diesem Augenblick bereits zum zweiten Mal.

Jiri leckte sich über die Lippen wie ein wildes Tier, das seine Beute verspeist hat. Er steckte die Schachtel ein, dann trat er nahe an mich heran und flüsterte: »Du kannst froh sein, dass dein Prinz Zeuge ist und aus unerfindlichen Gründen nicht kurzen Prozess mit dir machen will. Wenn wir allein wären …« Er ließ den Satz in der Luft hängen. Ich schwitzte in der eisigen Kälte und ließ das Messer nicht aus den Augen. »Gib mir deine Hände!« Erstaunt riss ich die Augen auf. »Na los!« Jiri zog einen Strick aus seiner Tasche, und mir wurde klar, was er vorhatte. Ehe ich wusste, wie mir geschah, hatte er mir schon die Handgelenke zusammengebunden. »Ich werde mir doch zumindest einen kleinen Vorsprung verschaffen dürfen«, knurrte er zufrieden.

In mir war alles leer und taub. Hatte Kuba mitbekommen, was Jiri getan hatte? »Mein Prinz«, wie Jiri ihn genannt hatte, warf mir einen letzten vernichtenden Blick zu und wandte sich ab. Ohne sich noch einmal umzudrehen, verschwand er hinter dem Felsen. Ich hörte den Steigbügel gegen Stein klirren und konnte mir vorstellen, wie wütend er in den Sattel gestiegen war.

Als ich den Blick endlich von der Stelle lösen konnte, wo ich Kuba zum letzten Mal gesehen hatte, bemerkte ich, dass Jiri noch immer vor mir stand. Allerdings beachtete er mich gar nicht, sondern starrte interessiert auf die Felswände hoch über mir. Beunruhigt drehte ich mich um. Und wünschte sofort, ich hätte es nicht getan. Denn nicht zu wissen, wann man stirbt, ist weitaus leichter, als den Tod kommen zu sehen und nichts daran ändern zu können. Ich begriff in dem Augenblick, in dem ich die kleinen Gesteinsbröckchen hinter mir herabrieseln sah, dass mich die Lawine, die sich weit über mir in den Berggipfeln löste, erwischen würde.

»Jiri!«, stieß ich hervor.

Bisher hatte ich nichts als kalte Wut ihm gegenüber verspürt. Nun packte mich die blanke Furcht. Unsere Blicke trafen sich. Er wirkte verunsichert, aber nur für einen kurzen Moment. Dann verzogen sich seine Mundwinkel. »Ich hätte nie gedacht, dass ich einmal so wenig dazu beitragen müsste, um dich loszuwerden.«

»Jiri …« Meine Stimme versagte.

Doch mein Stiefbruder drehte sich um und lief davon. Ohne mit der Wimper zu zucken, ließ er mich zurück.

Über mir ertönte ein dumpfes Grollen, als ob ein lange verschollener Berggeist aus dem Winterschlaf erwachte und zum Kampf ansetzte. Es war seltsam, dass die Todesangst auf einmal ein Geräusch bekam, das ich ihr nie zugeordnet hätte. Lose Steine rollten die steilen Felswände hinab und rissen immer größer werdende Schneemassen mit sich.

Ich konnte es hören – ich konnte meinen Tod heranrollen hören. Panisch zerrte ich an meinen Fesseln, doch nichts bewegte sich. Ich wollte schreien und um Hilfe rufen, aber meine Kehle blieb stumm. Alles, was ich hervorbrachte, war ein letzter Pfiff, um Dalibor zu rufen.

Als ich ihn tatsächlich auf mich zutraben sah, erfasste mich neue Kraft. Ich stolperte ihm entgegen.

»Dalibor!«

Vielleicht konnte ich es schaffen? Ich stemmte meinen Fuß in den Steigbügel. Mit einem Ruck zog ich mich hoch, was mit zusammengebundenen Händen schwieriger war als gedacht. Mein Oberkörper kippte schwer über Dalibors Rücken, und ich konnte mich gerade noch halten, um nicht vornüber wieder herunterzufallen.

»Lauf, Dalibor!«, murmelte ich noch, während ich mich in den Sattel hievte.

Hinter uns donnerte und krachte es. Dalibor galoppierte los. Meine Finger krallten sich in seine Mähne. Ich konnte nur noch auf ein Wunder hoffen. Und da wusste ich, was ich tun musste. Die Magie! Das Geheimnis der Eispferde!

»Wenn du in Not bist und deinem Pferd die magischen Worte zuflüsterst, dann wird es sein eigenes Leben riskieren, um deines zu retten«, wisperte Mas Stimme in mir.

Wenn ich je in Not gewesen war, dann jetzt. Und wenn ich je mit aller Kraft gebetet hatte, dass die Legende der Eispferde stimmte, dann in diesem Moment!

Ich streckte meine Arme aus und versuchte, Dalibors schwarzes Ohr zu berühren. Aber ich kam nicht nah genug heran. Ich zog und zerrte an meinen Fesseln, doch sie lockerten sich nicht. Schließlich stellte ich mich in die Steigbügel und lehnte mich so weit wie möglich nach vorn, bis ich halb auf dem Pferdehals zu liegen kam. Der Schweiß rann mir über das Gesicht, ich wusste nicht, ob vor Angst oder vor Anstrengung.

»Dalibor …«

Das Grollen hinter mir wurde immer lauter. Es ähnelte dem Geräusch der hereinbrechenden Wellen, wenn man bei Sturm an den Klippen stand. Und so anders war es ja im Prinzip auch nicht – hinter mir rollte eine vereiste Schneewelle heran, die alles und jeden mit sich hinabreißen würde. Ich schob mich noch ein Stück vor. Mit den Fingerspitzen bekam ich Dalibors schwarzes Ohr zu fassen. Und ich flüsterte mit erstickter Stimme wie ein Mantra die magischen Worte.

»Pro Lásku!«, sprach ich. »Pro Lásku! ... Pro Lásku! ... Pro Lásku!«

Ich konnte spüren, wie Dalibor seine Muskeln unter mir anspannte. Seine Hufe flogen, sein Körper war ein einziger gestreckter Pfeil. Er galoppierte, wie er noch nie zuvor gelaufen war, und der Wind pfiff in meinen Ohren. Ich klammerte mich verzweifelt an mein Pferd. Doch die Lawine rollte näher. Ich fühlte es wie einen magnetischen Sog, und ich fühlte, wie Dalibor gegen die unsichtbare Kraft ankämpfte, die uns unter die Lawine ziehen wollte. Seine Muskeln arbeiteten unermüdlich.

»Pro Lásku!«, wisperte ich. »Lauf, Dalibor, und sei stark! Du musst uns beide retten!«

Das war der letzte Gedanke, der mir durch den Kopf schoss, bevor die Lawine über uns hereinbrach.

❄

War ich schon tot? Um mich herum war alles weiß, das passte ungefähr zu der Vorstellung vom Himmel, die ich hatte. Leider konnte ich mein verdrehtes Bein noch ebenso gut spüren wie die Tatsache, dass ich ganz allein war. Das Letzte, an das ich mich erinnern konnte, war, dass meine Finger Dalibors Ohr umklammert hatten. Aber mein Pferd war verschwunden. Ich fühlte keinen Sattel und nichts bewegte sich unter mir. Genau genommen konnte ich mich selbst ebenfalls nicht mehr von der Stelle rühren. Schneemassen drückten von allen Seiten auf mich ein. Ich wusste nicht einmal mehr, wo oben und unten war.

Die schreckliche Angst, die ich gehabt hatte, als die Lawine mich unter sich begrub, war jedoch verschwunden. Verwundert bemerkte ich, dass ich ganz ruhig war. Mein Herz schlug langsam und gleichmäßig, als würde es die letzten Augenblicke auskosten. Mir fiel sogar ein, dass ich irgendwo einmal gelesen hatte, dass man vor sich spucken sollte, um die Orientierung zurückzugewinnen. Spucketropfen fielen immer nach unten. Doch bevor ich es ausprobieren konnte, verwandelte sich der dichte Schnee um mich herum in tiefe Schwärze.

❄

Irgendetwas scharrte. Ein leises, stetiges Geräusch, das allmählich näher kam. Es klang dumpf, aber doch klar. So, als würde sich jemand von außen durch den Schnee graben. Ich versuchte, dem Geräusch entgegenzuarbeiten, aber es gelang mir nicht. Mit meinen zusammengebundenen Händen erreichte ich rein gar nichts.

Nach unendlich langer Zeit fiel ein Lichtstrahl durch ein winziges Loch im Schnee zu mir herein. Ein schwacher Windhauch küsste meine Wange. Und noch etwas später knabberten Dalibors weiche Lippen an meinem Ohr und ich lachte und weinte gleichzeitig vor Erleichterung.

Es dauerte, bis er mich ganz frei gescharrt hatte. Als der Schnee jedoch nicht mehr wie eine schwere Decke auf mir lag, gelang es mir auch, die Fesseln zu lösen, die sich durch meinen Sturz gelockert haben mussten. Und als ich nach einer weiteren Ewigkeit wieder auf meinen Füßen stand, vergrub ich meine Nase im Fell meines besten Freundes und dankte dem Himmel, dass ich diesen pferdigen Geruch wieder einatmen durfte.

Dalibor schnaubte und schüttelte seinen Kopf, als wollte er ebenfalls seine Erleichterung ausdrücken. Wer brauchte schon Magie, wenn es wahre Freundschaft gab?

Mit neuem Mut suchte ich den Sattel, der allerdings nirgendwo zu sehen war. Vermutlich hatte die Wucht der Lawine ihn von Dalibors Rücken und mit sich ins Tal gerissen. Mein Zelt, mein Schlafsack, die ganze Ausrüstung samt Proviant – nichts davon konnte ich finden. Ich war oft genug auf dem bloßen Pferderücken geritten. Sattel und Zaumzeug brauchte ich nicht. Schlimmer war der Verlust meiner Vorräte. Ich hatte weder Hafer für mein Pferd noch Wasser oder etwas zu essen für mich. Aber vor dem Ziel aufzugeben, nur weil der Weg dorthin aussichtslos erschien – das war etwas, das Ma nicht verstanden hätte. Ihr zuliebe trieb ich Dalibor an.

❄

Stunden später war ich kurz davor, Mas weise Sprüche zu verfluchen, als ich plötzlich auf den Sattel eines anderen Reiters stieß. Weit und breit war kein Pferd und kein Prinz zu sehen. Und da ich niemandem damit schadete, durchsuchte ich alles gründlich und nahm den restlichen Inhalt an mich: etwas Brot, eine Tüte Hafer und eine gefrorene Wasserflasche. Vielleicht fand ich unterwegs den Besitzer, ansonsten würde ich diesen Umstand einfach mal als kleinen Glücksfall für mich verbuchen. Auch wenn mir mulmig bei dem Gedanken daran war, wie es dazu gekommen sein könnte, dass jemand seine Ausrüstung freiwillig abgelegt hatte. Ich verstaute meine Beute in den Taschen meiner Jacke und setzte meinen Weg fort.

Ungefähr einen halben Kilometer weiter entdeckte ich einen Anhaltspunkt dafür, dass ein Unglück geschehen sein musste: Hinter dem Felsplateau, auf dem ich mich befand, lag am Rande des Abgrunds ein Pferd. Ich erkannte es sofort, obwohl es sich kaum von seiner Umgebung abhob. Ich hatte bisher nur ein Pferd gesehen, das so reinweißes Fell wie eine unberührte Schneefläche besaß: der Albino.

Er war tot. Schockiert hielt ich nach Boris Ausschau, doch das einzige Lebenszeichen waren die Fußspuren im Schnee, die vom leblosen Körper des Albinos wegführten. Wenigstens deutete nichts auf eine Verletzung des Reiters hin.

Auch wenn mir Boris bei unseren Begegnungen nicht sympathisch gewesen war, so empfand ich nun trotzdem Mitleid mit ihm. Wie schwer musste es sein, sein Pferd in den Bergen zurückzulassen und den Heimweg zu Fuß anzutreten?

❄

Ich hatte keine Ahnung, wie ich die letzten Kilometer überstanden hatte. Mehr als vierundzwanzig Stunden lagen hinter mir, seit Jiri und auch Kuba mich zurückgelassen hatten. Eine endlose Zeit und doch nur der Bruchteil einer Ewigkeit. Der Proviant aus den Satteltaschen des Albinos hatte meinen schlimmsten Hunger gestillt und dafür gesorgt, dass Dalibor nicht zusammenbrach. Doch seit gestern Nachmittag hatte ich nichts mehr getrunken, nur hin und wieder etwas Schnee gelutscht, um wenigstens das trockene Gefühl im Mund zu vertreiben.

Ich fühlte mich durch und durch erschöpft. Sowohl mein Körper als auch mein Geist waren am Ende ihrer Kräfte. Ich ersehnte nichts mehr, als den letzten Steilhang vor dem Dorf zu erreichen, die letzte Hürde vor dem Ziel – das doch so weit entfernt von dem lag, was ich mir für diesen Moment erträumt hatte. Was danach kam, wusste ich nicht, und ich wollte auch nicht darüber nachdenken.

Plötzlich hob Dalibor den Kopf und spitzte die Ohren. Er musste etwas gehört haben, das für menschliche Ohren nicht wahrnehmbar war. Er wieherte verhalten. Seine Schritte beschleunigten sich noch einmal, und dann neigte sich der Horizont hinter dem Berg, bis ich in der Ferne mein Dorf erkannte.

Ein seltsam warmes Gefühl überkam mich, obwohl ich wusste, dass ich nirgendwo mehr zu Hause war. Wenn irgend möglich, würde ich nur noch ein einziges Mal zum Sturmhof zurückkehren – um meine Erinnerungsstücke an Ma zu holen. Ansonsten waren seit dem Vorfall an der Felsenhöhle auch die letzten Brücken zwischen uns abgebrochen. Zu meiner Familie gab es kein Zurück mehr.

Auch der Kralshof würde mir kein Dach über dem Kopf bieten. Diese Gewissheit bohrte und nagte schon während des ganzen Rückwegs an mir. Bereits jetzt vermisste ich Mani, Bruno, Laska und sogar Herrn Kral. Am schlimmsten schmerzte es, Kuba aus meinen Gedanken zu verbannen. Wider besseres Wissen zog es mich mit einer Macht zurück ins Dorf, der ich nicht widerstehen konnte. War Kuba schon dort? Hatte Jiri das Rennen gewonnen? Was war aus den anderen Prinzen geworden? Hatte außer dem Albino noch jemand sein Leben in den Bergen gelassen? Ich merkte erst, wie sehr ich Dalibor zur Eile drängte, als er zu traben begann. Doch vor uns lag noch der Steilhang. Und das letzte Hindernis sollte nicht zu meinem Verhängnis werden. Vorsichtig lehnte ich mich zurück, um meinem Pferd eine bessere Balance zu ermöglichen. Ich krallte meine Finger in seine Mähne und presste die Schenkel zusammen. Schritt für Schritt tastete sich Dalibor den Hang herunter, das letzte Stück nahm er in wenigen Sprüngen und dann galoppierte er los. Ich konnte ihn nicht länger zurückhalten. Er fegte mit aufgestellten Ohren und erhobenem Kopf über die verschneite Ebene, einen Teil unserer alten Rennstrecke, als würde er im Ziel doch noch die Erfüllung seiner Träume finden.

Eine Menschenmenge hatte sich im hellen Licht der Mittagssonne am Schneewall versammelt. Sie umringten jemanden, den ich nicht erkennen konnte. Den Sieger vermutlich. Offenbar war er nicht lange vor mir eingetroffen. Wenige Meter vor dem Ziel, das mit einer roten Fahne im Schnee gekennzeichnet war, verlangsamte Dalibor endlich sein Tempo. Vielleicht verließ auch ihn der Mut, sich diesem kleinen, tobenden Pulk zu nähern. Wer mochte es sein, der da gefeiert wurde? Bitte nicht Jiri, flehte ich innerlich. Nur um der Gerechtigkeit willen. Und weil ich nicht wissen wollte, wie Jiri oder Novak mit einer Generalvollmacht über die Ressourcen unseres Landes umgehen würden. Plötzlich teilte sich die Menge vor mir, und ich erhaschte einen kurzen Blick auf den Reiter, den alle umringten.

Kuba.

Mein Herz stolperte. Hatte er das Rennen gewonnen? Hatte er Jiri die Schneefeuerblüte abnehmen können? Dalibor setzte sich wieder in Bewegung und ignorierte meine energischen Versuche, ihn zurückzuhalten. Unbeeindruckt schob er sich zwischen den Menschen hindurch auf Laska zu. Und jeder Schritt, den ich Kuba näher kam, ließ mein Herz dumpfer schlagen.

Er sah furchtbar aus. Müde, abgekämpft und schrecklich verloren. In diesem Moment trat er einen Schritt beiseite, und ich bemerkte, dass etwas vor ihm auf dem Boden lag. Doch je mehr sich mein Blick schärfte, desto klarer traf mich die Erkenntnis, dass dort nicht etwas, sondern *jemand* lag. In einem Anflug von Panik schlug ich mir die Hand vor den Mund und unterdrückte einen Schrei. Fassungslos beobachtete ich eine Frau mit auffallend roten Haaren, die durch die Menge herbeigestürzt kam. Auch sie schrie – etwas Unverständliches, das in herzzerreißendes Schluchzen überging. Vor dem leblosen Körper fiel sie auf die Knie und schlang die Arme um ihr Kind. Boris! Ich wusste es in dem Augenblick, als mir einfiel, bei wem ich diese Haarfarbe schon einmal gesehen hatte.

Die aufgeregten Rufe um mich herum verebbten und verwandelten sich in leises Gemurmel, als würden die Umstehenden die Ruhe des Toten wahren wollen.

»Wie konnte das passieren?«, hörte ich jemanden in der Nähe leise fragen.

»Aber er hat das Schneefeuer«, flüsterte eine andere Stimme. »Dem Himmel sei Dank ...«

»Lasst sie durch!«, sagte da jemand. »Lasst Mani durch!«

Ich suchte ihr Gesicht in der Menge, die ehrfurchtsvoll beiseitetrat. Wieder bemerkte ich erstaunt, welch hohes Ansehen Mani unter den Dorfbewohnern genoss.

»Mein Junge ...« Sie zog Kuba in ihre Arme und drückte ihn lange und fest an sich, als wollte sie ihm Kraft spenden. Kuba stand ganz still, nur seine Schultern zuckten hin und wieder. »Was ist passiert?«, fragte sie schließlich.

Auch das letzte Gemurmel verstummte, und es wurde ganz still, als hielte die Menge einheitlich den Atem an.

Kuba räusperte sich. Er brauchte eine Weile, bis seine Stimme ihm gehorchte. »Als ich ihn auf der Ebene zwischen dem Steilhang und dem Gebirge gefunden habe, hat er noch gelebt. Er ... hatte schwere Verletzungen, seine Wunden haben stark geblutet, und ich konnte sehen, dass ihm nicht mehr viel Zeit blieb. Aber die anderen ...«

»Was meinst du damit: die anderen?« fragte Mani alarmiert.

Kuba holte tief Luft. »Ich war zuvor Jiri, dem Typ vom Sturmhof, und zwei seiner Freunde gefolgt. Sie ... waren vor mir da, ich habe sie aus der Ferne beobachtet. Aber ... sie haben ihm nicht geholfen.« Kuba stockte erneut und nur das leise Aufschluchzen der Mutter durchbrach die Stille. »Boris ... er hat mir erzählt, dass sein Pferd gestürzt ist und sich das Bein gebrochen hat, sodass er es zurücklassen musste ...«

»Heiliger Himmel, dort draußen ohne Pferd ...«, murmelte jemand hinter mir.

»Im Morgengrauen hat ihn ein Bär erwischt und ...«

Kuba konnte nicht weitersprechen. Auch ich war wie erstarrt. Was für ein schreckliches Unglück!

Kuba rieb sich über die Stirn. Seine Lippen hatten eine leicht bläuliche Farbe angenommen und seine Hände zitterten. Immer wieder schüttelte er den Kopf, als wollte er die Erinnerung aus seinen Gedanken vertreiben. »Ich konnte erkennen, wo der Kampf stattgefunden hat«, flüsterte er. »Die Spuren der riesigen Tatzen im Schnee ...«

Entsetzte Ausrufe übertönten seine wacklige Stimme, und es dauerte eine Weile, bis ich wieder hörte, was Kuba sagte. »Er starb in meinen Armen. Ich ... ich konnte ihn nicht dort zurücklassen. Ich war ganz allein mit ihm dort draußen. Die anderen ... sie waren einfach weitergeritten. Boris hatte noch gehört, wie sie gesagt haben, dass sie sich die Chance auf den Sieg nicht verspielen wollten.« Kubas Stimme brach.

Das Weinen der Mutter drang mir bis ins Mark. Um mich herum sah ich in vor Entsetzen aufgerissene Augen. Ein Flüstern wogte durch die Menge.

»Das ist keine Ehre für unser Volk ...«

»Wie kann man mit so einer Schuld leben?«

»Es sind zu viele Tote!«

Mir war schrecklich kalt, kälter, als mir in den Bergen je gewesen war. Ich wagte nicht, zu Kuba zu gehen. Nicht nach allem, was zwischen uns vorgefallen war. Aber ich hatte meine Augen auf seinen bebenden Rücken geheftet und hoffte mit aller Kraft, dass er sich zu mir umdrehen würde.

»Hebt den Jungen auf und bringt ihn in die Kapelle, damit seine Mutter in Ruhe trauern kann«, gebot Mani, den Arm um Kubas Taille geschlungen. Er sah aus, als könnte er sich nicht mehr lange auf den Beinen halten.

Zwei Männer lösten sich aus der Menge und hoben Boris auf. Eine Frau, die ich nicht kannte, trat zu seiner Mutter, half ihr auf und stützte sie. Kuba und Mani wichen zurück, um sie durchzulassen. Sie drehten sich in meine Richtung, und ich spürte, dass der Moment gekommen war: Gleich würde Kuba den Blick heben und mich nur wenige Meter von ihm entfernt auf Dalibor entdecken. Ich wollte mir vorstellen, dass Freude in seinen Augen aufleuchtete, wenn er mich erkannte. Freundschaft und Anerkennung, Verzeihen, vielleicht sogar Liebe ...

Aber ich wusste es besser. Mir war klar, dass wir das alles und noch viel mehr in den Bergen verloren hatten. Wir hatten es lebend zurückgeschafft, doch was war das schon wert? Was war uns geblieben? Nicht nur meine Träume waren gestorben. Schon wieder hatte ein unschuldiger junger Mann sein Leben verloren – bei dem großen, legendären Eispferde-Rennen.

Ich wandte mich erschüttert ab.

Kapitel 22

Die Magie der Liebe

Ich saß ab und führte Dalibor an den Rand der Menschenmenge, obwohl er kaum aus Laskas Nähe wegzubewegen war. Etwas kitzelte auf meinen Wangen und ich wischte mir aufgewühlt mit dem verdreckten Reithandschuh durchs Gesicht. Ich musste mich zusammennehmen – so erschöpft ich auch war. Ich musste fort. Möglichst weit fort von allem, was mich an die letzten Tage erinnerte. Weg von meinem Zuhause, aus dem Dorf, vielleicht sogar aus dem Land ...

Als ich diesen Gedanken gefasst hatte, breitete sich eine große Ruhe in meinem Inneren aus. Ja, das war das einzig Richtige. Ich sah mich um. Wo auch immer die Zukunft mich hintreiben würde, die Traditionen meiner Heimat, allen voran dieses Todesrennen, würden mir nicht fehlen. Ich würde nur die frostige Winterlandschaft vermissen – den eisigen Wind und die aufgetürmten Schneeränder am Wegesrand. Dieses seltsame Land, das selbst, wenn der Frühling Einzug hielt, nichts von seinem rauen Charme verlieren würde.

Ich stutzte.

Die schneeverwehten Felder um mich herum lagen noch genauso da, wie ich sie mit dem Startschuss des Rennens verlassen hatte. Es war alles weiß, wohin ich auch blickte. Vielleicht hatten sich die ersten Frühlingsboten, die mit der Ankunft des Schneefeuers eintrafen, bei der traurigen Nachricht von Boris' Tod wieder verzogen? Als kleines Mädchen war ich oft Zeuge von der wundervollen Verwandlung der Natur gewesen, wenn ich an Mas Hand die Sieger früherer Jahre zusammen mit den Dorfbewohnern in Empfang genommen hatte. Sobald der Prinz die Schneefeuerblüte aus der Schachtel genommen hatte, begannen die ersten Triebe aufzubrechen. Doch nun konnte ich keinen einzigen grünen Halm in der Umgebung entdecken, keine Knospen an den kahlen Zweigen, nicht ein grünes Blatt. Warum wirkte die Magie des Schneefeuers nicht?

»Ash!«, keuchte jemand hinter mir.

Verwundert sah ich mich um. Kuba drängte sich durch die Umstehenden und stolperte auf mich zu. »Ash! So warte doch!«

Ich sah ihm entgegen. Sein Anblick tat so weh, dass mein Herz anfing zu frieren. Ich konnte mich nicht bewegen. Dann spürte ich seine Berührung an meinem Arm, warm und wohlig wie eine Decke.

»Ash ...« Kubas Stimme hüllte mich ein. »Ash, es tut mir so leid.« Seine Stimme zitterte, und ich sah, dass er weinte. »Jiri hat gesagt, du wärst tot!«

Ich schluckte schwer.

Ich hatte gewusst, dass Jiri mit meinem Tod gerechnet hatte, aber es war dennoch grauenvoll, es zu hören.

Schmerz und Verzweiflung lagen wie tiefe Schatten in Kubas Gesicht. Unsicher griff er nach meiner Hand. »Ich habe einen schrecklichen Fehler gemacht, der nicht zu entschuldigen ist. Aber selbst wenn du mir nicht verzeihen kannst, werde ich dafür sorgen, dass der wahre Sieger gefeiert wird.«

Er hob meine Hand in die Höhe. »Hier steht euer Siegerprinz!«, sagte er laut. »Ash hat das Schneefeuer entdeckt.« Die Leute drehten sich überrascht zu uns um. »Ash hat die Blume zuerst gesehen«, erklärte Kuba, »aber mir das Leben gerettet, statt den Sieg für sich zu beanspruchen.«

Für einen Moment herrschte wieder atemloses Schweigen.

Die Dorfbewohner verstanden ebenso wenig wie ich, was Kuba ihnen sagen wollte. Warum beanspruchte er den Sieg nicht für sich? Ich wollte diese Aufmerksamkeit nicht. Es fühlte sich nicht nur falsch an, es war auch gefährlich. Vermutlich würde es nicht lange dauern, bis ...

»Seht mal, das Pferd hat ein schwarzes Ohr!«, rief jemand.

»Was? Wie kann das sein?«, fragte ein anderer.

»Betrüger!«

»Lügner! Schwindler!« Die Rufe überschlugen sich.

Doch Mani ging dazwischen. »Ruhe! Lasst Kuba ausreden!« Wieder fiel mir auf, dass sie eine Autorität besaß, die ihr trotz der aufgewühlten Situation Gehör verschaffte. »Der Junge hat euch etwas zu sagen!«

»Ohne Ash und ohne Dalibor hätte ich das Rennen nicht mal antreten können«, sagte Kuba zögerlich. »Und ich hätte es weder lebend zurückgeschafft, noch hätte ich das Schneefeuer gefunden. Was nützt euch da die Regel, dass ausschließlich reinweiße Eispferde zum Start antreten dürfen?«

Das Gemurmel erhob sich wieder.

Mani trat einen Schritt vor. »Unsere Regeln und Traditionen sind von Vorurteilen behaftet!«, rief sie laut. »Sie haben schon so manchen Prinzen auf dieser Reise das Leben gekostet. Wie ihr alle wisst, habe auch ich einen Sohn verloren, so wie heute die Mutter von Boris. Mein Sohn starb schon vor dem großen Rennen, weil niemand der anderen neunzehn Prinzen bereit war, einem Konkurrenten das Leben zu retten. Auch für ihn kam letztlich jede Hilfe zu spät – so wie für Boris heute, so wie für viele andere in den letzten Jahren. Soll das ewig so weitergehen? Wollt ihr die Nächsten sein, die um ihr Kind trauern? Die Ehre, die wir dem Siegerprinz des großen Rennens entgegenbringen, das alljährlich zur Rettung unseres Volkes gefeiert wird, diese Ehre ist eine Lüge, die unser Land zerstört.« Sie machte eine Pause und sah die Umstehenden eindringlich an. »Wir müssen etwas tun! Wir brauchen eine Regeländerung!« Ihre letzten Worte waren so laut und klar, dass sie jeder hören musste. »Die Suche nach dem Schneefeuer darf kein Kampf gegeneinander sein, sondern muss eine gemeinschaftliche Herausforderung werden!« Das Gemurmel schwoll wieder an, doch Manis Rede war noch nicht zu Ende. »Und noch etwas solltet ihr euch zu Herzen nehmen: Dass es auch anders geht, musste euch ausgerechnet jemand zeigen, der eigentlich nicht zugelassen war: Ašleah – ein mutiges Mädchen, das ihr nicht mitreiten lassen wolltet!«

Fassungslos starrte ich sie an. Was tat sie da? Sie warf mir einen Blick zu, als wollte sie sagen: Vertrau mir! Doch ich wusste nicht, was ich denken sollte. Die Leute redeten wild durcheinander.

»Sie hat recht!«, rief Kuba.

»Das ist verrückt!«, schrie jemand.

»So ein Blödsinn!«

»Bewahrt unsere Traditionen! Noch nie hat ein Mädchen am Rennen teilgenommen!«

»Ash ist die wahre Siegerin!« Kuba trat neben Mani und zog mich mit sich. »Schaut her«, sagte er laut, » ich beweise es euch!«

Er nahm die Schachtel mit dem Schneefeuer aus seiner Tasche und reichte sie mir. Ich schüttelte langsam den Kopf, aber er sah mich bittend an. »Du musst sie nehmen«, sagte er leise. »Nicht, weil der Sieg wichtig ist, sondern um zu zeigen, wie falsch die Vorurteile der Menschen sind.«

Zögerlich streifte ich die Reithandschuhe ab. Ich öffnete die Schachtel und nahm die zarte Blüte heraus, die ich schon in den Bergen bewundert hatte. Das feine Brennen, das meine Haut bei der Berührung ergriff, breitete sich als wohltuende Wärme in meinem ganzen Körper aus.

»Sie gehört dir«, sagte Kuba leise. »Das ist mir in dem Moment klar geworden, als Jiri behauptet hat, dass du tot seist.« Erneut flackerte der Schmerz in seinen Augen auf. »Ich ... ich habe sie am Steilhang eingeholt und zur Rede gestellt. Ich war so außer mir, als ich von deinem Tod erfuhr, dass ich mich auf Jiri gestürzt habe, um die Blüte zurückfordern. Nur du hast das Anrecht auf die Ehre einer Siegerin.«

»Aber ...« Ich schüttelte verstört den Kopf. »Wie konntest du ihn überwinden?«

»Boris' Tod hat die anderen Prinzen schockiert. Ich glaube, sie haben in dem Moment, als ich mit seinem leblosen Körper vor ihnen stand, erst begriffen, was sie getan haben. Wozu Jiri sie angestiftet hat.« Kuba holte tief Luft. »Niemand hat es gewagt, sich mir in den Weg zu stellen. Jiri hatte nicht einmal Zeit, nach seinem Messer zu greifen. Er hat gespürt, dass nichts so stark ist wie mein Wille, dir diese letzte Ehre zu erweisen.«

Ein schrilles Wiehern durchbrach die angespannte Stille um uns herum. Dalibor stampfte mit den Hufen auf und Laska antwortete ihm.

Da hörte ich jemanden flüstern: »Seht mal, die ersten Knospen öffnen sich!«

Und wirklich: Um uns herum sprossen grüne Spitzen aus dem Schnee.

Zarte Blätter umrankten die kahlen Äste der Bäume und die Sonne brach zwischen den Wolken hervor.

Jubel brandete auf. »Die Kraft des Schneefeuers wirkt!«, rief jemand.

»Es ist wahr!«, stimmte ein anderer zu.

Und plötzlich lagen sich die Menschen in den Armen. Ich sah, wie sie sich gegenseitig die grünen Triebe um uns herum zeigten, wie sie lachten und vor Freude weinten, während der Frühling sich am Wegesrand ausbreitete wie ein unaufhaltsames Lauffeuer.

»Kuba!« Milan drängte sich durch die Menge. Er schlang die Arme um seinen Bruder.

Mani warf den beiden einen liebevollen Blick zu, dann nahm sie meine Hand. »So viele Jahre sind vergangen, in denen ich mich gefragt habe, ob ich jemals herausfinden würde, wer das Mädchen ist, das mein Sohn zurückgelassen hat.«

»Ich verstehe nicht …«, stammelte ich.

Mani lächelte mich an. »Die Sache mit dem Keksrezept hat mir keine Ruhe gelassen. Neben anderen Kleinigkeiten, die mir aufgefallen sind, habe ich mich gefragt: Warum kanntest du es? Ich habe angefangen, in den Briefen meines Sohnes zu lesen, die ich nie hatte anrühren wollen.« Ihr Blick war voller Güte und streichelte mein Herz. »Ich danke dem Himmel, dass ich es doch getan habe – und Gott segne den Tag, an dem du dich entschlossen hast, an die Tür des Kralshofes zu klopfen.« Obwohl Mani glücklich aussah, glitzerten Tränen in ihren Augen. »All die Jahre habe ich mich gefragt, warum ein Mädchen nach dem Tod seines Freundes wohl nicht in Erscheinung tritt. Ich habe mir gesagt, dass ihre Liebe nicht bedeutungsvoll genug gewesen sein kann, wenn die Freundin sich nicht bei der Mutter des Verstorbenen meldet.« Sie schluckte tapfer. »Wie sehr hätte ich mir gewünscht, dass ich meine Trauer mit jemandem teilen kann. Aber wenn ich gewusst hätte, dass sie sich aus Scham nicht zu erkennen gegeben hat … Aus Angst, ich könnte sie verurteilen, weil sie so jung schwanger geworden ist …« Mani wischte sich eine Träne aus dem Augenwinkel. »In den Briefen meines Sohnes habe ich ein Foto deiner Mutter gefunden … Sie ist ebenfalls gestorben, nicht wahr? Sie muss ihm so viel bedeutet haben …«

Kuba legte fürsorglich seine Hand auf Manis Schulter.

»Als ich mein Kind verloren hatte«, fuhr sie nach einer kleinen Pause fort, »habe ich keine Sekunde damit gerechnet, dass ich eines Tages meine Enkeltochter in den Armen halten würde. Aber auch der steinigste Pfad führt irgendwann auf einen leichteren Weg – und manchmal sogar ins Glück.« Sie zog mich an sich und drückte mich so fest, dass ich fast keine Luft mehr bekam.

Ich konnte kaum glauben, was ich da hörte. War das wirklich wahr – Manis verstorbener Sohn war ... Pa? Mein Pa, von dem ich nur wenig wusste, außer dass Ma ihn unendlich geliebt hatte? Eine Welle von unbeschreiblichen Gefühlen übermannte mich.

Mani war meine Großmutter. Wie ich es mir gewünscht hatte, seit ich sie zum ersten Mal gesehen hatte. Ich weinte und schluchzte an ihrer Schulter und konnte gar nicht mehr aufhören. Sie hielt mich einfach nur fest. Irgendwann strich sie mir sanft über den Rücken und löste sich von mir. Ich sah auf. Kuba und Milan hatten sich respektvoll zurückgezogen, doch nun kamen sie zu uns herüber.

Kuba reichte mir seine Hand.

»Es tut mir so leid, Ash. Kannst du mir verzeihen?«

Ich nickte stumm.

»Ich werde nie wieder so dumm sein. Es hat lange gedauert, bis ich begriffen habe, dass Siegen nichts mit dem Gewinnen eines Preises zu tun hat. Und dass man mit Vorurteilen weder eine Freundschaft noch ein Land retten kann.«

Ich sah in Kubas Augen – seine schönen grünen Augen. Sie schienen aufzublühen wie die Knospen in der erwachenden Natur um uns herum.

Kubas Gesicht war ganz nah. »Ich habe die Blume nur für dich nach Hause gebracht, weil mir klar geworden ist, dass die magischen Worte in der Legende der Eispferde wirklich wahr sind.«

Zart strich er mir über meine Wange. »Pro Lásku. Das bedeutet: Für die Liebe! Sie ist das einzige Feuer, das die Kälte in unseren Herzen zum Schmelzen bringen kann.«

Seine Lippen berührten meinen Mund. Die Wärme seines Kusses ergriff mich und breitete sich in meinem Körper aus.

Sie hätte das ganze Land in ein Tal des Frühlings verwandeln können. Ob nun mit oder ohne Magie.

Proklamation

Das große Eispferde-Rennen steht bevor. Nachdem im letzten Jahr das Schneefeuer erstmalig durch ein Mädchen ins Land des ewigen Schnees gebracht worden ist, hat die Regierung einschneidende Regeländerungen angekündigt. Ašleah Valenta (17) hat die Blüte im Tal des Frühlings geborgen und unter großen Gefahren ihrem Freund Jakub Kral (17) das Leben gerettet. Nach zwei erfolglosen Jahren, in denen Kälte und Frost geherrscht haben und die Ernten ausgeblieben waren, hat unser Land dadurch endlich einen neuen Frühling erfahren.
Auf Anregung der Bürgerin Mani Vila wird nicht nur die Teilnahme für Mädchen geöffnet, sondern vor allem die Teamarbeit in den Vordergrund gestellt, um die erfolgreiche Bergung des Schneefeuers zu sichern.
Eine weitere Neuerung ist, dass nicht mehr ausschließlich reinweiße Eispferde zugelassen werden. Die Reiterinnen und Reiter können ihre Pferde frei wählen.
Alle Mädchen und Jungen, die das siebzehnte Lebensjahr vollendet haben, sind demnach aufgefordert, sich am ersten Sonntag im März am großen Schneewall zu versammeln, um gemeinsam ins Tal des Frühlings aufzubrechen.

Danksagung

Keinem meiner anderen Bücher haben sich so viele Steine – oder eher Geröllbrocken – in den Weg gelegt und die Fertigstellung beharrlich erschwert. Aber die Geschichte hat sich mit erstaunlichem Feuer durch jede Barriere gebrannt.

Ich danke vor allem meiner Famile, die wie immer bewiesen hat, dass ich in jeder Lebenslage auf sie zählen kann. Ich liebe euch! Ihr seid das Wichtigste in meinem Leben.

Aber ich weiß auch die kleinen Mosaiksteinchen zu schätzen, die nur zusammen ein komplettes Bild ergeben: Liebe Katrin, liebe Britta, liebe DeLiAs, so viele gleich gesinnte Autorinnen, Blogger und Lesefans – ohne all diejenigen, die mich auf meinem Weg unterstützen, würde ich niemals auch nur eine Zeile hervorbringen.

Meine geliebten Pferde werden natürlich niemals eine Danksagung lesen, aber ihr seid meine Inspiration an sonnigen und auch an stürmischen Tagen. Nie würde ich den Stallmist gegen irgendetwas anderes tauschen wollen!

Und liebe Frauke, last but not least – wie gut, dass du zwar keine Schnee-, aber wohl doch eine Nachteule bist – nur so kann ich mir erklären, wie auch zu später Stunde noch so tolle Ideen wachsen können. Im Coppenrath-Verlag müssen die geduldigsten Menschen überhaupt arbeiten! ☺

Ich würde mich freuen, wenn sich die Mühe gelohnt hat und dieses Buch einen kleinen Beitrag dazu leisten kann, dass alle Jungen und Mädchen dieser Welt erkennen, wie wertvoll Freundschaft und Loyalität sind – ungeachtet von Religionen, Regeln und Traditionen.

Kyra Dittmann wurde 1972 in Bonn geboren. Nach einer Schreinerlehre arbeitete sie viele Jahre im Handwerk, bis sie ihre beruflichen Weichen neu stellte: Sie absolvierte diverse Schreib- und Drehbuchseminare, unter anderem am Filmhaus Köln, und arbeitet heute als freie Autorin, Reitlehrerin und Eventmanagerin für Kinder.

Kyra Dittmann ist selbst eine begeisterte Reiterin und findet im Umfeld ihres Stalls täglich neue Inspirationen für ihre Geschichten. Die Autorin lebt mit ihrem Mann und den sechzehnjährigen Zwillingstöchtern in Bonn – im fliegenden Wechsel zwischen Schreibtisch und Stall.

Mehr von

Kyra Dittmann
Dark Horse Mountain
320 Seiten · Gebunden
ISBN 978-3-649-62344-1
Auch als @book erhältlich:
ISBN 978-3-649-62526-1

Na super! Seit Roxy auf der Ranch ihres lange verschollenen Vaters in Wyoming angekommen ist, läuft alles verkehrt: Die coole Farm entpuppt sich als stinknormaler Bauernhof, Roxy blamiert sich ständig vor dem leider viel zu gut aussehenden Stallburschen Cale – und dann ist sie, das abgeklärte Stadtmädchen, auch noch drauf und dran, Freundschaft mit einem Pferd zu schließen. Holy Shit!

Bald erkennt Roxy jedoch, dass auf der Ranch etwas nicht stimmt: Warum verschwinden immer wieder Pferde von den Weiden? Welches Geheimnis umgibt den unberechenbaren Hengst Hot Coffee? Nach und nach kommt sie einer skrupellosen Pferdemafia auf die Spur ... und gerät in große Gefahr.

Kyra Dittmann

Kyra Dittmann
Wild Horse Valley
320 Seiten · Gebunden
ISBN 978-3-649-62774-6
Auch als **@book** erhältlich:
ISBN 978-3-649-62909-2

Oh no! Abby ist geschockt: Der neue Freund ihrer Mutter ist ein waschechter Lord – und sie wird die Ferien auf seinem Schloss verbringen! Doch »Downton-Abby«, wie ihr Skater-Kumpel sie ab sofort nennt, fühlt sich dort wie ein Statist in der Lieblingsserie ihrer Mum. Alles ist so fremd und vornehm! Und was steckt hinter dem seltsamen Verhalten der Schlossbewohner?
Als sie ein verletztes Pony findet und kurz darauf einige Pferde des hofeigenen Gestüts erkranken, fällt ein Verdacht auf Abby. Ausgerechnet Greyson, der unnahbare Sohn des Lords, setzt sich für sie ein. Allerdings soll Abby ihm dafür bei der Aufklärung eines düsteren Verbrechens helfen …

Ein fesselnder Pferdekrimi mit einem gekonnten Mix aus Spannung, Pferdethemen und Romantik.